IL SERAIT TEMPS D'ÊTRE SÉRIEUSE...

Fragment d'autobiographie

Couronnée « nouvelle reine du crime » par les Anglo-Saxons (le *Time Magazine* lui a consacré sa *cover-story* le 6 octobre 1986), l'Anglaise P.D. James est née à Oxford en 1920. Elle est l'auteur de plusieurs romans, tous des best-sellers. Son style impeccable, ses intrigues imprévisibles, ses protagonistes non conformistes ont fait d'elle la virtuose du roman policier moderne.

P. D. JAMES

Il serait temps d'être sérieuse...

Fragment d'autobiographie

TRADUIT DE L'ANGLAIS PAR DENISE MEUNIER

FAYARD

Cet ouvrage est la traduction intégrale, publiée pour la première fois en France, du livre de langue anglaise :

TIME TO BE IN EARNEST

édité par Faber and Faber Limited, Londres.

En souvenir reconnaissant et aimant de mes parents

Sidney Victor James
1895-1979

Dorothy May James
1893-1966

A soixante-dix-sept ans il est temps d'être sérieux.

Samuel JOHNSON

PROLOGUE

Un journal, s'il est destiné à être publié (et combien font exception parmi ceux qui sont dus à des romanciers ?), est la forme la plus égoïste de l'écriture. Il suppose inévitablement que tout ce que l'auteur pense, fait, voit, mange et boit jour après jour est aussi intéressant pour les autres que pour lui. Et qu'est-ce qui pourrait inciter quelqu'un à se charger du pesant ennui de cette tâche quotidienne — car elle doit forcément être parfois ennuyeuse — non pas seulement pendant un an, ce qui semble déjà assez redoutable, mais parfois tout au long d'une vie ? Fervente lectrice de ces journaux, je suis heureuse que tant d'écrivains aient trouvé assez de temps et d'énergie pour cela et les trouvent encore. Combien d'éléments intéressants, excitants, de renseignements historiques et de fascinantes intrusions dans la vie d'autres personnes seraient perdus sans les journaux de John Evelyn, Samuel Pepys, Virginia Woolf, Evelyn Waugh, Fanny Burney et Francis Kilvert ? Même celui d'une Victorienne imaginaire, Cecily Cardew, dans *L'Importance d'être constant*[1], « simple compte rendu par une très jeune fille de ses propres pensées et impressions, et par conséquent destiné à la publication », aurait son attrait.

Jusqu'à présent, je n'ai jamais tenu de journal, sur-

1. D'Oscar Wilde. *(N.d.T.)*

tout par paresse. Pendant ma carrière de fonctionnaire, une journée de travail passée en grande partie à rédiger des rapports ou des discours et à écrire des lettres ou des notes ne laissait guère de place à l'envie de reprendre la plume, en particulier pour rapporter des broutilles.

Et puis, tout écrit, s'il vaut d'être entrepris, exige un soin attentif que j'ai préféré consacrer à mes romans. Mon but est maintenant de consigner le souvenir d'une année qui sans cela risquerait d'être perdue pour les enfants et petits-enfants qui pourraient s'y intéresser, et, avec l'avance de l'âge et peut-être l'offensive de la redoutable Alzheimer, perdue pour moi aussi. Inévitablement les fils de la mémoire s'y accrocheront comme les chardons s'accrochent à un manteau, si bien que ce sera une autobiographie partielle et une parade contre ceux qui, de plus en plus souvent, en personne ou par lettre, m'annoncent qu'ils ont été chargés d'écrire ma biographie et sollicitent ma collaboration. Mon refus entraîne toujours la même réaction : « Bien entendu, il y aura des biographies après votre mort. Il vaudrait sûrement mieux qu'il y en ait une maintenant alors que vous pouvez y participer. » Or rien n'est plus désagréable que l'idée d'en voir sortir une maintenant et d'y participer. Heureusement, je suis une piètre épistolière et mes deux enfants sont réticentes, mais au moins, si elles et d'autres qui apprécient mes œuvres s'intéressent à ce que cela représente d'être née deux ans après la fin de la Première Guerre mondiale et d'en avoir vécu soixante-dix-huit dans ce siècle tumultueux, il y aura là un témoignage durable, aussi insuffisant soit-il.

J'ai une amie qui tient assidûment un journal, se contentant d'y noter les faits de chaque journée, et qui semble trouver une certaine satisfaction à se reporter, disons cinq ans en arrière, pour pouvoir annoncer : « C'est le jour où je suis allée à Southend-on-Sea avec ma sœur. » Peut-être ces simples mots lui évoquent-ils la journée tout entière — bruits, sensations, ambiance, pensées — de même que l'odeur d'algues pourrissantes peut rappeler, en une bouffée, l'essence d'étés depuis longtemps oubliés. Je soupçonne les journaux restituant l'adolescence d'être surtout thérapeutiques, renfermant des pensées qui ne peuvent s'exprimer tout haut, en particulier au sein de la famille, et de constituer un exutoire pour des émotions accablantes, qu'il s'agisse de joies ou de peines. Ils peuvent également être un rempart contre la solitude. Le fait que nombre de ces écrits juvéniles commencent par « Cher journal » est révélateur. Le livre, soigneusement caché, est à la fois un ami et un confident dont on n'a ni critique ni trahison à craindre. Les mots quotidiens réconfortent, justifient, absolvent. Les hommes politiques sont de grands adeptes du genre, dictant semble-t-il chaque jour ce qui constituera des munitions pour l'inévitable biographie, comme ils mettraient du porto de côté dans leur cave. Mais le résultat est invariablement ennuyeux, à la remarquable exception de celui d'Alan Clark. Peut-être toutes ces raisons sont-elles subordonnées au besoin de piéger le temps, d'exercer une toute petite maîtrise sur ce qui nous maîtrise si bien, de nous assurer que le passé peut être réel, tout comme l'avenir peut contenir la promesse de la réalité. J'écris, donc je suis.

Peut-être certains diaristes compulsifs écrivent-ils pour valider cette expérience. Pour eux, la vie est vécue avec plus d'intensité dans le calme du ressouvenir qu'au moment de l'événement lui-même. Après tout, il en va ainsi dans la fiction. Quand j'écris un roman, le cadre, les personnages, l'action sont déjà bien nets dans mon esprit avant que je me mette au travail — du moins est-ce ce que je crois. Mais c'est seulement quand ces inventions sont écrites, passant me semble-t-il presque physiquement du cerveau à la main qui se meut, qu'elles commencent à vivre, à bouger, à prendre forme et à receler une autre sorte de vérité.

Un journal, par définition, est un compte rendu

quotidien. Celui que je m'apprête à faire d'une année de ma vie en sera-t-il un au sens exact du terme ? J'en doute beaucoup. Je ne me vois certes pas enregistrer les événements de chaque jour. J'ai l'impression aussi que nombre d'entre eux, survenus en société, ne sauraient être mentionnés puisque je n'ai pas l'intention de trahir des confidences ; or certaines des choses les plus intéressantes que j'apprends entrent dans cette catégorie. J'aime lire les potins dans les journaux des autres, tout en reconnaissant que leur intérêt est en proportion inverse de leur véracité, mais je subodore que le mien aura peu à offrir en matière de révélations croustillantes. Et puis se retourner sur sa vie passée, c'est faire l'expérience de l'inconstance de la mémoire. Alors que j'étais très jeune, ma mère m'a dit un jour en sortant de l'église que l'hymne que nous avions chantée, *Bienheureux les cœurs purs,* l'avait été aussi à l'enterrement d'une de ses amies morte en couches avec son bébé pendant la grande pandémie de grippe qui avait suivi la Première Guerre mondiale. Aujourd'hui, je ne peux l'entendre sans penser à cette jeune mère et à son enfant morts avant ma naissance. Chaque fois qu'elle est chantée, aucun effort de volonté ne peut chasser de mes pensées une tristesse vague et sans objet. Et le passé n'est pas immobile. On ne peut le revivre que par la mémoire ; or celle-ci est faite aussi bien pour oublier que pour rappeler. Elle non plus n'est pas immuable. Elle redécouvre, réinvente, réorganise. Comme un passage de prose qui peut être révisé et reponctué. Dans cette mesure, toute autobiographie est une œuvre de fiction et toute œuvre de fiction est une autobiographie.

Donc demain, 3 août, je vais écrire la première entrée d'un compte rendu que je me propose de tenir pendant une année, de mon soixante-dix-septième à mon soixante-dix-huitième anniversaire. Persisterai-je dans cet effort ? Seul le temps le dira. Et serai-je encore là à la fin de l'année ? A soixante-dix-sept ans, la question n'est pas irrationnelle. Mais est-il un âge auquel elle le soit ? Pendant notre jeunesse nous avançons caparaçonnés d'immortalité ; c'est seulement avec l'âge, je crois, que nous prenons pleinement conscience du caractère transitoire de la vie.

Il y a bien des choses dont je me souviens mais qu'il m'est pénible d'évoquer. Je ne vois pas la nécessité de m'y attarder. Elles sont révolues et doivent être acceptées, rationalisées puis pardonnées, sans être autorisées à prendre plus que leur juste place dans une longue vie où j'ai toujours su que le bonheur est un don et non un droit. Et puis il y a d'autres sujets sur lesquels la mémoire a exercé sa censure d'autodéfense. Telles des bêtes dangereuses et imprévisibles, ils sont tapis au plus profond du subconscient. Cela semble être une dispense miséricordieuse et je n'ai pas l'intention de m'allonger sur le divan d'un psychiatre pour essayer d'entendre leurs grondements. Il est vrai que je suis écrivain. Nous autres privilégiés avons rarement besoin d'un tel expédient. Si, comme l'a écrit un psychiatre — était-ce Anthony Storr ? —, « la créativité est la résolution réussie d'un conflit intérieur », alors moi, en tant que fournisseur de fiction populaire, et la grande Jane Austen usons du même procédé pour dompter nos tigres endormis.

1997

AOÛT

DIMANCHE 3 AOÛT

J'écris dans un compartiment de première classe presque vide du train Newton Abbot-Paddington de trois heures trente-deux, en regardant par la vitre la campagne rouge du Devon, maintenant toute brouillée et qui semble se dissoudre dans la pluie ; même la côte impatiemment attendue à Dawlish et Teignmouth n'a pas opéré son habituelle magie.

Mais le week-end a été réussi malgré la pluie continuelle d'aujourd'hui. Je suis allée à Paignton pour participer à la célébration des noces d'or de Dick et Mary Francis. Leur fils Felix l'avait organisée à l'hôtel où ils séjournent tous les ans avec leur famille depuis plus de quarante ans, et quelque soixante parents et amis se sont réunis pour se réjouir avec eux de ce partenariat merveilleusement heureux et fécond d'un demi-siècle. Heureusement, la pluie a cessé hier pour l'événement principal — le dîner dansant — et nous avons pu sortir de la salle à manger, nous promener sur la terrasse et boire notre champagne en contemplant Tor Bay.

L'hôtel est caractéristique d'un genre que j'apprécie beaucoup — château pour rire, conçu par un colonel victorien dans un excès de zèle alcoolisé ou impérial, mais avec des chambres confortables et un personnel, pour la majeure partie en place depuis des années, qui donne l'impression de prendre plaisir à son travail et même d'aimer les clients. Le portrait (à l'huile) de l'architecte fondateur est accroché dans l'escalier, sans doute peint par lui-même. J'étais dans une chambre avec un balcon dominant la mer et j'ai pu dormir la fenêtre ouverte, en écoutant le ressac et les appels des mouettes.

Le samedi matin, dans le salon, Mary a fait passer de main en main l'album de photos du mariage et combien de souvenirs de ces cérémonies de temps de guerre n'ont-elles pas fait ressurgir ! Les robes confectionnées à force d'ingéniosité — la mousseline de beurre était alors un expédient très apprécié — puisque les tickets étaient trop rares et les tissus introuvables pour une création plus traditionnelle ; les bouquets énormes, les petits chapeaux à voilette des invitées, nos tailleurs aux épaules trop rembourrées, le marié et le garçon d'honneur en uniforme. Intéressant d'essayer d'identifier les invités d'après ces photos vieilles d'un demi-siècle, les visages lisses, enthousiastes, épargnés par les ravages de la guerre ou les vicissitudes de la paix. Seuls Dick et Mary, souriant à l'objectif, semblaient à peine changés.

Le samedi après-midi, profitant d'une éclaircie, je suis allée seule dans la petite ville, avec sa rue principale encombrée de résidants faisant leurs courses hebdomadaires et de vacanciers envahissant les boutiques pleines de leurs habituelles bimbeloteries ; mais j'ai trouvé un magasin d'antiquités et ramené un petit pot de Doulton avec son bol comme souvenir du week-end.

En tant qu'écrivain, je préfère les petites stations balnéaires à l'automne et en hiver. Il y a quelque chose de nostalgique et d'un peu mélancolique, voire déprimant, dans la mort lente de la saison estivale qui fait du bord de mer à la fin de l'été un cadre tout indiqué pour un roman policier : l'esplanade balayée par le vent, les derniers boutons ratatinés sur les rosiers dans les jardins municipaux plantés avec soin, les terrains de jeux fermés et déserts, la peinture qui s'écaille sur les abris abandonnés. J'ai utilisé une de ces villes dans *Par action et par omission,* quand le tueur en série, le Siffleur, se tue dans un hôtel minable, le déclin de l'année symbolisant cette fin pathétique et solitaire. Pour moi, cadre, personnage et histoire sont toujours intimement liés.

Il est rare qu'un anniversaire se passe sans que je repense à ce jour dont aucun d'entre nous ne peut se souvenir, du moins consciemment : le moment de la naissance. Comme la plupart à l'époque, la mienne a eu lieu dans notre maison d'Oxford, au 164 Walton Street. Première enfant très désirée, j'arrivais trois ans après le mariage de mes parents, après que ma mère avait suivi un traitement médical pour que la conception fût possible. Mon père, qui aurait bien préféré un garçon, était, je crois, heureux d'avoir un enfant et de pouvoir espérer un fils dans l'avenir. Le travail avait été long et difficile, assisté par un médecin, ce qui était exceptionnel à cette époque quand la famille n'était pas riche. On a dû me dire l'heure de ma naissance, à un moment ou à un autre, mais je l'ai oubliée, et comme ceux qui étaient présents sont aujourd'hui morts, c'est l'une de ces choses que je ne connaîtrai jamais. Pourtant, je me rappelle avoir entendu ma mère dire qu'une amie avait confectionné et glacé un gâteau pour mon baptême, mais que le médecin et mon père l'avaient mangé à eux deux dans la nuit, pendant les longues heures d'attente. Cela laisse penser que j'ai dû naître le matin de bonne heure. Je regrette parfois de ne pas connaître l'heure exacte, inconséquence qui ne peut être qu'une forme d'égotisme.

La mémoire projette sans discernement des lumières capricieuses. Les sommets peuvent être brillamment éclairés — amour, mariage, naissance, deuil — mais les faisceaux balaient par intermittence les plateaux sombres et perdus qui les séparent. Mon premier souvenir est celui d'un incident survenu alors que j'apprenais tout juste à marcher. Peut-être est-ce cela qui a arrêté le rayon, autrement le fait n'a rien de remarquable. Je devais avoir moins de dix-huit mois et ma mère m'avait emmenée en garde chez ses parents à Winchester. Mon grand-père, Edward Hone, dirigeait la manécanterie, devenue par la suite Pilgrims'School, et les garçons suivaient les cours dans un bâtiment spécial situé dans le jardin. Ayant échappé à ma mère, j'avais trottiné jusque dans la salle de classe, et y avais été accueillie par un grand éclat de rire des écoliers. Je me souviens que mon grand-père, assis devant eux à un bureau haut perché, était aussitôt venu me prendre par la main pour me repasser à ma mère arrivée toute frémissante et confondue en excuses. Elle parlait toujours de son enfance comme d'un temps heureux, mais je ne sais trop dans quelle mesure cela exprimait la réalité. C'était une femme qui croyait aux émotions correctes et je ne crois pas qu'il lui serait venu à l'esprit de critiquer ses parents, ou la vie qu'ils menaient.

Les seuls renseignements que j'aie sur cette manécanterie viennent de *A History of the Pilgrims' School* écrite par John Crook, publiée en 1981 et qu'un de mes oncles m'a envoyée il y a quelques années. Elle m'intéresse non seulement en raison de la lumière qu'elle projette sur la jeunesse de ma mère, mais parce que l'école devait être typique des pensionnats assez peu distingués de l'époque. Mon grand-père en avait pris la direction en 1887. Son prédécesseur, un certain William Southcott, avait été prié de démissionner après une querelle au sujet des épreuves de sélection pour le chœur pendant laquelle il en était venu aux mains avec l'organiste. Colebrook House était certainement un très bel endroit où passer son enfance. C'était, et c'est toujours, un vaste bâtiment du XVIe siècle qui fait face à l'extrémité est de la cathédrale, avec un jardin traversé par un cours d'eau alimentant le moulin. Mon grand-père formait les choristes avec l'aide d'un unique assistant, chantant aussi à l'occasion en solo car il avait une très belle voix de ténor. Ma grand-mère s'occupait de l'internat. Edward Hone recevait quinze livres par choriste et cinquante livres comme directeur, somme réduite de cinq livres pour chaque pensionnaire non choriste qu'il recevait au-dessus de dix. Il semble que ce système était compliqué, fort peu satisfaisant, et les ressources certainement peu abondantes. Cependant la situation s'améliora en 1905, quand Colebrook House ne reçut plus que des internes. Après quoi, les émoluments de mon grand-père furent considérablement augmentés.

Même ainsi, la vie à Colebrook House semble avoir été rude. Les garçons, réveillés à sept heures du matin toute l'année, se lavaient à l'eau froide. A huit heures, le petit déjeuner se composait d'épaisses tranches de pain tartinées de saindoux, bien qu'il y ait eu parfois de la pâte d'anchois ou de la marmelade d'oranges. On ne servait de petit déjeuner chaud que le dernier jour du trimestre ; les garçons avaient un œuf à la coque avant le voyage pour rentrer chez eux. Mon grand-père était évidemment soucieux de voir l'école rivaliser avec des établissements plus réputés, aussi les garçons portaient-ils des complets Eton, des mortiers et des souliers soigneusement cirés. Ils se rendaient en rang à la cathédrale, d'abord pour les répétitions, puis pour les matines qui duraient trois quarts d'heure, suivies par des cours d'enseignement général jusqu'à une heure.

Le lunch semble avoir été plus satisfaisant que le petit déjeuner. Il était pris dans l'élégante salle à manger à l'arrière de la maison. Mon grand-père découpait, ma grand-mère et leurs deux filles servaient les légumes. Peut-être parce que la famille partageait ce repas, Mr Crook le qualifie d'« acceptable ». Il était suivi par des cours jusqu'à quatre heures moins le quart ; mais s'il faisait beau, ils étaient remplacés par des jeux. A quatre heures, vêpres et de nouveau répétition du chant pour les choristes jusqu'au thé. Comme le petit déjeuner, il était tout à fait minable : thé et saindoux avec de la mélasse, qui s'était répandue dans toute l'assiette sur laquelle on l'avait servie avant l'arrivée des garçons (habitude conservée par ma mère pendant notre enfance. Le petit déjeuner consistait toujours en thé, pain, beurre et mélasse versée sur nos assiettes la veille au soir, si bien que le lendemain matin elle les recouvrait jusqu'au bord. Nous n'avions un œuf qu'assez rarement, parfois le dimanche matin).

Les garçons se couchaient de bonne heure à Colebrook House. Ma mère ou sa sœur, ma tante Marjorie, emportait un plat de saindoux et un pot de cacao dans la salle de classe, et après ce repas peu substantiel les pensionnaires montaient dans les dortoirs. Comme on pouvait s'y attendre, le dimanche était un jour particulièrement chargé pour les petits choristes. Ils commençaient à onze heures par les matines suivies parfois par une communion chantée ; mais le service le plus important était celui des vêpres à trois heures et demie, qui comprenait un long motet. Bien des années devaient s'écouler avant que la Sainte Communion devînt le principal office à la cathédrale.

Au point de vue de l'instruction, les choristes étaient inévitablement désavantagés par les exigences de la liturgie à la cathédrale, mais mon grand-père était un maître d'école consciencieux et faisait de son mieux. Je ne sais si je me rappelle vraiment à quoi il ressemblait ou si l'image solidement ancrée dans mon esprit vient d'une seule photo. Elle le montre très semblable à Edouard VII, massif, barbu, le nez chaussé de lunettes. Bon professeur d'anglais et véritable mélomane, il était un instituteur sévère et il est heureux pour les enfants que sa sévérité eût été tempérée par son assistant Percy Spillett. Je me rappelle ma mère parlant de ce dernier avec beaucoup d'affection. Il semble avoir été un de ces enseignants doux et fantasques, typiques de cette époque : célibataire, grand, mince, moustachu, cultivé, la voix douce, il avait une passion pour les artefacts paléolithiques. Les promenades du dimanche après-midi sur la colline Sainte-Catherine se changeaient en une chasse aux trésors préhistoriques où nous ne trouvions jamais rien. A eux deux, Edward Hone et Percy Spillett semblent avoir donné aux enfants une instruction générale aussi bonne qu'il était possible en pareilles circonstances.

Mes deux grands-pères étaient maîtres d'école et tous deux aimaient la musique. Mon grand-père paternel, Walter James, était de surcroît un bon linguiste qui avait travaillé quelques années pour la British Foreign Bible Society. Je sais peu de chose sur lui, mais je me rappelle être allée les voir, lui et sa femme, alors que j'avais une dizaine d'années et qu'ils vivaient dans une petite maison à Southsea. A ce moment-là, il avait déjà pris sa retraite, mais tenait l'orgue à l'église de Garrison. Certaines des hymnes qu'il écrivit pour le chœur ont été publiées mais à ma connaissance aucune n'a survécu. Je crois qu'il était dans une large mesure autodidacte ; en tout cas, je revois, encadré dans l'entrée, un diplôme décerné, il me semble, par l'université de Londres où il avait passé un examen externe. J'ai toujours pensé qu'il était gallois bien que personne ne me l'ait jamais dit. Indéniablement, je retrouve très nettement son visage et même celui de mon père quand je suis dans la Principauté. Mon père est né à Reading, mais je n'ai aucune idée de ce que mon grand-père faisait là à l'époque. Certains des frères de mon père et une de ses sœurs sont certainement nés à l'étranger, et l'on m'a dit que pendant quelques années Walter James avait été précepteur des enfants du rajah de Sarawak.

Mon père ne parlait jamais de son enfance, mais je ne crois pas qu'elle ait été facile et l'argent semble avoir toujours manqué. Ce qui est sûr, c'est qu'il a quitté l'école aussi tôt qu'il a pu pour entrer au Bureau des brevets, à l'âge de seize ans, je crois. Exemple typique du gaspillage d'intelligence toléré pendant la première moitié du siècle. Juste avant la Première Guerre mondiale, il devait avoir une situation à Winchester, soit au Bureau des brevets, ce qui semble peu probable, soit à la perception locale. C'est dans cette ville qu'il a rencontré ma mère. Ce n'est pas surprenant parce que, ayant une attirance exceptionnelle pour la musique, il assistait tout naturellement aux offices à la cathédrale. Ils se fiancèrent pendant la guerre et se marièrent, je crois, en 1917 alors qu'il était jeune officier artilleur. Maman avait vingt-cinq ans, âge auquel à cette époque une jeune fille commençait à se dire qu'elle risquait de ne plus trouver à se marier.

Je pense que le temps de leurs fiançailles a été l'un des plus heureux de leur vie. J'ai retrouvé il y a quelques années une photo de mon père assis avec ses hommes, jeune homme mince et beau, les cheveux partagés par une raie au milieu, comme c'était l'habitude alors, les trois galons du sergent sur sa manche. Au dos était écrit : « A ma chérie, une meilleure la prochaine fois. » A un moment donné, ils avaient dû être amoureux tous deux, ou le croire, mais ils étaient mal assortis. Ma mère était sentimentale, chaleureuse, vive, impulsive et peu intelligente ; bien qu'elle eût une voix de contralto puissante et aimât la musique religieuse qui avait baigné son enfance, elle ne comprenait ni n'aimait la musique aussi profondément que mon père. Lui était intelligent, réservé, sarcastique, extrêmement méfiant à l'égard de la sentimentalité, méticuleux et peu apte à témoigner de l'affection. Je ne crois pas qu'il ait connu beaucoup de démonstrations de tendresse dans son enfance, et ce qu'un enfant n'a pas reçu il peut rarement le donner par la suite. Je crois que les premières années ont été heureuses et plus encore quand je suis arrivée, premier enfant si vivement désiré. Je fus suivie dix-huit mois après par ma sœur Monica, et dix-huit mois après encore par le fils tant attendu, qui fut baptisé Edward, en souvenir d'Edward Hone.

Les enfants vivent en territoire occupé. Braves et téméraires, ils se rebellent ouvertement contre l'autorité, qu'elle soit dure ou douce. Mais la plupart optent pour la prudence, s'adaptant extérieurement à des usages et des édits étrangers tout en menant leur vie iconoclaste et subversive dans le secret.

Je crois que nous avons compris de bonne heure, tous les trois, que nous étions nés d'un mariage malheureux. Bien sûr il a duré ; si malheureux qu'ils fussent, les mariages duraient à l'époque. Le divorce était encore considéré non seulement comme une honte mais comme un échec social, et pour ma mère, profondément croyante, c'eût été un péché. Mais il y avait aussi des considérations plus terre à terre. Mon père ne pouvait absolument pas entretenir deux foyers, et ma mère — sans aucune formation si ce n'est ses quelques mois d'infirmière pendant la Première Guerre mondiale, bien entendu comme bénévole — n'avait aucun moyen de gagner sa vie et celle de trois enfants. C'étaient là des freins considérables pour tous, à l'exception des riches et de ceux qui étaient assez puissants pour défier les conventions.

Pendant toute ma scolarité, aussi bien dans le primaire que dans le secondaire, à Cambridge, je n'ai jamais connu d'enfant dont les parents fussent séparés ou divorcés. Cet état de fait dissimulait certainement nombre de mariages terriblement malheureux dont certains n'étaient guère plus pour la femme que de l'esclavage institutionnalisé. Mais pour ceux qui résistaient stoïquement, il y avait des compensations. Se sachant liés pour la vie, les couples s'arrangeaient souvent pour tirer le meilleur parti de leur lot. Ceux qui parvenaient à survivre aux années les plus turbulentes de la jeunesse et de l'âge moyen trouvaient souvent en l'autre un compagnon rassurant et réconfortant dans leurs vieux jours. Il faut admettre qu'ils s'attendaient à beaucoup moins de bonheur et avaient beaucoup moins tendance à le considérer comme un dû. Toutes nos belles réformes sociales, la libération sexuelle survenue après la guerre, le divorce sans culpabilité, la fin des stigmates de l'illégitimité, ont aussi leurs sombres revers. Nous avons aujourd'hui une génération d'enfants plus perturbés, plus malheureux, plus criminels, plus suicidaires même, qu'à n'importe quelle époque du passé. La libération sexuelle des adultes a été achetée à un prix très élevé et ce ne sont pas eux qui l'ont payé.

LUNDI 4 AOÛT

Le commencement d'une nouvelle année, que ce soit celle du calendrier ou le lendemain d'un anniversaire, suscite toujours en moi le désir de me débarrasser de vieilleries, de reclasser mes livres, et de traîner à la lumière du jour de vieilles boîtes pleines de papiers oubliés depuis longtemps. Ce matin, j'ai découvert un album de coupures de presse commencé après la publication de mon premier roman, *A visage couvert*, publié à l'automne 1962. C'est un album relié que j'avais dû dénicher en solde et dont j'avais trouvé les réglures bleues et rouges commodes pour coller mes coupures bien droit. Je ne dois pas être le seul écrivain qui, triomphant et surexcité après la publication de son premier roman, ait décidé de conserver critiques et articles. Pour moi, l'enthousiasme n'a pas dépassé la parution du deuxième livre. Mais j'ai été contente de retrouver ce premier album de coupures de presse bien qu'il ait survécu par hasard plus que par souci de le conserver.

Certaines critiques étaient élogieuses et très encourageantes. Tous leurs auteurs pensaient que P.D. James était un homme, sauf Leo Harris qui écrivait dans *Books and Bookmen* : « C'est un très bon premier roman, et je ne peux m'empêcher d'avoir l'impression que l'auteur est une femme. » E.D. O'Brien, dans *The Illustrated London News*, écrivait : « Il est toujours agréable, mais pas toujours possible, de faire l'éloge d'un premier roman. *A visage couvert* de P.D. James suscite précisément ce genre d'enthousiasme. » L'article s'achevait ainsi : « Dans la mesure où il s'agit d'un roman policier, je n'ai pas pu en trouver la solution. Mr James nous donnera, j'espère, de nombreux autres régals de ce genre. » Francis Iles écrivait dans *The Guardian* : *A visage couvert* de P.D. James est un de ces premiers romans extraordinaires qui semblent se situer d'emblée dans le domaine sophistiqué de l'écrivain expérimenté, tout en conservant la fraîcheur d'approche du nouveau venu. » Pour le critique de l'*Oldham Evening Chroniale & Standard,* le livre était « le genre de roman qui donne à penser que l'auteur prévoit une longue carrière dans le métier — surtout avec l'introduction d'un personnage haut en couleur en la personne de l'inspecteur Adam Dalgliesh », mais il ou elle déplorait vivement le prix du livre — dix-huit shillings. Comparé aux tarifs actuels, un volume relié à moins d'une livre n'était pas exceptionnellement cher, mais il n'était pas bon marché non plus pour ce que le journaliste appelait un peu méchamment « ce genre de livre ». Selon lui, un écrivain reconnu pouvait peut-être se permettre ce surcoût, mais pas un nouveau venu.

Il y a même la coupure d'un entretien, illustré d'une photographie, avec un reporter du *Surrey Comet* venu interroger ma fille cadette, Jane. Nous habitions alors au 127 Richmond Park Road, Kingston, et je travaillais comme assistante administrative principale au conseil du North West Regional Hospital. Jane et sa sœur aînée Clare étaient à la maison ; mon mari Connor, lui, se trouvait rarement avec nous, entre ses séjours à l'hôpital. Il n'était manifestement pas présent lors de l'interview, mais grâce à la discrétion de Jane l'article ne comporte heureusement aucun détail sur sa maladie, ni d'allusion à la courageuse petite femme écrivant pour faire vivre sa famille. Jane disait que sa mère, ayant toujours beaucoup aimé écrire, était absolument ravie de voir publier son premier roman, et que la plupart de ses soirées et de ses week-ends étaient consacrés au travail sur ses livres. C'est là une bonne description de ce qu'était notre vie à l'époque. L'article se termine ainsi : « Avec l'inspecteur Dalgliesh, elle tient un personnage qui bénéficiera d'une plus grande attention et qui sera sans doute appelé à résoudre les futures énigmes de P.D. James. » Une photographie me représente assise, les bras croisés, fixant l'objectif, les cheveux visiblement mis en plis de frais, avec un petit air d'auto-satisfaction non dénué d'ironie.

Il est intéressant que de nombreux critiques aient tenu pour assuré que j'étais un homme. Une des questions que l'on me pose souvent après les séances de signature, c'est si j'ai délibérément choisi d'écrire sous le nom de P.D. James afin de dissimuler mon sexe. Certains pensent même que j'ai jugé avantageux d'être prise pour un homme. L'idée ne m'a certainement jamais effleurée. Je suis heureuse d'être née femme, peut-être plus du fait d'une tendance innée à voir les choses du bon côté que d'une soigneuse évaluation des avantages et désavantages qui y sont liés, mais je n'aurais certainement jamais l'idée de souhaiter être autre chose qu'une femme. Non seulement ce serait parfaitement vain, puisque la vérité ne tarde jamais à être connue, mais les femmes sont assez bien vues comme auteurs de littérature policière et seule une minorité de lecteurs rejette un livre parce qu'elle n'apprécie pas le sexe de l'auteur, encore que, je dois l'admettre, j'en aie connu des exemples. D'après mes souvenirs, quand le manuscrit a été prêt pour que je l'envoie à un agent ou un éditeur, j'ai écrit Phyllis James, Phyllis D. James, P.D. James, et décidé que la dernière version, la plus courte, était énigmatique et serait du meilleur effet sur le dos du livre. Je n'ai jamais songé à écrire autrement que sous mon nom de jeune fille et je n'ai jamais regretté mon choix, en particulier maintenant où je peux avoir à signer jusqu'à trois cents livres en une séance aux Etats-Unis. C'est rarement un problème ici. Les Britanniques aiment beaucoup moins faire de longues queues pour rencontrer un auteur.

Quand j'ai commencé à écrire *A visage couvert,* j'avais une trentaine d'années. Début tardif pour quelqu'un qui savait depuis sa plus tendre enfance qu'elle voulait être romancière, et rétrospectivement, je ne peux m'empêcher de regretter ce que je considère aujourd'hui comme des années perdues. Pendant la guerre, il y avait toujours l'incertitude de la survie et il fallait plus de détermination et d'abnégation que je n'en avais pour s'embarquer dans un travail de quatre-vingt mille mots alors que les bombes tombaient et que la pénurie de papier rendait difficile la publication de tout nouvel auteur. Il y a aussi dans ma nature ce fond d'indolence qui rendait plus agréable à envisager le projet du premier livre que sa rédaction proprement dite. Plus facile aussi de voir les années de guerre comme une préparation aux futurs travaux plutôt qu'un temps privilégié pour les commencer. Je me rappelle le moment, mais pas la date exacte, où je me suis rendu compte qu'il n'y aurait jamais de circonstances idéales pour écrire mon premier livre et que si je ne me lançais pas je finirais par dire à mes petits-enfants que mon rêve aurait été d'être romancière. La simple idée de prononcer ces mots était la reconnaissance d'un échec éventuel.

Je ne sais plus combien de temps il m'a fallu pour écrire *A visage couvert,* mais je soupçonne qu'il s'est compté en années plutôt qu'en mois. Quand je me suis attelée à ce roman, je travaillais au comité de direction de l'hôpital de Paddington et il a été pour une large part élaboré dans le métro qui me menait de la gare de Redbridge à celle de Liverpool Street, puis jusqu'à Paddington. La rédaction, toujours à la main, avait lieu le matin de bonne heure : je me levais assez tôt afin de profiter d'une heure avant de partir au travail, j'écrivais aussi parfois les weekends entre les visites à Connor à l'hôpital, et parfois pendant le trajet. Le travail était gêné par les urgences familiales, la pression de ma profession et la nécessité de passer quelques soirées au City of London College à Morgate, afin de poursuivre des études pour me qualifier dans l'administration hospitalière où j'espérais finir par trouver un poste assez bien payé pour faire vivre ma famille. Je ne crois pas avoir jamais eu l'idée qu'écrire des romans serait une occupation assez lucrative ou assez sûre pour pouvoir compter totalement sur elle.

Je n'ai pas eu non plus l'idée d'entreprendre autre chose que des romans policiers. Ils avaient constitué mes propres lectures de divertissement à l'adolescence et j'étais influencée en particulier par les auteurs féminins : Dorothy L. Sayers, Margery Allingham, Ngaio Marsh et Joséphine Tey. Je n'avais aucune envie d'écrire un récit fortement autobiographique sur la guerre ou la maladie de Connor. Je pense aussi avoir une tendance au scepticisme, voire à la morbidité, qui m'a poussée à explorer des personnages soumis au traumatisme d'une enquête de police faisant suite à une mort violente. Je me suis souvent imaginée écrivant un roman qui n'aurait pas été policier — et de fait j'en ai publié deux, *la Meurtrière* et *les Fils de l'homme* — mais je n'ai jamais pu m'imaginer en écrivant un qui n'aurait pas comporté de morts. La mort m'a toujours fascinée et même enfant, j'ai toujours eu conscience du caractère éphémère de la vie.

Et puis il y avait encore d'autres raisons à mon choix. J'aime la construction dans un roman et le « policier » est sans doute le genre le plus structuré dans la fiction populaire. Certains diront que c'est aussi le plus artificiel, mais à ce compte-là toute fiction est artificielle, soigneux réaménagement par sélection de la vie intérieure de l'écrivain dans une forme destinée à la rendre accessible et attrayante pour le lecteur. La construction d'un roman policier peut être stéréotypée, mais pas nécessairement son écriture. Et je me lançais, je m'en souviens, avec de grandes ambitions artistiques. Je ne comptais pas faire fortune, mais j'espérais bien être considérée un jour comme une bonne romancière sérieuse. Il me semblait, comme à bien d'autres, qu'il ne peut y avoir meilleur apprentissage pour un aspirant romancier qu'un policier classique avec ses problèmes techniques : parvenir à un équilibre entre une énigme crédible et des personnages vraisemblables, et un cadre qui à la fois complète et intègre l'action. Et puis j'ai pu avoir besoin d'écrire ce genre d'œuvre pour les mêmes raisons qui font que ses aficionados l'aiment : la catharsis d'une peur soigneusement contrôlée, la création de l'ordre à partir du désordre, l'assurance que nous vivons dans un univers compréhensible et moral et que, même si nous ne pouvons faire régner la justice, nous pouvons au moins trouver une explication et une solution.

En feuilletant aujourd'hui *A visage couvert,* je suis frappée par son caractère conventionnel. C'est tout à fait une histoire à la façon d'Agatha Christie, même si elle aspire à sonder plus profondément l'esprit et les mobiles des personnages. On a le village anglais, les figures classiques du prêtre et du médecin, la vierge inquiète qui dirige le foyer pour mères célibataires. Le livre est bien de son temps. Aujourd'hui la victime, Sally Jupp, n'aurait pas jugé nécessaire de chercher refuge dans le foyer de Miss Liddell, ni d'entrer comme femme de chambre dans la famille Maxie. Les autorités de la bourgade leur auraient procuré, à elle et à son enfant, un logement et les travailleurs sociaux l'auraient aidée à le meubler, cependant que les allocations, bien que peu généreuses, lui auraient permis de survivre. Mais je suis surprise de voir combien de lecteurs disent qu'ils aiment *A visage couvert.* Il semble que le bon petit meurtre domestique dans un village anglais n'a jamais complètement perdu de son attrait.

Une fois le texte définitivement terminé et dactylographié, j'eus un coup de chance. Je fus choisie pour bénéficier de trois mois de cours en internat au King's Fund College pour les administrateurs des hôpitaux de l'assistance publique, alors situé à Bayswater Road. L'établissement avait à sa tête un ancien directeur de l'école de Brighton ; bon administrateur et sans doute bon enseignant en son temps, il n'était pas épargné par ce type particulier de snobisme que j'ai rencontré plus d'une fois chez les directeurs de petites écoles secondaires. Cependant, il m'aimait bien, se montrait très prévenant à mon égard et sa femme m'invita à passer un week-end dans leur sécherie à houblon du Kent. Il y avait là également l'acteur Miles Malleson, associé à jamais pour moi à son incomparable interprétation du docteur Chasuble dans le film tiré de *l'Importance d'être constant.* Il avait écrit des livres sur le théâtre et je lui confiai que je venais de finir mon premier roman. Il me suggéra de l'envoyer à son agent Elaine Greene, chez MCA, et me donna un mot de recommandation. D'après mes souvenirs, je portai le manuscrit moi-même. Je me rappelle un imposant bâtiment dans Piccadilly, les grosses lettres sur la plaque de cuivre et la rencontre avec cette Américaine brune, assez intimidante, qui prit le manuscrit, mais sans être, si je me rappelle bien, particulièrement expansive ni encourageante.

A cette époque, Elaine était mariée à Hugh Carleton Greene, directeur général de la BBC, et après avoir lu mon manuscrit elle était allée déjeuner avec lui, ou dîner — je ne sais plus — à All Souls College, à Oxford. Là, elle s'était trouvée assise à côté de Charles Monteith, l'un des directeurs de Faber & Faber. Grand amateur de romans policiers, elle lui avait dit combien elle était triste de la mort de Cyril Hare dont les romans, la plupart du temps situés dans les milieux judiciaires, comptent parmi les plus élégamment écrits du genre. L'un d'eux, *Tragedy At Law,* est à mon avis l'un des classiques les plus délectables qui soient. Charles Monteith lui dit alors que Faber allait se mettre à chercher un remplaçant à Cyril Hare et Elaine de lui répondre aussitôt qu'elle pensait l'avoir trouvé. Elle lui envoya le manuscrit le lendemain et Charles l'accepta. Je crois que ce succès provoqua un certain malaise chez mes filles qui avaient lu que tout écrivain de valeur pouvait tapisser ses murs avec des lettres de refus. Elles me le rappelèrent avec tact, soucieuses de m'armer contre toute déception future. Je répliquai avec quelque acerbité que les enfants qui n'avaient pas confiance dans le talent de leur maman n'auraient pas de bicyclettes neuves financées par les droits d'auteur. Pour moi, deux excellentes bicyclettes ainsi que d'autres petites gâteries représentaient le succès financier.

Depuis lors, je suis restée chez Faber & Faber, ainsi qu'avec Elaine jusqu'à sa mort. Ensuite, son associée plus jeune, Carol Heaton, lui a succédé et je suis plus que satisfaite d'être entre ses mains.

Je me rappelle très précisément le moment de ce coup de téléphone. J'étais rentrée tard du travail et comme d'habitude, dans une maison vide. Mon mari était au Goodmayes Hospital, mes deux enfants absentes et mes beaux-parents à la retraite dans le Suffolk. Le téléphone sonna presque dès que j'eus ouvert la porte. Elaine, qui avait déjà essayé de me joindre, faisait une ultime tentative. Apprendre que j'allais enfin être un auteur publié a été l'un des moments les plus excitants de ma vie, bien plus, rétrospectivement, que la réception des six premiers exemplaires gratuits. Il aurait été bon d'avoir quelqu'un avec qui partager la nouvelle, mais je n'ai pas souvenir d'y avoir attaché la moindre importance sur le moment. Il me suffisait de savoir que j'allais être une romancière. J'ai su ce soir-là, tandis que je caracolais dans l'entrée, que l'on peut vraiment sauter de joie.

Il y eut cependant une déception. Le livre devait être publié en 1961, l'année suivante, mais je reçus une lettre me disant que Faber avait une liste de fiction trop chargée et que la sortie de mon roman serait retardée d'un an. A l'époque cette attente m'avait paru insupportable, mais elle m'incita au moins à commencer mon deuxième ouvrage avec l'assurance qu'il avait une chance d'être accepté.

MARDI 5 AOÛT

Ce matin j'ai pris le train de onze heures trente à Liverpool Street pour aller à Southwold où je devais intervenir ce soir devant la Southwold Archaeological and Natural History Society. La réunion avait lieu dans une salle donnant sur la jetée. Je fus accueillie à la gare de Darsham par Steve, qui me sert habituellement de chauffeur quand je viens ici. J'ai fréquenté la côte Est depuis mon enfance. Après la Première Guerre mondiale, mon père avait acheté une grande tente conique de l'armée que l'on plantait sur la falaise à Pakefield, juste au sud de Lowestoft. Là, sous la toile brune qui claquait au vent, nous passions deux semaines chaque été, couchés tous les cinq les pieds vers le mât comme les rayons d'une roue. Très amusant pour les enfants, mais pas vraiment des vacances pour notre mère. Il est vrai que je ne me rappelle pas l'avoir vue prendre de vraies vacances pendant toute sa vie conjugale.

Le Suffolk n'est pas le plus joli des comtés anglais ; sa beauté est moins accessible, moins éclatante que celle des régions les plus célèbres du pays, mais j'en suis venu à aimer profondément les grands ciels, l'impression d'espace, les estuaires peuplés d'oiseaux criards et les églises.

J'ai situé nombre de mes romans dans l'Est-Anglie, le dernier étant *Par action et par omission.* Ce livre est né alors que j'explorais le Suffolk avec une amie de longue date assez âgée, Joyce Flack, qui me conduisait dans sa vieille Mini. Je suis restée seule quelques minutes sur une étendue de galets déserte en regardant la mer du Nord froide et dangereuse. Je me souviens qu'il y avait deux barques de pêche en bois à demi enfouies sous la pierraille et quelques filets bruns tendus entre des poteaux qui séchaient au vent. Les yeux fermés, je n'entendais que le minuscule cliquetis des galets remués par les vagues et le sifflement sourd du vent, et je me disais que j'aurais pu me tenir à ce même endroit mille ans auparavant, entendant les mêmes bruits, regardant la même mer. J'ai ouvert les yeux et, le regard tourné vers le sud, j'ai aperçu la silhouette austère et silencieuse de la centrale nucléaire de Size-well qui domine la côte. J'ai pensé à toutes les vies qui avaient été vécues sur ce rivage, aux moulins à vent autrefois source de puissance, aujourd'hui foyers prospères, aux abbayes en ruine de Leiston et South Cove, monuments témoins d'une foi déclinante, aux détritus laissés par ma génération, grands blocs de béton à demi enchâssés dans les galets et blockhaus — éléments du dispositif de défense contre l'invasion allemande attendue sur cette côte. Et immédiatement j'ai su, avec une bouffée d'excitation presque physique, que je tenais un roman. Il se passerait sur une côte déserte de l'Est-Anglie dans l'ombre d'une centrale nucléaire. Le livre, qui pour l'heure n'était guère plus qu'une idée nébuleuse née dans un instant du temps et dans un lieu de l'espace bien précis, demanderait peut-être plus d'un an de recherches et de mise en place, et sa rédaction davantage encore, mais il avait déjà pris vie.

Quand j'y suis entrée, la maison que j'ai achetée à Southwold en 1995 m'a enveloppée dans une atmosphère de paix accueillante. L'entrepreneur Brian Duncan a enlevé du salon le radiateur à gaz, encombrant et d'un maniement difficile, et a ouvert la cheminée qui doit désormais ressembler à ce qu'elle était lors de la construction de la maison au XVIIe siècle. Il a pu trouver des briques anciennes pour le revêtement intérieur et pour le linteau, une poutre de chêne assortie à celles du plafond.

La conférence, ce soir, portait fort à-propos sur l'emploi du lieu dans la fiction, ce qui me semblait assez éloigné des préoccupations de la Société, bien que l'on m'eût assuré que cela ne posait aucun problème. Le bruit continuel de la mer qui s'écrasait contre la jetée contribuait à l'ambiance de vacances, indulgente et attendrie. Dans ma causerie, j'illustrai à l'aide d'exemples l'usage fait du cadre dans la fiction : pour créer ambiance et atmosphère ; pour aider à peindre les personnages ; pour enraciner l'action dans le terrain solide d'un endroit connu, renforçant ainsi la crédibilité, et pour assurer ce contraste qui, dans les romans policiers, peut accentuer l'horreur aussi bien que l'atténuer. Le décor peut aussi avoir une importance symbolique, telle la tour noire dans *Meurtre dans un fauteuil* et la centrale nucléaire dans *Par action et par omission*.

La conférence fut suivie par vingt minutes de discussion. Une question que l'on me pose immanquablement et que l'on me posa ce soir-là, c'est : pourquoi les femmes tiennent-elles la première place dans le domaine du roman policier ? Je réponds que si l'on prend en compte tout le champ des histoires consacrées au crime, ce n'est pas exact, et même si l'on ne considère que le roman policier, on peut soutenir, je crois, que les sexes sont plus également représentés qu'on ne le prétend parfois. Même ainsi, nombre de gens priés de donner des noms d'auteurs de la spécialité commenceraient par Agatha Christie avant de citer probablement Dorothy L. Sayers, Margery Allingham, Ngaio Marsh et, aujourd'hui, Ruth Rendell ainsi qu'une vingtaine d'autres femmes célèbres aussi bien ici qu'aux Etats-Unis. Certains des plus grands romanciers de langue anglaise ont été des femmes : Jane Austen, les Brontë, George Eliot, Virginia Woolf. Puisque la créativité féminine semble trouver tout naturellement son expression dans la fiction, rien d'étonnant, donc, à ce qu'elle soit attirée par sa forme la plus populaire.

Les femmes ont aussi, je crois, certains avantages naturels, surtout cet œil pour le détail, les petits riens de la vie quotidienne, si importants quand il s'agit de fabriquer des indices. George Orwell a dit que le meurtre, ce crime unique, ne devrait naître que d'émotions fortes et là encore, les femmes peuvent être au premier plan parce qu'elles s'intéressent plus à ces émotions fortes qu'à la violence ou aux armes. Je pense aussi qu'elles trouvent à la fois satisfaction et soutien dans les conventions et la forme. Ainsi, psychologiquement soutenues, elles peuvent traiter les événements et les émotions violentes en sécurité, plus qu'elles ne le pourraient dans n'importe quel autre forme de fiction. Après tout, le « policier » est un moyen qui nous permet d'affronter la mort violente, de la romancer, de lui donner une forme reconnaissable et de montrer, à la fin du livre, que même le mystère le plus impénétrable peut être résolu, non par des moyens surnaturels ou par la chance, mais par l'intelligence, la persévérance et le courage de l'homme.

Je réfléchis à cette question depuis que je suis rentrée chez moi. Selon Julian Symons dans son livre *Bloody Murder,* la première note du genre à proprement parler résonne dès 1794 dans *les Aventures de Caleb Williams.* Comme on pouvait s'y attendre, ce roman a été écrit par un homme, William Godwin, le beau-père de Shelley. Certes, ce roman comporte de nombreux éléments de la détection classique, mystère central, indices matériels, détective amateur, poursuite et déguisements. Il prélude même à l'usage de ce genre stéréotypé pour dire sur la société des choses que l'auteur juge importantes. En tant que tête pensante du mouvement radical anglais, Godwin croyait en une anarchie idéale où il n'y aurait ni crimes, ni administration, ni gouvernement. Hazlitt a déclaré qu'une fois qu'on l'avait commencé, il était impossible de reposer ce roman. Pour ma part, je le trouve illisible.

Je suppose que la plupart des lecteurs accorderaient à *Pierre de lune* de Wilkie Collins, publié en 1868 — encore par un homme —, la distinction d'être le premier roman policier moderne. A mon avis, aucun autre ne fait pressentir plus nettement les développements ultérieurs du genre. Wilkie Collins a créé l'un des plus anciens détectives imaginaires, le sergent Cuff, excentrique mais professionnel, fin connaisseur de la nature humaine, inspiré par un véritable inspecteur de Scotland Yard, Jonathan Whicher. Collins est méticuleusement précis dans son traitement des détails médicaux et des procédés de la police scientifique : l'accent est porté sur les indices matériels — chemise de nuit maculée de peinture, porte tachée, chaîne de métal —, lesquels sont tous mis à la disposition du lecteur, préfigurant ainsi la tradition de fair-play qui veut que le détective ne soit jamais en possession de plus de renseignements que le lecteur. Le transfert des soupçons d'un personnage à un autre est fait très adroitement, et l'insistance mise sur les indices matériels tout comme la manipulation du lecteur devait devenir monnaie courante. Mais ce livre a d'autres qualités plus importantes en tant que roman policier : Wilkie Collins excelle à décrire l'aspect et l'ambiance du décor, non sans faire un excellent usage du contraste entre le foyer des Verinder, tranquille et prospère, et la solitude inquiétante des sables mouvants, entre l'exotique bijou maudit qui a été volé et la vie privilégiée apparemment respectable des victoriens de la classe supérieure.

Mais *Pierre de lune* est un livre isolé. Je suppose que le mérite d'avoir pour ainsi dire inventé le roman policier et défini ses principales conventions doit être partagé entre deux écrivains, l'un et l'autre des hommes encore une fois. On peut affirmer qu'en cinq nouvelles seulement Edgar Allan Poe a préfiguré pratiquement tous les types de romans policiers qui allaient suivre. Le roman d'épouvante à sensation avec *Double Assassinat dans la rue Morgue* (1841), le traitement d'un crime réellement commis combiné aux déductions méticuleuses dans *le Mystère de Marie Roget* (1842), l'histoire d'un agent secret dans *la Lettre volée* (1844), une énigme tournant autour du déchiffrement d'un code dans *le Scarabée d'or* (1842) et un meurtre mystérieux tiré au clair par le narrateur dans *l'Homme, c'est toi* (1844). Le détective de Poe, le chevalier C. Auguste Dupin, est un des premiers exemples de l'enquêteur cérébral qui résout les énigmes non par des actes de bravoure échevelés ou des ruses spectaculaires mais par l'observation et le raisonnement.

Cependant, si le roman policier est né aux Etats-Unis, on peut soutenir qu'il est parvenu à maturité dans l'Angleterre victorienne. Conan Doyle est le créateur du détective le plus célèbre de la littérature. Il a transmis au genre le respect de la raison, la confiance dans la réflexion plutôt que dans la force physique, l'aversion de la sentimentalité et le pouvoir de créer une atmosphère de mystère et d'horreur gothique toujours solidement enracinée dans la réalité matérielle. Par-dessus tout, bien sûr, et plus que tout autre écrivain, il a fondé la tradition du grand détective, de l'amateur omniscient dont l'excentricité personnelle parfois bizarre contraste avec la logique de ses méthodes, ce qui donne au lecteur l'assurance réconfortante que malgré notre apparente impuissance, nous habitons pourtant un univers intelligible.

Il y a aussi les auteurs américains plus modernes, Raymond Chandler et Dashiell Hammett, tous deux très bons romanciers, dont l'influence s'est fait sentir au-delà du genre. Chandler, né en Amérique mais élevé en Angleterre, a été très influencé par Hammett. La plupart des amateurs de romans policiers conviendraient avec Chandler que les livres de Hammett doivent être lus et jugés non pas comme de simples divertissements mais comme des œuvres d'art. J'ajouterai seulement que je ne vois pas pourquoi la littérature d'évasion ne serait pas aussi une œuvre d'art. A coup sûr, Raymond Chandler aurait déploré nombre des histoires de détective écrites par des femmes : il déclarait que les Anglais n'étaient peut-être pas les meilleurs écrivains du monde mais qu'ils étaient les meilleurs écrivains ennuyeux, et vitupérait ce qu'il considérait comme le caractère artificiel du roman policier, proclamant son désir de restituer le meurtre à ceux qui le commettent. Cette critique n'est pas nouvelle mais dans son cas, j'estime qu'elle a une faible portée. Son héros solitaire et romantique, arpentant les rues louches, imparfait mais encore supérieur au vice et à la sauvagerie qui l'environnent, est à sa façon une créature tout aussi imaginaire que Lord Peter Wimsey, Roderick Alleyn ou Albert Campion. Les femmes, dans les romans américains « durs », semblent elles aussi souvent peu réelles. Ce sont de patientes petites assistantes qui pianotent sur leur machine à écrire dans un bureau, ou des traîtresses séductrices, sans plus d'influence sur l'intégrité du héros que sur sa vie.

Il y a enfin les romans d'espionnage et indéniablement, les meilleurs sont écrits par des hommes. Graham Greene, Eric Ambler et John Le Carré, fasciné, lui, par la traîtrise et la trahison, merveilleusement convaincant dans son évocation de la triste bureaucratie de l'espionnage. Aucune femme n'a écrit sur le renseignement international avec la même autorité.

Mais je ne pense pas qu'il soit bien utile de discuter de la prééminence de tel ou tel sexe dans le genre. D'ailleurs l'équilibre est peut-être en train de changer. Trop d'auteurs masculins, obsédés par la violence et la recherche de ce qu'ils voient comme la réalité décapante dont leur génération, privilégiée comme aucune autre, n'a jamais fait l'expérience, dépeignent un monde aussi nihiliste que sanglant. Peut-être est-ce vers les femmes que nous devons nous tourner pour trouver la subtilité psychologique et l'exploration des choix moraux qui sont pour moi au cœur du roman policier, fût-ce le plus férocement réaliste.

Tom et Mary Norman arrivent demain (peu après cinq heures) et resteront jusqu'à samedi. Tom est l'un de mes plus vieux amis et l'un des rares à avoir connu mon mari, Connor. Ils s'étaient rencontrés pendant la guerre, alors que tous deux étaient venus à Cambridge passer un examen d'entrée à un cours de préparation à la licence. Ils devaient passer des épreuves pratiques le lendemain et Tom avait suggéré qu'ils aillent au laboratoire voir si les incubateurs fonctionnaient. Si c'était le cas, à une époque où l'énergie devait être soigneusement économisée, il serait possible de dresser une liste de questions possibles. Les incubateurs fonctionnaient bel et bien, et Tom donna à Connor une liste de sujets pour les révisions de dernière minute. Connor se dit : « Ce garçon est génial et je resterai proche de lui toute ma vie. » Ce qu'il a fait, mis à part quelques difficiles années d'interruption pendant les pires moments de la maladie de Connor et quand ils servaient sur des théâtres d'opérations différents.

Je ne me souviens plus de la date exacte de ma première rencontre avec Connor, mais je sais qu'elle eut lieu à l'époque où je travaillais au Festival Theatre à Cambridge. J'étais assistante du responsable de la location, assistante du régisseur et, finalement, de tous ceux qui avaient besoin d'un factotum aussi empressé qu'inexpérimenté. J'avais mis un point final à mon premier emploi désastreux à la perception d'Ely, et en acceptant ce travail au théâtre je pensais probablement que j'aimerais écrire des pièces et que ce serait une bonne expérience. Pour une expérience, c'en fut certainement une. Connor et Tom vinrent ensemble à une représentation et ce fut la rencontre. Je n'avais aucune intention de demander à mes parents l'autorisation de me marier — elle était alors nécessaire si l'un des fiancés avait moins de vingt et un ans —, aussi nous sommes-nous unis le 8 août 1941, cinq jours après ma majorité.

Je n'écrirai rien sur mon mariage dans ce journal incomplet, si ce n'est pour dire que je n'ai jamais trouvé, ni d'ailleurs cherché, quelqu'un d'autre avec qui j'aie souhaité passer le reste de ma vie. Je pense à Connor avec amour et chagrin pour tout ce qu'il n'a pas connu : les petits-enfants qui lui auraient donné tant de joies, mes succès qui auraient rendu plus facile à porter le fardeau de la maladie mentale — l'argent le fait toujours —, les voyages, les rires, les petits triomphes et la vie quotidienne que nous n'avons pas partagée. Tom Norman est l'un des deux amis encore vivants qui ont partagé avec nous l'expérience de ces journées à Cambridge et connu après notre installation à Londres le petit appartement d'une pièce que nous avions loué à Manchester Square, plus tard détruit par les bombardements, et la vie de Connor étudiant en médecine. Je ne le vois pas assez souvent. C'est l'une des rançons de la gloire, qui ne va pas sans agenda surchargé, sujet de honte autant que de regret quand nous voyons nos vies prendre une mauvaise direction et nous obliger à passer si peu de temps avec ceux que nous aimons, alors que c'est près d'eux que nous souhaiterions être.

SAMEDI 9 AOÛT

Tom et Mary m'ont déposée ce matin à la gare de Dorsham pour prendre le train avant de retourner eux-mêmes en voiture à Winterborne Houghton dans le Dorset. Séjour heureux pour nous trois.

Mary tenait à voir Somerleyton, nous y sommes donc allés jeudi. Construit autour des restes d'une construction Tudor, cet exemple superbement extravagant de l'architecture d'une maison de campagne au début de l'époque victorienne conserve peu des caractères originaux de la demeure primitive. Quand Sir Morton Peto fut obligé de vendre en 1861, elle fut décrite par les agents immobiliers comme « un spécimen de l'architecture élisabéthaine transformé par le goût puriste en un somptueux et noble exemple d'anglo-italien — un style riche et harmonieux imprègne tout l'édifice ». Restée tout à fait maison de famille, elle m'a beaucoup plu.

Nous avons déjeuné là dans un agréable petit café

avec vue sur les jardins, puis sommes allés à Blundeston visiter l'église de St Mary the Virgin dont la mince tour ronde, élevée vers 988, est remarquable. Deux femmes du village ont fait leur apparition pendant que nous y étions — et prirent plaisir à nous parler de leur église. Je leur ai dit combien nous étions heureux qu'elle ne fût pas fermée, et l'une d'elles a raconté que la police leur avait conseillé de le faire et que l'un des précédents desservants l'avait effectivement fermée pendant un moment, mais que les fidèles avaient exigé qu'elle restât ouverte ; elle conclut : « Pourquoi est-ce que nous laisserions des vandales fermer notre église alors que même Hitler n'y est pas parvenu ? »

J'aime visiter les église de campagne, bien que, ne conduisant pas, je n'en aie pas très souvent l'occasion. Il y a en général toujours quelqu'un du village tout prêt à parler de l'édifice et de son histoire. La fierté et l'amour ainsi témoignés sont touchants, mais les gardiens du temple sont rarement jeunes et je me demande pendant combien de temps se maintiendra cet intérêt si vif.

Le vendredi, cap au sud jusqu'à Thorpeness, extraordinaire centre de vacances noir et blanc dans le style Tudor, imitation créée entre les deux guerres, bastion de respectabilité et de conformisme petit-bourgeois qui paraît si incongru face à la morne grève balayée par les vents et à l'indomptable mer du Nord. Pour moi, il est peuplé des ombres de nurses 1930 et de petits enfants en chapeaux souples à grands bords. Un bon endroit pour y situer une énigme policière ? Assurément il offre un contraste piquant entre une sécurité claustrophobique et la perturbation déstabilisante engendrée par un crime violent ; mais l'architecture est trop uniforme pour stimuler l'imagination créatrice. Ensuite, de Thorpeness à Aldeburgh, où nous avons pique-niqué sur l'une des tables de bois avec bancs devant le Moot Hall. Journée chaude et ensoleillée comme pendant tout le séjour.

L'un des grands charmes de la présence de Tom et Mary, c'est leur connaissance de l'histoire naturelle. Pas un oiseau, un papillon, une fleur ou un arbre auxquels ils ne puissent donner un nom. Ils passent beaucoup de temps à voyager, souvent dans des conditions assez peu confortables, dans des régions reculées d'Asie, pour rechercher et photographier des orchidées rares dont l'une, découverte et décrite par Tom, porte son nom. A Covehithe, nous avons vu un papillon qu'il a reconnu pour être une femelle d'Argus à bande noire parce que ses ailes étaient ourlées d'un bleu plus foncé. Elle ne vit que trois jours et je me suis demandé si nos yeux d'humains avaient été les seuls à la voir pendant cette courte durée. Tandis que Tom et Mary franchissaient la porte menant aux ruines de l'abbaye, le papillon voleta jusqu'à une feuille tout près de moi et s'y posa. Ce fut un de ces moments rares où une beauté fugitive, brièvement contemplée, intouchable, est ressentie avec une intensité particulière, l'impression d'être le spectateur privilégié d'une vie qui, si courte soit-elle, fait partie d'un tout mystérieux.

LUNDI 11 AOÛT

Retour à Londres. La nuit dernière a été étouffante et je me suis éveillée ce matin trempée de sueur. Une fois encore la maison est étançonnée et dehors le désordre est effroyable. Les deux jeunes ouvriers chargés de la besogne semblent travailler dans la bonne humeur par cette chaleur terrible. Ils ont creusé des trous profonds sur le devant, les côtés et derrière. Malgré mon offre de thé à volonté — sûrement nécessaire par cette température —, ils ne veulent pas entrer dans la maison. Leur entreprise, j'imagine, l'interdit ; ils apportent leur boisson avec eux. Aujourd'hui, la maison a un aspect particulièrement déprimant et délabré. Les fissures semblent s'être élargies pendant ces derniers jours comme si le bâtiment s'était résigné à la décrépitude. Il faudra que j'attende plusieurs mois après la fin des travaux pour pouvoir effectuer les réparations et décorations nécessaires. J'ai hâte de la voir reprendre l'aspect qu'elle avait autrefois.

Déjeuner avec Frances Fyfield au Belvedere de Holland Park. C'est toujours un plaisir de voir Frances que j'admire comme écrivain de policiers et que j'apprécie comme amie. Arrivée en avance, j'ai passé un moment à me promener tranquillement dans ce qui doit être l'un des parcs les plus ravissants de Londres. J'ai toujours eu la chance d'habiter dans des lieux à la fois beaux et historiques, Oxford d'abord, puis Ludlow, puis Cambridge et enfin Londres. Je ne peux me rappeler quand mes parents ont quitté Oxford pour Ludlow, mais c'était certainement avant que j'aille à l'école. Je ne crois pas que les jeunes enfants soient sensibles aux beautés de la nature ; pour eux les gens sont plus importants que les fleurs et les arbres, mais vivre à Ludlow de quatre à onze ans signifie que mes yeux ont vu peu de choses qui eussent été sans beauté en dehors de la maison, et cette constante exposition aux délices d'une des plus ravissantes villes d'Angleterre a sûrement dû laisser des traces.

Si je me reporte aux débuts de ma scolarité, ils me semblent plus proches de l'époque victorienne que de la vie d'un enfant à l'école primaire aujourd'hui, et de fait ils l'étaient, aussi bien dans le temps que dans les comportements vis-à-vis de l'enseignement. J'étais conduite à ma première école, où j'ai dû entrer à l'âge de cinq ans, non par ma mère mais par un petit garçon à peine plus âgé que moi qui habitait tout près. J'ai le souvenir d'avoir été remorquée à une allure infernale par ce « chevalier servant » peu enthousiaste mais sans méchanceté. La salle de classe était grande et carrée avec un énorme poêle à charbon allumé l'hiver, entouré par un haut garde-feu. Elle a repris vie dans ma mémoire quand j'ai lu la description de la salle de classe à Lowood dans

Jane Eyre, bien que les deux établissements n'aient absolument rien eu d'autre en commun, j'en suis sûre. Il n'y avait pas de toilettes à l'intérieur, et je me rappelle nettement le jour où, assise sur l'un des sièges en bois dans l'appentis extérieur, une partie du plafond de plâtre m'est tombée sur la tête. Provisoirement assommée par la surprise — mais sans autre dommage, à coup sûr, puisque personne chez moi n'a été averti de l'incident —, je suis restée assise là, la tête couverte de plâtre, jusqu'à ce qu'un des enfants alerté par le bruit appelle une institutrice. Je la revois qui me regardait d'un air mi-choqué mi-amusé.

Après l'école, nous rentrions rarement directement à la maison. Mon petit mentor, qui avait une imagination débordante et légèrement morbide (mais comment pourrais-je m'en plaindre ?), me traînait jusqu'à la rivière dans l'espoir de voir des noyés, ce à quoi il semblait s'attendre chaque jour. Nous étions déçus, mais enfin je me rappelle avoir vu un homme qui s'était cassé un bras. Assis dans son jardin sur une chaise de cuisine, il se tenait le bras en gémissant cependant que nous, les enfants, le regardions par une fente dans la barrière de bois, fascinés et plein d'espoir, bien qu'il fût très loin de valoir un noyé.

Les deux problèmes médicaux des écoles étaient les poux et les teignes, les derniers étant les pires. Les affligés à qui on rasait les cheveux portaient ensuite des petits bonnets de coton, insignes de la honte, qui les faisaient ressembler à des clowns en miniature. Il y avait pourtant une compensation : les petites filles qui avaient les cheveux raides — ce qui passait pour une calamité à l'époque — se retrouvaient souvent avec des boucles après le rasage.

Ma deuxième école, dont j'ai gardé un souvenir beaucoup plus net, était la British School, bâtiment de briques rouges dans Corve Street, avec un terrain de jeux asphalté et des grilles de fer sur le devant. Elle s'appelait British non par patriotisme ou nécessité de la distinguer des établissements étrangers — il n'y en avait point à Ludlow —, mais parce que c'était une des écoles fondées par la British Society, organisation charitable créée en 1840 pour assurer l'instruction élémentaire des enfants pauvres. Les enfants du début du XIXe siècle n'y auraient pas été déplacés, et le nom restait de circonstance. Une carte accrochée en permanence au mur de la plus grande salle de classe, avec ses taches rouges — Canada, Inde, Australie, Nouvelle-Zélande, petites îles semblables à des éclaboussures de sang disséminées dans tous les océans du monde —, permettait à notre maîtresse de souligner que c'était là, en vérité comme dans la légende, un empire sur lequel le soleil ne se couchait jamais. L'Empire Day était un grand événement, célébré par une marche autour du terrain de jeux et un salut au drapeau. L'enseignement n'était pas chauvin mais on nous inculquait la conviction que l'Empire était une bonne chose et les gouvernants bien intentionnés, point de vue simpliste peut-être, mais probablement pas plus dommageable que celui de certains jeunes d'aujourd'hui, persuadés que tous les malheurs survenus dans le monde au cours du siècle dernier sont imputables à la Grande-Bretagne.

Les premières années de ma génération furent dominées par la guerre de 1914-1918, catastrophe dont aucun d'entre nous n'était assez âgé pour se souvenir, mais qui avait marqué à jamais la vie de nos parents et projeté sur la nôtre une ombre de tristesse que nous ne comprenions pas, un chagrin universel qui atteignait son apogée le jour de l'Armistice, quand à la onzième heure du onzième jour du onzième mois le pays s'immobilisait pratiquement pendant que nous faisions silence.

J'ai appris à lire très jeune, certainement bien avant d'aller à l'école, et je me rappelle le jour où cela s'est produit. Ma mère achetait toutes les semaines un petit journal comique, *Tiger Tim* ou *The Rainbow*, et trouvait le temps de me le lire. Entre le moment où ma mère avait le journal entre les mains et celui où elle me le lisait, l'attente était intolérable. Et puis un matin, à mon étonnement ravi, les courbes et les angles tracés sous les dessins s'assemblèrent soudain pour faire sens. A partir de cet instant je n'eus plus besoin d'aide, je savais lire. J'ai dû être guidée par les dessins et c'était sans doute une simple mise en relation des mots avec l'image, mais c'est un de mes plus anciens souvenirs de grand bonheur.

L'école n'avait pas de bibliothèque et je me souviens de très peu de livres à l'exception d'une histoire d'Angleterre de Piers Plowman. Les leçons d'histoire faisaient ma joie. Dans ma mémoire c'est un joyeux méli-mélo de récits merveilleux, mythes, légendes et faits réels, continents, siècles et personnages si bien enchevêtrés que j'en étais arrivée à les voir comme une série d'images aux couleurs éclatantes. Alfred broyant du noir auprès du feu tandis que les gâteaux noircissent, un linceul blanc de neige tombant sur le cercueil de Charles Ier, Hannibal pressant ses éléphants pour franchir les Alpes, Jules César s'écroulant dans une mare de sang, Wolfe prenant d'assaut les hauteurs de Québec. Il devait pourtant y avoir quelques essais de chronologie puisque je me rappelle nettement la rivière Bleue de l'histoire qui s'étendait le long d'un mur et sur laquelle nous collions des silhouettes découpées de rois et de reines, insérions des dates et dessinions des représentations des principaux événements.

Je fus heureuse à cette école. Le directeur, Mr Wynn (je crois que son nom s'orthographiait ainsi), semble, avec le recul, avoir été un enseignant remarquable. Il aimait la poésie et ses goûts étaient éclectiques. Nous apprenions des poèmes par cœur et je me souviens encore de ceux de la région du Shropshire, A.E. Housman en particulier. Nous appréciions fort la vigueur et la ferveur patriotique de pièces qui aujourd'hui, j'en ai peur, seraient jugées politiquement incorrectes : *Horatio Keeping the Bridge, Vitae Lampada, Drake's Drum.* La première poésie que j'ai été priée de lire à la classe — je devais avoir à peu près huit ans — était *The Burial of Sir John Moore at Corsrunna.* J'étais partagée entre fierté et embarras, m'étant rendu compte, en parcourant les vers, que le mot « baïonnette » était nouveau pour moi si bien que je ne savais ni ce qu'il signifiait ni comment le prononcer.

Toutes ces poésies sont restées mes favorites et je regrette que les enfants, à qui on ne demande plus d'apprendre de la poésie par cœur, soient privés de ce trésor de plaisir. La journée commençait toujours par une prière et une hymne, bien que je n'aie pas gardé le souvenir d'en avoir eu des recueils. Je crois que c'étaient celles que nous chantions souvent à l'église, si bien que les mêmes revenaient avec une fréquence assez monotone, entonnées par les voix enfantines un peu traînantes des confins gallois. Tous les matins, pendant toute ma scolarité, j'ai entendu une lecture extraite de la *King James Bible.* Il n'y avait grâce à Dieu pas de *Good News Bible,* version qui ne peut que navrer tous ceux qui se soucient de religion ou de littérature.

Mes parents, incapables de rester en place, ont déménagé quatre fois pendant les quelques années où nous avons vécu à Ludlow. La troisième maison, tout à fait en dehors de la ville, était trop grande et trop coûteuse pour les ressources de mon père et nous n'y sommes pas restés longtemps. Elle s'appelait The Woodlands, et se trouvait dans un grand jardin qui descendait jusqu'à la Teme. Ma sœur et moi allions tous les jours à l'école à pied, portant notre déjeuner dans un panier d'osier. C'était un long trajet et je me rappelle un jour d'hiver où nous avancions péniblement en pleurant de froid.

Toute petite, j'ai vu la grande pauvreté. Elle n'est pas soulagée par la beauté de son environnement. On semble croire qu'elle est pire dans les villes qu'à la campagne, mais je me demande si ce n'est pas l'inverse. Dans les villes, il y a plus de lieux publics, plus de bibliothèques, plus de refuges contre le froid.

Quelques-uns des enfants avec qui j'allais à l'école étaient presque en haillons. Je me rappelle parfaitement un petit garçon — il s'appelait George — au visage hâve comme celui d'un adulte, la similitude encore accentuée par une petite tache de mousse blanche près de l'oreille qui me rappelait la crème à raser de mon père. Il n'y avait guère que le visage de l'enfant qui était lavé, et il venait à l'école mal chaussé et, je crois bien, affamé. Lors d'une leçon, sévèrement frappé (l'usage de la canne appliquée sur la paume de la main était assez courant), il hurla de douleur, mais peut-être aussi d'une souffrance plus diffuse. Pendant le reste du cours, le maître se montra particulièrement gentil à son égard, faisant de petites plaisanteries de connivence avec lui, aux dépens du reste de la classe. Même à huit ans, je savais qu'il agissait ainsi parce qu'il avait honte de sa sévérité. Dès mon plus jeune âge, j'eus le don de percer à jour les mobiles des adultes et j'exprimais parfois tout haut des vérités gênantes, habitude qui incita ma mère à me qualifier de cynique. Je n'ai certainement pas été une enfant facile, ni peut-être même agréable. Je regrette parfois que ma clairvoyance n'ait pas été aussi aiguë en ce qui concerne mes propres motivations.

Malgré la misère, nous n'avons jamais vu de policier à l'école, pas de violence, jamais de vol. D'ailleurs qu'y aurait-il eu à voler ? Il est difficile pour les gens de ma génération d'accepter sans réserve la théorie — très à la mode dans les années soixante et encore soutenue par certains optimistes — qui veut que la principale cause de la criminalité soit la misère. Celle-ci est bien entendu relative. Les pauvres possédaient alors tellement moins, ils attendaient tellement moins, ils se satisfaisaient de bien moins. Les inégalités et les injustices de la société, trop facilement acceptées par les victimes comme par les plus aisés, n'étaient pas continuellement soulignées par les publicités télévisées avec leur célébration habilement présentée du succès matériel, et l'on n'enseignait pas aux enfants, ni directement ni par allusions, que l'on attendait moins de nous parce que nous possédions moins. Mais si jamais je suis tentée de croire que tout allait bien en Angleterre entre les deux guerres, il me suffit d'évoquer George à la British School.

Reçu dans notre famille, un enfant victorien de la même classe — la fille des Pooter peut-être — se serait senti aussitôt chez lui, alors qu'un enfant moderne, transporté dans une maison sans électricité, sans chauffage central, sans télévision, sans téléphone, sans voiture à sa disposition, se sentirait exilé dans une époque de ténèbres.

Dans notre première maison à Ludlow, perchée sur une petite terrasse près de la rivière, le salon était éclairé par une lampe à pétrole qui dominait la table carrée au centre de la pièce. Quand les ombres s'allongeaient, je voyais ma mère monter la mèche, passer l'allumette sur le bord étroit imprégné de pétrole et replacer délicatement le verre. C'était une vraie bénédiction que de voir les visages pleins d'espoir de mes frère et sœur briller doucement dans la chaude lumière. Notre maison de Linney View était éclairée au gaz. Les becs fixés au mur étaient munis de courtes chaînes que l'on tirait pour activer l'arrivée du gaz ou l'arrêter. Les manchons étaient des dômes fragiles en forme de dé à coudre qui semblaient faits de mousseline empesée et qu'un simple geste maladroit avec la bougie fine suffisait à briser. Pendant mon enfance, la plupart de mes commissions avaient pour but d'acheter de nouveaux manchons pour les becs de gaz.

Nos rites hebdomadaires auraient paru familiers à l'enfant victorien : la chaudière à charbon allumée tous les samedis pour fournir l'eau chaude du bain hebdomadaire ; les vêtements propres sortis pour aller à l'église le dimanche ; l'administration hebdomadaire d'un purgatif hors de toute preuve de besoin — prophylactique plutôt que curatif. Familier aussi lui eût semblé les curieusement nommées chemises américaines et l'inconfort urticant des combinaisons d'hiver, durcies par les lavages.

Nous ne voyions le médecin que très rarement. Dans les années vingt, il n'avait pas grand-chose de plus que son prédécesseur victorien dans sa panoplie, mais ce qu'il ne pouvait offrir comme thérapie scientifique était contrebalancé par la foi presque superstitieuse du patient dans l'autorité du praticien sur la maladie. Appeler un médecin, c'était admettre que l'affection était sérieuse, que les remèdes familiaux et folkloriques avaient échoué et qu'il fallait faire intervenir la déité laïque ; ses émoluments réunis non sans difficulté constituaient à la fois une propitiation et un talisman. Un enfant admis à l'hôpital ne voyait jamais sa mère avant d'être renvoyé chez lui, parce qu'on était persuadé que la présence des parents ne pouvait que perturber inutilement les petits malades et gêner la routine de l'hôpital. Hospitalisé peu après notre arrivée à Ludlow — pour une fistule, je crois —, mon frère appela maman « *nurse* » pendant des semaines, une fois revenu à la maison. On croyait aussi qu'une maladie opiniâtre ou un vague malaise étaient dus à un foyer d'infection. Nombre d'adultes crachaient des dents parfaitement saines dans la cuvette en forme de rein, tandis que peu d'enfants des classes moyennes arrivaient à l'adolescence avec les amygdales et les végétations intactes.

Les enfants ont besoin de jouer comme ils ont besoin d'air, et Ludlow était la ville idéale pour une petite fille pleine d'imagination. Si nous nous étions vu offrir des jouets coûteux ou avions été élevés avec télévision, magnétoscopes et jeux vidéo, je suis sûre que nous aurions passé autant de temps que les enfants d'aujourd'hui à tapoter devant un écran, mais en l'absence de ces stimulants, il nous fallait inventer nos propres amusements. La rue, presque entièrement vide de voitures, nous était ouverte, comme les prés qui descendaient jusqu'à la Teme, la rivière, et Whitcliffe au-dessus, les sentiers taillés dans la roche tout autour du château et qui, avec quelques bouquets d'arbustes et une grotte par-ci par-là, fournissaient un décor pour des pièces débordantes d'imagination et la composition d'innombrables rôles. Nous n'avions pas de bicyclette et, bien que j'aie espéré une trottinette, mon père évita cette dépense en assurant qu'il s'agissait là d'une dangereuse gâterie puisqu'il en résultait qu'une jambe était constamment plus courte que l'autre. De même, pas de lampes de chevet, sous prétexte que lire au lit abîmait les yeux.

A l'école, garçons et filles étaient séparés dans la cour asphaltée et les jeux que nous y pratiquions, plus ritualisés et hiérarchisés, laissaient moins de place à l'imagination. Les deux principaux étaient le saut à la corde, en général accompagné de chants, et la marelle. Pour marquer les six carrés de cette dernière on utilisait une pierre crayeuse et pour jouer nous poussions un palet du pied de carré en carré, parfois en diagonale, parfois en sautant un carré, ou avec d'autres variations pour mettre notre adresse à l'épreuve. Il était important de trouver la pierre adéquate, qui était ensuite jalousement conservée. Il la fallait plate mais arrondie, assez lisse pour glisser facilement mais pas trop afin de pouvoir garder son contrôle.

Les dimanches d'été nous étions emmenés, ou le plus souvent envoyés seuls, pour barboter dans la Teme. Nous prenions des vairons que nous ramenions à la maison dans des pots de confiture, et leur trépas amèrement déploré était suivi par un enterrement en grande pompe dans des boîtes d'allumettes. Pas un cantique ne manquait à l'office et je me rappelle que jouer à la messe était l'un de nos passetemps favoris. Etant l'aînée, c'était invariablement moi le célébrant, drapée dans l'une des vieilles chemises de nuit de ma mère. Au reste, le droit d'aînesse m'assurait les meilleurs rôles dans les jeux que nous inventions.

Nous jouissions d'une liberté inconnue de la plupart des enfants d'aujourd'hui : libre disposition des rues, des chemins autour du château et de la rivière. Certaines des leçons apprises dans les rues auraient horrifié nos parents, mais les deux mondes ne communiquaient pas entre eux. Avec peu de jouets nous avions édifié un univers riche d'imagination, et nos parents pouvaient relâcher leur surveillance, sans inquiétude apparente. Je ne me rappelle qu'un incident fâcheux. Nous jouions dans la grotte peu profonde ouverte sur l'un des sentiers du château quand un jeune homme tenant une canne nous a demandé de le suivre jusqu'à un endroit plus discret pour le fouetter. A des enfants qui consacraient quelque ingéniosité à éviter ce genre d'exercice, la demande parut bizarre. Il s'en alla sans insister.

Des enfants ont sans doute été abusés sexuellement quand j'étais enfant ; il y en a toujours eu. Mais parce que la crainte de ces actes n'était pas encore devenue une obsession nationale, on ne nous a jamais appris à nous méfier des inconnus. Les statistiques pour l'Angleterre et le pays de Galles montrent que sept à huit enfants sont assassinés chaque année par des inconnus, et ce chiffre n'a pas beaucoup évolué au fil des années. Il est insignifiant comparé aux dangers que les enfants courent sur les routes, mais il ne le sera jamais dans l'esprit des parents. La possibilité de l'enlèvement, du viol ou du meurtre d'un enfant est l'horreur à laquelle nous n'osons même pas penser. A cause de ces sept ou huit morts tragiques, les enfants, surtout ceux des classes moyennes, sont pratiquement assignés à résidence.

Pour alimenter notre vie fantasque, nous avions le cinéma. Je ne sais plus si, à Ludlow, le prix du billet pour la matinée du samedi était d'un penny ou deux, je crois plutôt un penny. Je me rappelle avoir fait partie de la longue queue d'enfants, le dos collé contre le mur de l'escalier, attendant l'ouverture des portes de la salle. Je suppose qu'il devait y avoir une forme de censure quelconque, mais les films dont j'ai gardé le souvenir n'étaient certainement pas faits pour les enfants. J'en ai peut-être vu certains avec mes parents. Je me rappelle les films muets, en particulier *Naissance d'une nation,* les premiers parlants aussi, le *Broadway Melody* de 1929. L'arrivée du cinéma parlant provoqua un immense intérêt et le directeur du cinéma annonça que, contrairement à la sonorisation défectueuse dans les salles de Shrewsbury ou Londres, Ludlow aurait « le parlant, pas le couacant ». Comme nous n'avions personne pour garder le bébé, toute la famille allait de concert participer à ce miracle moderne. La salle s'obscurcissait, l'écran s'illuminait, la musique s'enflait en somptueux jaillissements mélodiques et — presque incroyablement — dieux et déesses se mettaient à parler.

Le dimanche après-midi, c'était généralement la promenade en famille. Elle ne devait pas être très agréable pour mes parents, car je me rappelle que nous nous traînions derrière eux, ennuyés, fatigués et n'attendant que la fin de cet exercice obligatoire. Mais paradoxalement, il m'en est resté le goût de la marche, et ces promenades dans les prés du Shropshire me reviennent en mémoire chaque fois que je sens l'odeur du trèfle ou l'odeur âcre du chervis, ou que l'herbe mouillée me fouette les chevilles.

Et puis vint le jour de l'examen pour l'obtention des bourses, l'équivalent de ce qui est devenu l'examen d'entrée en sixième. Je ne sais plus si nous avons subi une préparation spéciale pour cette occasion, mais nous nous rendions tous compte de son importance déterminante. Si je réussissais, je passerais dans le secondaire, privilège presque inimaginable. J'apprendrais le français et le latin, l'école aurait une bibliothèque, il y aurait aussi les réjouissances moins pédagogiques dépeintes dans les histoires du *Schoolgirl's Own,* ma lecture hebdomadaire. Ceux qui avaient réussi l'écrit allaient au lycée pour l'oral et je me rappelle avoir attendu d'être appelée pour l'interrogation, assise sur une chaise très basse dans la classe des tout petits. Je n'eus pas de difficulté pour la première partie de l'interrogation, mais comme toujours, le calcul mental me faisait vivre l'horreur absolue, tandis que les grilles de l'incompréhension s'abattaient à grand fracas. Et puis quatre semaines plus tard à peu près arriva la lettre m'annonçant que j'avais réussi et devais me rendre avec le formulaire inclus au centre médical pour subir un examen physique. Je me rappelle avoir contourné le château pour aller jusqu'au local familier où nous avions l'habitude de nous rendre pour faire panser nos coupures, écouter notre poitrine et soigner nos bobos par l'infirmière de l'école. La joie me donnait presque le vertige, une joie iridescente qui rayonnait non seulement en moi mais sur le monde environnant. Les pierres du chemin brillaient d'une lumière surnaturelle, les herbes argentées tremblaient, la Teme étincelait sous le ciel clair, jusqu'aux remparts du château qui se dressaient au-dessus de moi telle quelque cité céleste. Hélas ! triomphe et joie étaient prématurés. Apparemment, l'argent disponible n'était pas suffisant pour le nombre de places offertes et les dernières de la liste furent recalées. Je fus victime de ce calcul mental tant redouté.

A la place, je suis allée à la National School, une des institutions charitables créées entre 1808 et 1811 par la National School Society pour la propagation des doctrines de l'Eglise d'Angleterre. Une fois par semaine, un prêtre de la paroisse venait nous apprendre la collecte de la semaine et nous enseigner le catéchisme. C'est ainsi que ces prières mémorables, si courtes et si riches de sens, ont pénétré très vite au plus profond de ma conscience, aussi bien à l'école qu'à l'église, et sont devenues ainsi partie intégrante de mon héritage littéraire.

Mais je ne suis pas restée longtemps à la National School. Mon père, qui travaillait au bureau local de la perception, avait demandé sa mutation et, à l'âge de onze ans, j'emménageai avec ma famille à Cambridge pour entamer la dernière et la plus heureuse étape de ma scolarité à la Cambridge County High School for Girls. Pas de bourse, mais mon père trouva les quatre livres demandées par trimestre. De cela je lui serai toujours reconnaissante.

MARDI 12 AOÛT

La nuit dernière a été la plus chaude jusqu'à maintenant, et une fois encore je me suis retrouvée baignant dans la sueur accumulée entre peau et chemise de nuit.

Ma secrétaire Joyce McLennan avait terriblement chaud quand elle est arrivée. Au moment où, à l'arrêt de Holland Park, elle avait voulu descendre de l'autobus 94, qui suivait de très près un autre 94, le conducteur s'était écrié, furieux : « Seigneur ! Vous voyez ce que c'est ! Chaque fois que vous essayez de dépasser le bus devant vous, il y a quelqu'un qui veut descendre ou monter à un arrêt ! » Joyce travaille pour moi à temps partiel depuis la publication de mon septième roman. Intelligente, efficace, aimable et toujours de bonne humeur, elle occupe une place éminente dans le petit groupe d'amis sur lesquels je peux compter pour rester saine d'esprit.

Un pli intéressant dans le courrier aujourd'hui. Connaissant mon intérêt pour les vieux agendas, une dame habitant Lincoln's Inn m'en envoie un de sa collection. Un modèle de poche W. Straker pour 1914. Aucune indication du premier possesseur et toutes les entrées sont au crayon, faites par un homme, je pense, d'après l'écriture. Chaque jour commence par l'indication de la température, du temps et du vent. Et puis, le 30 janvier, cette note : « Ethel s'est retirée comme d'habitude vers dix heures et a dû se pendre peu après », suivie par une autre : « Dernier baiser et dernier bonsoir d'Ethel. » Aucune indication sur ce qu'était Ethel, épouse, sœur ou fille. Aucun chagrin n'est exprimé, aucune explication donnée.

MERCREDI 13 AOÛT

Matinée assez ennuyeuse consacrée à régler des factures en retard et courrier plus pénible encore. Clare et Lyn, son mari, sont arrivés dans l'après-midi, Lyn m'apportant mon cadeau d'anniversaire : un appareil photographique. Il me semble bizarre d'avoir vécu soixante-dix-sept ans sans jamais en avoir possédé un. Il est peut-être un peu tard pour me mettre à la photographie, mais Lyn, toujours patient, a passé un certain temps à m'expliquer les subtilités de l'appareil, après quoi nous sommes sortis et, ayant trouvé un coin relativement propre au milieu de la poussière et des décombres, j'ai pris mon premier instantané de Clare. Ensuite, Lyn est parti se faire couper les cheveux, et moi je suis allée avec Clare dans le parc et je l'ai photographiée de nouveau dans le jardin japonais.

L'après-midi j'ai terminé et envoyé à l'*Independent* une recension de *The Doctor, The Detective and Arthur Conan Doyle,* une biographie de l'écrivain par Martin Booth. Il était bien plus complexe, voire énigmatique et à certains égards contradictoire que l'énumération de ses qualités ne le laisserait supposer. Mais elles étaient cependant énormes. Il se battit vigoureusement contre l'injustice, que ce soit au Congo belge ou dans son pays, préconisa la réforme des lois sur le divorce qu'il jugeait trop favorables aux hommes, et fit campagne non sans succès pour la défense des prisonniers qui, selon lui, avaient été injustement condamnés. Mais il était extraordinairement naïf et même jobard. Certes, il en était venu à croire au spiritisme après avoir soigneusement examiné les pièces à conviction, mais cela ne l'a pas empêché d'être la proie de charlatans, et à la fin de sa vie, ayant été berné par une photographie qui n'était, de toute évidence, qu'un canular enfantin, sa croyance aux fées lui fit perdre argent, considération et admiration.

Mais ni ses vertus ni ses excentricités n'auraient justifié cette biographie ou les précédentes s'il n'avait créé Sherlock Holmes, le plus célèbre de tous les détectives de la littérature. L'attrait que ses histoires exercent dans le monde entier est extraordinaire. Je me rappelle, il y a quelques années, me trouvant à Tokyo pour inaugurer une exposition sur les romans policiers, avoir reçu à mon hôtel la visite de membres du groupe local de la Sherlock Holmes Society. Ils arrivèrent souriants, portant tous chapeau et veste de chasse et fumant des pipes d'écume. Je me demandais ce qu'ils pouvaient bien avoir de commun avec ce héros de roman si typiquement victorien. Martin Booth fait remarquer que les intrigues dans les histoires de Sherlock Holmes sont ingénieuses, mais à peine crédibles. Conan Doyle ne se souciait pas beaucoup des détails. Le chien qui n'avait pas aboyé la nuit est moins mystérieux que celui du docteur Watson qui, lui, avait complètement disparu. La chronologie est parfois confuse ; les quartiers de Londres sont décrits de façon inexacte et, à l'occasion, l'écriture est très négligée. Rien de cela n'inquiétait ni l'auteur ni ses lecteurs. Un romancier moderne aimerait bien que ceux-ci soient aussi accommodants aujourd'hui. D'ailleurs, Conan Doyle écrivait lui-même : « La précision dans les détails importe peu. Je ne l'ai jamais recherchée et en conséquence j'ai commis quelques grosses erreurs. Ce qui importe, c'est que je tienne mes lecteurs. » Il y est certainement parvenu en son temps, et y parvient aujourd'hui encore.

Les lecteurs de littérature policière, pendant ce qu'on a appelé l'Age d'Or, semblaient aussi peu soucieux d'exactitude, en particulier scientifique ou légale. Les procédés employés pour le meurtre étaient très ingénieux. Webster nous dit que la mort a dix mille portes pour laisser sortir la vie et le roman policier a utilisé la majorité d'entre elles. Dans les années trente, il ne suffisait pas que la victime fût assassinée, encore fallait-il qu'elle l'eût été mystérieusement, ingénieusement, bizarrement. Réalisme du décor, subtilités psychologiques, considérations sociales, vraisemblance, tout cela était trop souvent soumis aux exigences prédominantes de l'intrigue.

Les écrivains des années trente connaissaient très peu la médecine légale et les procédures judiciaires, et apparemment s'y intéressaient moins encore. Nombre des plus éminents — certains diraient les meilleurs : Dorothy L. Sayers, Ngaio Marsh, Margery Allingham — étaient des femmes sans formation scientifique, et elles s'intéressaient beaucoup plus aux caractères, aux mobiles et à l'intrigue qu'au réalisme de la médecine légale. Les méthodes de la police étaient moins bien organisées, moins perfectionnées et moins scientifiques qu'elles ne le sont aujourd'hui, et les lecteurs beaucoup moins avertis. Même ainsi, nous relisons certains de ces livres avec un mélange d'amusement et d'incrédulité. Les autopsies étaient immanquablement effectuées par le généraliste du coin, sans doute sur le lit du cabinet une fois les consultations terminées. Après quoi il était invariablement en mesure de fournir au brillant détective amateur plus de renseignements sur la façon exacte dont la victime était morte qu'un spécialiste de la police scientifique moderne ne pourrait le faire en deux semaines. Les policiers, honnêtes mais inefficaces, n'étaient souvent que des repoussoirs pour l'amateur talentueux et des échantillons de rustauds campagnards qui se rendaient à bicyclette sur les lieux du crime et saluaient le beau monde avec déférence.

Typique des œuvres de cette époque, *Busman's Honeymoon* de Dorothy L. Sayers, où Lord Peter Wimsey et la jeune femme qu'il vient d'épouser trouvent un cadavre, le crâne fracassé, dans la cave de la ferme où ils doivent passer leur lune de miel. Inutile de dire que nul équivalent des actuels techniciens de la scène du crime n'arrive pour inspecter les lieux, aucun photographe n'est jugé nécessaire, personne dans la maison n'est soumis à l'indignité d'une prise d'empreintes digitales, et on nous dit simplement que la table de la cuisine a été nettoyée pour recevoir le corps, mais je ne suis pas sûre qu'il faille en déduire que le docteur Craven avait l'intention de pratiquer l'autopsie dessus. Ce qui est certain, c'est qu'il a rédigé son rapport pour le coroner avant de quitter la maison, ce qui semble être du travail rapide. Entre-temps, l'enquêteur s'assure l'aide de Lord Peter, tout en échangeant avec lui des citations appropriées tirées de l'*Oxford Book of English Verse*.

Dans certains des romans de Dorothy L. Sayers, pourtant, des prélèvements sont bien mis dans des bocaux et envoyés au ministère de l'Intérieur à Sir James Lubbock, qui semble être un savant, biologiste, chimiste, graphologue et pathologiste universel. Je me le représente dans son laboratoire effectuant des autopsies et examinant des prélèvements venus de tout le pays, tel un Napoléon de l'enquête criminelle.

Nous lisons aujourd'hui encore avec plaisir nombre des livres de cette période, nous laissant peut-être aller à la nostalgie, à une fascination pour l'ingéniosité de l'énigme, ou au désir secret d'un monde plus homogène et plus pacifique, d'une morale plus assurée et plus confiante. Mais on n'en écrit plus aujourd'hui. L'auteur moderne ne peut se permettre d'ignorer la médecine légale et d'ailleurs il ne le souhaite pas. Une des raisons de ce changement est bien entendu le succès remporté à la télévision par les séries noires et policières. Les lecteurs d'aujourd'hui connaissent la différence entre policiers en tenue et police judiciaire, et sont pleinement conscients des fonctions et de l'importance des services scientifiques, ne serait-ce que pour avoir entendu si souvent les personnages de ces séries demander : « Des nouvelles du légiste, patron ? »

Ce réalisme, y compris sur le plan scientifique, a

également été favorisé par l'actuelle mode des enquêteurs professionnels, opposée à la confiance mise autrefois dans l'amateur surdoué, excentrique et romantique.

Ceux d'entre nous qui aspirent à créer un de ces enquêteurs professionnels crédibles doivent faire des efforts pour se documenter aussi bien sur les procédures policières que sur les méthodes scientifiques modernes des enquêtes criminelles, y compris la médecine légale. Le roman policier, comme ses lecteurs, a changé de fond en comble depuis la dernière guerre. Aujourd'hui, il est plus réaliste en ce qui concerne le meurtre, plus violent, plus explicite en matière de sexe, moins assuré dans son affirmation de la loi et de l'ordre officiels, toujours plus proche de la sensibilité et de l'ambiguïté morale du roman dit « littéraire ». Aujourd'hui, les auteurs savent trop bien que la corruption peut se nicher au cœur même de la loi, que tous les policiers ne sont pas invariablement honnêtes, que le meurtre contamine tous ceux qui entrent en contact avec lui, dans la fiction comme dans la vie réelle, et que s'il peut y avoir — s'il doit y avoir, en fait — une solution à la fin du roman et une sorte de justice, celle-ci ne saurait être que celle, si faillible, des hommes.

J'aime faire mes propres recherches et j'ai de la chance en ce sens que, grâce à mon expérience au ministère de l'Intérieur et aux amitiés que j'ai nouées à New Scotland Yard et au service de médecine légale, j'ai toujours des avis autorisés à ma disposition et j'en suis très reconnaissante. Cela ne signifie pas que mes livres ne contiennent pas d'erreurs, surtout quand je n'ai pas vérifié parce que j'étais sûre de savoir. Exemple : dans *Un certain goût pour la mort,* des corps sont découverts dans la sacristie d'une église par Miss Wharton, gentille demoiselle venue de bonne heure faire un peu de ménage et arranger les fleurs en compagnie de Darren, petit écolier déserteur qu'elle a pris en amitié. Cette découverte est si horrible pour elle (puissance du contraste dans le roman policier) que le prêtre de la paroisse l'envoie se remettre pendant quelques jours avec son prédécesseur et sa femme à Nottingham.

Je me demande encore pourquoi j'ai choisi Nottingham. Brighton, Bournemouth ou Scarborough auraient semblé plus indiqués. Pis encore, je l'ai fait partir de la gare de King's Cross et non de St Pancras. Cela m'a valu deux lettres, toutes deux de lectrices. L'une me demandait sur un ton assez plaintif pourquoi Miss Wharton avait préféré partir de King's Cross, ce qui l'obligeait à faire deux changements et lui faisait perdre une heure. La seconde m'assurait qu'elle comprenait parfaitement que Miss Wharton détestât la gare de St Pancras, et qu'elle-même ne l'empruntait jamais si elle pouvait l'éviter.

Ce soir, j'ai dîné avec Valerie Eliot au grill-room du Café Royal. Je raffole de cette salle de restaurant, qui est à mon avis l'une des plus belles de Londres. Il y avait peu de monde, en partie parce que nous sommes en août et en partie, je crois, à cause de la chaleur. Valerie a parlé de T.S. Eliot et de leur vie de couple. J'ai écouté, mangé et joui de la détente et de la fraîcheur. Valerie m'a déposée chez moi vers onze heures.

JEUDI 14 AOÛT

Je me suis éveillée à six heures avec une vague impression de malaise comme si mon esprit luttait pour se débarrasser des derniers fragments obstinés d'un mauvais rêve. La nuit avait de nouveau été torride et j'avais dormi par intermittence. Peut-être avais-je eu un cauchemar, mais je n'en gardais aucun souvenir conscient.

Je me suis mise à repenser à mon premier et désastreux poste à la perception d'Ely. L'examen d'entrée pour être employé de la fonction publique se passait à seize ans et je m'étais rendue à Londres avec une camarade d'école pour m'y présenter. Nous résidions à l'YWCA de Bloomsbury. C'était mon premier voyage à Londres sans chaperon adulte et je me rappelle encore l'excitation et l'enchantement de la ville. Je pense que je devais avoir dix-sept ans quand, toutes les formalités bureaucratiques étant terminées, je fus nommée à la perception d'Ely. Je me rappelle qu'après avoir réussi l'examen j'ai reçu une liste des services administratifs entre lesquels je pouvais choisir et je me demande encore pourquoi j'ai jeté mon dévolu sur les impôts, alors que toutes les autres branches m'étaient ouvertes. J'aurais pu aller à Londres (mon ambition de toujours) et me serais satisfaite de n'importe quel travail ne concernant pas uniquement les chiffres. Les impôts étaient le pire choix que je pouvais faire. Je ne me souviens pas que quiconque ait jamais discuté d'une autre possibilité avec moi. J'avais quitté l'école, donc mes mentors habituels n'étaient plus accessibles et bien évidemment mon père voulait que j'exerce la même profession que lui. Je me demande bien pourquoi d'ailleurs, car je crois qu'il n'y avait jamais été heureux et qu'il aurait préféré enseigner s'il avait eu la possibilité de poursuivre ses études après l'âge de quinze ans.

Combien de temps suis-je restée à Ely ? Pas plus de dix-huit mois, je pense, avant de donner ma démission, mais dans mon souvenir, ce fut un supplice. J'avais commencé par trouver dans une pension de famille une chambre dont le prix, bien que raisonnable, ne me laissait que de quoi payer le voyage hebdomadaire pour rentrer chez moi. Un autre employé était arrivé en même temps que moi, un garçon avec qui je n'avais rien en commun, et même si nous avions sympathisé, l'amitié n'aurait pas été facilitée par le fait que le chef de bureau me le donnait continuellement en exemple. Les autres membres du personnel me semblaient vieux bien qu'ils n'aient pas pu être beaucoup plus âgés que mon père. La cathédrale était ma seule consolation, mais je trouvais la petite ville lugubre et déprimante.

Je finis par quitter la pension de famille pour faire la navette tous les jours entre Cambridge et Ely, ce qui m'obligeait à partir très tôt, à faire un long trajet à bicyclette jusqu'à la gare, une demi-heure de train puis une pénible marche à pied jusqu'au bureau.

Ely a changé aujourd'hui et me semble agréable, voire animé, en particulier le quartier qui s'est construit le long de la rivière. Quand Jane, Peter et leurs enfants habitaient Cambridge, nous y allions en voiture pour déjeuner à l'Old Fire Engine House. Je suis revenue pour y faire une conférence à l'Arts Centre et, l'année dernière, pour la première Ely Lecture dans la cathédrale. Parfois aussi, la commission pour la liturgie de l'Eglise d'Angleterre se réunit à Ely dans l'agréable centre de conférences diocésain. Jamais, au cours de ces visites, je n'ai été accablée par un poids d'irritation et de vague regret comme ce matin. Sans doute parce que la décision de prendre ce travail avait été complètement stupide. Et la faute m'en revenait. Même à dix-sept ans et sans personne avec qui passer les différentes possibilités en revue, je n'aurais pas dû la commettre. Ces mois de solitude, quel gaspillage de jeunesse, d'enthousiasme, d'idéalisme ! Mais le temps passé à la perception d'Ely n'a pas été entièrement perdu. Rien de ce qui arrive à un romancier ne l'est jamais.

Le temps de préparer ma première tasse de thé, de donner à manger à mon chat, Polly-Hodge, et le malaise avait disparu. A quoi bon regretter le passé quel qu'il soit ! Il ne peut être modifié. L'avenir est encore à vivre, et donc s'investir consciemment dans chaque instant du présent est le seul moyen de parvenir au moins à l'illusion de l'immortalité.

VENDREDI 15 AOÛT

Quelqu'un a-t-il découvert une façon vraiment satisfaisante de lire confortablement au lit ? Pour certains d'entre nous, c'est pratiquement notre seul temps libre, excepté celui des vacances ; or lire est si important, si nécessaire à la nourriture de l'intelligence et de l'esprit, qu'à mon avis cette activité devrait s'accompagner d'autant de cérémonial qu'un office religieux. Il nous faudrait un fauteuil confortable qui soutienne le dos et les bras, un bon éclairage, bien orienté, un support pour le livre s'il est trop lourd pour être tenu sans fatigue, une petite table avec notre boisson favorite à portée de la main, le silence et la solitude. Idéal que bien peu d'entre nous sont capables d'atteindre. Je constate que ces dernières années je lis beaucoup moins de fiction et plus de lettres et de biographies, autobiographies, histoires et journaux intimes. Pas de quoi être fière ! Je devrais m'attaquer à davantage de romans récents — et le terme « attaquer » convient bien — mais il y a encore tant de classiques à lire, tant de vieux compagnons pour réconforter, divertir et même apporter des plaisirs nouveaux. J'aime avoir un vieux favori et une nouveauté à mon chevet. En ce moment le premier est *The Small House at Allington* et le second — une nouveauté pour moi seulement — *Sowing* de Leonard Woolf, autobiographie pour les années 1880-1904.

J'ai abordé Anthony Trollope relativement tard, certainement à plus de trente ans, mais depuis il m'a apporté d'immenses plaisirs. Cependant, je me demande s'il savait quel monstre il avait créé avec Lily Dale. Certes, Crosbie est un goujat, mais je ne peux pas m'empêcher de le féliciter de lui avoir échappé. Et je plains la pauvre Miss Dale, destinée à passer sa vieillesse avec une Lily obstinément célibataire et masochiste. De même pour *la Coupe d'or.* Je me demande si Henry James comptait nous voir éprouver de la sympathie pour Maggie Verver et son père, ce millionnaire américain qui consacre d'abord son argent à acheter un mari décoratif pour sa fille en la personne du prince, puis constatant que ce mariage le condamne à la solitude, une épouse tout aussi commode pour lui-même en la personne de l'ex-maîtresse de son gendre. Cela donnerait à penser que parfois les écrivains ne savent pas ce qu'ils ont créé, ce qui est sûrement un non-sens.

Sowing, de Leonard Woolf, qui ne compte que cent soixante-seize pages dans cette édition et que j'ai fini en une soirée, n'est que le premier volume de son autobiographie. Il couvre son enfance ainsi que ses cinq années au Trinity College de Cambridge, où il s'est lié avec Thoby Stephen, Lytton Strachey et un groupe de jeunes gens qui allaient devenir les Apôtres et fonder le groupe de Bloomsbury. Il rencontra pour la première fois les deux sœurs de Thoby, Vanessa et Virginia Stephen, un après-midi d'été chez celui-ci. Elles portaient des robes blanches, de grandes capelines, des ombrelles, et il écrit que leur beauté lui coupa littéralement le souffle. Elles étaient descendues chez leur cousine, Miss Catherine Stephen, directrice de Newnham qui les accompagnait non pas en qualité de cousine mais de chaperon puisqu'en 1901 une sœur n'était pas autorisée à voir son frère résidant dans un collège masculin sans la présence d'un porte-respect.

Cette règle était certainement beaucoup moins stricte quand Connor se trouvait à St Catharine's College, mais il subsistait des restrictions. Le portier surveillait de près toutes les femmes qui entraient et sortaient le soir, et nous devions avoir franchi les grilles à dix heures au plus tard. Un règlement prévoyait que, en cas d'alerte aérienne, les dames se trouvant dans le collège devaient se rendre immédiatement dans le pavillon du directeur, où elles resteraient dans le salon avec l'épouse de celui-ci jusqu'à ce que sonne la fin de l'alerte. Je ne sais pas trop si cette disposition avait été prise parce que les autorités craignaient de voir l'excitation due à un éventuel raid aérien provoquer des pulsions lascives, ou pour nous empêcher de rester au-delà de l'heure prévue sous prétexte qu'il était bien trop dangereux de s'aventurer dans les rues. Les premières notes de la sirène donnaient le signal d'une sortie en masse des femmes. Aujourd'hui les rapports sexuels semblent presque obligatoires pour les étudiants. Ils sont peut-être plus libérés, mais je me demande s'ils s'amusent autant.

Je ne me suis jamais sentie à l'aise avec le groupe de Bloomsbury, dont je déteste le snobisme, l'arrogance intellectuelle, l'égoïsme et l'impolitesse. Alors pourquoi exerce-t-il une telle fascination sur moi ? Dans les années où Woolf et ses contemporains se trouvaient à Trinity, Henry James était à l'apogée de sa puissance créatrice. Etudiants, ils lisaient *The Sacred Fount, les Ailes de la colombe, la Coupe d'or* dès leur parution. Ils pensaient qu'il y avait dans ces romans quelque chose de ridicule qui empêchait de les ranger parmi les plus grands, mais ils étaient charmés et presque hypnotisés par l'étrange beauté et la subtilité propres à James, qui agissent comme des alcools ou des drogues sur ceux qui leur cèdent.

Leonard Woolf raconte comment, Virginia ayant travaillé quelque temps, après leur mariage en 1912 comme secrétaire à la deuxième exposition postimpressionniste de Roger Fry aux Grafton Galleries, Henry James vint un jour prendre le thé, qu'on servait dans les sous-sols. Tout en parlant, il penchait sa chaise en arrière jusqu'à ce qu'elle ne repose plus que sur deux pieds et se tenait au bord de la table pour garder l'équilibre. Il faisait cela chaque fois qu'il venait prendre le thé avec la famille Stephen et, tandis que ses longues phrases se déroulaient, la chaise se penchait lentement en arrière et les enfants la fixaient des yeux, espérant qu'elle finirait par basculer et déposer James par terre. Toujours il parvenait à se rattraper, sauf une fois où l'accident se produisit. La chaise se renversa et le romancier impavide fut projeté sur le sol. Indemne, il acheva au bout d'un instant sa phrase aussi cérémonieuse et fleurie qu'à son habitude.

DIMANCHE 17 AOÛT

A Oxford hier, invitée d'honneur à un week-end sur le crime à St Hilda's Collège, dont je suis membre honoraire.

Je devais voir une amie pour déjeuner à l'Old Parsonage, mais elle a téléphoné pour dire qu'elle avait un virus, donc j'ai gardé la réservation et invité Alixe Buckerfield de la Roche, amie qui habite ma maison à Oxford.

Elle était profondément troublée par le suicide récent de deux étudiantes à Oxford. Une étudiante de troisième cycle s'était pendue à la fin du trimestre et Alixe avait été témoin de la détresse terrible des parents et du jeune frère à l'office commémoratif du Somenille Collège. Le suicide des adolescents est plus fréquent de nos jours qu'il ne l'était dans ma jeunesse. Je ne me rappelle pas une seule amie ou connaissance qui ait mis fin à ses jours pendant mon enfance ou mon adolescence. Peut-être considérons-nous tous, aujourd'hui, que le bonheur est un droit, et le malheur comme honteux et insupportable. Ou est-ce que certains ont une appréciation inexacte du temps linéaire ? Pour eux, l'instant présent est incommensurable, immobilisé dans une torture sans fin. Pas d'espoir que les choses aillent mieux demain parce que l'idée d'un demain n'a pas de réalité.

Assise dans le jardin de St John Street, je pensais aux paroles de William Blake que j'ai citées dans *la Proie pour l'ombre :*

> Nous enfonçant dans la sinueuse caverne, nous avons tâtonné laborieusement jusqu'à ce qu'un vide sans limite, tel le ciel infernal, apparût au-dessous de nous. Accrochés à des racines d'arbres, nous étions suspendus au-dessus de cette immensité. Mais je dis : Si vous le voulez bien nous nous confierons à ce vide et nous verrons si la Providence est là aussi.

Magnifique comme échantillon de prose, mais pas vraiment d'un grand secours quand menace l'autodestruction. Si la Providence n'est pas là, nous n'aurons même pas conscience d'une déception.

Revenue à Londres par le car de sept heures dix ce matin, une bonne heure pour éviter la chaleur du jour. Le soleil ressemblait à une boule d'argent terni et les moutons avaient l'air d'errer encore tout endormis dans cette brume matinale. Polly-Hodge ne m'attendait pas à la porte comme elle le fait d'habitude, mais elle est entrée dans la cuisine par la chatière dès que j'ai mis la bouilloire à chauffer pour le thé que je n'avais pas pris le temps de boire à Oxford. Elle avait dû coucher dans une cave à charbon quelconque, s'il en existe encore, parce que le sommet de sa tête était noir. Elle avait l'air toute ratatinée et négligée comme elle arrive toujours à le faire si je la laisse plus d'une journée, bien qu'elle ait toujours de la nourriture et de l'eau à sa disposition.

Je lis les journaux du dimanche sans enthousiasme. Le public se soucie-t-il vraiment des entrechats de la princesse de Galles et de son amant ? Puis à onze heures, messe à All Saints, dans Margaret Street, où le chanoine Gaskill a prêché sur la mort, sujet rarement choisi. Il a fait allusion aux derniers sacrements. L'idée que l'ultime sensation physique d'un chrétien soit l'effleurement de l'huile sainte sur son front est édifiante, mais je me demande combien de fois cela se produit dans la réalité. La mort, après tout, arrive rarement quand on l'attend, ou sur rendez-vous. Nous rendons en général le dernier soupir, qu'il soit paisible, haletant, douloureux ou miséricordieusement inconscient, dans un endroit que nous n'aurions pas choisi. Et même si ceux que nous aimons sont parvenus à éviter les bouchons sur les routes pour arriver à temps à l'hôpital, nous mourons essentiellement seuls. Ils nous verront, mais nous ne les verrons pas. Ce que j'espère le plus, c'est une vue sur le ciel. La dernière personne que j'ai vu mourir n'avait rien d'autre à regarder pendant ses derniers jours de conscience que le mur nu de sa chambre d'hôpital et, au-delà, un mur en pierres grises de Londres proche à en donner la claustrophobie.

Dans l'après-midi j'ai dormi. Des lettres restaient pourtant à écrire et des papiers à trier. Une journée improductive mais non pas triste, malgré la pensée de la mort.

LUNDI 18 AOÛT

Partie de King's Cross pour Cambridge par le train de dix heures trente qui met moins d'une heure. La liaison est maintenant remarquablement rapide et confortable. Dans mon enfance, les express arrivaient toujours à Liverpool Street et les omnibus à King's Cross, mais aujourd'hui c'est le contraire. Pour moi, la vieille gare de Liverpool Street était comme la porte ouverte de Londres. Un terminus chargé de mon excitation romantique. A Cambridge, une voiture que j'avais retenue m'a conduite à Swavesey pour voir une vieille amie malade qui ne peut plus quitter son fauteuil, Doris Wheatley et son amie Kay Harper qui la soigne.

Déjeuner chez Clare, dans Orchard Street, où je me suis reposée pendant une heure avant qu'une voiture vienne me prendre et m'emmène aux studios de la BBC dans Hills Road pour enregistrer une autobiographie à la radio. Le producteur, Mandy Morton, avait prévu une émission pendant laquelle je parlerais de ma vie et de mes livres, en faisant alterner ces passages avec des lectures de roman pour les illustrer. Longue soirée de travail, depuis sept heures moins le quart jusqu'à dix heures et quart. Heureusement, grâce à l'air conditionné, le studio était très frais.

Mandy avait apporté un carnet de rationnement et une carte d'identité datant de la guerre pour me rafraîchir la mémoire. Ils lui avaient été prêtés par une dame de plus de quatre-vingts ans qui parle souvent à la radio de sa vie et des années de guerre. Cette dame avait aussi fait une note pour me rappeler les rations au moment de la pire pénurie : deux onces de beurre par semaine, six onces d'autres corps gras — en général quatre de lard et deux de margarine —, un quart de livre de thé. Nous devions tous nous inscrire chez un boucher et un épicier, ce qui signifiait, bien sûr, qu'il fallait changer les inscriptions et les adresses sur les carnets chaque fois que nous déménagions. Ce fut l'une de mes tâches lorsque j'ai travaillé dans une agence locale du ministère du Ravitaillement à Christ's College, et je me rappelle un défilé de jolies filles très jeunes, épouses toutes récentes de pilotes de chasseurs et de bombardiers de l'Air Force, qui venaient faire modifier leurs carnets. Je me demandais toujours combien d'entre elles seraient veuves d'ici peu.

Pendant la guerre, notre vie, en particulier pour celles qui avaient de jeunes enfants, semblait dominée par les questions de nourriture : où s'en procurer, comment la cuire, comment tirer un maximum de ce qui nous était alloué. Il était possible de s'inscrire comme végétarien, et dans ce cas on avait droit à un supplément de fromage toutes les semaines. Dans les familles nombreuses, je m'en souviens, c'est ce que faisaient un ou plusieurs membres, d'où une amélioration de l'ordinaire pour tout le monde. Il existait un système de points pour les boîtes de conserve et autres denrées rationnées ou en vente libre selon les arrivages. Nous faisions la queue pour le poisson et tout ce qui ne figurait pas sur les tickets et qui était parfois livré dans tel ou tel magasin. La nouvelle s'en répandait bien vite et la queue s'allongeait.

De 1943 jusqu'à la fin de la guerre en Europe, j'ai habité une belle maison aujourd'hui démolie à Chigwell Row, en Essex, appelée White Hall. Les propriétaires, le docteur et Mrs Price-Watts, avaient installé pour leur bru un appartement dont elle n'avait plus besoin et que j'avais repris. Il y avait de grands ormes dans le jardin où des freux menaient grand tapage, aussi le boucher eut-il l'idée de les tirer au fusil puis de revendre les carcasses à Mrs Price-Watts. Un jour, la cuisinière en fit une tourte que je fus invitée à partager. Je me rappelle surtout un méli-mélo d'os extrêmement petits et pointus pratiquement sans viande, mais la sauce était excellente.

Je me rappelle aussi — quel membre de ma génération n'est-il pas dans ce cas ? — les horreurs culinaires particulières à cette guerre. La tourte Woolton, composée de légumes et de chair à saucisse avec plus de croûte que de viande, et le potage Windsor qui avait un goût de roux trop brun. Et puis nous en avions vraiment assez des carottes. A un moment donné, il y en avait en surabondance et le ministère du Ravitaillement nous inondait de prospectus célébrant les vertus du potage de carotte, du ragoût de carotte, du gâteau de carotte. On nous assurait que cette ombellifère était particulièrement bonne pour la vue : c'était grâce à elle que nos vaillants aviateurs arrivaient à abattre tant d'avions ennemis. Tourte Woolton et potage Windsor figuraient en bonne place aux menus des British Restaurants institués sous l'égide du ministère du Ravitaillement pour fournir des repas sains et bon marché. A cet égard, je crois qu'ils y avaient bien réussi. Malgré les pénuries et, parfois, des moments de vraie faim, l'état sanitaire du pays était remarquablement bon.

Un jour à marquer d'une pierre blanche pour nous était l'arrivée d'un colis venu d'Inde où mon mari, désormais médecin en titre, servait dans les services de santé de l'armée. Il contenait du thé et quelques boîtes d'une viande indéfinissable. Mais la grande joie, c'était une boîte de beurre. Très pâle, sans sel, il avait un peu le goût de celui qui sort de la ferme. Je suppose que j'aurais dû le faire durer pendant des jours. Mais je ne pouvais pas résister à l'envie de commettre de somptueux excès. J'installais Jane dans sa chaise haute et nous festoyions à grand renfort de toasts généreusement tartinés de beurre.

C'est un jour comme celui-là, alors que je mettais

des lichettes de toast dans la bouche couverte de beurre de Jane, que j'entendis à la radio (que nous appelions alors la TSF) l'annonce du largage de la bombe atomique. Je me rappelle encore le mélange de respect craintif et de triomphe dans la voix du journaliste quand il annonça : « Nous avons déchaîné contre l'ennemi la puissance du soleil lui-même. » Je savais que le largage de la bombe ramènerait certainement Connor à la maison plus vite et sans doute sain et sauf, mais ce fut pourtant un moment d'horreur pour moi. En regardant presque atterrée mes deux petites filles heureuses et barbouillées de beurre, à cent lieues dans leur innocence de comprendre le sens de ce que nous venions d'entendre, je savais que, pour nous tous, le monde avait changé à jamais.

MARDI 19 AOÛT

Revenue de Cambridge pour trouver une très grosse quantité de courrier auquel nous nous sommes attaquées cet après-midi, Joyce et moi. C'est une des rançons, ou au moins des inconvénients, de la célébrité. Je reçois de nombreuses demandes pour des photographies, des signatures, des livres dédicacés pour des ventes aux enchères au profit d'œuvres locales dignes d'intérêt (pratique qui devient si courante que ma réserve d'exemplaires reliés est désormais épuisée), des conseils sur des travaux en cours ou de l'aide pour des problèmes personnels. On semble croire que je suis une spécialiste des lois, des crimes réels, des libertés civiles et de la Constitution. On me prie en outre de remettre les prix aux fêtes des écoles, de parler à des groupes d'écrivains, ou de participer à des festivals littéraires qui prolifèrent, ici et à l'étranger. De gros paquets arrivent avec une fréquence accablante, contenant le manuscrit d'un roman assorti d'une note demandant que j'indique comment faire pour qu'il soit publié, ou écrive une préface, ou fournisse une formule choc pour la publicité.

Certains après-midi comme aujourd'hui, nous attaquons le dossier très redouté « En souffrance » dans lequel nous classons inévitablement les lettres les plus difficiles, celles qui demanderaient le plus de temps, dans l'espoir qu'elles se répondront toutes seules. Il arrive d'ailleurs, mais très rarement, qu'elles le fassent. Il semble vraiment discourtois de ne pas répondre à des lettres de lecteurs charmants et enthousiastes ou de refuser d'aider des gens qui essaient de réparer le clocher de leur église, ou de fournir des livres à leur école primaire, mais tout cela prend du temps que je devrais consacrer à ces Mémoires et je n'ai pas la férocité — ou peut-être le courage — de suivre l'exemple de Nancy Mitford, qui envoyait une carte postale avec ces seuls mots : « Nancy Mitford ne peut répondre à votre demande. » Pendant ce temps, le fax crache ses messages et le téléphone sonne.

Je me suis dit ce soir que je n'aurais pu prévoir tous ces développements quand *A visage couvert* a été publié en 1962. Mais c'est alors que je me suis souvenue ; la première fois que je me suis vue imprimée, c'était beaucoup plus tôt, en 1935 ou 1936, quand j'ai remporté à la Cambridge High School for Girls un prix pour une nouvelle publiée dans la revue de l'école. Je regrette de ne plus en avoir aucun exemplaire. Pour autant que je m'en souvienne, l'action se passait dans une île des mers du Sud où un groupe de personnes se trouvait abandonné. Comment ? Pourquoi ? Quand ? Charitablement, ma mémoire est muette. Un membre du groupe gravement malade avait besoin d'un médicament rare, arrivé fortuitement quand un petit biplan s'écrasait sur l'île. Je soupçonne mon histoire d'avoir été aussi peu vraisemblable que riche en rebondissements dramatiques.

L'annonce de ce prix fut un des sommets de ces cinq années très heureuses passées entre onze et seize ans dans cette l'école. Nous portions un uniforme vert foncé, une tunique à empiècement carré avec trois gros plis creux devant et derrière pour laisser de la place aux rondeurs de l'adolescence. Ainsi vêtues, les silhouettes les plus gracieuses semblaient épaisses. Les filles qui faisaient partie de la deuxième équipe de hockey portaient une écharpe bleu pâle, celles de la première une écharpe verte avec une mince ligne bleue. En lisant *les Belles Années de Mlle Brodie,* de Muriel Spark, j'ai immédiatement senti un lien de parenté avec ses personnages penchés sur leur guidon de bicyclette, les bords de leur chapeau orientés selon des angles différents. Normalement, nous portions les nôtres relevés derrière et baissés devant, mais quelques esprits audacieux baissaient le bord par-derrière. Nous portions le même uniforme pour les jeux, mais pour la gymnastique nous enlevions la tunique afin d'effectuer nos contorsions bien disciplinées en chemisier et culotte vert foncé. Pas de douches ni de placards individuels ; manteaux, chapeaux et tous les objets personnels étaient accrochés à des patères dans le vestiaire. Pendant tout mon séjour à l'école, rien n'a jamais été volé.

La plupart des élèves venaient des classes moyennes inférieures ou ouvrières ; les filles d'universitaires ou de membres des professions libérales allaient plutôt à la Perse School, notre plus grande rivale contre laquelle nous livrions des parties de hockey féroces avec force crosses entrechoquées et cris d'encouragement. Je n'étais pas fameuse pour les jeux, mais je courais vite et j'étais ainsi parvenue à me faire une place précaire dans la deuxième équipe.

Aucun membre du personnel n'était particulièrement chargé de veiller sur notre bien-être psychologique ou moral. Je crois qu'à cette époque tous les professeurs considéraient qu'inculquer les valeurs reconnues de moralité personnelle, de responsabilité sociale et de bonne conduite faisait partie de leur travail. Il faut un immense effort d'imagination pour se représenter ce qui se serait passé si une élève s'était trouvée enceinte. Elle aurait certainement disparu soudain de l'école et même de Cambridge, accompagnée de quelques explications apaisantes sur une maladie mystérieuse, ou la nécessité d'aller habiter chez des parents éloignés. La question de la sexualité n'était jamais abordée, pas même lors des cours de biologie qui faisaient partie des sciences générales dans le programme. Je garde le souvenir d'odeurs nauséabondes produites on ne savait trop comment dans des tubes à essais, d'expériences avec de la limaille de fer et des aimants, et d'exposés sur l'atome, plus petit élément possible de la matière, donc insécable et indestructible. Il est amusant de se dire qu'on était précisément en train de l'éclater à moins de deux kilomètres de là, au Cavendish Laboratory.

Non seulement la sexualité était un sujet tabou mais une extraordinaire réticence entourait les fonctions naturelles, y compris la menstruation. Je me rappelle, lors d'un retour à la maison à bicyclette avec une camarade d'école — je devais avoir une douzaine d'années à l'époque —, lui avoir proposé une excursion aux collines de Gog Magog pour le samedi après-midi. Elle m'avait répondu sur un ton de profond mystère qu'elle ne pourrait pas parce qu'elle ne serait pas bien. Comme elle semblait, selon son habitude, en grande forme, j'étais curieuse de savoir pourquoi elle s'attendait à une telle infortune, mais elle se contenta de me dire : « Demande à ta mère. » Je n'en fis rien, les parents étant les derniers à interroger sur quoi que ce soit de potentiellement embarrassant. Je crois que ma mère a essayé, quand j'étais plus jeune, de me préparer à la menstruation, mais son explication a dû être incomplète parce que j'avais cru comprendre que cela se produisait une fois par an ; quand cela m'arriva, je me plaignis amèrement que le mois d'août fût un bien mauvais mois puisque dorénavant toutes mes vacances d'été seraient perturbées ! Je me rappelle aussi que mon grand souci était de savoir, si je me mariais, comment cacher cet événement récurrent à mon mari. Pour moi il s'agissait là d'un mystère féminin sacré et en le dévoilant j'aurais trahi tout mon sexe.

Je pense que rien n'illustre plus clairement la différence d'attitude que les publicités pour les protections périodiques à la télévision, où l'on voit des jeunes femmes en pantalon blanc très ajusté monter d'un bond dans une voiture de sport et en descendre à la même allure en poussant de joyeux cris de libération. Dans les années 1930, les protections internes n'existaient pas et les serviettes périodiques en coton, encombrantes et pas très absorbantes, irritaient souvent la peau. Elles avaient une boucle à chaque extrémité pour être attachées à une ceinture. Nous les achetions chez Boots, le pharmacien, à un comptoir spécial présidé par une infirmière à cheveux gris en grand uniforme qui nous remettait l'embarrassant paquet avec la discrétion née d'une longue expérience.

Mais ces serviettes coûtaient cher et les familles pauvres découpaient de vieux draps, les ourlaient et les pliaient en une sorte de bandage attaché à la ceinture avec des épingles de sûreté. Nos ancêtres victoriennes avaient sans doute dû se contenter du même procédé si peu satisfaisant. Les protections actuelles sont une petite victoire de la technologie moderne sur les inconvénients biologiques — et peut-être pas si petite que cela.

J'ai gardé le souvenir de nombreuses leçons de la Cambridge High School, bien que je ne sache pas trop si les classes où elles étaient données existent encore. Peu après mon départ, l'école a déménagé, mais il y a cinquante ans nous étions à côté de l'Art School dont les fenêtres donnaient sur les courts de tennis et le terrain de volley-ball ; de l'une d'elles le jeune Ronald Searle pouvait regarder nos énergiques galopades. Dès cette époque, il commençait à se faire une réputation comme artiste, mais je préfère penser que la rumeur voulant qu'il ait pris les élèves de la High School, et en particulier l'une d'entre nous à la chevelure noire ébouriffée, comme modèles pour les sorcières de St Trinian's est un bobard. D'abord nous avions rarement des nattes. Elles étaient plus courantes chez nos rivales de la Perse School — une des nombreuses et subtiles distinctions sociales existant alors. Sous les chapeaux en feutre bleus de l'hiver et nos panamas de l'été, nos cheveux étaient coupés à la Ninon, à la garçonne ou au bol.

Et comme nous étions sages, ou plutôt obéissantes ! Certes, ma meilleure amie et moi avons fait l'école buissonnière un après-midi, manifestation de quelque besoin mal défini d'expression personnelle, et gravi à bicyclette les collines de Gog Magog où nous avons fait du thé et grillé des saucisses dans nos gamelles de guides. Je n'ai pas souvenance que cela ait été particulièrement agréable, et nous avons dû être obligées de raconter pas mal de blagues parce que l'école n'était pas de celles où les absences passaient inaperçues.

Nous étions bien élevées par conditionnement et non de nature. Quand les enfants se retrouvent *en masse**[1], la barbarie n'est jamais loin sous la surface. Nous connaissions nos limites — l'époque n'était pas à l'éducation centrée sur l'enfant — mais nous pouvions mener la vie assez dure à un professeur timide, inexpérimenté ou encore en formation. Jamais un jour d'inspection cependant, quand l'inspecteur, assis dans un coin de la classe, prenait discrètement des notes. Là la loyauté, tacite mais instinctivement admise, prenait le dessus. Nous restions assises droites comme des i, l'œil brillant, les mains qui se levaient en jaillissant comme des pistons pour répondre aux questions. Quand ma fille cadette est entrée dans une école normale, dans les années soixante, une classe pareille — attentive, disciplinée

1. En français dans le texte, de même que les autres noms ou expressions en italique suivis d'un astérisque. *(N.d.T.)*

et visiblement désireuse d'apprendre — aurait probablement disqualifié le candidat enseignant.

L'histoire, mon deuxième sujet favori, enseignée par Miss Back, était un plaisir à l'état pur. Je n'ai jamais su son prénom et je doute que personne dans la classe l'ait su. Il y a cinquante ans, c'était un renseignement confidentiel, bien que les filles, adonnées aux « béguins », se fussent employées à découvrir le secret et à le repasser en gloussant triomphalement à leurs amies. Mais je ne me souviens pas que quiconque ait eu le béguin pour Miss Back. Elle respirait le bon sens et une dignité aussi rationnelle qu'enjouée qui n'incitait pas à ce genre de sottise. Je ne savais rien de sa vie en dehors de l'école. Je me rappelle l'avoir vue un samedi soir à une réunion du pacte pour la Paix (Peace Pledge Union) où je m'étais rendue par curiosité ; alors, comme maintenant, je n'adhérais à aucun mouvement, mais je ne me lassais jamais de découvrir des idées. Etait-elle une pacifiste convaincue ? Impossible de se l'imaginer autrement que rejetant totalement la folie de la guerre et pourtant je me rappelle avoir été surprise de la voir à cette réunion, peut-être parce que nous ne pouvions jamais croire vraiment que les professeurs avaient une vie en dehors de l'école. Nous imaginions-nous qu'ils disparaissaient chaque soir dans une manière de limbes crayeux pour renaître à la sonnerie du rassemblement matinal ? Cependant, si elle faisait partie du PPU, elle n'a jamais essayé de nous endoctriner, qu'il s'agisse de pacifisme ou de quelque autre opinion que ce fût. Pour elle sa tâche était d'enseigner, non de faire du prosélytisme, et pourtant je n'ai aucun doute sur les valeurs — libérales, chrétiennes, humaines — qui l'animaient.

On nous enseignait, autant par l'exemple que par les préceptes, à respecter notre intelligence et à l'utiliser, à examiner les preuves avant de nous précipiter afin de donner notre avis, à distinguer entre faits et théories, à voir l'histoire par les yeux des pauvres et des vaincus, et non seulement ceux des puissants et des conquérants, à ne pas croire qu'une chose est vraie simplement parce qu'il serait plaisant ou commode qu'elle le fût et, en butte à la propagande, à nous demander : « Qui a intérêt à ce que je croie cela ? »

Comme tout le personnel à l'exception d'une veuve, Miss Back était célibataire et cela nous semblait aller de soi... comme tant d'autres choses. La génération des femmes qui ont vécu après la guerre de 1914-1918, privées par l'holocauste des Flandres de leurs chances de mariage et de maternité, en éprouvaient peut-être de l'amertume ; pourtant, quand j'y repense, elles semblaient n'être ni aigries, ni malheureuses, et la génération qu'elles instruisirent, née après cette guerre et destinée à atteindre l'âge adulte au début de la suivante, bénéficia d'une éducation que ne venaient pas entraver les exigences du mari et des enfants du professeur. Le dévouement aussi nous semblait aller de soi, et nous nous épanouissions, inconscientes de leurs privations. Mais même si elles avaient eu plus de chances de trouver un conjoint, nous n'aurions pas eu, parmi nos professeurs, de femmes mariées. Dans ces années-là, et d'ailleurs jusqu'à la guerre, le mariage, pour une femme, signifiait la démission du poste.

L'anglais était merveilleusement enseigné par Miss Scargill et Miss Dalgliesh, dont j'ai donné le nom à mon enquêteur, Adam Dalgliesh. Des années plus tard, alors qu'elle avait pris sa retraite à Edimbourg, je suis allée lui rendre visite après une conférence à la fête du Livre et elle m'a dit que son père s'était prénommé Adam. Il n'était jamais venu à l'esprit de ces deux professeurs que nous étions incapables d'apprécier Shakespeare, ou de lire les grands poètes et les principaux romanciers anglais. Je crois que Miss Dalgliesh n'en aurait pas cru ses yeux si elle avait vu le programme des classes primaires d'aujourd'hui. Avant la guerre, même au niveau de ce qui était alors le certificat d'études, nous avions plus de connaissances en littérature anglaise que nombre de candidats à l'université aujourd'hui.

Et puis nous profitions d'une remarquable continuité dans le dévouement. Il était bien rare qu'un professeur quittât l'école secondaire, sauf pour prendre sa retraite. Nous ne nous trouvions pas, à un moment critique de la préparation d'un examen, devant de nouveaux visages, des méthodes différentes, des personnalités inconnues. L'école avait juste la bonne taille, assez grande pour former une communauté vivante et diverse, assez petite pour que chaque élève fût connue personnellement. Nous ne perdions pas notre temps à transporter nos livres d'une classe à une autre, ou d'un bâtiment à un autre selon les contraintes imposées par un emploi du temps compliqué. Nous avions chacune notre place, notre pupitre choisi dans un bruyant tohu-bohu au début de la nouvelle année scolaire, et là, entourées de nos amies, nous pouvions créer notre petit îlot de sécurité. Sous l'abattant de nos pupitres, nous rangions cahiers et manuels, stylos et crayons, toutes nos petites affaires, en sachant que nous les retrouverions chaque matin exactement comme nous les avions laissés.

Il y avait bien entendu, entre les deux guerres, des erreurs à corriger. Dans le système éducatif, les pires ont été éliminées. Mais je me demande parfois si nous n'avons pas perdu presque autant que nous avons gagné. Je ne regrette pas d'être allée à l'école en ce temps où le mot *kid*[1] était réservé au petit de la chèvre.

SAMEDI 23 AOÛT

Journée mémorable. J'ai pris l'Oxford Tube — ce rapide interurbain très pratique — de huit heures quarante à Notting Hill Gate et fait un voyage tranquille et sans incident. Je me suis arrêtée à Gloucester Green pour un café glacé, puis à St John Street

1. En français : gosse. *(N.d.T.)*

où j'ai bavardé avec Alixe tout en arrosant le jardin. Le ciel était couvert, chargé de pluie, mais elle n'est pas tombée ; il y avait un peu de vent et la matinée était moins étouffante qu'à Londres.

La plus jeune de mes petites-filles, Beatrice, est venue me prendre pour me conduire chez elle, où son père, Peter, préparait le déjeuner tout en écoutant la retransmission en direct des matches de cricket à la BBC. Jane, qui se sentait un peu patraque, avait vigoureusement briqué la maison, les tâches ménagères les moins agréables devant, selon elle, être réservées pour les occasions peu propices ; quand elle se sent vraiment bien, elle tend plus à rechercher les plaisirs que les devoirs. Peter a interrompu sa cuisine pour me verser un verre de vin et j'ai bavardé avec Jane jusqu'à ce que le repas soit prêt — excellent poisson grillé avec légumes à l'huile d'olive cuits au four.

Dans l'après-midi, voiture jusqu'à Rousham et promenade dans les jardins. Nous avons croisé très peu de monde et la beauté bien coordonnée des pelouses et des arbres était merveilleusement rafraîchissante, surtout la vue sur le lac en contrebas avec les nénuphars en fleur et les carpes dorées qui glissaient sous la surface vert foncé. Après avoir visité le potager, nous nous sommes assises, Jane et moi, dans la roseraie, silencieuses, écoutant et respirant les senteurs subtiles du plein été, tandis que Peter parcourait les parterres de roses. Je me suis dit que je n'aurais pu me sentir plus heureuse dans aucun autre endroit au monde, si beau fût-il ; mais c'est souvent ce que je pense en Angleterre. Rien de tel pour vous dissuader d'affronter les difficultés, retards et inévitables déceptions des voyages. Et il faut préserver la mémoire d'une journée parfaite. Impossible de la revivre, sauf dans le souvenir, mais on peut la célébrer et se la rappeler avec gratitude.

LUNDI 25 AOÛT

Une mesure pour rien dimanche. Je voulais aller à la messe de onze heures, mais l'indolence a été la plus forte. J'ai dormi une heure l'après-midi, ce qui était peu judicieux car j'ai eu de la peine à m'endormir hier soir, et j'ai été réveillée aux petites heures par une fête bruyante qui s'est prolongée jusqu'à trois heures dans les Mews. J'aime dormir la fenêtre ouverte et l'un des inconvénients des nuits d'été, c'est l'augmentation du bruit. Hier soir, le martèlement sourd et obstiné d'un groupe pop était particulièrement odieux.

Les premières heures du jour sont les pires en cas d'insomnie. J'ai allumé ma lampe de chevet et essayé de lire. P.G. Wodehouse ou Nancy Mitford sont les meilleurs réconfortants pendant ces heures traîtresses, mais je n'arrivais pas à m'installer confortablement, mes yeux se fatiguaient et pleuraient, ce qui brouillait mes lunettes. J'ai des amis qui peuvent vaincre l'insomnie ou du moins s'en accommoder en se levant pour faire du thé, mais cela me semble être une manière de capitulation. J'ai donc essayé de me détendre, espérant ainsi glisser dans l'inconscience.

Théoriquement, je pourrais utiliser ces heures à l'abri de toute interruption pour réfléchir à mon prochain livre ; après tout, je suis la première à me plaindre de ne pas me retrouver assez souvent seule pour penser. Mais à trois heures du matin, l'esprit échappe au contrôle de la conscience et les idées qui viennent sont plus souvent déprimantes que créatives.

La nuit dernière, je me suis retrouvée à Cambridge. Je ne me rappelle plus quel âge j'avais quand ma mère a été admise d'urgence au Fulbourne Mental Hospital, ni combien de temps elle y est restée avant de pouvoir rentrer à la maison. Les semaines, les mois peut-être, avant qu'elle soit finalement internée ont dû être extrêmement difficiles, en particulier pour mon père, mais en ce qui me concerne, c'est le vide complet, à l'exception d'un incident. J'étais couchée dans le grand lit avec ma sœur quand notre père est venu me dire de me lever bien vite et d'aller chercher Mrs Mallett, une de nos voisines. J'ai enfilé mes souliers, mon manteau et je suis sortie en courant. Il y avait un petit tas de gravier déposé là par les ouvriers qui refaisaient le revêtement de la rue ; je m'y heurtai, tombai, et restai un instant sonnée, mais indemne. Je ne me souviens de rien d'autre pour cette nuit-là, sauf qu'une fois Mrs Mallett partie mon père s'est approché de moi et m'a passé la main dans les cheveux, geste de tendresse dont je ne me rappelle pas d'autre exemple durant mon enfance. Il doit y en avoir eu d'autres, peut-être quand j'étais toute petite, mais c'est le seul dont j'aie gardé le souvenir.

J'allais avec lui tous les samedis voir ma mère à l'hôpital, tandis que ma sœur et mon frère restaient à la maison. Tout ce qu'il m'en est resté, c'est le souvenir du trajet en autobus avec un groupe hétéroclite de passagers qui faisaient le même parcours pour la même raison, l'allée menant à l'hôpital et l'odeur de la salle. Le produit utilisé à cette époque comme sédatif imprégnait les vêtements, les cheveux, l'air que nous respirions. Ces visites étaient toujours pénibles. Maman restait assise là, tripotant sans cesse sa blouse d'hôpital, les yeux implorants et nous demandant continuellement à rentrer à la maison.

Au début de son absence, nous nous sommes débrouillés nous-mêmes. Mon père avait toujours été extrêmement capable et, sans être démonstratif, il était à n'en pas douter consciencieux. Il faisait de son mieux. La plupart des courses étaient effectuées sur le chemin qui le ramenait le soir de son bureau, et moi je préparais le dîner ainsi que les repas du week-end tout en essayant, avec l'aide de Monica et d'Edward, d'entretenir à peu près la maison. Le plus gros problème était la lessive. Les machines à laver et les détergents n'existaient pas encore, aussi n'était-il pas facile de s'assurer que nous aurions tous les trois des vêtements propres pour aller à l'école le lundi.

Et puis arriva Dusty. C'était une femme jeune — mais pas particulièrement — qui habitait Roseford Road avec sa sœur, et elle vint à la journée pour aider à s'occuper de nous. Pourquoi vivait-elle avec sa sœur, et pourquoi avait-elle accepté cette place étant donné qu'elle ne devait presque rien gagner ? Aucune idée. Je suppose que cela lui était commode parce qu'elle n'avait qu'une trentaine de mètres à parcourir chaque matin. Grande, élancée, les yeux vifs et brillants derrière de grosses lunettes, une grande bouche et des cheveux noirs ondulés. Elle avait deux plaisirs — ou plutôt deux obsessions, dans la vie. Le National Front dont elle était membre et la Women's League of Health and Beauty, fondée par Prunella Stack. Elle allait aux réunions du premier en pantalon noir et chemise à col montant noire. Une fois, elle m'emmena à une manifestation de la Women's League et je revois les rangées de femmes en pantalon moulant de satin noir et blouse blanche qui agitaient et tendaient les bras, se penchaient et se tordaient à l'unisson, spectacle extraordinaire, voire impressionnant.

Dusty n'essaya jamais de nous inculquer ses convictions fascistes qui, d'ailleurs, si mes souvenirs sont exacts, consistaient à admirer les jeunes gens qui allaient aux réunions et à faire montre d'un patriotisme intense encore que naïf. Je me demande souvent ce qu'elle est devenue quand la guerre a éclaté avec son cortège de désillusions. Mais gentille, d'humeur égale et joyeux, elle s'entendait sans peine avec mon père et pendant qu'elle vint chez nous notre vie s'en trouva améliorée.

Un souvenir m'est resté, particulièrement vivace. Cela s'est passé très peu de temps après son arrivée. Montée dans ma chambre, je trouvai, pliée sur le rebord de la fenêtre ouverte pour s'aérer au soleil, une chemise de nuit propre repassée de frais. C'est encore pour moi une image frappante d'un soin conscienceux, et sur le moment cela me réchauffa le cœur. Après avoir essayé avec des fortunes diverses de mener de front tâches ménagères et école, j'avais quelqu'un qui allait prendre soin de moi.

De nous trois, c'est ma sœur Monica, je crois, qui souffrit le plus de la maladie de notre mère. Elle était sa favorite. J'avais le privilège d'être l'aînée, je passais pour être la favorite de mon père. Edward était le plus jeune et le garçon. Entre les deux Monica, qui occupait la position la moins enviable dans n'importe quelle famille, se sentait toujours brimée. Quand, il y a quelques semaines, je lui ai parlé de cette période de notre vie, elle m'a dit que personne ne lui avait jamais expliqué ce qui était arrivé. Je leur avais seulement dit un matin, à elle et à Edward, que je les emmenais faire une grande promenade. Quand nous étions revenus, maman avait disparu. Monica resta près de deux ans sans la voir et on ne lui dit même pas ce qui s'était produit. Cela me paraît extraordinaire, mais je crois que c'est vrai. J'ai dû penser que papa lui expliquerait les choses et lui a dû penser que c'était moi qui le ferais. Je ne me rappelle certainement pas avoir jamais parlé de mes visites à l'hôpital avec ma sœur ou mon frère. Si vraiment j'ai laissé Monica dans l'ignorance, alors j'ai manqué à mes engagements et pour une chose plus importante que la préparation du petit déjeuner, le ménage ou un chemisier propre le lundi pour l'école.

MERCREDI 27 AOÛT

Mariage de l'aîné de mes petits-fils. La jeune femme (une Australienne, dont la famille venait de Malte) voulait une cérémonie civile sans personne d'autre qu'eux et leurs deux témoins. Il a plu très fort toute la matinée, mais j'espère qu'il a fait beau pour leur célébration. Il y aura une bénédiction à laquelle la famille sera invitée le 4 octobre, à l'église de Blythburgh.

Hier, j'ai pris le train à Victoria pour aller à Horsham, où m'attendait mon frère Edward qui m'a conduite dans la nouvelle maison qu'il habite avec sa femme Mary à Henfield. J'avais un peu honte de ne pas être allée les voir plus tôt, mais nous avons passé une bonne journée à parler longuement de la famille. Après le déjeuner, Edward et moi avons visité le village qui compte quelques très agréables maisons de style Regency, puis nous nous sommes engagés dans son chemin habituel qui suit la lisière d'un champ de lin. Là, nous sommes restés assis ensemble dans la lumière forte du soleil couchant en regardant les champs bien dorés qui vont jusqu'aux Downs. Nous avons parlé de notre enfance et je lui ai demandé s'il se souvenait d'un seul anniversaire datant de cette époque. Mon soixante-dix-septième m'a fait penser que je n'avais gardé le souvenir d'aucun anniversaire plus ancien. Lui non plus.

Tandis que nous parlions doucement ensemble, il nous a semblé que notre enfance avait été vécue sur un haut plateau d'appréhension, avec çà et là des pics d'anxiété et de peur aiguës. Peut-être que cela a été bon pour moi en tant qu'écrivain, mais moins bon me semble-t-il pour ma sœur et mon frère. Nous avions toujours peur de notre père, comme d'ailleurs la plupart de nos amis qui ne venaient jamais à la maison sans quelque appréhension. L'amour parfait peut chasser la peur, mais la peur est remarquablement efficace pour chasser l'amour. Je crois que mon père aurait aimé avoir des enfants plus affectueux alors même que sa sévérité excluait les démonstrations dont il avait, je crois, été privé pendant sa propre enfance.

Un de ses traits de caractère qui nous causait le plus d'embarras était sa répugnance presque pathologique à dépenser le moindre argent. Je me rappelle le calvaire au début de chaque trimestre quand il fallait lui arracher ma cotisation pour les jeux qui s'élevait, je crois, à un shilling ou un shilling et six pence dans l'ancienne monnaie. J'étais continuellement réprimandée pour l'avoir oubliée, alors que je ne pouvais arriver à dire que je l'avais demandée sans succès et que j'avais trop peur pour insister.

Mon père était un infatigable jardinier, qui disciplinait d'ailleurs plus qu'il ne soignait, mais le résultat était toujours spectaculaire. Entre ses mains tout s'épanouissait. Le jardin de Roseford Road n'était qu'un terrain vague quand il acheta la maison nouvellement construite, première de ses acquisitions immobilières trop ambitieuses, et il se mit en devoir de faire naître ordre et abondance en figures rigoureusement géométriques. Une pelouse carrée sur laquelle nous n'avions pas le droit de marcher fut plantée devant et derrière la maison, des allées se croisèrent à angle droit, les légumes se mirent à pousser en rangées bien droites : petits pois qui n'étaient jamais ramassés que jaunissants, choux aux cœurs aussi durs que des ballons de football. Il lui était presque intolérable de voir cueillir quoi que ce fût. Malgré l'abondance, ma mère se glissait subrepticement dehors pour arracher un chou là où cela passerait le plus inaperçu — espoir toujours vain — ou un pied de pommes de terre en égalisant soigneusement le sol ensuite. J'en arrivai à me rendre compte que, l'enfance de mon père avait été marquée par l'insécurité et que, quand il commença à travailler l'âge de quinze ans au bureau des brevets à Londres, obligé de subsister avec un maigre salaire, il avait parfois eu faim. Le jardin représentait sécurité et abondance. Mais de temps à autre, peut-être pour impressionner, peut-être pour se rendre populaire, il invitait des collègues de bureau à venir se servir. Ils évoluaient joyeusement entre les tiges de haricots et les petits pois, remplissant leurs paniers tandis que ma mère les regardait de la fenêtre de la cuisine, pleine d'un ressentiment bien compréhensible.

Je peux comprendre le sentiment d'insécurité de mon père parce que pendant la majeure partie de mon enfance je l'ai éprouvé aussi. Petite, je ne pouvais pas m'endormir avant d'être entrée dans mon univers à moi. Ma vision était toujours la même : je me trouve dans une grande maison basse à un étage dans le Bull Ring de Ludlow, composée d'innombrables chambres à coucher contenant chacune un lit immense. Il y a des centaines de personnes qui dorment là et je suis moi-même anonymement pelotonnée au milieu de l'un des lits. Dehors, des gardes patrouillent, perpétuellement aux aguets. Personne ne sait où je suis, impossible d'être plus en sécurité. Ainsi, bien protégée, je peux m'endormir. Je ne sais plus à quel âge j'ai abandonné ce rite nocturne.

Après notre déménagement de Ludlow à Cambridge, nous ne prenions nos repas en famille que parfois le dimanche. Les trois enfants et ma mère mangeaient dans la cuisine, et mon père se faisait apporter déjeuner et dîner dans la salle à manger, sur un plateau. Je me rappelle ma mère le posant devant lui avec un air de ressentiment et de légère appréhension mêlés : être élevée dans un pensionnat de garçons n'est pas le moyen de former une bonne cuisinière. Même quand elle était à l'hôpital et que je m'étais chargée de la cuisine, mon père mangeait seul et je me rends compte maintenant que tout comme moi il avait besoin d'un moment au moins de solitude absolue pendant la journée et peut-être était-ce là sa façon de se l'assurer.

Il fut beaucoup plus affectueux pour ses petits-enfants qu'il ne l'avait été pour ses enfants, ce qui arrive souvent, et devenu âgé, alors qu'il vivait seul dans une petite maison à Southwold, j'en arrivai à admirer les qualités qu'il avait toujours eues : indépendance, courage et un humour sardonique très particulier. Malheureusement, ce ne sont pas les plus importantes pour de jeunes enfants. Mais sa propre vie n'avait pas été facile. Après avoir commencé à travailler à l'âge de quinze ans, puis combattu comme sergent dans une unité de mitrailleurs pendant la Première Guerre, il passa toute sa vie dans un emploi qui ne lui apportait guère de satisfaction.

J'aime à penser que ses dernières années furent heureuses. C'est alors que j'ai commencé à comprendre à quel point je l'aimais, mais en réalité je crois que je l'avais toujours su.

Dîner au restaurant du coin, puis retour à la maison pour se coucher. Edward m'a donné, sur l'histoire du 215ᵉ bataillon en 1940-1945, une publication australienne qui fait mention du plus jeune frère de notre père, le père Jimmy James, qui servait dans cette unité et reçut la croix de guerre pour être allé seul en jeep jusqu'aux lignes allemandes ramasser les corps de camarades morts. Il semble qu'il ait été le seul aumônier militaire à avoir reçu cette décoration. Je les ai rencontrés, sa femme et lui, lors d'une de mes tournées de promotion en Australie et je me rappelle l'avoir vu, lui, avant cela à Londres où il était venu défiler lors des fêtes de la victoire, après la guerre.

Edward, qui a maintenant soixante-quatorze ans, n'y voit presque plus d'un œil et à peine mieux de l'autre, quasi-cécité due, semble-t-il, à une dégénérescence irrémédiable, si bien qu'il doit affronter la certitude de la cécité totale. Il supporte tout cela avec son stoïcisme habituel et écoute maintenant des cassettes au lieu de lire. Il peut encore jardiner et distingue la plupart de ses plantes.

De retour ce matin, j'ai retrouvé à Victoria Frances Fyfield qui m'a emmenée en taxi à Camden Passage, où nous avons passé une agréable demi-heure à essayer des bijoux (mais sans acheter) avant de faire un excellent déjeuner chez Frederick.

DIMANCHE 31 AOÛT

Départ jeudi pour Southwold et un long week-end avec Françoise Manvell. Je l'ai rencontrée pour la première fois quand j'avais été invitée à passer trois mois à l'université de Boston pour enseigner les techniques du roman policier. Veuve aujourd'hui, elle était mariée à Roger Manvell qui enseignait l'art du film à Boston. Tous deux s'étaient montrés aussi charmants qu'accueillants et j'avais été heureuse de ces relations avec des compatriotes alors que je me trouvais à l'étranger, ne fût-ce que pour quelques mois. Françoise n'est d'ailleurs pas à proprement parler une compatriote puisqu'elle est française et a vécu à Paris pendant l'Occupation et la Libération, époque dont le récit me fascine toujours.

Nous avions décidé d'aller séparément à Southwold, Françoise venant avec sa voiture depuis Oxford. Je pris donc mon train habituel à Liverpool Street et arrivai à temps pour partager un déjeuner de sandwiches au saumon fumé dans la serre avec Clare et Lyn qui m'avaient précédée. Clare pelait des pommes pour faire du chutney, et l'odeur forte des fruits, du vinaigre et des épices qui imprégnait la cuisine me rappellera sûrement ce week-end chaque fois que je la sentirai à nouveau. Françoise arriva peu après quatre heures.

Nous avons passé ces quelques jours à nous reposer, marcher, parler, et le vendredi excursion à Leiston où nous nous sommes amusées, Françoise et moi, à fouiller au Trading Post. La propriétaire débarrasse les maisons, et son immense boutique qui ressemble à un hangar possède tout l'attrait d'une caverne d'Ali Baba. Mis à part le plaisir de dénicher à l'occasion un trésor, ou un ustensile nécessaire mais qu'on ne fabrique plus, il y a quelque chose de poignant et de nostalgique dans l'accumulation de vies mortes : vieilles photographies de mariage, restes de services à thé, estampes victoriennes kitsch, photographies des années vingt avec leurs enfants sérieux posant devant des fonds visiblement artificiels et fixant l'objectif avec une innocence concentrée. Je me rappelle un cliché de ce genre pris alors que j'avais onze ans et commençais juste ma scolarité à la Cambridge High School ; ma mère était derrière un mur factice (elle était toujours complexée par sa taille), moi en tunique plissée, les cheveux anormalement bien peignés retenus par une barrette, Monica et Edward assis.

Au milieu d'un tas d'objets, nous avons toutes les deux trouvé quelque chose à acheter. Françoise un porte-brosses à dents victorien en faïence de Doulton assez grand pour faire un vase à fleurs agréable, ainsi qu'un très joli vase en verre également du XIXe siècle, et moi deux vases bleus du début du siècle que j'offrirai à Clare.

Première levée ce matin, j'ai appris la mort de la princesse de Galles dès que j'ai tourné le bouton de la radio pour les informations de sept heures. Ma réaction a dû être celle de millions d'autres personnes : l'incrédulité, comme si l'ordre naturel avait été en quelque sorte renversé. La mort exerce son pouvoir sur de plus humbles mortels, mais pas sur cette icône. Il m'a fallu écouter pendant plusieurs secondes la voix sombre du présentateur pour me rendre compte que ce n'était pas un coup de publicité soigneusement monté, mais bien la réalité, horrible, brutale, laide et définitive.

Nous sommes allés tous les quatre à l'église St Edmund pour le service de onze heures. Il nous semblait tout indiqué de prendre part à l'ordre, la dignité et les prières bien connus des matines de 1662. Le prêtre étant dans une autre église de son regroupement paroissial, l'office était présidé par un laïc en toge universitaire qui prononça un sermon court mais remarquable : chrétien, érudit et sensible. On n'aurait pu mieux faire.

Après le déjeuner au Swan, Françoise et moi avons passé la plus grande partie de l'après-midi et de la soirée à regarder l'hommage de la BBC. Il n'est jamais facile pour des personnages officiels de réagir convenablement sur-le-champ à une telle tragédie. Les adjectifs trop répétés commencent à prendre des allures de mantra et les éloges réitérés semblent banals et excessifs. J'ai trouvé le Premier Ministre impressionnant, l'archevêque de Canterbury insuffisant. Les déclarations les plus émouvantes sont venues de gens ordinaires que la princesse Diana avait rencontrés, parfois très brièvement, mais qui parlaient de sa chaleur, de sa sollicitude affectueuse, visiblement persuadés d'avoir eu une relation personnelle avec elle. J'imagine que c'est ce qui lui aurait fait le plus grand plaisir.

A la fin de la journée, le processus de béatification était bien lancé et il va certainement se poursuivre. La façon dont elle est morte a quelque chose d'affreusement opportun : j'ai eu l'impression que nous étions tous mêlés à une tragédie grecque, le pays entier jouant le rôle du chœur. Belle, opiniâtre, compliquée, destructrice et condamnée, difficile de croire qu'elle aurait pu trouver le bonheur. Elle a toujours cherché son réconfort dans l'amour des étrangers et si elle souhaitait avant tout qu'il fût intense, personnel et universel, aujourd'hui au moins elle serait satisfaite.

SEPTEMBRE

MARDI 2 SEPTEMBRE

Frances Fyfield est arrivée à onze heures pour notre dernière session de travail au sujet d'un entretien du *Times* avec moi. Dans le courant de la discussion générale sur l'art d'écrire, nous avons parlé du travail éditorial effectué sur un ouvrage. Frances a dit qu'à son avis aucun roman ne pouvait être absolument exact dans ses moindres détails et qu'en général la dernière personne à pouvoir relever une erreur était l'auteur, trop absorbé par l'intrigue et les personnages pour remarquer les petites incohérences, ou les fautes de frappe. Je sais que je manque parfois de rigueur à cet égard et que mes livres, étant longs et complexes, ont besoin d'être relus avec beaucoup de soin. Ce qui est le cas certainement. Mis à part la révision effectuée par Faber, qui est en général excellente, les épreuves sont relues par Peter et Jane. Peter est très pointilleux pour les questions de langue, supprimant par exemple l'adjectif superflu dans une expression comme « large panorama » et comptant méthodiquement le nombre de répétitions.

Le lancement du dernier livre de Ruth Rendell, *Road Rage,* a eu lieu au Groucho mais je n'ai pas pu y assister, m'étant engagée il y a plusieurs mois déjà à parler à l'University Women's Club. J'ai pu la joindre dans sa maison de Londres, afin de m'expliquer et la féliciter pour les critiques sur son roman. Amie de longue date, ainsi que son mari Don, Ruth est un auteur remarquable et prolifique, produisant régulièrement des ouvrages qui explorent avec force et imagination les recoins les plus sombres de la psyché humaine. Elle trouve les conventions du roman policier trop restrictives, et certains critiques ont estimé en effet que ses meilleurs livres sont ceux qu'elle a publiés sous le pseudonyme de Barbara Vine. Mais elle commence maintenant à utiliser la saga Wexford comme une occasion de traiter les questions sociales qui la préoccupent. Ni elle ni moi ne sommes des écrivains didactiques et je ne me donne jamais pour tâche de souligner un point de morale, ou de traiter d'un problème social précis. Mais si une intrigue se situe dans le monde moderne, le social et le politique ne peuvent manquer de s'immiscer. Dans *Un certain goût pour la mort*, premier roman où paraît ma femme policier Kate Miskin, je n'avais pas cherché à explorer les difficultés d'une jeune femme intelligente, ambitieuse et issue d'un milieu défavorisé qui bataille pour arriver aux grades supérieurs et au succès dans le monde machiste de la police ; mais le livre n'aurait pas été réaliste si ces difficultés n'avaient pas été traitées. Parce que le roman policier se situe habituellement sans la moindre ambiguité en son temps et dans son cadre, il donne souvent une idée plus nette de la vie contemporaine que ne le fait une littérature plus prestigieuse. Si nous voulons savoir ce que c'était de travailler dans une agence de publicité de la City au début des années trente, il n'y a pas de meilleur livre que *Murder Must Advertise* de Dorothy L. Sayers.

Le dîner à l'University Women's Club a été un succès, je crois, et c'est toujours un plaisir d'être dans un club plaisant, confortable et bien géré avec son ambiance de tranquillité féminine sans prétention. Mais la soirée m'a laissée épuisée à cause du bruit. Je me rends compte maintenant que je ne peux vraiment pas supporter d'être agressée par une cacophonie de voix vociférantes, mais qu'y faire ? Peter, qui est neurologue, m'a expliqué que, jeune, le cerveau humain a la faculté de distinguer entre les sons qu'il désire recevoir et les autres (excluant ainsi les bruits de fond trop forts) mais que cette faculté décline avec l'âge. Je deviens allergique à presque tous les bruits forts, en particulier la musique pop. Elle retentit dans les magasins, vrille mes oreilles dans les taxis, s'introduit dans les bureaux et déborde des baladeurs des voyageurs dans les trains et le métro. Et voilà que nous avons maintenant la nuisance de l'omniprésent téléphone mobile pour perturber la paix des trajets en chemin de fer. Les compagnies ferroviaires devraient envisager la création de compartiments silencieux, comme il y a des compartiments non-fumeurs.

MERCREDI 3 SEPTEMBRE

Derek Parker, qui édite le journal de la Société des auteurs, est venu pour un bref entretien afin de réunir des renseignements pour un article dans sa publication à la suite de ma nomination à la présidence de la société. Comme toujours quand il s'agit de visiteurs masculins, Polly-Hodge a été outrageusement séductrice et affectueuse, posant la tête sur ses genoux, ce qui eut pour effet de couvrir son pantalon de poils blancs. Heureusement, il aime les chats et ne s'en est pas offusqué.

Nous avons parlé de la société et des avantages qu'il pourrait y avoir éventuellement à demander l'affiliation au syndicat (TUC). Dans l'ensemble, je n'ai jamais été favorable à l'idée, mais je ne m'y opposerais certes pas très fortement si la majorité des membres y tenait. Rien n'indique, je crois, que ce soit le cas. Nous avons parlé aussi de l'aide au système de la bibliothèque publique et il m'a demandé ce que je penserais de l'instauration du prêt payant

— une somme modique. La répugnance que j'éprouve envers ce procédé remonte à mon expérience quand, à Cambridge, je dépendais de la bibliothèque publique pour presque toutes mes lectures. Elle représentait pour moi l'instruction, un lieu de rencontre, un refuge et une caverne aux trésors, bien qu'elle fût mal équipée et mal logée comparée aux grandes bibliothèques publiques d'aujourd'hui. C'est là aussi, dans la salle de lecture, que je parcourais les journaux. Là qu'un samedi matin de 1936 j'ai lu pour la première fois un article sur l'engouement du roi Edward VIII, avant son couronnement, pour une Américaine divorcée, Mrs Simpson, qu'il était prêt apparemment à préférer à son trône. Il semble extraordinaire à notre époque où les médias sont si puissants et omniprésents, qu'un secret d'une telle importance ait pu être caché si parfaitement et pendant si longtemps au public britannique. Cela fut rendu possible parce qu'un petit groupe d'hommes puissants, politiques, courtisans et magnats de la presse, était en mesure d'exercer une censure bien plus efficace que tout ce qui pourrait être fait aujourd'hui.

La bibliothèque publique a eu une importance capitale pour ma génération, parce que nous n'avions pas les moyens de nous acheter des livres. J'ai fait remarquer à Derek qu'il est maintenant possible de trouver des classiques brochés à moins d'une livre. Dans le domaine de la fiction le choix est énorme et les sommes colossales dépensées pour le loto laissent penser que les usagers ne se sentiraient nullement exploités s'ils devaient payer une petite redevance pour le prêt de livres reliés récents, par exemple. Mais la dépense administrative dépasserait peut-être l'avantage et je garde toujours ce reste d'hostilité au prêt payant dans les bibliothèques publiques.

Ensuite, je suis allée faire quelques achats dans Kensington High Street. La fleuriste devant l'église St Mary Abbot avait installé une table à tréteaux avec une énorme pile de mouchoirs en papier et la vente de fleurs aux passants qui se rendaient à Kensington Palace était incessante. Cet extraordinaire festival de deuil se répand comme une contagion. Oppressant et poignant, il est aussi étranger et gênant. J'ai l'impression désagréable et irrationnelle que quelque chose a été libéré dans l'atmosphère et que ce quelque chose n'est pas bénin. La femme réelle a été étouffée sous des ares de fleurs en plastique ou pourrissantes. La foule était extraordinaire. Les femmes — pour la grande majorité, dont beaucoup avec des poussettes et des petits enfants — marchaient le regard fixe avec une sorte d'intensité désespérée comme si elles avaient peur d'être en retard ou se rendaient au premier jour des soldes. Elles ne communiquaient ni même ne se regardaient. On aurait presque pu croire qu'un arrêté officiel avait paru, ordonnant de déposer des fleurs dans les trois jours sous peine d'un châtiment exemplaire. Hostilité grandissante à l'endroit de la famille royale dont la réticence n'est évidemment ni comprise ni appréciée. Je me sentirai soulagée quand samedi sera passé.

VENDREDI 5 SEPTEMBRE

Hier soir, Dick Francis a donné un cocktail pour la sortie de son nouveau livre, *10lb. Penalty.* Dick est un écrivain remarquable. Il publie tous les ans un livre qui figure aussitôt sur la liste des meilleures ventes, généralement au premier rang. Il commence à écrire en janvier, remet son manuscrit à la fin de mai et le livre sort en librairie en août. De toute évidence, cette régularité dans la production et ce rythme bien régulier de cinq mois par an pour la rédaction lui conviennent. Je ne crois pas que je pourrais en faire autant et j'admire à la fois la fertilité de son imagination et son énergie. Pour moi, imaginer un roman et faire son plan prend de neuf mois à un an, et l'écrire plus longtemps encore. J'envie parfois les auteurs qui produisent leurs meilleurs livres quand ils sont pressés par le temps. Ils font paraître sybarite ma méthode tranquille.

Le roman annuel de Dick est toujours lancé au Ritz et l'habituel mélange de journalistes, d'éditeurs, d'auteurs de polars était présent. John et Norma Major, invités tous deux, avaient extrêmement bonne mine et l'air très gai. Comme l'a dit John : « Il y a une vie en dehors du numéro 10. » Je pense que c'est celle que Norma préfère. Ils ne pourront pas être là pour le lancement de mon livre le 6 octobre, car c'est le premier jour du congrès du parti conservateur et John y assistera avant de commencer une tournée de conférences aux Etats-Unis.

La famille royale semble céder à la pression populaire — ce qui signifie, bien entendu, la pression de la presse à sensation — en ce qui concerne la manifestation publique de son chagrin. Il semble scandaleux que l'on compte voir les familles des disparus venir à Londres pour participer à ce qui semble de plus en plus être un étalage complaisant, presque névrotique, de sentimentalisme débridé. Cependant, il aurait été sage que la reine prît brièvement la parole à la radio et à la télévision pour dire qu'elle se devait d'être pour l'heure auprès de ses petits-enfants, mais que ses pensées et ses prières étaient avec tous ceux qui pleuraient. Opportun aussi que le duc d'York et le prince Edward soient revenus aussitôt à Londres, peut-être afin de rencontrer certains de ceux qui attendaient pour rendre leur hommage.

Aujourd'hui, il y avait une curieuse atmosphère à Londres, faite de gêne, d'attente et de chagrin. Les tapis de fleurs s'étendent devant Kensington Palace, St James's Palace et Buckingham Palace, tandis que certains s'installent déjà pour passer la nuit sur l'itinéraire du cortège funèbre. Il y a eu une grosse averse dans l'après-midi, mais la nuit a été claire.

Dîner avec Harriet Harvey-Wood, qui a pris sa retraite du poste de directeur du département de littérature au British Council, et sa mère. Harriet, qui avait fait des courses dans Kensington High Street, m'a dit qu'il était pratiquement impossible de sortir des rames de métro tant la foule était dense sur les quais — tout le monde apportant des fleurs. Mrs Haney-Wood, qui a plus de quatre-vingt-dix ans, a jugé l'émotivité du public particulièrement affligeante. Sa génération, qui a survécu à deux guerres mondiales, est stoïque dans le chagrin et ne pleure pas en public. Au reste, sur quoi exactement les gens pleurent-ils ? Je pense que c'est sur eux.

SAMEDI 6 SEPTEMBRE

J'ai passé la plus grande partie de la journée jusqu'au soir à suivre les funérailles à la télévision. Evénement extraordinaire, unique même. Mis à part un court gémissement préliminaire quand l'affût de canon est apparu, la foule a été très calme et les manifestations de colère un moment redoutées n'ont pas eu lieu. Pour moi, le moment le plus poignant a été celui où les jeunes princes, avec leur père, le prince Philip et le comte Spencer, ont pris place derrière le cercueil à St James' s Palace. Que ces jeunes garçons aient pu faire un tel parcours devant des milliers de spectateurs en dit long sur leur courage et leur maîtrise de soi — qualités qui ne sont pas très à la mode.

Je suis heureuse que le temps ait été si ensoleillé. Les parcs, les arbres, les édifices de Londres étaient en beauté. Extraordinaire qu'en une semaine tout juste toutes les cérémonies aient été si bien organisées et se soient si parfaitement déroulées. L'office à l'abbaye a été un compromis réussi. Je pensais que je trouverais la chanson d'Elton Jones déplacée, mais elle semblait bien en situation ; après tout, c'était le monde dans lequel la princesse Diana était le plus à l'aise. Le comte Spencer a été applaudi aussi bien à l'extérieur qu'à l'intérieur de l'église, mais j'ai trouvé son attaque contre la famille royale inutile et inopportune ; ni les mots, ni le moment, ni le lieu ne convenaient. Je me demande si ces yeux tristes, chargés de mascara, vont faire peser indéfiniment leurs reproches sur la maison de Windsor, ou si l'émotion nourrie par les médias va se consumer aussi vite qu'elle avait jailli.

MARDI 9 SEPTEMBRE

L'ambassadeur américain, l'amiral Crowe, et sa femme ont donné une de leurs réceptions d'adieux à la résidence de Regent's Park. Il y avait bien assez de place dans la grande tente pour les invités, pourtant nombreux, mais comme la soirée était belle, je me suis promenée dans les jardins. J'ai vu peu de personnes de connaissance, ce qui est rare pour moi dans une réception à Winfield House. L'ambassadeur a fait un petit discours amusant. J'ai particulièrement aimé une des anecdotes. Il a dit que c'était sa deuxième retraite. Le matin après son départ de la Marine, il se précipite hors de chez lui et s'installe confortablement avec son journal sur le siège arrière de sa voiture. Quelques minutes plus tard sa femme vient lui signaler gentiment que s'il veut aller quelque part, il sera obligé de s'asseoir sur le siège avant et de conduire. Il n'est sûrement pas le seul à raconter cette petite histoire.

La résidence va maintenant être fermée pendant environ deux ans pour des réparations, y compris le désamiantage. Je regretterai les réceptions où, avec les différents ambassadeurs, j'ai toujours rencontré un accueil plein de spontanéité, même dans les occasions les plus officielles.

MERCREDI 10 SEPTEMBRE

Visite de la National Portrait Gallery, l'un de mes musées favoris à Londres, pour le vernissage d'un portrait de John Major par John Wonnacott et d'un autre de Tony Benn par Humphrey Océan, tous deux commandés par les administrateurs. Très différents l'un de l'autre.

Le premier, beaucoup plus grand, représente John Major assis dans le salon blanc du numéro 10, avec Norma sur un siège devant la fenêtre et une vue sur le salon vert par une porte ouverte. J'aime les portraits posés dans un cadre familier, surtout s'il y a une perspective intéressante, mais là j'ai trouvé celle-ci un peu déconcertante. Le tapis a l'air d'être accroché plutôt qu'étendu par terre, et ni la main ni le pied de John ne sont à l'échelle. Tout cela est certainement voulu et le tableau produit à n'en pas douter une forte impression. Placé devant John, un objet blanc et scintillant ressemblant à du papier d'aluminium froissé n'est autre, m'a-t-on dit, qu'un objet moderne en argent de sa collection. Je sais qu'il aime beaucoup l'argenterie, il m'a montré avec un plaisir évident certaines pièces du service de table quand j'ai dîné au numéro 10. Mais je ne suis pas sûre que celle que l'on a incluse dans le portrait soit un succès. Le portrait de Tony Benn est beaucoup plus petit, mais le visage amorphe en forme d'œuf exprime néanmoins quelque chose de la personnalité profonde du modèle.

L'art du portrait semble être en constante mutation. Peut-être à cause du développement de la photographie, capable de fixer et d'interpréter la personnalité avec une immédiateté percutante, les artistes semblent avoir perdu toute confiance dans la peinture figurative. Rares sont ceux qui s'y prêtent avec succès et les autres, dans leur recherche désespérée de nouvelles façons de regarder la vie, ont sacrifié la ressemblance identifiable à une technique expérimentale. Mais une image photographique, si brillante soit-elle, ne peut jamais rivaliser avec la meilleure peinture. Pour moi, celle-ci apporte des révélations plus intenses, plus intimes et plus durables sur la personnalité humaine. Même la meilleure photographie dit tout ce qu'elle a à dire du premier coup. Y revenir ne fait que renforcer la première réaction, alors que je peux revenir cent fois à un portrait peint en apprenant chaque fois davantage sur l'artiste et le modèle.

Le fils de Tony Benn est venu vers moi pendant que je regardais mon propre portrait par Michael Taylor. Il voulait s'entretenir avec moi de l'usage que j'ai fait de St Peter-on-the-Wall à Bradwell dans *Péché originel.* Nous avons parlé du cadre dans le roman policier et je lui ai dit que je voulais doter un de mes personnages d'une maison construite sur une partie désolée de la côte en Est-Anglie et avais pensé que Bradwell conviendrait admirablement pour cela. Il m'a photographiée devant mon portrait. J'ai appris que celui-ci avait fait l'objet d'une cassette avec le point de vue de Michael Taylor comme artiste sur moi comme modèle. Je ne l'ai pas achetée bien que j'aie été tentée de connaître l'opinion de Michael.

Quand les administrateurs de la National Portrait Gallery ont décidé qu'ils voulaient commander un portrait de moi, j'ai été invitée à rencontrer le directeur, le docteur Charles Saumarez Smith, et le conservateur de la collection du XXe siècle pour discuter du choix de l'artiste. On me demanda si je préférais un peintre connu et bien établi, ou un jeune artiste brillant et plein de promesses, bien que le choix n'ait pas dû m'être présenté dans ces termes. On me montra des reproductions photographiques du travail de Michael Taylor et la force et l'originalité de ses compositions me plurent, comme l'autorité avec laquelle il faisait usage de la couleur.

Il est venu chez moi pour les séances, a choisi lui-même la pièce et la pose, et quand je lui ai montré la robe que je comptais mettre, il l'a aimée, bien qu'elle ait certainement l'air plus informe dans le tableau que quand je la porte. J'ai trouvé très agréables les treize séances de pose et beaucoup aimé Michael. Je n'ai eu aucune difficulté à rester assise sans bouger — je n'en ai jamais —, mais je voulais employer le temps et le silence pour réfléchir à un prochain roman et chaque fois que je me retirais dans ce monde imaginaire, Michael me disait : « Vous ne me regardez pas. » Il travaillait avec une grande intensité, au point que ses yeux semblaient s'agrandir et lui sortir de la tête tandis qu'il peignait, utilisant des quantités considérables de papier hygiénique pour essuyer ses pinceaux.

Nous parlions à peine pendant les séances. Il y avait pourtant beaucoup de choses que j'aurais aimé lui demander. Que pensait-il du commerce de l'art aujourd'hui et d'artistes iconoclastes comme Damien Hirst ? Dans quelle mesure les mécènes privés influencent-ils l'opinion du public sur ce qui est important ou ne l'est pas et ce qu'il est décidé à payer ? Est-il difficile pour un nouveau venu de trouver une galerie qui accepte de l'exposer ? Les galeries ont-elles trop d'influence ? Les artistes se sentent-ils soumis à des pressions pour produire vite ou dans un certain style ? Est-il difficile de vivre de son art ? Les écoles sont-elles une bonne ou une mauvaise chose pour un artiste en formation ? Mais j'adhérais sans réserve à son désir de ne pas bavarder. Il était dans son univers tandis qu'il peignait, tout comme je suis dans le mien lorsque j'écris et dans ces moments-là, les interruptions sont intolérables.

Je lui ai pourtant demandé pendant une pause s'il avait l'intention de me donner un air sinistre ou mystérieux, à quoi il a répondu : « J'ai déjà assez de difficultés à transcrire ce que je vois sans essayer de voir quelque chose d'autre. » Il a transcrit exactement ce qu'il voyait : une vieille dame très ridée, dotée, je suppose, d'une certaine autorité. C'est le portrait d'une femme de soixante-quinze ans peint par quelqu'un qui est encore jeune — sans aucune flatterie. C'est une œuvre puissante que j'admire beaucoup et comme toutes les œuvres puissantes, elle suscite la controverse. Certains de mes amis se plaignent qu'elle frise la caricature, mais personne ne dit qu'elle ne me ressemble pas.

JEUDI 11 SEPTEMBRE

L'auteur et illustrateur pour enfants Shirley Hughes fête ses soixante-dix ans et quatre de ses éditeurs se sont réunis pour lui offrir une réception au Royal Collège of Art. Shirley et son mari John sont deux amis que je ne vois jamais sans avoir chaud au cœur, mais je les vois rarement. Elle a eu une profonde influence sur la littérature pour enfants, pour les très jeunes surtout, grâce à ses histoires et à la vigueur de ses superbes illustrations. Il y a là de vrais parents, de vrais enfants, jamais affadis par une sentimentalité niaise mais dessinés avec tendresse, humour et humanité. L'assemblée était très nombreuse, mais ce n'était pas gênant grâce aux nombreux salons et au fait que l'on pouvait ouvrir les fenêtres, la nuit étant douce. Il y eut des discours par Margaret Meek, éducatrice qui se rend parfois comme moi à l'église d'All Saints, dans Margaret Street, par un des éditeurs de Shirley, par Posy Simmons, et par Margaret elle-même. Elle a soufflé ses soixante-dix bougies sous les applaudissements de l'assistance, après quoi je suis partie.

Il y avait des fleurs, des ours en peluche et d'autres jouets, des ballons et des messages attachés aux grilles de Kensington Gardens et de Hyde Park, mais les monceaux de fleurs fanées à l'intérieur des grilles montrent que les travaux de déblaiement ont commencé.

DIMANCHE 14 SEPTEMBRE

Départ pour Southwold vendredi avec une amie d'Oxford, la romancière Ann Pilling. Comme elle n'avait pas de voiture, elle est venue très tôt avec l'autobus et nous avons pris un taxi jusqu'à Liverpool Street. Ann n'avait pas encore vu la gare reconstruite qui, à mon avis, est une des plus grandes réussites architecturales de Londres. J'aime le briquetage méticuleux et la façon dont les grandes arches de fer ont été conservées et réparées. Je me rappelle la gare de Liverpool Street de mon enfance, emplie de fumée, mystérieuse, excitante. Pour moi, elle représentait Londres avec tout ce que ce mot impliquait de romanesque, d'histoire et de plaisir, assaisonnés d'un zeste de danger. Ecolière, je venais très rarement dans la capitale, mais une fois mon père m'avait amenée à un concert dans le vieux Queen's Hall près de la BBC. Je me rappelle Sir Henry Wood se retournant pour nous foudroyer du regard, baguette en main, comme si nous étions une foule indisciplinée. La grimace semblait m'être adressée personnellement, comme s'il avait découvert que je n'étais nullement qualifiée au point de vue musical pour être là. La musique ne signifiait en effet pas grand-chose pour moi, mais je me rappelle avoir parcouru Oxford Street, alors déserte, tandis que mon père me disait que c'était la rue la plus longue du monde. Il assénait volontiers des assertions auxquelles je croyais souvent.

Week-end réussi. Beaux ciels aux teintes délicates et changeantes, passant du gris-vert au bleu laiteux. Nous avons beaucoup parlé sur des sujets souvent personnels pour Ann, et aussi sur le point de savoir dans quelle mesure les émotions fortes de l'auteur doivent influencer le processus de l'écriture. J'ai soutenu qu'un roman ne peut pas être uniquement une tranche d'expérience personnelle, si tragique ou obsédante qu'elle soit. Bien sûr nous devons utiliser notre propre vie comme matière première — qu'avons-nous d'autre ? —, mais un romancier doit pouvoir prendre ses distances vis-à-vis d'elle, la regarder avec détachement, si pénible soit-elle, et lui donner une forme satisfaisante. C'est cette faculté de se détacher de l'expérience tout en la dépeignant avec honnêteté et en pondérant ses émotions, qui fait un romancier. Peut-être est-ce aussi la capacité d'assumer ce rôle de spectateur privilégié, ce regard froid et pénétrant, qui a fait écrire à Graham Greene que tout romancier avait une écharde de glace dans le cœur. Enfant, j'avais déjà l'impression d'être deux personnes, une qui vivait le traumatisme, la souffrance, le bonheur, et l'autre, un peu à l'écart, qui observait d'un œil indifférent et ironique. Mais je sais aussi qu'il est deux expériences trop accablantes pour ce genre de détachement : la mort d'un enfant et une souffrance physique insoutenable. La souffrance, la façon dont nous y réagissons, la crainte que nous en avons, rapprochent tous les humains. Peut-être parce que dans ce cas le détachement est impossible. Plus la sensation physique est intense, raffinée et exquise, qu'il s'agisse de torture ou d'extase, moins les mots ont le pouvoir de la décrire.

MARDI 16 SEPTEMBRE

Ce soir, je suis allée à la Royal Society, Carlton Terrace, pour l'assemblée générale annuelle de la Société des auteurs. C'était la dernière intervention du président du conseil, Simon Brett, qui a présenté le 112e rapport annuel puis, comme on s'y attendait, prononcé un discours vivant et divertissant. Il a souhaité la bienvenue à celle qui lui succède, Clare Francis, et signalé également que le conseil m'avait choisie pour succéder à Sir Victor Pritchett à la présidence de la société. Cela m'a fait un immense plaisir. Quand Mark Le Fanu, secrétaire de la société, m'a écrit pour me l'annoncer, j'ai répondu que je succédais, je le savais, à un président des plus distingués aussi bien comme écrivain que comme homme, et que j'espérais être digne de la confiance que la société plaçait en moi. La forme était conventionnelle mais l'émotion sincère.

Après l'assemblée, il y eut une discussion sur le

sujet suivant : « Pour combien vendriez-vous votre âme ? » avec un panel comprenant Robert McCrum, anciennement chez Faber and Faber. Les échanges portèrent moins sur l'argent que sur les problèmes créés par l'indécence et la pornographie. De l'avis général, une censure était un mal, voire une idée indéfendable, mais je soutins qu'il existait certains sujets — la représentation par la vidéo de l'exploitation sexuelle des jeunes enfants par exemple — qu'aucun pays civilisé ne devrait tolérer. Toute société a deux options faciles devant elle, la prohibition totale, comme dans un Etat totalitaire, ou la licence totale. L'une et l'autre évitent les difficultés de la décision. L'une et l'autre offrent les attraits de la certitude. La difficulté est de savoir où placer la limite et cela, c'est à coup sûr la responsabilité de tout pays civilisé et démocratique.

Une des intervenantes, ayant vu une des adaptations les moins réussies d'un de mes livres, a suggéré sans le dire explicitement que j'avais vendu mon âme à la télévision. A quoi j'ai répondu que la télévision est un moyen de communication visuel et qu'on ne peut jamais s'attendre à être complètement satisfait d'une adaptation. Quand on me demande : « Est-ce que vous êtes contente de ce que la télévision a fait de votre livre ? » je réponds que le producteur n'a rien fait à mon livre, parce qu'il n'a pas le pouvoir d'y changer une seule virgule. Mais il est vrai que la télévision devient de plus en plus vulgaire. Je n'ai aucun doute qu'en ce qui la concerne les priorités sont d'abord le plan de tournage, la vedette, le réalisateur, puis — très loin derrière — le renom de l'auteur et, en tout dernier lieu, le livre. Mais refuser l'offre d'une série télévisée n'est pas chose simple. Elle peut influer d'une façon spectaculaire sur la vente des poches, ce qui représente un grand intérêt pour l'éditeur comme pour l'auteur, et aussi donner du travail aux acteurs et aux adaptateurs.

Il me serait facile de dire : « Je suis assez riche maintenant pour me passer de la télévision et préserver la pureté de mon art. » Mais je ne sais trop dans quelle mesure cette grandeur d'âme serait justifiée. Cependant, je ne suis que trop consciente des modifications qui seraient apportées à l'intrigue de *Une certaine justice* pour que la vedette apparaisse suffisamment souvent à l'écran. L'histoire aussi devra être condensée si le roman, long et complexe, est télévisé en trois épisodes. Et j'ai bien peur qu'il n'y ait pas que des parties de l'intrigue qui soient perdues.

DIMANCHE 21 SEPTEMBRE

Arrivée chez moi de Heathrow après vingt et une heures trente, ayant passé le week-end à Oslo pour aider mon éditeur norvégien, Aschehoug, à fêter leur 125ᵉ anniversaire. Un siècle et quart appelle apparemment une commémoration spéciale en Norvège et les célébrations ont été impressionnantes. Elles ont dû aussi être extrêmement coûteuses.

Il y a eu un dîner le vendredi soir dans la villa XIXᵉ des Aschehoug à Drammensvein, le samedi matin, visite au musée Fram et Astrup Fearnley, et le soir une réception portes ouvertes dans les bureaux récemment agrandis de la société, avec un buffet, des boissons en abondance, et un concert auquel ont assisté mille cinq cents invités. Le concert n'était autre que la célébration en paroles et en musique des cent vingt-cinq ans de Aschehoug dans l'édition et j'ai beaucoup apprécié les chants norvégiens ainsi que le miniopéra composé spécialement pour la circonstance, bien que je n'aie rien pu comprendre au reste du programme, sauf les mots « Sherlock Holmes » et « docteur Watson » pendant l'épisode commémorant la publication des romans de Conan Doyle.

Comme nous avions un peu de temps libre le dimanche matin, mon escorte, Ivar (je n'ai pas retenu son nom), m'a emmenée voir le bateau d'Amundsen, le *Fram*. Incroyable de penser qu'un équipage de treize personnes a été pris par les glaces pendant trois ans, apparemment sans que personne devienne enragé ou assassine un de ses collègues. Un bateau immobilisé dans les glaces pourrait faire un cadre assez impressionnant pour un roman policier : milieu fermé, gens exposés aux inévitables traumatismes émotionnels de l'intimité forcée et nombre limité de suspects. Ce dernier point est important si l'on doit accorder autant d'espace et d'attention à chacun d'eux, si chaque mobile doit être rendu crédible.

Trouver un motif vraisemblable pour un meurtre est l'une des plus grandes difficultés qu'affronte l'auteur moderne de « policiers ». Dans les années trente, les lecteurs pouvaient, semble-t-il, croire que A avait assassiné B parce que B avait sur la vie sexuelle de A des renseignements extrêmement compromettants qu'il menaçait de divulguer. Aujourd'hui, bien loin de redouter ce genre de révélations, les gens décrivent les aspects les plus saisissants de leur sexualité dans les journaux du dimanche qui les paient en bon argent. Les hommes politiques pris en flagrant délit d'infidélité ne sont plus jetés dans les ténèbres de l'ignominie mais propulsés dans les verts pâturages de la célébrité médiatique et de la fortune. Le chantage peut encore fournir un motif valable, mais nos priorités en matière de dégoût ont changé là aussi ; de nos jours, ce ne serait plus une incartade sexuelle mais le racisme ou des sévices sur les enfants qui risqueraient de provoquer le désastre. L'argent, son besoin, son manque, surtout si la somme est considérable, est toujours une raison plausible elle aussi, de même qu'une haine viscérale, qui peut rendre insupportable la simple existence d'un ennemi. Dans l'un de mes premiers romans, un sergent expérimenté dit au jeune Adam Dalgliesh alors en formation que la lettre L couvre tous les motifs de meurtre : « *Love, lust, loa-*

thing and lucre[1] ». Il ajoute : « On te dira, mon petit gars, que l'émotion la plus dangereuse c'est la haine. N'en crois rien. La plus dangereuse, c'est l'amour. » En tant qu'écrivain, je constate que le mobile le plus crédible et celui pour lequel le lecteur peut éprouver une certaine sympathie, c'est le désir du meurtrier d'avantager, de protéger ou de venger une personne très aimée. Mais le lecteur doit-il éprouver de la sympathie pour le meurtrier ? Le mot sympathie est peut-être trop fort, mais je pense qu'il devrait y avoir empathie et compréhension. Selon Ivy Compton-Burnett : « Je crois que si nous étions confrontés à une forte tentation, les choses tourneraient mal pour beaucoup d'entre nous, et je soupçonne que pour certains, c'est bien ce qui se produit. »

A bord du *Fram* il y avait un piano et un gramophone pour les distractions, à quoi les expéditions scientifiques en traîneau ajoutaient des changements de décor et le soulagement de l'activité physique. Mais même ainsi, toute l'entreprise a été un extraordinaire triomphe du courage, de la volonté et de la passion scientifique sur les dangers et l'inconfort. Ce que j'aurais voulu savoir et que je n'ai pas découvert, c'est comment ils sont restés en bonne santé et en particulier, comment ils se procuraient des vitamines. Manifestement, ils chassaient et mangeaient des ours et autres animaux sauvages, mais ils ne pouvaient avoir ni légumes ni fruits frais.

Ivar était un guide intéressant. Nous avons parlé du système scolaire dans son pays, du service de santé, ainsi que des problèmes sociaux et économiques, remarquablement semblables aux nôtres. Nous avons aussi parlé de la langue, et il m'a dit — ce que j'ai trouvé intéressant — que beaucoup de la minutie des Allemands vient de la nécessité de réfléchir à chaque phrase jusqu'à son verbe final avant de la prononcer, tandis qu'en anglais et en nor-

1. Amour, luxure, haine et lucre. *(N.d.T.)*

végien les mots peuvent parfois se succéder en une grossière concaténation.

Nous sommes ensuite retournés à l'hôtel prendre Marilyn French, qui voulait voir les toiles d'Anselm Kiefer à l'Astrup Fearnley Museum for Modern Art. Je suis contente d'y être allée. J'ai été impressionnée et touchée par les Kiefer, mais les Francis Bacon, violentes pièces de chair, ne sont pas des tableaux avec lesquels je pourrais vivre sans quelques risques pour ma santé mentale. Il y avait trois bons nus de Lucian Freud. Il peint ce qu'il voit avec une honnêteté totale mais peu d'humanité. J'aimerais posséder un de ses tableaux.

Avant la dispersion du dimanche, il y a eu une lecture de textes dans le grand hall de l'université par deux auteurs scandinaves, et par Marilyn French, Salman Rushdie et moi-même. Salman et moi avions des places retenues dans le même avion à Heathrow et nous sommes tous deux passés par le cérémonial des VIP en arrivant, mais lui fut prestement emmené dans une voiture de la police avec escorte, alors que l'on m'appelait un taxi. J'aurais pu avoir une certaine appréhension, je suppose, si je m'étais rendu compte qu'il voyageait en même temps que moi. William Nygaard, mon éditeur norvégien, essuya un coup de feu et eut de la chance de s'en tirer quand il décida de publier *les Versets sataniques.* Il a porté un gilet pare-balles pendant la majeure partie du week-end, mais je ne peux dire que j'aie senti l'un ou l'autre d'entre nous particulièrement menacé. Salman a lu exceptionnellement bien des passages des *Enfants de minuit,* puis on l'a emmené très vite prendre de bonne heure un avion qui le ramènerait chez lui. J'ai eu un peu honte du soulagement que j'ai éprouvé en constatant que ma place était retenue sur un vol plus tardif.

Joie de trouver Marlene Mitev à la porte pour m'accueillir à mon retour. Elle a passé le week-end chez moi pour s'occuper de Polly-Hodge. Quand elle est là, je me rends compte que cela me manque terriblement de ne pas être attendue à la fin d'un voyage. Nous avons partagé la même chambre quand nous travaillions au ministère de l'Intérieur, d'abord dans le bâtiment de Whitehall et puis à Queen Anne's Gate. Partager un bureau avec quelqu'un, c'est passer plus de temps en sa compagnie — environ huit heures par jour — que la plupart des gens n'en passent avec leur famille. Cela peut également signifier partager plus d'expériences, bonnes et mauvaises. Marlene est intelligente, amusante, aimable et, étant originaire du Yorkshire, encline à recourir au simple bon sens. Nous sommes devenues, et restons, amies intimes.

Je pense tout à coup que j'ai mentionné Polly-Hodge, mais sans la décrire. Voilà dix ans que je partage ma maison et, dans une certaine mesure, ma vie, avec une chatte blanche à longs poils. Auparavant, j'avais eu deux birmans : Cuthbert, dodu, indolent et affectueux, et Pansy, séductrice et hyperactive. Tous deux ont été volés et je n'ai plus jamais entendu parler de Pansy, mais la SPA m'a téléphoné pour me dire que Cuthbert avait été retrouvé mort dans le métro, sans son collier. Je ne sais comment on est remonté jusqu'à moi. Je suppose qu'il avait dû échapper à ses ravisseurs et s'était précipité dans les escaliers à Holland Park.

Après cela, j'avais décidé de ne plus avoir de chat, peut-être un peu influencée par la difficulté de faire nourrir un animal lorsque je suis absente. Mais voilà que cette chatte blanche a commencé à surgir dans le jardin, dormant sur l'un des sièges sous la verrière de la loggia. Excessivement nerveuse, elle glissait de la chaise et disparaissait à toute allure dès que j'ouvrais la porte de la cuisine pour donner à manger aux oiseaux. Mais elle venait souvent dans le jardin, toujours plus maigre et plus hirsute, du moins à mes yeux. Un jour, incapable de résister, j'ai mis dehors une soucoupe de Whiskas, et quand je suis descendue le lendemain matin pour mon premier thé, elle était pelotonnée sur la chaise en osier de la cuisine, apparemment bien décidée à y rester.

A partir de ce matin-là, elle s'installa définitivement. M'inclinant devant l'inévitable, j'essayai de poser les conditions qui nous permettraient de vivre ensemble (je n'aime pas l'anthropomorphisme, mais quand un chat prend la pose de l'Egypte ancienne — tête bien droite, pattes réunies, queue enroulée, yeux fixés droit devant —, il est difficile de croire que vos arguments soigneusement raisonnés ne sont pas compris). Je lui déclarai que son territoire serait la cuisine et que je placerais un vieux manteau de fourrure sur la chaise pour plus de confort ; une chatière, comme elle l'avait déjà découvert, lui donnerait accès au jardin et le paillasson devant la porte était assez résistant pour qu'elle puisse y faire ses griffes.

Pendant qu'elle enregistrait ces renseignements, Hodge (comme je l'appelai aussitôt), posait dans son esprit les conditions auxquelles elle condescendrait à vivre avec moi. Elle ne resta pas longtemps dans la cuisine. Le coin en haut de l'escalier du sous-sol est particulièrement douillet, parce que la canalisation d'eau chaude court le long de son mur. Il semblait ne pas y avoir de raison sérieuse pour lui interdire de dormir sur la première marche. Ensuite, il devint évident qu'elle aimait regarder la télévision avec moi, à condition qu'on ne passe pas un film de guerre, auquel cas elle sautait aussitôt de mes genoux et se dirigeait vers la porte en rasant le mur. Ainsi, la salle de séjour lui devenait accessible pendant les soirées. Après cela, il n'y avait qu'une volée de marches à franchir jusqu'à mon lit où, bien qu'elle ne soit jamais autorisée à dormir la nuit, elle trouve souvent à son goût de passer la journée. Maintenant, bien sûr, il n'y a pas une pièce de la maison qui soit épargnée par les poils blancs.

C'est ma voisine d'alors, feu Lady Moynihan, mieux informée que moi sur le voisinage, qui a découvert d'où venait Hodge. Cela coïncida avec la parution d'une photographie de moi en compagnie du chat dans un journal national. Une lettre de ses précédents propriétaires suivit immédiatement. Hodge — dont le nom, je l'appris alors, était Polly — avait vécu autrefois avec cette famille dans Holland Park. Mais ils avaient déménagé, acquis deux autres chats, et Polly avait obstinément refusé de partager son territoire. Impossible de la garder à l'intérieur, et le vétérinaire consulté déclara qu'ils ne pouvaient rien faire pour l'empêcher de partir. A la manière de ses semblables, Polly-Hodge était prête à vivre en sauvageonne dans ses anciens repaires jusqu'à ce qu'un foyer acceptable se présentât, plutôt que de partager un foyer confortable avec deux intrus. Ses précédents propriétaires — bien que le mot ne convienne pas quand il s'agit de chats — étaient très heureux que je la garde et Polly-Hodge, désormais rebaptisée, est restée. Comme elle n'a jamais répondu à son premier nom, l'adjonction de Polly n'a rien changé. Elle n'a besoin de mériter ni sa nourriture ni son hébergement en échange du moindre service, de la moindre duperie ou manifestation d'affection excessive. Il suffit que je prenne plaisir chaque jour à l'infinie variété de ses attitudes, toutes gracieuses, quand elle se prépare à dormir, à son élégante immobilité hiératique quand elle contemple la vie avec ses impénétrables yeux d'ambre. C'est dans cette attitude qu'elle attend sa nourriture, à côté de son bol. Quand elle a faim, elle ne s'enroule jamais autour de mes jambes, mais mime une parodie de la patience déçue. Quand elle retourne à son bol à moitié vide, elle ne daigne pas manger tant que je ne me suis pas baissée pour rassembler la nourriture au milieu. Elle donne l'impression d'attendre la permission de manger, mais il est plus probable qu'elle préfère ne pas toucher le bord du bol avec ses moustaches, ou qu'elle veuille me faire faire ce petit geste de servitude.

Je ne doute pas qu'elle aurait trouvé une maison plus agréable dans l'avenue s'il s'en était présenté une, mais néanmoins j'éprouve un sentiment de fierté tout à fait irrationnel à l'idée qu'elle m'ait choisie. Elle déborde d'une affection gênante à l'égard de tous les visiteurs, surtout ceux qui n'aiment pas les chats, adore être photographiée — sauf quand on le lui demande, auquel cas elle refuse de coopérer —, est obstinée, timide et d'une beauté sans défaut. Je l'avais menée chez le vétérinaire quand elle est venue s'installer, et à son avis elle avait à peu près cinq ans ; elle en a donc plus de quinze maintenant et souffre malheureusement de cette maladie commune aux vieux chats. Les symptômes en sont une faim et une soif continuelles, mais malgré les énormes quantités ingurgitées, l'animal ne cesse de maigrir. Cependant, Polly-Hodge continue de ronronner, de faire méticuleusement sa toilette et, sans aucun doute, à jouir de la vie. Quand le moment viendra où cette vie ne lui sera plus agréable, où il sera évident qu'elle souffre, alors il y sera mis fin, sans douleur. Nous sommes souvent plus miséricordieux pour nos animaux que pour nos prochains. En attendant, nous vieillissons ensemble et c'est elle qui le fait avec le plus d'élégance.

MERCREDI 24 SEPTEMBRE

Un jeune photographe, Andy Slack, est venu faire pour le *Times* un portrait qui accompagnera l'interview de Frances Fyfield. Il est venu avec une jeune assistante et j'ai offert du thé avec des gâteaux avant et après la séance, qui heureusement a été très détendue une fois que le jeune homme a eu compris qu'il m'est extrêmement désagréable de parler de mon travail pendant qu'on me photographie. Les photographes, les jeunes en particulier, semblent croire qu'ils doivent s'intéresser au métier d'auteur et même que nous sommes enchantés de répondre aux questions éculées sur nos méthodes de travail, d'où nous tirons notre inspiration, combien de temps il nous faut pour achever un livre, etc. Au moins, celui-là n'est pas arrivé avec un crâne et un poignard, comptant que je passerais la tête par les portes entrebâillées, l'air malveillant. Les photographes qui, ne me connaissant pas, se disposaient à rencontrer une femme aux allures de sorcière, sombre, sinistre et probablement décharnée, sont déconcertés de se trouver devant une grand-mère bien en chair et globalement amène. Ils font de leur mieux pour répondre à l'attente des rédacteurs en chef (« Vous n'auriez pas par hasard un crâne qu'on pourrait utiliser ? »). La plupart se résignent à l'échec, mais aujourd'hui, à en juger d'après les planches-contacts, les résultats étaient bons et Andy n'était pas du genre à faire des histoires. Certains des meilleurs clichés que l'on a faits de moi l'ont été par Jane Bown, sans assistant et avec un appareil tenu à la main.

Je me rends compte qu'un journal devrait être tenu au jour le jour, même s'il ne s'est rien passé de marquant, ou si rien ne semble mériter d'être consigné. Aucune journée n'est vraiment sans intérêt, car elle est pleine de pensées, de souvenirs, de projets, d'instants d'espoir ou de découragement passagers. Chacune est vécue dans le présent mais aussi, indirectement, dans le passé et on peut écrire un roman de cent mille mots qui couvre tout juste une heure d'une vie humaine. Mais il semble trop égoïste de passer les dernières heures de chaque jour à contempler les moindres détails de moments irrécupérables. Je dis mes prières et suis reconnaissante du confort apporté par le lit.

JEUDI 25 SEPTEMBRE

Ce soir, le maire de Kensington, Edward Hess, a donné un dîner très agréable à l'hôtel de ville. A trente-cinq ans, il est le plus jeune maire que l'arrondissement ait jamais eu, et j'imagine sans doute le plus jeune qu'aucun arrondissement ait jamais eu. Il est juriste et avait invité un certain nombre d'avocats de son cabinet, parmi lesquels Gavyn Arthur qui m'a si généreusement aidée dans mes recherches pour *Une certaine justice*. Il avait apporté son exemplaire et l'a passé à notre hôte, qui l'a obligeamment brandi bien haut à la fin de son discours et a conseillé à l'assemblée de l'acheter.

DIMANCHE 28 SEPTEMBRE

Ce week-end, j'ai assisté à une Conversazione sur culture et société, intitulée « L'avenir du passé » et tenue au Lincoln College, à Oxford. La réunion a été intéressante et par moments passionnante, regroupant plus de quatre-vingts représentants de l'Eglise, de la finance, des arts, des universités et du journalisme pour trois jours de discussions sur notre attitude envers le passé, et notre perception culturelle de l'histoire et de l'héritage tels qu'ils nous ont été légués par la littérature, l'art et les monuments. Ma propre conférence sur l'importance du langage et de l'écrit prononcée cet après-midi a été accueillie avec magnanimité, bien que j'aie eu l'impression de boxer dans une catégorie supérieure à la mienne (le plus sûr moyen d'être mise rapidement knock-out). La plus grande partie de ce que j'ai dit sur la littérature, le langage et l'importance d'encourager la lecture chez les enfants a déjà été développée auparavant, à la fois par moi et par d'autres plus qualifiés pour intervenir. J'ai insisté sur le fait que préserver la langue ne signifie pas refuser le changement. Depuis les origines l'anglais a été un hybride introduit en Bretagne par les Angles, les Saxons et les Jutes, influencé par le latin et le grec, enrichi par les Danois et les Normands francophones, fortifié et embelli par la traduction de la Bible de Tyndale et le *Book of Common Prayer* de Cranmer. Préserver une langue, ce n'est pas la défendre jalousement contre toute influence étrangère mais, selon les termes du dictionnaire de Chambers, « la mettre à l'abri de tout mal ou déperdition, la maintenir vivante, la maintenir saine, la préserver de la décadence ». Une langue vivante répond aux aspirations et aux besoins de chaque génération, mais les changements devraient enrichir et non appauvrir. Nous dégradons notre langue si, en inventant de nouveaux mots pour rendre compte des techniques nouvelles, nous perdons cette délicate précision de la définition dans le vocabulaire et la syntaxe qui fait de l'anglais une langue exacte aussi bien que souple.

C'était la première Conversazione à laquelle j'assistais et j'ai constaté qu'elle avait ses formes et procédures propres, n'étant ni conférence ni colloque. Au dîner, les convives se concertaient à chaque table, puis posaient une question à l'un quelconque des conférenciers. Elles étaient destinées, je crois, plus à défier, amuser ou divertir qu'à arracher sérieusement des renseignements. On m'a demandé le point de vue de Dalgliesh sur le structuralisme — ou était-ce le post-structuralisme ? J'ai répondu qu'il y avait sérieusement réfléchi pendant nombre de soirées et qu'il était arrivé à la conclusion que c'était un nonsens. Le jeune chapelain assis à côté de moi a murmuré : « C'est en vain qu'ils lui tendaient des pièges. » Je suppose que si j'étais allée à l'Université j'aurais compris ces théories littéraires plus compliquées. Auraient-elles ajouté à ma joie de lire, ou fait de moi un meilleur écrivain ? On peut se le demander. La Conversazione a été un moment agréable que j'ai apprécié et qui m'a rappelé un dialogue entre Mr Elliot et sa cousine Anne Elliot dans *Persuasion* :

« Pour moi, Mr Elliot, une bonne compagnie est celle de gens intelligents et bien informés qui excellent dans l'art de la conversation, voilà ce que j'appelle une bonne compagnie.

— Vous vous trompez, dit-il gentiment. Ce n'est pas une bonne compagnie, c'est la meilleure. »

MARDI 30 SEPTEMBRE

Hier a été une de ces journées de rattrapage au cours desquelles toutes les bonnes résolutions, comme s'attaquer aux dossiers en souffrance, trier et ranger mes robes d'été, et prendre un rendez-vous chez le coiffeur, se sont dissipées en une sorte d'activité sans but. Je suis tout de même arrivée à finir, et Joyce à faxer au *Sunday Times,* ma recension de l'*Oxford Dictionary of Literary Quotations* édité par Peter Kemp.

Il n'y a pas de fin à la compilation de dictionnaires, surtout sous l'égide d'Oxford University Press, et pour ma part je ne m'en plains pas. Les recueils de citations, en particulier, me procurent un des plaisirs de la lecture les moins exigeants mais les plus satisfaisants. L'éditeur a bien choisi le responsable du choix. Peter apporte à ce travail son grand savoir, ainsi que ses goûts éclectiques en matière de littérature aussi bien ancienne que contemporaine

Je pense à nombre de citations que j'aurais aimé voir inclure, et Peter sera sans aucun doute inondé de suggestions amicales. Raison de plus pour publier un supplément ou une édition de poche augmentée. Une phrase que j'aimerais beaucoup voir figurer dans toute version revue, c'est celle de Henry James au sujet d'Anthony Trollope : « Nous comptons sur les romans pour nous entretenir dans la pratique des grandes indignations et des grandes générosités. » C'est là un idéal de fiction élevé, mais à bien y réfléchir, je ne suis pas certaine qu'il corresponde encore à la réalité. Dickens pouvait écrire un livre qui provoquerait pitié ou indignation chez ses lecteurs, agissant comme un aiguillon pour les inciter à l'action, mais aujourd'hui c'est à coup sûr la télévision qui, tantôt puissante, tantôt superficielle, examine pour nous les dilemmes et soucis de notre époque, reflète nos vies et nous ouvre celles des autres. Les hommes et les femmes qui dans l'Angleterre victorienne auraient lu Dickens regardent désormais *East-Enders* et *Panorama*.

Le roman dit littéraire, en particulier, semble trop souvent bien éloigné des préoccupations quotidiennes des gens ordinaires. Le simple qualificatif de « littéraire » est pour beaucoup de lecteurs l'indication qu'un ouvrage n'est pas pour eux. A quelques notables exceptions près — David Lodge en est une —, le monde de l'industrie et du commerce, précisément celui qui apporte à la société les richesses qui soutiennent notre art et permettent à notre littérature de vivre, reste étranger aux romanciers modernes, peut-être parce que si peu d'entre nous en ont l'expérience. Avons-nous la responsabilité de nous libérer de nos préoccupations de cabinet, de la fascination qu'exercent sur nous l'histoire et l'exploitation littéraire des maux du passé, pour nous consacrer à des thèmes plus contemporains ? Y a-t-il aujourd'hui un romancier qui pourrait écrire — ou qui seulement essaierait — *Guerre et Paix* ou *The Way We Live Now* de Trollope, avec son éblouissant portrait du financier Melmotte, ce Robert Maxwell du XIXe siècle ?

Si le roman, en particulier celui qui est dit « littéraire », ne peut toucher les cœurs et les intelligences des gens ordinaires, la lecture se limitera de plus en plus à une minorité. Les romanciers ont aussi, à n'en pas douter, le devoir d'être intelligibles s'ils s'adressent à un public plus large que la classe moyenne cultivée et l'establishment littéraire. Il serait vain et d'ailleurs stupide de suggérer qu'ils peuvent retrouver aujourd'hui les certitudes hiérarchiques et morales de l'Angleterre victorienne. Certains soutiendraient que nous ne pouvons plus être à l'aise dans la tradition du réalisme social parce que nous ne savons plus ce que nous entendons par réalité. Je suppose que les expériences littéraires paroxystiques sont pour quelques-uns la façon d'expliquer le caractère arbitraire et chaotique de l'existence humaine, une tentative pour exprimer l'inexprimable. Thomas Hardy a écrit que le secret de la fiction résidait dans l'adaptation des choses ponctuelles aux choses éternelles et universelles. Mais quelle adaptation un écrivain est-il en mesure de faire si, dans un monde gouverné à ses yeux par le hasard et le chaos, il ne peut plus croire en des choses éternelles et universelles ?

La date de publication de *Une certaine justice* approche à grands pas. Faber a envoyé une voiture pour m'emmener à la BBC, où j'ai donné sur le roman une interview on-line depuis Manchester, qui sera utilisée dans le « Kaléidoscope » de l'après-midi, puis à Camden Passage où j'ai retrouvé Frances Fyfield et pris une robe pour le lancement de lundi, ainsi qu'un tailleur, une jupe et une jaquette. Cela devrait me suffire pour la plus grande partie de la campagne publicitaire.

Dans la soirée, Gavyn Arthur a donné un dîner au Carlton Club. J'étais assise entre deux hommes de loi, tous deux très intéressants ; l'un s'occupe des affaires de maladies mentales et nous avons longuement parlé de psychopathie. J'ai été contente de savoir qu'il jugeait vraisemblable à ce point de vue mon personnage de Garry Ashe. Il m'a demandé si je pensais qu'Ashe finirait par éprouver de l'affection ou de l'amour pour Octavia, ou commencerait à répondre à l'amour qu'elle a pour lui, et je lui ai dit que j'étais sûre que non. Il a été de mon avis. Un psychopathe qui éprouverait de l'amour ne serait plus un psychopathe. Certains, pourtant, ont ressenti une profonde affection pour un chien. Il me vient à l'esprit que je ne peux me rappeler avoir jamais rencontré dans quelque roman que ce soit un assassin qui accueillait chez lui ou aimait un chat. L'assistance au dîner était variée et la conversation stimulante et intéressante ; j'ai rencontré là des personnes que je serais heureuse de revoir — ce qui n'est pas si fréquent à l'âge de soixante-dix-sept ans. Malheureusement, ma vie est si remplie que je n'y parviendrai jamais, je le sais.

OCTOBRE

JEUDI 2 OCTOBRE

Un journaliste d'Australie est arrivé cet après-midi pour une interview à propos du lancement de *Une certaine justice*. C'est le début de la publicité qui annonce ma tournée australienne de l'an prochain.

Dans la soirée, je suis allée à St Anne's Church, dans Soho, pour la publication du deuxième volume des lettres de Dorothy L. Sayers, préparé par le docteur Barbara Reynolds et dont j'ai écrit la préface. Je peux déceler son influence sur mon propre travail, de même que celle de trois autres écrivains : Jane Austen, Graham Greene et Evelyn Waugh. Je suppose que peu de romanciers de la génération de Sayers ont été aussi controversés. Pour ses admirateurs, elle est la romancière qui a fait plus que tout autre à son époque pour élever le « policier » de son rang d'énigme subalterne à celui de spécialité respectée prétendant à être considérée sérieusement comme littérature populaire. Ses détracteurs déplorent ce qu'ils considèrent comme son snobisme et son élitisme (elle doit être le seul auteur de roman policier à avoir inséré dans un livre une lettre en français qu'elle ne daigne pas traduire), concentrant leur aversion sur son aristocratique détective, Lord Peter Wimsey. Elle a écrit d'abord pour gagner de l'argent et divertir, deux buts non méprisables. Et ses livres continuent à divertir, entre autres en tant que littérature populaire d'époque nous brossant un tableau coloré de la vie dans les années vingt et trente, cette période que E.M. Forster a décrite comme « un long week-end entre deux guerres ». Le fait qu'elle puisse, plus de quarante ans après sa mort, encore susciter des controverses et enflammer les discussions donne la mesure de la pérennité de son talent et de la vitalité de son détective.

C'est seulement au cours de ces dernières années et grâce à son amie Barbara Reynolds que nous en sommes venus à respecter en elle une remarquable épistolière. Cette correspondance couvre les années 1937-1943, années des menaces d'invasion, des voyages difficiles dans des trains bondés, du black-out, de l'aide domestique insuffisante ou inexistante, mais néanmoins années de créativité intense. Elle composa des pièces de théâtre, deux drames religieux dont le célèbre *The Man Born to be King* (première fois qu'un homme jouait le rôle du Christ à la radio), et deux ouvrages de théologie, ainsi que des articles et des centaines de lettres, pour la plupart manuscrites. La dépense de temps et d'efforts a dû être considérable, détournant son énergie de la création. Mais peut-être, pour elle comme pour d'autres, la correspondance était-elle une forme de créativité. Pour quelqu'un comme moi qui éprouve une horreur presque pathologique à l'idée d'écrire une lettre ou d'y répondre et le fait mal, c'est difficile à comprendre.

Au reste, les épistoliers prolifiques, s'ils parviennent à la célébrité, laissent des témoignages trompeurs. Paradoxalement, une lettre est la plus révélatrice et la plus capricieuse des confessions. Nous avons tous nos inconsistances, nos préjugés, nos incohérences qui, bien que ressentis avec force sur le moment, peuvent être transitoires. Une lettre restitue l'humeur de l'instant. Le transitoire devient immuable, élément fixe du dossier de l'accusation ou de la défense. Et puis nous adaptons notre style à notre correspondant. Philip Larkin n'écrit pas dans les mêmes termes à Kingsley Amis et à Charles Monteith, son correspondant chez Faber, ou à Barbara Pym. Jane Austen ne pouvait s'épancher avec une confiance et une sincérité totales qu'avec Cassandra ; les flèches de la rudesse, du cynisme, voire de la méchanceté, n'auraient pu être ouvertement exprimées d'aucune autre manière. Dans ce milieu qui dépendait de la famille et des voisins pour les divertissements et la vie sociale, la discrétion et une bonne dose d'hypocrisie étaient nécessaires si l'on voulait que la vie continuât à s'écouler sans heurts et à plus forte raison agréablement. Jane Austen pouvait écrire : « J'ai été aussi courtoise avec eux que leur mauvaise haleine le permettait », mais elle n'aurait pas froncé le nez lors de la rencontre. « La douceur de son humeur ne lui a jamais fait défaut », écrivait son neveu James Edward Austen-Leigh. Au contraire, elle lui faisait souvent défaut, sans quoi nous n'aurions pas eu ses six grands romans.

En préparant l'édition des lettres de Dorothy L. Sayers, Barbara Reynolds a pu trouver la solution de trois des énigmes qui restaient attachées à l'écrivain. Qui était exactement William White, père de son fils illégitime John Anthony ? Pourquoi ne pouvaient-ils pas se marier ? Pourquoi avait-elle choisi Southbourne dans le Hampshire comme lieu de sa naissance alors que, à notre connaissance, elle n'avait jamais eu de contact avec cette ville ?

William White n'était pas le mécanicien grossier et mal élevé qu'on nous a parfois présenté, mais il semble avoir été une sorte de mufle irresponsable. Dorothy devint sa maîtresse après sa désastreuse liaison non consommée avec John Courtos, et elle s'aperçut au printemps 1923 qu'elle était enceinte. Barbara Reynolds laisse entendre que c'est seulement à ce moment-là qu'elle découvrit que White était marié et avait une fille. Il demanda à sa femme de venir à Londres fêter leur anniversaire de mariage — ils semblent avoir vécu séparés la plupart du temps tout en restant en bons termes —, lui apprit alors la grossesse de Dorothy et lui demanda de l'aider... ce qu'elle accepta de faire avec une surprenante générosité. Elle l'invita à venir à Southbourne pour les dernières semaines avant la naissance, prit une chambre pour elle dans une pension de famille et fit en sorte que son frère, qui était médecin, procédât à l'accouchement qui eut lieu dans une clinique. On ne lui dit pas qu'il avait été engagé pour mettre au monde l'enfant de son beau-frère et Mrs White promit de garder le secret sur cette naissance, ce qu'elle fit jusqu'à la mort de Dorothy, en décembre 1957. C'est seulement alors qu'elle écrivit à sa fille pour lui révéler qu'elle avait un demi-frère. En 1991, cette fille, aujourd'hui Mrs Napier, décida d'écrire à Anthony, mais la lettre envoyée aux bons soins de son éditeur, Victor Gollancz, revint sans avoir été ouverte. John Anthony était mort depuis sept ans.

Cet épisode a dû représenter une période bouleversante et profondément malheureuse dans la vie de Dorothy L. Sayers. A la fois égoïste et fière, elle se trouva dans la situation humiliante de n'importe quelle femme qui, après avoir fait un mauvais choix en amour, s'est montrée assez négligente ou malchanceuse pour tomber enceinte. Mais je doute que dans le cas de Sayers il se fût agi d'amour. Courtos l'avait guérie de ce débilitant gaspillage d'énergie.

Etre obligée de s'en remettre à la femme de son amant a dû être particulièrement amer. Pas étonnant que, dans ses romans, l'*alter ego* de Sayers, Harriet Vane, fasse un certain nombre de commentaires mordants sur l'humiliant fardeau de la gratitude. Difficile de savoir si elle en vint réellement à aimer Mrs Thite — à bien des égards une compagne d'infortune puisqu'elles avaient été toutes deux victimes du même homme, veule et irresponsable — ou si elle accepta toujours sa bonté avec un ressentiment profond mais caché. Elle fit une allusion étonnamment désagréable à sa bienfaitrice dans une lettre à Ivy

Shrimpton, alors qu'elle était retournée à Londres après avoir laissé Anthony aux bons soins d'Ivy. « J'étais un peu lasse, hier, parce qu'en arrivant chez moi j'ai constaté que l'imbécile à qui j'avais loué mon appartement avait laissé les clefs à l'intérieur. » En fait, Mrs White s'était installée là pour faire suivre les lettres adressées à Dorothy et poster les siennes de Londres, en particulier à ses parents. Tous deux sont morts sans savoir qu'ils avaient un petit-fils. La fille de Mrs White, Valerie, se trouvait à Londres avec sa mère, et Barbara Reynolds rapporte qu'elle se rappelait très nettement l'appartement, en particulier un chat appelé Agag dont le nom, d'après ce que Dorothy lui avait dit, signifie « celui qui marche légèrement », et aussi qu'il y avait un grand nombre de livres d'enfants. Si c'est Dorothy qui les y avait mis, cela prouve qu'elle comprenait bien les besoins des petits.

Quelques mystères demeurent cependant et surtout celui-ci : pourquoi Dorothy a-t-elle attendu de se remettre au travail pour confier son fils à sa cousine Ivy Shrimpton ? Avait-elle été incitée à le faire adopter — la solution la plus facile alors —, après quoi elle s'était ravisée ? Dans ce cas, on aimerait penser que sa relation lui a valu plus de joies par la suite que cela n'a effectivement été le cas. Aucun des hommes de sa vie ne lui a apporté affection désintéressée ou soutien. Ni son mari ni son fils. Rien d'étonnant, donc, à ce qu'elle ait créé avec Lord Peter Wimsey un personnage imaginaire dont elle pouvait tomber amoureuse sans risque. Elle s'en éloigna par la suite, mais sans jamais le renier. Contrairement aux autres hommes de sa vie, il ne la trahit jamais.

SAMEDI 4 OCTOBRE

Aujourd'hui, bénédiction du mariage de mon petit-fils Tom et de Mary, la cérémonie civile ayant eu lieu le mois dernier dans un restaurant de Cambridge. Je suis allée à Southwold avec le fervent espoir que la journée serait tout ce dont les jeunes gens et la famille, Clare en particulier, avaient besoin ; pour celle-ci, c'était la bénédiction plutôt que la cérémonie civile qui était importante.

Tout s'est parfaitement bien passé et dans une grande joie. L'aînée de mes petits-enfants, Katie, avait interrompu son tour à pied des îles Britanniques en solitaire et pris le train pour être avec nous. Elle a commencé le 2 avril 1997 un parcours de plus de deux mille cinq cents miles pour venir en aide au Calvert Trust Exmoor et au Chernobyl Children's Project. Elle se reposera juste une nuit et reprendra sa route. Le temps a été parfait, le ciel bleu avec seulement quelques nuages qui glissaient doucement, la lumière merveilleuse comme toujours en Est-Anglie, et l'église de Blythburgh, tel un grand vaisseau amarré dans les marais, vous coupait le souffle. Mary et Tom s'étaient donné beaucoup de mal. Elle était très belle dans un simple fourreau orange vif qui allait bien avec son teint mat et ses grands yeux noirs. Elle tenait un petit bouquet de soucis et de feuillage vert et en avait fait de semblables pour décorer l'extrémité des bancs.

La cérémonie devait avoir lieu dans une petite pièce au-dessus du porche, mais Mary avait craint que je ne trouve l'étroit escalier en colimaçon trop difficile à monter. La bénédiction a donc été donnée devant l'autel, les membres de la famille se faisant face, assis dans les stalles du chœur. Tom et Mary avaient organisé la cérémonie avec l'aide du père Barry, le prêtre de la paroisse, et ce fut un mélange de liturgie chrétienne avec la lecture par Clare d'un texte mystique oriental et des bénédictions ainsi que des prières traduites du gaélique, parce que Tom et Mary se sont rencontrés en Irlande. Le père Barry semble avoir accepté ces innovations sans sourciller et l'office a été simple et très émouvant.

Ensuite, nous sommes tous sortis dans le soleil où un groupe attendait patiemment que l'église soit rouverte. Ils se joignirent aux rires et à la joie générale, et Clare demanda à l'un d'eux de prendre une photo du groupe. « Je croyais que vous n'alliez jamais me le demander, dit-il. Voilà un temps fou que j'attendais ici. » Espérons qu'elle sera bonne.

Ensuite, retour à Southwold où nous attendait un gâteau offert par Clare avec l'Union Jack et le drapeau australien, ainsi que, de la part de Peter, du champagne d'une qualité rarement rencontrée dans les mariages, grands ou petits. Katie était belle et heureuse. Son périple semble être une odyssée spirituelle autant qu'un grand exploit sportif. Une autre petite-fille, Eleanor, n'était pas bien, mais avait pourtant voulu venir. Je crois qu'elle trouve son travail d'enseignante particulièrement difficile. Les enfants, mis à part l'indiscipline à laquelle on s'attend de nos jours, n'ont reçu aucune formation chez eux, ni pour les manières ni pour la vie en société, et leur attention se relâche si vite qu'il est presque impossible de leur apprendre quoi que ce soit. Mais Nell a dit qu'elle travaillait dur à établir de bonnes relations avec les parents de certains enfants parmi les plus difficiles. Ils pouvaient venir à l'école pleins d'agressivité à son endroit, mais une fois qu'ils avaient compris qu'elle essayait sincèrement d'aider leur enfant, ils devenaient coopératifs et reconnaissants. Cependant, c'est vraiment une tâche extraordinairement rude et je ne suis pas étonnée que nous manquions de bons professeurs. Ce qui me stupéfie parfois, c'est que nous en ayons encore.

Je suis heureuse que la journée ait été si réussie. Ce sera un merveilleux souvenir pour nous tous, et en particulier pour Clare. Tom est son fils unique et ce sera dur pour elle de s'en séparer quand il partira pour l'Australie.

DIMANCHE 5 OCTOBRE

Messe de onze heures à All Saints, dans Margaret Street. Une des hymnes après la communion a été *Jésus, bon au-dessus de tout autre,* souvent chanté à l'école de Cambridge. Curieux comme les chants peuvent raviver des souvenirs du passé, bien plus que des scènes visuelles ou des odeurs. Dans toutes les écoles que j'ai fréquentées, nous avions une assemblée matinale consistant en prières dont le Notre Père, une lecture prise dans l'Ecriture et une hymne. D'après mes souvenirs de la British School à Ludlow, nous n'avions pas de livres et répétions indéfiniment les mêmes chants de nos voix enfantines. Pouvait-il vraiment en être ainsi ? Pendant les prières, les grandes, celles qui approchaient des onze ans, pouvaient, selon une convention enfantine tacite, se contenter de baisser la tête et de croiser les doigts, cependant que les petites devaient lever les bras et joindre les mains, paume contre paume.

Je n'ai pas dû aller longtemps à la National School avant que nous déménagions pour Cambridge et j'ai commencé l'année scolaire à l'école secondaire au milieu du premier trimestre. Là aussi, la journée débutait invariablement par l'assemblée. Nous entrions en rang, par classe, dans le hall, pendant qu'une des filles les plus douées pour la musique tapait une marche sur le piano. La directrice, Miss Dovey, couramment appelée The Dove (la Colombe), se tenait là, en toge, les autres maîtresses bien rangées contre les murs, elles aussi en toge. Je me rappelle comme j'avais été impressionnée le jour de mon arrivée par cette première vision de tenues académiques, signe visible que j'étais vraiment une élève de l'école secondaire.

Je suis née et j'ai été élevée dans l'odeur caractéristique de l'anglicanisme, que les souvenirs d'enfance identifient comme l'odeur des vieux livres de prières, des fleurs, des cuivres, de la pierre et du bois encaustiqué, le tout parfois dominé par l'âcreté sucrée de l'encens. Très tôt je me suis habituée à ces offices. Parce que mon père, petit fonctionnaire d'un rang moyen, était relativement pauvre, mes parents, même à cette époque où les salaires étaient bas, n'avaient pas de domestiques à domicile pour aider à s'occuper des enfants. Cela signifiait que jusqu'à notre départ pour Cambridge, où mon père cessa d'aller à l'église, toute la famille réunie assistait aux vêpres du dimanche.

Je devais avoir à peu près cinq ans lors de notre déménagement d'Oxford à Ludlow, et je me rappelle les longues soirées dominicales d'automne (je me revois toujours allant à l'église dans la lumière déclinante et en ressortant dans l'obscurité), mon frère dormant à poings fermés appuyé contre ma mère, ma sœur somnolente et moi en train de lire le *Book of Common Prayer* pour échapper à l'ennui profond de sermons non seulement longs mais invariablement tout à fait inaccessibles à mon entendement. J'étais fascinée par le *Prayer Book,* moins par la liturgie que par les textes d'accompagnement. Je me rappelle avoir été impressionnée, très jeune encore, par la rubrique de la communion indiquant que si, en temps de peste, on ne trouvait personne pour porter la communion aux malades, alors le prêtre seul le ferait, et je restais assise dans l'église obscure, croyant voir des images éclatantes de croix sur les portes et entendre des voix gémissantes, cependant que la silhouette du prêtre héroïque parcourait en silence les rues désertes avec les vases sacrés.

Mais ma fréquentation de l'église datait d'encore plus tôt. Mes parents avaient une grande prédilection pour la musique sacrée, ma mère par nostalgie et sentiment, mon père parce qu'il aimait l'orgue, et ils allaient souvent aux vêpres chantées dans les chapelles du collège ainsi qu'aux offices de la cathédrale. On m'y conduisait dans mon landau et je restais à la porte (à l'époque, les mères ne craignaient pas que leurs enfants soient enlevés), ou même on me portait endormie dans la chapelle. Ainsi donc, la musique et la liturgie de l'église ont été deux de mes premières expériences formatrices et les cadences somptueuses de Cranmer ont imprégné ma toute jeune conscience.

Quand nous habitions la maison appelée Woodlands, à la lisière de Ludlow, l'église la plus proche était de l'autre côté du pont, à Ludford. Je n'en ai gardé que deux souvenirs : le poêle qui lançait des flammes impressionnantes quand le vent changeait, ce qui me rappelait les langues de feu de la Pentecôte, et un remarquable livre de prières laissé sur le banc où nous nous asseyions le plus souvent. Il avait de lourds fermoirs en cuivre que je faisais discrètement cliqueter pendant l'office et l'une de mes premières tentations fut l'envie de le cacher et de l'emporter à la maison. Ce n'eût sûrement pas été un vol. Je l'aurais rapporté tous les dimanches. Ce fut le premier objet dont je me souviens d'avoir souhaité passionnément la possession.

J'ai aussi un souvenir de l'école du dimanche à Ludford. Tous les enfants recevaient une carte avec des espaces libres et chaque semaine on nous donnait un autocollant en couleurs représentant une scène biblique qu'il fallait fixer dans la bonne case. J'étais obligée d'assister à l'école du dimanche mais, même si j'avais été libre de mon choix, j'aurais tenu à compléter ma carte sans y laisser de vide humiliant. Après une prière et une hymne en commun, nous nous séparions en petits groupes selon l'âge. Le nôtre avait une maîtresse qui devait être extrêmement inexpérimentée, ou peut-être remplaçait-elle quelqu'un de plus orthodoxe. Ce qui est sûr, c'est qu'elle passait fort peu de temps à nous raconter des histoires tirées de la Bible, mais nous citait les exemples plus effrayants tirés du *Livre des martyrs* de Foxe, qui tout à la fois nous passionnaient et nous terrorisaient à moitié. Pourtant, je ne crois pas que ces détails sanglants de chevalets et de bûchers m'aient tenue éveillée la nuit, ni qu'ils aient fait de moi une protestante innée.

Ma mère en particulier était naturellement œcuménique et elle avait des amies catholiques, d'autres méthodistes ou membres de sectes protestantes plus ésotériques. Jamais à aucun moment on ne m'a laissé entendre qu'une forme de christianisme était nécessairement supérieure à une autre. Ma mère était d'ailleurs très demandée comme membre du Talkers Circuit et souvent invitée à prendre la parole aux réunions de la Women's Bright Hour. Je me rappelle avoir été emmenée avec elle et être restée, jambes ballantes, assise parmi l'auditoire féminin, tandis qu'elle prononçait de petites homélies réconfortantes sur « les repas dans la Bible », ou « les voyages dans la Bible », ou n'importe quel autre thème du même genre auquel elle pouvait accrocher ses gentilles exhortations morales. Elle aimait le théâtre amateur, mais n'avait aucune occasion d'y participer, si ce n'est à des concerts pour le bénéfice de l'église. Je me rappelle une représentation de *Babes in the Wood* qu'elle a écrite ou produite (probablement les deux), dans laquelle Edward était un bébé et Monica et moi des gnomes. Et puis il y avait les danses exécutées par la troupe de l'école du dimanche. Vêtus des costumes qu'elle avait pu nous confectionner, nous exécutions des figures folkloriques absolument pas authentiques, en décrivant des entrechats mal assurés au travers de la scène tandis que ma mère nous soufflait des encouragements, et parfois des injonctions désespérées depuis le piano.

Quand nous sommes passés des Woodlands à une haute maison avec terrasse à Linney View, qui dominait les prairies du bord de l'eau près de Ludlow Castle, nous avons commencé à fréquenter l'église paroissiale de St Lawrence où mon père chantait dans le chœur. Là aussi, notre office habituel était les vêpres. Selon mes souvenirs, il semble y avoir eu une distinction sociale entre matines, parfois suivies par la sainte communion, et l'office du soir. Ceux qui avaient des domestiques pour préparer le déjeuner du dimanche allaient à l'église le matin, et ceux qui, comme ma mère, devaient faire eux-mêmes tout le travail de la maison trouvaient en général plus commode d'y aller le soir. Mais parfois, dans les grandes occasions, on nous emmenait à une sainte communion chantée et je me rappelle encore la splendeur de ces événements, mon impression que quelque chose de mystérieux et d'extrêmement important se produisait à l'autel et que, laissée sur le banc avec mon frère et ma sœur pendant que mes parents allaient recevoir l'hostie et le vin, j'étais provisoirement privée de ce qui un jour serait aussi à moi et que j'accueillerais comme un héritage. Dimanche était également important pour nous quand c'était au tour de notre père de porter la croix de procession, bien que la fierté du moment fût quelque peu ternie pour moi par la crainte terrifiante qu'un jour il ne la lâche.

La foi de ma mère n'était ni critique ni intellectuelle, mais simple et sentimentale. Elle lui procurait consolation, nostalgie, réconfort et ce dont elle pouvait jouir comme vie sociale. Elle aimait que nous disions nos prières du soir à ses genoux, pratique qui lui donnait visiblement une grande satisfaction, mais que je trouvais profondément embarrassante. J'acceptais qu'il dût y avoir des dévotions publiques à l'église, mais en privé elles n'auraient dû concerner que Dieu et moi. Pourtant chez nous la religion n'était jamais invoquée comme source de culpabilité. On nous donnait assez souvent mauvaise conscience, certes, mais il s'agissait de péchés contre un père terrestre parfois terrifiant et non pas contre Dieu. Dieu et la peur me semblaient être deux idées opposées, inconciliables. Et parce que ma mère en particulier prenait une part active aux affaires de la paroisse, je n'ai jamais cru, et cela depuis mon plus jeune âge, que ceux qui fréquentaient les églises étaient de quelque façon que ce fût moralement supérieurs aux autres, puisque l'expérience me disait qu'il n'en était rien. Il y avait les inévitables disputes au moment de Pâques et de la fête des Moissons pour savoir qui décorerait l'autel et la chaire, ma mère exprimant son mécontentement de se voir systématiquement attribuer une des fenêtres les plus sombres. Il y avait aussi les différends habituels entre l'organiste et le curé au sujet des hymnes et de la musique, cependant que la kermesse annuelle et la vente de charité provoquaient des récriminations contre certains membres de la congrégation réputés exagérément autoritaires. Mais l'église était toujours là, immuable, inaltérable, réconfortante et sûre, ce qui donnait à l'année une forme reconnaissable, avec ses fêtes et saisons.

Arrivés à Cambridge, nous n'avons plus assisté ensemble aux offices. Mon frère avait obtenu une place dans le chœur de Clare College qui l'occupait pendant les offices du dimanche et l'obligeait à répéter certains jours de la semaine ; ma mère allait à l'église paroissiale de St Marys où je l'accompagnais parfois, mais ma camarade de classe et moi préférions celle de St Edward, plus petite, où pendant deux ans le père Colin Marr nous prépara à la confirmation. Quand j'y repense, il me semble que je l'ai considérée comme un rite de passage qui ne s'accompagnait d'aucun enthousiasme spirituel particulier. A cette époque-là, les candidats n'étaient pas confirmés dans leur église paroissiale mais réunis en un groupe important, soit à la cathédrale, soit dans une église assez grande pour la circonstance. Ma meilleure amie Joan et moi-même avons été confirmées ensemble à l'église de St Luke (Cambridge) par l'évêque d'Ely et je me rappelle les bancs bondés de jeunes filles voilées de blanc, avec en face d'elles les garçons en costume du dimanche bleu.

Contrairement à ses traditions, St Edward passait par une brève période haute Eglise et nous nous sommes confessées avant d'être confirmées. Le père Colin nous avait conseillé de faire une liste de nos péchés de façon à n'en oublier aucun et je me rappelle mon dépit en voyant que celle de Joan était deux fois plus longue que la mienne, puis mon soulagement quand je découvris que, là où j'avais inscrit « manque de charité envers les membres de ma famille » comme un seul péché, elle avait cité chaque personne individuellement, ce qui donnait un total beaucoup plus impressionnant. Même ainsi, il me semblait que ma contribution ne méritait pas l'attention du père Colin, idée qui ne me viendrait hélas ! pas aujourd'hui. Parfois, nos petits amis du moment, venus de la Perse School ou du lycée pour garçons (le terme « soupirants » serait plus approprié puisque nous ne les encouragions jamais), assistaient à l'office du matin dans l'espoir de gagner nos bonnes grâces et nous passions beaucoup de temps pendant le sermon à leur lancer des regards réprobateurs destinés à les décourager.

Mais c'est la chapelle de King's College qui, durant ces années de ma prime adolescence, m'a apporté l'expérience religieuse la plus signifiante. Les vêpres y étaient chantées à trois heures et demie le dimanche et le soir les jours de semaine, aussi y entrais-je souvent en revenant de l'école à bicyclette. Je me rappelle intensément la solennité, la majesté et la beauté de l'édifice, le magnifique essor de la voûte, la pénombre éclairée de cierges, la procession très digne des jeunes choristes, l'ordre et la beauté de l'office traditionnel. Je croyais alors, et je crois toujours, que c'est ce que doit être le culte. Je me rendais peut-être déjà compte dès ce moment que je courais le danger de confondre l'adoration de Dieu avec une forte réaction émotionnelle et esthétique à l'architecture, la musique et la littérature, mais il me semblait que la religion pouvait être une expérience esthétique et que Dieu devait être vénéré dans la beauté de la sainteté.

Depuis mon plus jeune âge je n'apprécie pas beaucoup les sermons, ce qui est d'autant plus répréhensible que j'ai parfois succombé à la tentation d'en prononcer lorsqu'on m'y a invitée. J'ai toujours abominé les offices pour enfants et je déplore grandement la mode actuelle de récrire la prière eucharistique pour la leur rendre accessible. J'ai dû entendre des milliers de sermons au cours de ma vie, mais j'en ai gardé bien peu en mémoire. La faute en revient certainement à mon arrogance. Dès l'enfance, je voulais questionner le prédicateur et engager la discussion, surtout quand ce qu'il affirmait différait grandement de ce qui avait été affirmé le dimanche précédent. Après tout, même à l'école nous pouvions lever la main, poser une question, chercher à éclaircir les points à demi compris. Une assemblée écoutant en silence la voix d'une seule personne sans possibilité d'intervenir avait quelque chose d'anormal.

Mais si, enfant, je n'aimais pas les sermons, j'adorais les hymnes et ce goût m'est resté. L'envol triomphal des hymnes pour les processions pascales, la célébration de la Toussaint avec le chant *Pour tous les saints,* le préféré de ma mère, et la mélancolie retentissante des hymnes du soir, en particulier *Le jour que Tu nous avais donné, Seigneur, a pris fin,* entonnée alors que les vitraux s'assombrissaient et que l'esprit s'échappait pour parcourir le cimetière entre les tombes qui miroitaient dans le crépuscule. Certains des plus anciens souvenirs que je garde de la religion sont des hymnes, le riche contralto, au reste trop fort, de ma mère et mon propre soprano flûté ; certaines ont encore le pouvoir de m'émouvoir aux larmes.

Dans mon enfance l'Eglise d'Angleterre était nationale en un sens très spécial, symbole visible des aspirations morales et religieuses du pays, un pays qui, malgré de grandes différences de classe, de richesse et de privilèges, était unifié par des valeurs généralement acceptées, ainsi que par une tradition, une histoire et une culture communes, tout comme l'église l'était par la somptueuse liturgie de Cranmer. Il y avait bien entendu des variantes dans la pratique et peu de ressemblances apparentes entre les cérémonies aux cierges innombrables, l'encens ou les chemins de croix que l'on trouvait dans la plus haute

Eglise, et la simplicité d'une Eglise évangélique que l'on aurait pu prendre pour une chapelle non conformiste. Mais il était possible de fréquenter plusieurs églises — pendant les vacances, par exemple — et de se sentir aussitôt chez soi, en trouvant sur le banc non pas une feuille avec les numéros de série mais le *Book of Common Prayer,* familier et unificateur.

L'importance nationale de l'Eglise d'Angleterre ne ressortait peut-être jamais de façon aussi évidente que le jour de l'armistice, alors que les communautés entières se réunissaient dans leurs églises paroissiales, unies dans la tristesse du souvenir. Etre née en 1920, deux ans après la fin du massacre d'une génération, c'était avoir pris conscience dès ses premières années d'un deuil universel qui faisait presque partie de l'air respiré. Aujourd'hui, j'entends souvent qualifier individus et familles de chrétiens comme s'il s'agissait de membres d'une secte minoritaire et un peu excentrique. Dans mon enfance, la grande majorité de la population, qu'elle ait fréquenté un lieu de culte régulièrement ou non, se considérait comme chrétienne et, le plus souvent, anglicane. Les Anglais ont toujours respecté et aimé leur Eglise nationale, à condition qu'on ne leur demande pas d'assister régulièrement à ses offices.

Mes premières expériences religieuses, comme toutes celles de l'enfance, ont à la fois modelé et influencé les années qui ont suivi. J'ai hérité d'un amour et d'une dévotion pour l'Eglise d'Angleterre qui sont toujours forts, bien que j'aie du mal aujourd'hui à reconnaître celle qui m'a accueillie lors de mon baptême. Beaucoup de sa dignité, de sa tolérance érudite, de sa beauté et de son ordre anciens ont été non pas tant perdus que rejetés de façon injustifiée, ainsi que son incomparable liturgie. La *King James Bible* et le *Book of Common Prayer* ont joué un rôle capital aussi bien dans ma vie que dans mon art de romancière. Les mots du *Prayer Book,* en particulier, font partie de ma conscience au point que je n'ai pas besoin de me les rappeler, de les chercher, ou de me concentrer sur eux ; je peux ainsi relâcher mon esprit pour pénétrer dans cette communion avec le Dieu invisible et inconnaissable que j'appelle prière. Je me considère encore comme une chercheuse de vérité plutôt qu'assurée d'avoir trouvé des réponses aux grandes et éternelles questions de l'existence humaine, dont la moindre n'est pas celle de la souffrance des innocents. A soixante-dix-sept ans, je ne crois pas que je les trouverai toutes maintenant.

LUNDI 6 OCTOBRE

Sortie de *Une certaine justice,* lancé lors d'une réception donnée ce soir par Faber au Middle Temple Hall. Pour moi le jour de la sortie n'est jamais un plaisir sans mélange. Comme plusieurs autres écrivains que je connais, j'aimerais parfois me rendre incognito à l'étranger, me faire toute petite jusqu'à ce que l'agitation soit retombée, ne revenant pas avant que le meilleur et le pire soient connus. Mais quelques bonnes critiques préliminaires, ou l'assurance de les avoir, peuvent aider et en cela, j'ai eu de la chance.

Une certaine justice est un des romans que j'ai eu le plus de plaisir à écrire, en grande partie parce que le droit criminel me fascine, et puis réunir la documentation m'a beaucoup amusée et intéressée. Il a commencé, comme presque toutes mes œuvres, par le cadre. J'étais allée à l'office de onze heures quinze à Temple Church, ce que je fais parfois quand j'éprouve le besoin d'entendre matines magnifiquement célébrées, selon le *Book of Common Prayer* avec un accompagnement musical superbe. Traversant le temple, puis flânant dans Middle Temple Lane après l'office, j'avais été frappée par le contraste entre la paix, les traditions, l'histoire et la beauté régulière de ce quartier londonien sans pareil, et les événements horribles dont les avocats traitent chaque jour dans des tribunaux comme l'Old Bailey. Je m'étais dit que ce serait excitant de porter le meurtre, crime suprême, au cœur de ce bastion de la loi et de l'ordre en frappant une avocate dans son propre cabinet. Aussitôt, comme cela s'est produit pour tous mes romans policiers, cette inspiration initiale a été suivie par la certitude exaltante que j'allais écrire un autre livre.

J'ai eu énormément de chance dans mes recherches. Lors d'un dîner, je me suis trouvée par hasard assise près de Gavyn Arthur, qui m'a demandé à quoi je travaillais. Quand je lui ai dit que je réunissais de la documentation pour un nouveau roman qui se passerait dans le Middle Temple, il m'a dit qu'il y avait son cabinet et qu'il serait heureux de m'aider. Cette aide généreusement prodiguée s'est révélée inestimable. En quelques minutes, il m'avait épargné ce qui aurait pu être une sérieuse erreur si je ne l'avais pas décelée moi-même. Il m'a demandé quel enquêteur j'employais dans cette affaire et quand je lui ai dit que ce serait Adam Dalgliesh, il m'a rappelé que le Temple est sous l'autorité de la police municipale de Londres et pas de New Scotland Yard. C'était quelque chose que je savais, mais que j'avais complètement oublié et dont je ne me serais peut-être pas souvenue à temps. J'ai surmonté la difficulté en plaçant mon tribunal et mon cabinet imaginaire à la limite des deux juridictions de façon qu'une partie au moins du corps de la malheureuse victime se trouve sur le territoire de la police métropolitaine. Gavyn Arthur m'a donné des plans du Temple indiquant les entrées et les sorties, et fit en sorte que je puisse parler avec les avocats et les greffiers des Chambers, déjeuner avec les juges à l'Old Bailey et assister à un procès dans la première chambre. Il a également eu la gentillesse de vérifier les détails de la procédure légale lors de la scène dans le tribunal qui ouvre le livre. C'est avec une sincère reconnaissance que j'ai reconnu son aide dans mon avant-propos.

Une des petites privations de l'âge, c'est, je suppose, que rien, et certainement pas les grands succès ou les triomphes, n'est jamais aussi excitant que pendant la jeunesse. C'est sans doute un bienfait puisque la souffrance et l'affliction sont également moins aiguës. Mais je me suis éveillée avec au cœur la reconnaissance que ce livre m'ait été donné. C'est toujours ainsi que mon œuvre s'est présentée à mes yeux : sans aucun rapport avec ma propre intelligence, mais née d'un talent que je n'ai rien fait personnellement pour mériter.

Faber a envoyé mon chauffeur habituel me prendre avec Joyce et nous sommes arrivées bien à l'heure. Middle Temple Hall était idéal pour le lancement. Comme toujours, ce lieu était superbe et le service publicité de Faber avait très bien réussi la décoration.

La réception a été un grand succès et je crois que tout le monde a passé un bon moment. Je craignais un peu que nous ne nous scindions en petits groupes : avocats, écrivains, journalistes, famille, etc., mais cela n'a pas été le cas et chacun a paru trouver l'âme sœur pour converser. Avoir beaucoup de place pour la centaine de personnes présente était un grand avantage. Je ne peux plus tolérer ces lancements où la foule est si serrée et le niveau sonore si élevé que les oreilles et le cerveau sont continuellement agressés. Je ne peux parler sans attraper mal à la gorge et ne parviens à entendre personne. Ce soir, ce fut vraiment une réunion très civilisée.

Matthew Evans, président de Faber, a fait un petit discours, drôle et sans façon, et j'ai répondu tout aussi brièvement. C'était un immense soulagement de participer à cette réception avec quelques excellentes critiques derrière moi. Je plains toujours de tout mon cœur les écrivains qui doivent affronter ces réjouissances en sachant que leur livre a été mal accueilli ; mais ce doit être pire encore pour les acteurs qui ont passé de longues semaines à répéter et dépendent ensuite d'un ou deux critiques vraiment influents.

On me demande souvent quelle importance j'accorde aux critiques. Je suis tentée de dire aucune, mais ce ne serait pas honnête. La plupart d'entre nous sont très heureux d'avoir des avis favorables, non seulement pour leur propre satisfaction mais aussi à cause du plaisir qu'en éprouvent éditeurs et amis. La majorité des miennes ont été si bonnes que je ne peux vraiment pas me plaindre. Un seul critique m'a éreintée méchamment, mais ce n'est pas quelqu'un dont je me soucie. Bien sûr, certains utilisent leurs articles pour compenser des échecs professionnels, créatifs ou sexuels, cependant que d'autres jugent l'auteur non pas sur le livre qu'il vient d'écrire, mais sur celui qu'à leur avis il aurait dû écrire. Il y a ceux aussi qui critiquent non pas le livre mais l'écrivain et sont farouchement hostiles à ce qu'il représente selon eux : classe, sexe ou, le plus souvent, ligne politique. Mais ils sont relativement peu nombreux et un écrivain serait bien sot de leur accorder la moindre attention.

La réception terminée, j'ai réuni la famille — Lyn et Clare, Peter et Jane — et nous sommes allés en voiture au Savoy pour un dîner très tardif. J'avais retenu au River Restaurant, espérant un repas tranquille et une vue sur le fleuve, mais il y avait un petit orchestre assez bruyant. Jane, sachant à quel point cela me gênerait, fit signe au chef de salle et demanda si nous ne pourrions pas aller dans une autre salle de l'hôtel. Ils disparurent ensemble pour revenir cinq minutes plus tard nous dire que Jane avait choisi une table dans le grill room. Là, nous avons dégusté confortablement un repas traditionnel mais sans génie, après quoi nous avons conduit Clare et Lyn en taxi jusqu'à Oxford Circus, puis nous sommes revenus ici pour que Jane et Peter puissent reprendre leur voiture et rentrer à Oxford. A ce moment-là, nous étions tous fatigués, moi en particulier, trop fatiguée pour écrire ces lignes avant de me coucher. Mais cela avait été une bonne journée dont je suis très reconnaissante.

Penser aux recensions m'a incitée à dresser une liste de conseils assez présomptueux à l'usage de leurs auteurs, parmi lesquels je me compte :

1 — Lisez toujours le livre en entier avant d'écrire votre critique.

2 — N'entreprenez pas de rendre compte d'un livre s'il appartient à un genre pour lequel vous avez une particulière aversion.

3 — Traitez du livre que l'auteur a écrit, pas de celui que vous pensez qu'il ou elle aurait dû écrire.

4 — Si vous avez des préjugés — et c'est votre droit —, affrontez-les franchement et si c'est opportun, reconnaissez-les.

5 — Déployez un esprit ravageur si vous pouvez, mais ne soyez jamais délibérément cruel, sauf à l'égard des auteurs qui, versés dans la cruauté, s'attendent sans doute à ce genre de traitement.

6 — Si vous détestez absolument le livre et n'avez rien d'intéressant ou de positif à en dire, pourquoi écrire sur lui ? N'importe quelle critique constitue une publicité très recherchée pour un livre et il est dommage de gâcher de l'espace pour un ouvrage ampoulé ou malhonnête, alors que vous pourriez dire quelque chose de valeur sur un autre qui mérite d'être lu. Une exception à cette règle : le livre important et très attendu d'un écrivain très connu dont on attend le verdict des principaux critiques.

7 — Si on vous donne à critiquer le livre d'un ami proche et qu'il vous déplaise beaucoup, renoncez-y. Aucun d'entre nous n'aime faire de la peine à ses amis et la tentative d'être exagérément indulgent est trop forte.

8 — Résistez à la tentation d'utiliser une critique pour régler de vieux comptes, ou donner libre cours à votre aversion pour le sexe de l'auteur, sa classe,

son obédience politique, sa religion ou son style de vie. Essayez de croire qu'il est possible à des personnes que vous n'approuvez pas d'écrire un bon livre.

MARDI 7 OCTOBRE

La promotion a débuté sérieusement aujourd'hui. Andy est venu me chercher pour aller chez Hatchard après un arrêt chez Faber pour prendre Nicola Winter du service publicité. J'ai passé une heure à signer avec une queue qui ne s'est jamais interrompue, composée en bonne part d'Américains. C'est toujours un plaisir de rencontrer ses lecteurs et les miens sont si généreux, si reconnaissants que cela me rend très humble. Puis je suis montée à l'étage pour signer des exemplaires commandés, dont beaucoup avec des dédicaces spéciales. Celles-ci peuvent parfois poser des problèmes, certains lecteurs demandant des déclarations passionnées, tandis que d'autres veulent pour maman, papa ou un mari des messages qui, à mon avis, devraient être écrits plutôt par l'acheteur que par moi.

Roger Katz et son équipe m'ont aidée. Il doit être l'un des libraires les plus enthousiastes de Londres et un de ceux qui ont le plus lu. Nous avons travaillé assidûment tout en discutant la sélection du Booker Prize, l'avis général étant qu'elle est inexplicable. J'ai marqué une courte pause pour déguster quelques excellents sandwiches et une bouteille de vin rouge dont le choix avait fait l'objet de tous les soins de Roger. En tout, j'ai signé plus de sept cents exemplaires.

Puis Lincoln's Inn où la BBC a filmé un petit intermède qui sera inséré dans « The Late Show ». J'avais deux passages à lire, puis une courte interview et enfin quelques prises de vues dans les cloîtres.

Je suis rentrée à temps pour voir Joyce et parler de la soirée d'hier, toujours un plaisir ; puis j'ai regardé les nouvelles avant de me coucher de bonne heure. Je suis allée à une de mes bibliothèques pour trouver un roman à lire au lit, quelque chose de familier mais pas trop, rien de nouveau ni d'excitant, car ce soir, j'ai besoin de faciliter le sommeil et non de le chasser. Inévitablement, une demi-heure plus tard j'étais encore en train de sortir des livres.

J'ai toujours souhaité avoir une bibliothèque, une pièce où je puisse ranger tous mes livres et il n'y a vraiment aucune raison pour que cela n'ait pas été possible. Il s'est simplement trouvé que les maisons que j'ai successivement possédées ne semblaient pas s'y prêter et aujourd'hui, comme toujours, j'ai des livres dans toutes les pièces, disposés sans ordre particulier. Récemment, j'ai au moins fait un effort pour les ranger par catégories, de façon que je sache où chercher la fiction, la poésie ou la biographie, mais c'est un travail de longue haleine parce que les rayonnages surchargés déversent une extraordinaire variété de livres acquis en plus de soixante ans ; pour certains, j'avais même complètement oublié que je les possédais.

Quand avais-je acheté cet exemplaire de *The Green Hat* de Michael Arlen ? Apparemment un gros succès à son époque, mais maintenant, après l'avoir ouvert, je constate qu'il m'est impossible d'aller au-delà de la première page. Et puis il y a les deux romans d'Ernest Raymond, aussi des best-sellers entre les deux guerres. Mon exemplaire de *Tell England* est probablement celui que j'ai lu pour la première fois à l'âge de quatorze ans, le finissant dans des torrents de larmes après le dernier chapitre qui laisse entendre que le jeune soldat narrateur est mort avec ses deux amis pendant la Première Guerre mondiale. Ce livre a été prêté à toutes celles de mes amies qui partageaient mon intérêt passionné pour cette histoire de la vie d'un jeune homme dans une *public school* qui ne pouvait avoir aucun rapport avec notre propre expérience de l'école. Les années et les complexités s'accumulant, je me suis probablement demandé comment ce directeur si idéaliste, Radley, a échappé aux soupçons de la police ;

aujourd'hui, il serait certainement convié à un entretien avec le travailleur social du coin. Mais le livre a été publié à une époque plus innocente et je suppose qu'il était un modèle de directeur d'école célibataire dont le dévouement à ses garçons était sentimental plutôt que physique.

L'autre roman d'Ernest Raymond rangé à côté du précédent, *We The Accused,* a eu une influence plus durable sur moi. Il traite d'une affaire de meurtre visiblement inspirée de la tragédie Crippen-Ethel le Neve et c'était la première fois que je lisais la description d'une exécution par pendaison. Après cela, je suis devenue une adversaire à vie de la peine capitale.

Un autre volume qui tomba littéralement à mes pieds parce qu'il avait été repoussé derrière les Ernest Raymond est un épais livre à la couverture rouge dont le frontispice proclame « *An Authentic History of Maria Marten, or The Red Barn* » et qui, bien que ne portant pas de date, a dû être publié peu après l'exécution de William Corder pour le meurtre de sa fiancée enceinte dans la grange rouge de Polstead, dans le Suffolk. Je me souviens qu'il m'avait été donné par un voyageur qui se trouvait avec moi dans le train Ipswich-Liverpool Street et j'éprouve aujourd'hui quelques remords de ne pouvoir me rappeler son nom. L'affaire est remarquable parce que Mrs. Ann Marten, la belle-mère de Maria, avait fréquemment rêvé que celle-ci avait été assassinée et son corps enterré dans la fameuse grange. Pendant un certain temps, son mari n'y fit pas attention, mais il finit par prendre une pelle et partit avec un ami nommé Bowtell commencer les recherches. Après avoir déblayé quelque quarante centimètres de terre, ils découvrirent le corps de la jeune femme.

Corder, qui avait quitté Polstead persuadé que son secret ne risquait rien, s'était rendu à Londres et avait fait paraître une petite annonce pour trouver une femme. L'intérêt du petit livre rouge, c'est qu'il contient à la fois l'annonce et les nombreuses réponses qu'il a reçues de femmes visiblement prêtes à tout pour échapper à leur vie de privation, de dépendance avilissante ou de pauvreté sans espoir. Certaines sont manifestement instruites, mais en 1827, aucune autre profession ne leur aurait été accessible que celle de gouvernante. Publiée le 13 novembre par le *Morning Herald*, l'annonce qui les avait incitées à répondre était ainsi rédigée :

Mariage — Homme de qualité, vingt-quatre ans, entièrement indépendant, d'un caractère qu'on ne saurait surpasser, vient de perdre le chef de sa famille par la main de la Providence, ce qui a provoqué des discordes parmi les survivants dans des circonstances extrêmement désagréables à relater. Pour toute personne respectable du sexe qui s'appliquerait au confort domestique et accepterait de confier son bonheur futur à quelqu'un de parfaitement apte à rendre désirable l'état de mariage, l'annonceur étant dans l'opulence, la dame doit disposer de quelques biens qui pourront rester en sa possession. Nombre de mariages heureux ont été conclu par des moyens semblables à celui qui est employé ici et on espère que personne n'y répondra en vertu d'une curiosité impertinente. Mais si cette annonce tombait sous les yeux d'une agréable dame se sentant désireuse de rencontrer un compagnon sociable, tendre, bon et compréhensif, elle pourrait être jugée digne de son attention. Honneur et discrétion assurés. Comme mesure de précaution contre les propositions vaines, on est prié d'adresser les lettres (port payé) à A.Z., aux bons soins de Mr Foster, papetier, n° 68, Laedenhall Street. Il leur sera prêté l'attention la plus respectueuse.

Le plus extraordinaire, c'est que William Corder trouva effectivement une épouse affectueuse par ce moyen. Ils s'épousèrent, ouvrirent une école privée et quand, après la découverte du corps de Maria Marten, il fut arrêté, elle resta son plus fidèle soutien et cela jusqu'au jour de son exécution.

MERCREDI 8 OCTOBRE

John Mortimer a offert un déjeuner aujourd'hui à la Royal Society of Literature à l'occasion de son départ en tant que président. Il y avait une vingtaine de personnes, dont je connaissais la plupart, certains étant des amis que je n'avais pas vus depuis trop longtemps. J'étais placée entre John et A.N. Wilson — conversation intéressante assurée, pimentée de quelques potins.

John quitte la société parce qu'il a besoin de consacrer son temps et son énergie au Royal Court Theatre qui a reçu une subvention de la loterie.

Comme souvent, elle résout certains problèmes en partie mais elle en crée d'autres. A quoi bon donner un capital de plusieurs millions si un théâtre ne peut faire face à ses dépenses courantes ou compter qu'il apporte une somme équivalente alors qu'il est déjà dans le rouge. John sera remplacé à la présidence par Michael Holroyd, nous serons donc entre bonnes mains. John a fait de l'excellent travail. Quand il est arrivé nous étions une de ces anciennes organisations typiquement anglaises que les gens respectent et jugent importantes, mais pratiquement sans rien en connaître. Il y a des avantages considérables à être respecté sans rien avoir de particulier à réaliser, mais John a estimé que nous devions agir davantage pour promouvoir la littérature et c'est bien ce que nous faisons. Nous y sommes parvenus sans rien perdre de l'esprit ni de l'éthique de la société, bel hommage à l'influence de la sagesse de son président.

A six heures moins le quart Andy est venu me chercher pour m'emmener à la librairie Books, etc., dans Charing Cross Road, où je devais prononcer une courte allocution, répondre à des questions et signer des livres. Le local était plein et les questions suivant mon intervention ont été vives, continues et intelligentes.

On m'a demandé, entre autres, comment je trouvais le titre d'un roman. Le problème me semble passionnant. Je suppose que les âmes romantiques voient dans le processus l'équivalent du choix d'un prénom pour un enfant. Le titre demeure pendant que la création se poursuit et provoque des réactions diverses chez ceux qui l'entendent ou le lisent. Ce que l'on espère trouver, c'est un titre mémorable, euphonique, original et collant bien au texte. Nombre de romans anglais ont des titres que je dirais utilitaires — courts, admirablement en situation, mais sans grande inspiration, souvent le nom du personnage principal : *David Copperfield, Jane Eyre, Tristram Shandy, Daniel Deronda.* Et puis il y a les noms de lieux, volontiers utilisés quand le cadre joue un rôle tellement fondamental dans l'histoire qu'il devient aussi important qu'un personnage : *Mansfield Park, les Hauts de Hurlevent, Howard's End.* Le titre utilitaire peut aussi décrire le thème central du livre : *Orgueil et Préjugé, Bon sens et Sensibilité.* Je trouve particulièrement mémorables : *All Passion Spent,* de Vita Sackville-West, *A Handful of Dust,* d'Evelyn Waugh, et *Rendez-vous à Samarra,* de John O'Hara. Ces deux derniers feraient d'ailleurs des titres merveilleux pour des romans policiers et je regrette de ne pas les avoir trouvés la première.

Le titre de O'Hara pour son livre qui se situe en Amérique pendant la Dépression est brillant, mais n'aurait pas de sens si l'auteur n'avait fait précéder le récit d'une courte fable sur la Mort qui rencontre un domestique sur la place du marché. Ce dernier retourne vers son maître, terrifié parce que la Mort est venue à sa rencontre et a fait un geste menaçant dans sa direction. Il doit fuir immédiatement et se cacher à Samarra. Plus tard dans la journée, le maître, va au marché et, rencontrant la Mort, lui demande pourquoi elle a fait un geste de menace, à quoi elle répond : « Ce n'était pas un geste de menace, mais simplement de surprise. Je ne m'attendais pas à voir ton serviteur au marché, car j'ai rendez-vous avec lui ce soir à Samarra. »

Mes titres me viennent ou très tôt, en général avant

que je commence à écrire, ou alors j'ai du mal à les trouver. Etre obligée de travailler avec un titre provisoire me perturbe presque autant que de changer le nom d'un personnage, et c'est toujours un soulagement que ce problème soit réglé avant que je commence à rédiger. Je n'ai eu aucune difficulté, par exemple, pour *Death of an Expert Witness (Mort d'un expert)* ou *An Unsuitable Job for a Woman (la Proie pour l'ombre),* ou pour des titres empruntés soit au *Book of Common Prayer,* soit à la Bible, qui résonnent toujours d'une manière fascinante : *Original Sin (Péché originel)* ou *Devices and Desires (Par action et par omission).* Mais il en est deux qui m'ont causé beaucoup de difficultés.

Mon roman *Innocent Blood* (Sang innocent, traduit en français sous le titre de *la Meurtrière)* qui traite d'une jeune fille découvrant ses vrais parents à dix-huit ans, s'appelait à l'origine *The Blood Tie* (Le lien du sang). Le livre en était arrivé au stade des épreuves quand Faber découvrit que le titre avait été tout récemment utilisé. Bien sûr, il n'existe pas de copyright pour les titres, mais aucun romancier ne tient à en reprendre un qui soit trop récent, ou associé dans l'esprit des lecteurs à un livre déjà existant. Il s'est avéré extrêmement difficile de trouver un remplaçant. *The Blood Relation,* peu enthousiasmant, avait lui aussi été utilisé peu auparavant. Le livre était prêt pour l'impression et aucun titre satisfaisant n'avait été trouvé, malgré de nombreuses recherches dans l'*Oxford Book of Quotations,* toujours bien utile en cas de difficulté. Me rappelant qu'une de mes amies catholiques prie saint Antoine pour retrouver les objets perdus, je me suis dit qu'il accepterait peut-être d'aider une protestante à trouver quelque chose qui, sans être perdu au sens exact du terme, avait certainement échappé à toutes les recherches. Je récitai donc les formules appropriées le soir au lit et je m'éveillai le lendemain matin avec *Innocent Blood* présent à l'esprit et sur les lèvres. Ce choix était infiniment meilleur que le premier et je téléphonai aussitôt l'heureuse nouvelle à Faber à Londres et à Scribner à New York. Nullement surprise de ce succès, semblait-il, mon amie se contenta de me demander ce que le saint avait « facturé » — ou plutôt ce que j'avais payé ensuite. Je pris bonne note de régler ma dette lors de mon prochain passage devant une église catholique.

L'autre titre qui posa problème fut *A Taste for Death (Un certain goût pour la mort).* Il était emprunté à quatre vers lus, me semble-t-il, dans un article du *Spectator* quelques années auparavant.

Certains peuvent regarder sans être malades
Mais je n'ai jamais pu trouver le truc.
Ce que l'on peut dire du sang et du souffle
C'est qu'ils donnent à l'homme un goût pour la mort.

A l'époque, j'avais griffonné les quatre vers en me disant que le dernier ferait un titre admirable pour mon prochain roman et pourrait même convenir quelle que soit l'intrigue. Le livre fini, j'essayai de trouver l'auteur du poème, comptant que ce serait assez facile. En fait, il s'avéra totalement insaisissable. Mon éditeur et moi-même, aidés par le personnel de Faber, avons scruté Auden, Kipling et tous les poètes qui avaient quelque chance de répondre à notre attente. Une fois de plus, les semaines passaient, le livre était prêt pour l'impression. Il me semblait que le titre n'aurait aucun sens sans le vers, mais on ne pouvait guère le reproduire de mémoire et sans le nom de l'auteur. A la dernière minute, la source a été découverte simultanément par une vieille dame habitant Cathedral Close à Norwich et une jeune femme travaillant aux pages littéraires du *New York Times*. Les vers sont de A.E. Housman, publiés parmi ses dernières œuvres, sans titre, et ils ne font pas partie d'une pièce plus longue. Il n'est donc pas très surprenant que cette citation nous ait échappé pendant si longtemps.

VENDREDI 10 OCTOBRE

A Cheltenham en voiture avec Nicola pour faire une causerie au Cheltenham Literary Festival. Tous les publicitaires avec qui j'ai travaillé, aussi bien ici qu'en Amérique et en Australie, ont été des femmes et ça ne m'étonne pas. Ce travail exige une combinaison de qualités qui se trouvent à mon avis plus souvent réunies chez elles : l'attention aux détails, en particulier aux horaires (un train manqué peut bouleverser tout l'emploi du temps), la capacité de s'entendre avec des gens très divers tout en protégeant l'auteur d'exigences démesurément enthousiastes, enfin de se montrer positive, encourageante, apaisante ou stimulante en fonction de la personnalité et des besoins de chaque auteur. Les écrivains ne sont pas faciles à vivre, surtout peu après la sortie d'un ouvrage, une période toujours traumatisante. Ce matin-là, nous nous sommes lancées toutes les deux pleines d'entrain.

Journée splendide avec de gros nuages camus comme des dirigeables sur un ciel étonnamment bleu. L'air sentait le printemps, les couleurs étaient celles d'un automne tardif à ses débuts. J'aime Cheltenham et la ville était à son avantage, éclairée par le soleil, avec les longues bannière rouges annonçant le festival qui lui donnaient l'air d'une respectable douairière un peu surprise par sa gaieté inaccoutumée. Ce festival est l'une des plus réussies et des mieux organisées des manifestations littéraires anglaises, aussi attire-t-il les connaisseurs en très grand nombre. Ils étaient trois cent cinquante à ma causerie. J'y ai pris beaucoup de plaisir et eux aussi je crois.

Il est difficile d'estimer la réussite d'une intervention de ce genre, mais elle semble dépendre beaucoup de mon degré de fatigue, de l'ambiance et de la première réaction de l'assistance. Je suis étonnée que l'on attende aujourd'hui des écrivains qu'ils soient aussi des orateurs. S'adresser à une assistance de trois cent cinquante personnes pendant quarante à quarante-cinq minutes, puis répondre à des questions, c'est se produire en public et les écrivains, souvent très solitaires, sont rarement des acteurs. Je me demande comment Virginia Woolf se serait tirée des exigences d'une époque où les écrivains à succès doivent être vus et entendus.

Au retour, je trouve sur le répondeur un message d'une de mes petites-filles, Beatrice, qui doit venir ici avec sa partenaire au bridge, Rachel, et le petit ami de celle-ci, pour jouer dans l'équipe anglaise. Bea me disait qu'il y avait deux autres amis, qu'elle décrivait ironiquement comme « bien sous tous rapports », qui n'avaient pas de lit pour la nuit, aussi leur avait-elle dit qu'ils pouvaient venir chez moi avec leur sac de couchage. L'année dernière, il n'y avait qu'un seul jeune homme « bien sous tous rapports ». L'année prochaine il y en aura sûrement trois ou quatre qui arriveront en force avec leurs sacs de couchage. Enfin, il y a beaucoup de place et j'aime les jeunes gens civilisés, intelligents et pleins de vie, bien que je trouve cette passion pour le bridge incompréhensible chez des moins de quarante ans.

Ce soir, Paul Bogaards, de chez Alfred Knopf, a appelé au sujet de ma tournée en Amérique prévue pour janvier. Je m'étais demandé si je pourrais vraiment y faire face. Je dois commencer par Boston, puis de là New York, Washington, Chicago, Dayton, Pittsburgh, Dallas, Houston, Seattle, San Francisco, Los Angeles et enfin Miami, tout cela en à peine plus de quinze jours. Paul a refait le parcours avec moi et m'a signalé que, à une exception près, les vols étaient moins longs qu'il ne s'y était attendu. Il pensait que le coup était jouable et, comme je savais que c'était important, j'ai cédé comme je le fais généralement. L'avenir nous dira si la décision était sage. Mais je peux être sûre de deux choses : la tournée sera organisée avec efficacité et vécue dans le confort.

SAMEDI 11 OCTOBRE

J'ai été conduite en voiture à Cambridge par Will Atkinson de Faber sous des déluges de pluie continuels pour signer des livres chez Heffer. Nous avons eu la chance de trouver une place de parking dans le garage tout près du magasin, après quoi nous nous sommes précipités sous les trombes d'eau pour la signature. A midi et demi la file d'attente était longue et la progression bien lente, surtout parce que je retrouvais de vieux amis. Ensuite, comme d'habitude, Heffer a offert un déjeuner dans la salle du conseil et j'ai donné une interview pour la radio locale. Mon petit-fils Tom et Mary, sa toute jeune femme, sont venus ainsi que Will, et je suis passée chez eux prendre le thé avant de revenir à Londres en début de soirée.

MARDI 14 OCTOBRE

Dîner Booker avec Rosemary Goad, qui a suivi la préparation de tous mes livres. Ce fut l'un des plus agréables dîner Booker pour nous, en grande partie parce que nous étions à la même table qu'Anne Elletson, anciennement chez Faber et maintenant productrice à la BBC, avec qui chaque rencontre est une joie. A notre table il y avait aussi Clare Short avec son fils nouvellement découvert, ainsi que Martyn Goff, administrateur du prix, et Geordie Greig du *Sunday Times*. Le choix du vainqueur a provoqué quelques murmures, mais bien entendu Martyn, qui est toujours un modèle de discrétion, n'en a pas dit mot. Tous les membres du Booker Management Committee reçoivent des exemplaires des livres figurant dans la dernière sélection et j'ai attaqué avec le lauréat, *le Dieu des petits riens* d'Arundhati Roy, mais je ne suis pas allée très loin. Il me semble foisonnant et d'une écriture assez surchargée, essai de débutant pour faire du Naipaul ou du Rushdie. Mais je dois avouer un préjugé : j'apprécie rarement les livres où tout est censé être vu par les yeux d'un enfant, *le Messager* étant une exception notable.

En annonçant le résultat du prix, le président, le professeur Gillian Beer, a laissé entendre qu'il y avait un certain mérite à décerner le prix à un premier roman, mais je crois qu'il se trompe. Le jury du Booker est là pour récompenser le meilleur roman de l'année. Etait-ce celui-là ? J'en doute. Mais il est vrai que si nous réunissions dix jurys différents de cinq membres chacun, il est peu probable — sauf année extraordinaire — qu'ils couronneraient tous le même livre.

L'année prochaine marquera le trentième anniversaire du Booker Prize. Dans l'ensemble, je trouve qu'il a atteint son but, à savoir couronner le meilleur de la fiction contemporaine, bien qu'il y ait eu des années où il était difficile de se représenter le vainqueur digne de figurer dans la dernière sélection et à plus forte raison estampillé meilleur roman de l'année. Mais le prix a toujours fait l'objet de controverses, ce qui n'est pas surprenant et fait peut-être partie de son attrait. Quand j'ai présidé le panel des juges en 1987 avec Selina Hastings, Allan Massie, Trevor McDonald et John B. Thompson comme collègues, nous avions reconnu dès notre première rencontre que le jugement littéraire est inévitablement subjectif et qu'un chef-d'œuvre pour l'un est une absurdité prétentieuse et incompréhensible pour un autre. C'est pour cette raison que nous avions décidé de ne jamais contester le goût de l'autre.

Pour les juges, le problème qui existait quand j'étais présidente et qui existe toujours, c'est le nombre des candidats. Arrivée au centième roman, je commençais à douter de mon propre jugement. Le comité directeur a fait des efforts pour diminuer l'afflux des envois, mais trop d'ouvrages sont inscrits sur les listes qui méritent à peine d'être publiés et moins encore d'accéder à la dernière sélection. Ensuite il y a le fait que les maisons d'édition en mesure de proposer une liste remarquable ne peuvent présenter qu'un nombre d'ouvrages égal à celui des maisons plus petites qui n'ont peut-être sorti que quelques romans. Le problème est encore compliqué par les publications à compte d'auteur, et maintenant sur l'Internet. Il va forcément falloir réduire le nombre des candidats, mais comment ?

Si j'étais seule responsable d'un prix littéraire, je m'y prendrais autrement. Je nommerais un panel d'une douzaine de membres environ, éditeurs littéraires, critiques estimés, libraires et représentants du grand public amoureux de fiction. Chacun soumettrait une liste de cinquante romans qu'il ou elle jugerait dignes d'attention, mais il ne serait pas obligatoire de les lire tous. A partir du total, il serait possible d'établir une sélection de cinquante romans parmi ceux figurant le plus souvent sur les listes. Le panel des juges choisirait le vainqueur parmi ces cinquante, mais aurait aussi la possibilité d'en ajouter dix. De cette façon, la tâche des lecteurs serait rendue beaucoup moins écrasante, il serait peu probable qu'un roman de valeur soit oublié, et le panel aurait encore la possibilité d'inscrire le livre d'un auteur encore inconnu ne figurant pas sur la liste des cinquante.

C'est au président du panel des juges de décider de la manière dont ceux-ci feront leur travail, mais on s'attend à ce qu'ils lisent tous les romans. La pire manière d'arriver à une sélection finale de cinq ou six romans est que chaque membre du panel désigne son favori. Je crois qu'on l'a fait une fois, mais il est difficile de voir comment on pourrait aboutir à une première sélection acceptée par tous. Je voulais, moi, aboutir à une sélection d'ouvrages, que tous les juges estimeraient dignes du prix, même si chacun d'entre nous avait son favori. Une telle liste est inévitablement un compromis. J'aurais certainement inclus au moins *A Child in Time,* de Ian McEwan, qu'un autre juge qui le détestait avait attaqué très vigoureusement. Donc, si nous avions chacun fait notre sélection isolément, nous aurions sans doute soumis cinq listes différentes. Il faut se rappeler que le roman couronné par le Booker ne peut raisonnablement pas être considéré comme le meilleur de l'année — seul le temps en décidera —, c'est seulement celui dont cinq personnes très différentes réunies à un certain moment et après avoir été gavées de lecture pendant des mois pensent qu'il a mérité le prix. Notre décision finale en faveur du *Serpent de lune,* de Penelope Lively, n'a été prise qu'après une longue discussion qui a failli nous mettre en retard pour le dîner donné au Guildhall, et elle n'était pas unanime.

Comme la plupart des prix littéraires, le Booker a sans doute causé plus de plaisir que de peine, certainement stimulé l'intérêt pour la fiction et apporté sa contribution à l'amusement, aux controverses, à la méchanceté et au mauvais esprit général. Mais si j'essayais d'inciter une jeune personne à lire et à apprécier la fiction moderne, je ne suis pas sûre de commencer par lui offrir la dernière sélection du Booker Prize.

LUNDI 20 OCTOBRE

Jeudi après-midi, j'ai pris l'avion pour l'île de Man où je devais donner dans la cathédrale St German une conférence organisée par les Amis de la Cathédrale le vendredi, ainsi qu'une causerie le samedi après-midi à la Prayer Book Society de l'île. J'ai été reçue par Mrs Salisbury-Jones dans sa maison de pierre au centre de Castleton. De ma fenêtre à l'étage, je voyais la mer qui, sous le ciel rouge et or du petit matin, ressemblait à une feuille de métal luisant. Jusqu'au sable qui était jaune or. Accueillante, mon hôtesse s'est donné beaucoup de mal pour me faire visiter l'île le samedi matin et le dimanche.

Dans son ensemble, l'architecture est quelconque, mais la contrée elle-même est beaucoup plus attrayante et intéressante que je ne m'en souvenais depuis une précédente visite. Il semble que toute la diversité des paysages que l'on trouve dans le reste du Royaume-Uni soit présente dans cette petite île. Les charmants petits ports me rappellent le Dorset et la région de l'Ouest, les collines centrales avec vallées et torrents ressemblent à certaines parties de l'Ecosse, cependant que la plaine qui descend à l'ouest jusqu'à une plage de galets avec dunes, oyats et grosses pierres rondes m'a rappelé très fort l'Est-Anglie. Le temps était magnifique et je garderai un souvenir très net du dimanche après-midi où nous sommes allées en voiture à Peel. Ayant trouvé un siège contre les murs du château, nous avons pu rester là dans la tiédeur du soleil à regarder le port en mangeant des roulés au crabe particulièrement savoureux.

J'ai aimé l'inscription sur la tombe de l'évêque Sam dans les ruines de la cathédrale : « Dans cette demeure dont je partage avec mes frères les vers dans l'espoir de la résurrection à la vie, je gis, moi, Sam, par la grâce divine évêque de cette île. Arrête-toi, lecteur, regarde et ris devant le palais de l'évêque mort le 30 mai, An 1662, Samuel Rutter, Seigneur Evêque de Sodor et Man. »

JEUDI 23 OCTOBRE

J'ai parlé ce soir à une réunion littéraire *Times*-Dillons qui avait lieu à l'Institut de l'éducation. Je craignais qu'il n'y ait pas grand monde, parce que le prix de dix livres sterling me semblait élevé, mais en fait il y avait environ trois cent cinquante personnes, intéressées et chaleureuses. Les questions n'ont pas manqué et ensuite, la queue a été longue pour les signatures.

Peter Stothard, l'éditeur, a emmené une douzaine d'entre nous dîner ensuite à The Etoile où j'étais assise à côté du chef adjoint de la Thames Valley Constabulary. Il m'a proposé de me montrer une cellule réservée aux suspects de meurtres la prochaine fois que je passerais à Oxford, et cela me sera utile.

Il semble que certains de mes détails dans *Péché originel* n'aient pas été parfaitement exacts.

Les questions que l'on me pose après une causerie n'ont pas toutes trait à mon travail. Certains s'attendent à ce que je sois une spécialiste de littérature criminelle (ce que je ne suis pas) et on me demande souvent quelle est ma position vis-à-vis des meurtres commis dans la vie réelle ainsi que de la peine capitale. Je réponds que j'ai toujours été abolitionniste, mais que cette attitude n'est pas vraiment rationnelle, puisque je crois fortement au pouvoir dissuasif des exécutions ; je suis donc prête à voir certaines personnes courir des risques supplémentaires d'être assassinées plutôt que de vivre dans un pays qui pratique la peine de mort. Je pense que mon horreur du châtiment suprême à été influencée par mon horreur de la pendaison, moyen barbare bien qu'efficace de mettre les gens à mort.

Il me semble que dans mon enfance, public et journaux s'intéressaient beaucoup plus qu'aujourd'hui aux procès criminels. Les comptes rendus détaillés, souvent avec photographies, satisfaisaient peut-être cette fascination qu'éprouvent les foules pour le meurtre, comblée aujourd'hui par les séries télévisées sur le crime et la police. Je me rappelle les pages d'une feuille à sensation qui couvrait, en 1931, le procès d'Alfred Arthur Rouse qui avait tué un auto-stoppeur dont l'identité est encore inconnue, et les images de la voiture incendiée. Mais l'assassinat qui me fit vivement réagir fut celui de Vera Page, également en 1931, peut-être parce que comme moi elle avait onze ans. On retrouva son corps — elle avait été violée et étranglée — dans la matinée du 16 décembre dans l'entrée de service d'une maison située dans Addison Road à Kensington. Allée après l'école montrer ses brevets de natation à sa grand-mère, elle n'était jamais rentrée chez elle. Je revois nettement son visage tel que le reproduisaient les journaux : avec ses yeux brillants, ses cheveux noirs et cette expression animée, ardente d'une enfant pour qui la vie est un enchantement. Un voisin, Percy Orlando Rust, était un suspect tout indiqué. Il portait un doigtier comme celui retrouvé sur le corps, il n'avait pas d'alibi et d'autres indices matériels encore le reliaient au crime. Pendant l'interrogatoire du coroner, une femme s'était levée dans l'assistance pour crier : « Cet homme ment, monsieur », mais le jury avait trouvé les preuves réunies contre Rust insuffisantes et personne n'était jamais passé en jugement. Il me paraît toujours inexplicable que la police, avec tant de preuves matérielles en main, n'ait pas pu résoudre cette affaire. Aujourd'hui, avec les tests génétiques, il n'y aurait aucune difficulté. Il est extraordinaire de constater à quel point ce visage d'enfant s'est gravé dans ma mémoire. Il subsiste peut-être dans le psychisme humain la conviction atavique qu'un crime doit être élucidé pour que le mort repose en paix.

MARDI 28 OCTOBRE

Gill Frost est arrivée pour me masser à huit heures ce matin et à neuf heures et demie une journaliste a appelé de Nouvelle-Zélande pour une interview téléphonique, suivie à dix heures par un coup de fil d'un journaliste australien.

Dans l'après-midi, Andy est arrivé avec Rosemary pour nous conduire en voiture à Chipping Norton pour une causerie dans le petit théâtre, suivie par une séance de signatures. Rosemary a le bras gauche en écharpe parce qu'elle est tombée sur des rochers à Purbeck pendant le week-end et s'est cassé le poignet. Nous sommes d'abord allés dîner avec Penelope et Jack Lively dans leur ferme médiévale à Great Rollright. Ils nous ont ensuite conduites à Chipping Norton où Andy était allé avec sa voiture trouver un pub pour dîner et pouvoir ensuite nous ramener à Londres.

Le théâtre était plein, le public vivant et intéressé, avec des questions particulièrement bonnes, mais j'étais très fatiguée à la fin de la séance, essayant de signer des exemplaires tout en étant interviewée par une journaliste de la ville. Cependant l'effort en valait la peine, la séance de signatures étant organisée par Elizabeth Sleight, propriétaire d'une petite librairie indépendante ; dévouée et enthousiaste, elle réussit admirablement à faire venir les écrivains pour prendre la parole et signer.

On m'a interrogée, comme c'est fréquent, sur l'un de mes livres qui n'est pas un roman policier et dans lequel ne figure pas Adam Dalgliesh : *la Meurtrière*. C'est le seul de mes romans a avoir été influencé par une affaire criminelle réelle. En fait, il y a eu deux sources : un meurtre et un acte du Parlement.

L'inspiration m'en est d'abord venue alors que je travaillais au ministère de l'Intérieur, où je m'occupais de certaines dispositions concernant la loi de 1975 sur le placement des enfants. Il s'agissait en fait d'un texte émanant du ministère de la Santé et des Affaires sociales et pas de celui de l'Intérieur, mais mon service s'intéressait aux dispositions relatives aux tribunaux pour enfants. Le texte portait essentiellement sur l'adoption. Ses formalités étaient confidentielles. A une mère qui abandonnait son enfant pour qu'il soit adopté, on ne communiquait pas le nom des adoptants et eux ne connaissaient pas le nom de la mère biologique. Un enfant adopté grandissait sans aucun moyen de découvrir ses parents naturels. Le Parlement estima que les jeunes avaient le droit de savoir bien que cela constituât une rupture de l'engagement pris à la fois envers ceux qui avaient adopté un enfant selon les règles précédentes et ceux qui s'étaient séparés d'un enfant assurés de la confidentialité. Le projet prévoyait que, après avoir pris conseil auprès d'un travailleur social, une jeune personne de dix-huit ans pourrait voir son acte de naissance et avoir la possibilité de commencer à rechercher ses parents biologiques.

Le crime qui eut lieu quelques années avant l'abolition de la peine capitale fut l'affaire Daniel Raven.

L'épouse de celui-ci venait de donner naissance à leur premier enfant, un garçon, dans une clinique de Muswell Hill. Le jeune père vint voir son épouse et, en revenant chez lui, passa par la maison de ses beaux-parents, Mr et Mrs Goodman, qu'il battit à mort avec une antenne de télévision. C'était un suspect tout indiqué et la police ne manquait pas d'indices accablants, y compris ses vêtements maculés de sang qu'il avait essayé de brûler. Il fut jugé, condamné et pendu. Quand j'entendis à la radio que Daniel Raven avait été exécuté ce matin-là pour le meurtre des Goodman, ma première pensée ne fut ni pour lui ni pour ses victimes, mais pour la jeune mère et son bébé. Comment pourrait-elle jamais lui annoncer pareille nouvelle ? Que répondrait-elle quand il lui demanderait pourquoi il n'avait pas de père, ou ce qui était arrivé à ses grands-parents maternels ? Me mettant à sa place, je me demandai si je n'envisagerais pas de faire adopter l'enfant.

Pendant que le projet de loi sur l'enfance était en discussion au Parlement, le souvenir de cette affaire refit surface et l'idée du roman naquit : j'écrirais l'histoire d'une jeune fille de dix-huit ans, très intelligente mais au cœur sec, adoptée par un psychologue et sa femme, qui commencerait à rechercher ses parents. Elle aurait fantasmé à propos de sa vie antérieure, rêvant que son père était un aristocrate et sa mère peut-être une domestique dans la demeure ancestrale. Or elle découvrirait que son père avait assassiné une jeune fille, que sa mère était complice et que tous deux avaient été condamnés à la réclusion à perpétuité. Son père était mort en prison, sa mère n'allait pas tarder à être libérée sous condition. Le livre aurait un thème double : d'abord l'histoire d'un crime qui raconte comment le père de la victime, attendant patiemment la libération de la condamnée, commence à la traquer dans Londres, et puis l'épanouissement de l'amour entre la mère et la fille après que cette dernière a décidé qu'elles vont habiter ensemble.

Le livre n'a pas commencé par un lieu, mais le cadre est aussi important dans *la Meurtrière* que dans mes romans policiers. Le père de l'enfant assassinée, Norman Scase, poursuit à travers tout Londres celle qui a tué sa fille. Le réseau des lignes de métro de la ville, ses marchés, ses rues et ses ruelles vociférants, le sombre éclat sacré du toit de Westminster Cathedral sont tous partie intégrante de l'histoire. *La Meurtrière* est l'un de mes trois romans — les deux autres étant *Mort d'un expert* et *Un certain goût pour la mort* — qui n'auraient pu être écrits, ou du moins écrits avec autant d'autorité, sans mon expérience du ministère de l'Intérieur.

C'est peut-être pourquoi j'ai gardé ma situation pendant des années alors qu'il m'aurait été possible de vivre de ma plume — bien que parfois un peu difficilement. Je constatais qu'appartenir au monde du travail était source d'une puissante inspiration tout en fournissant des renseignements bien utiles pour la toile de fond. Et puis c'est *la Meurtrière* qui m'a apporté la prospérité. Avant sa publication, j'avais décidé de quitter le ministère six mois avant la date prévue de ma retraite et calculé soigneusement que je pourrais vivre dans des conditions acceptables jusqu'à ce que je perçoive mon capital et ma retraite en août 1980. Le livre a eu un succès assez modeste en Grande-Bretagne. Il arrivait à une époque difficile pour mes éditeurs qui le sortirent à moindres frais ; mais aux Etats-Unis, il prit rapidement la tête de la liste des best-sellers à New York et la critique le porta aux nues. Les droits pour le film et les éditions de poche furent vendus la même semaine. *La Meurtrière* signifiait pour moi la fin des soucis d'argent et de cela j'étais profondément reconnaissante.

En fait, le film ne fut jamais tourné, mais vendre une option lucrative sans être obligée de voir le résultat sur l'écran est tenu pour un avantage par de nombreux écrivains. De temps à autre, des producteurs veulent le tourner, mais la compagnie qui détient les droits ne les lâche pas.

NOVEMBRE

DIMANCHE 2 NOVEMBRE

Je viens de passer un week-end extrêmement agréable bien qu'épuisant. Eliza Oxley m'avait demandé, il y a quelques mois, si je voudrais bien prendre la parole à un dîner au bénéfice du Charminster Conservative Party, le repas devant avoir lieu à Wolfeton, une des demeures les plus anciennes et les plus chargées d'histoire du Dorset. Je devais y aller avec Rosemary, mais à cause de son poignet cassé elle ne peut pas conduire. C'est donc une fois de plus Andy qui a pris le volant et nous nous sommes lancés en empruntant les petites routes chaque fois que c'était possible, sous un ciel ensoleillé et au milieu de feuillages d'automne jusqu'à Stockbridge. Là, nous avons d'abord fait un tour dans la boutique d'artisanat où Rosemary m'a acheté un collier comme cadeau de Noël anticipé, après quoi nous sommes allés déjeuner au Vine.

A Charminster House, où je devais passer la nuit, je me suis reposée pendant que les autres allaient terminer les préparatifs à Wolfeton. La soirée a été absolument délectable. Il y avait des torches enflammées pour nous guider jusqu'à l'imposant corps de garde flanqué de deux tours massives. Wolfeton doit être sinistre et sans doute glacial quand il n'est pas habité, mais avec les grands feux de bois et des forêts de chandelles il était magnifique. Une soirée typiquement Agatha Christie. Les boiseries de chêne, les tableaux, la lumière vacillante des chandelles et les ombres mystérieuses en faisaient un cadre idéal pour un roman à énigme des années 1930. Jusqu'aux noms portés sur le plan de table qui étaient entièrement en situation et je me suis surprise à distribuer les invités dans les rôles qui leur convenaient. Capitaine Guetebock, général Proudman, Mrs Mould-Graham, Miss Archdale et capitaine Thimbleby, tous ont des sonorités authentiquement Christie. Les invités arrivèrent, décidés à passer un bon moment, et ma petite allocution postprandiale reçut plus de compliments et d'applaudissements qu'elle n'en méritait.

Andy, venu nous chercher, arriva à temps pour m'entendre parler. Citadin, il ne peut s'habituer à la nuit parfaitement noire de la campagne, ni d'ailleurs au silence et au vide de Charminster House. Eliza lui avait laissé un dîner froid, mais je crois qu'il aurait de beaucoup préféré la convivialité d'une auberge voisine s'il avait osé s'aventurer dehors. Il nous a dit qu'il avait tiré les rideaux, fermé soigneusement les portes et refusé de quitter le sanctuaire de la cuisine pour parcourir les dix mètres de couloir jusqu'à la pièce de la télévision. Angoissé par la présence de la rangée de sonnettes portant chacune l'indication de la pièce à laquelle elle correspondait, il était resté assis là, s'attendant toujours à ce que l'une d'elles se mît à tinter dans la maison déserte. Je suppose que les ruraux peuvent être tout aussi mal à l'aise en ville et se demander comment nous pouvons survivre derrière nos grilles tandis que la ville perverse et violente se déchaîne dehors.

Je comprends l'attitude d'Andy. Bien que j'aie passé mes premières années à Ludlow, dans une campagne superbe, c'est en ville que je suis le plus heureuse. Quand je vais voir Tom et Mary Norman dans la campagne du Dorset, j'ai toujours l'impression de m'aventurer en territoire étranger et dangereux. Les deux chats poursuivent les souris autour de la table de la cuisine sans que personne d'autre que moi ne les remarque, et les corps des petits rongeurs sont laissés devant la porte de l'office en guise d'offrandes matinales. On ne s'étonne jamais de trouver les têtes de poulets tués par le renard disposées en cercle comme pour quelque rite païen, tandis que les invités se plaignent que les loutres, espèce protégée, attaquent leurs chiens. Le soir, l'obscurité pèse sur les fenêtres tel un tapis noir, tandis que le silence est parfois rompu par les hurlements et les cris d'animaux torturés. Une nuit dans la campagne profonde, c'est la démonstration de la barbarie sauvage de la nature.

Je serais certainement nerveuse s'il fallait que je passe la nuit seule à Wolfeton qui, j'en suis sûre, a ses fantômes. La maison est imprégnée d'une sorte de passé et si elle n'est pas habitée au sens habituel du terme, elle l'est certainement par d'autres présences que celles de ses actuels propriétaires, Nigel et Katharine Thimbleby. Au XVIe siècle, un prêtre appelé Cornelius fut emprisonné dans le corps de garde. Il était si charmant que ses geôliers, les Trenchard et leurs relations (parmi lesquelles Walter Raleigh), discutaient aimablement avec lui et ils devinrent amis. Mais ils ne purent l'empêcher d'être jugé à Dorchester, condamné, pendu, éviscéré et écartelé ; on dit qu'on entend encore ses pas monter jusqu'à sa chambre dans le corps de garde.

En 1506, les orages obligèrent l'archiduc d'Autriche et sa jeune épouse espagnole à s'arrêter à Weymouth et on les conduisit à Wolfeton pour y attendre que le temps soit plus clément. Les visiteurs, comme les Trenchard, ne parlaient que leur langue, mais heureusement John Trenchard avait un cousin, John Russell, qui connaissait l'espagnol et vint faire l'interprète. Il se rendit si utile que, le jour ou l'archiduc et la princesse allèrent rendre visite à Henry VII à Windsor, il les accompagna. De cette royale rencontre naquit la maison de Russell et le duché de Bedford. Cela change de l'habituelle fondation des grandes dynasties par des rencontres clandestines entre les draps.

LUNDI 3 NOVEMBRE

C'est au mois de novembre 1949 que j'ai commencé ma carrière au National Health Service en réponse à une petite annonce de l'*Evening Standard,* je crois, recherchant des assistants pour l'administration nouvellement créée. Je posai ma candidature au comité de direction du Paddington Hospital, dans Harrow Road (choix qui me semble aujourd'hui hautement excentrique), et me retrouvai parmi les candidats sélectionnés. Je me présentai pour un entretien au bureau principal du groupe, à côté de ce qui était alors le Paddington Général Hospital. Je faisais partie d'une nombreuse fournée d'aspirants. Il était évident que les administrateurs des hôpitaux et des services de consultation externe extrêmement divers qui se trouvaient regroupés de façon assez illogique avaient été priés de soumettre leurs demandes de personnel supplémentaire et que nous assistions là à une sorte de marché du travail. Je plus à Mrs — ou peut-être Miss — McBain, qui dirigeait le London Skin Hospital à Fitzroy Square. Intimidante, cheveux gris, trapue, le visage d'un pékinois en colère, elle se réjouissait, je crois, de l'effet produit par ses manières bourrues et directes sur les membres masculins du comité de direction de l'hôpital.

Le London Skin Hospital était l'un des petits établissements spécialisés alors nombreux qui vivaient grâce aux paiements des patients, au bénévolat et aux souscriptions volontaires, soignant une clientèle fidèle qui ne semblait ni s'attendre à aller mieux, ni se formaliser de devoir se présenter toutes les semaines pendant des années. Ma tâche était simple. Les malades venant pour la première fois recevaient des cartes qui indiquaient leurs rendez-vous et leur numéro. Il fallait créer un système de fichier numérique et transmettre le nombre de malades traités tous les mois, je crois, au bureau principal du groupe. Je devais fixer les rendez-vous quand les malades téléphonaient, sortir les dossiers pour qu'ils soient prêts quand les dermatologues arrivaient. Donner les rendez-vous signifiait tout simplement ajouter le nom du patient à la liste de la clinique. Le Skin Hospital croyait fermement à la politique du premier arrivé-premier servi qui semblait en général bien acceptée par les patients.

En dehors de l'équipe médicale, le personnel comprenait Mrs McBain, sœur Ewell, fervente de la Haute Eglise, Mrs Clayton, pharmacienne extrêmement capable, et un concierge du nom de Reid qui, d'après ce que j'avais compris, avait plus ou moins fait marcher l'hôpital tout seul pendant les années de guerre, ayant eu la chance de fréquenter l'école à une époque où l'on y enseignait à lire, à écrire et à compter. J'arrivais avec ponctualité à neuf heures et enfilais ma blouse blanche ; Mrs McBain arrivait quelques heures plus tard par le train de Hove où elle habitait. J'avais l'impression que mon travail n'était pas vraiment nécessaire, ou, du moins, qu'il aurait pu être fait par le personnel existant, mais il régnait alors un climat d'optimisme, d'argent public distribué avec libéralité et l'idée que les gens qui ne travaillaient plus pour une œuvre de bienfaisance n'avaient pas besoin de se surmener. Mais au London Skin Hospital, le personnel était farouchement hostile au National Health Service, y voyant le triomphe de la bureaucratie officielle sur les initiatives charitables personnelles. Mrs McBain faisait semblant de ne pas reconnaître les malades : « Inutile de me dire que vous venez depuis des années, Mrs Collins, vous n'êtes plus qu'un numéro pour nous maintenant. » J'aimais bien Mrs McBain qui, comme beaucoup de femmes à l'abord rébarbatif, avait un cœur généreux, et que je soupçonnais de m'aimer bien aussi, sans quoi j'aurais été réexpédiée au bureau principal du groupe à Paddington sans cérémonie.

Si le petit personnel du London Skin Hospital n'était guère enthousiasmé par le Health Service, la plupart d'entre nous l'approuvèrent sans réserve. L'assurance que le traitement médical, y compris l'hospitalisation, serait gratuit en cas de besoin soulagea de nombreuses épaules du lourd poids de l'angoisse qui les écrasait. Ce fut mon cas. Je me rappelais le temps où ma mère souffrait de coliques néphrétiques dues à des calculs rénaux. Je devais avoir neuf ou dix ans. Parce qu'aller chez le médecin ou le faire venir coûtait de l'argent, elle endura la torture de douleurs atroces jusqu'au jour où elle s'effondra chez le boucher et fut emmenée en ambulance à l'hôpital de Shrewsbury. C'était un soulagement de savoir que pareilles choses ne se produiraient plus désormais.

Mais nous étions tous d'un optimisme aussi excessif que surprenant. Certains membres du Parlement admettaient qu'au départ le coût du service serait peut-être élevé, mais affirmaient que la dépense annuelle diminuerait à mesure que les assurés seraient traités pour des maladies de longue durée ou recevraient leurs perruques, dentiers et appareils gratuits. Après cela, grâce aux soins gratuits, l'état sanitaire du pays irait en s'améliorant. Personne alors n'aurait pu croire que la science et la technologie médicales rendraient possible de transplanter des reins et des cœurs, ou de vaincre la stérilité en fertilisant l'ovule à l'extérieur du corps de la femme. Personne n'aurait pu non plus prévoir l'offensive de nouvelles maladies comme le sida. Rétrospectivement, il semble étrange que nous n'ayons tenu compte ni du vieillissement de la population ni de la charge que le nombre croissant des plus de soixante-dix ans ferait peser sur une assistance gratuite.

En plus du classement et de la préparation des dossiers, j'étais responsable des timbres. Toutes les lettres envoyées étaient inscrites par nom dans le registre et j'étais censée faire coïncider tous les jours le total des timbres restants avec le nombre de lettres envoyées, tâche que je trouvais assommante et négligeais donc. Plus les semaines passaient et plus il semblait difficile de s'y attaquer. Aussi, quand les commissaires aux comptes se présentèrent à l'improviste comme c'est leur habitude, ils s'emparèrent triomphalement du registre et l'emportèrent avec une satisfaction évidente dans leur bureau du sous-sol. Quelques heures plus tard, ils revinrent, obligés d'admettre que le compte était exact au timbre près, non sans signaler qu'il était déplorable qu'il n'ait pas été tenu chaque jour. Je répondis d'un ton suffisant que je n'avais pas vu l'utilité de cette corvée puisque je savais que le registre était juste. Or cette précision au centime près ne pouvait être que pur hasard, car après cette inspection, j'ai bien fait mes calculs tous les jours, mais jamais je n'ai réussi à ce que le compte soit bon.

Mon dossier vierge de toute bavure financière, je postulai pour une promotion au grade C au bureau principal du groupe. Il s'agissait d'un poste de secrétaire de commission, c'est-à-dire qu'il fallait assister aux réunions, prendre des notes sur ce qui se disait, rédiger le procès-verbal, puis réunir tous les documents et les envoyer aux membres des commissions parlementaires chargées des hôpitaux, aux sous-commissions du comité de direction des hôpitaux et au comité de direction lui-même. Je n'ai jamais pu apprendre la sténographie, mais j'avais mis au point ma propre méthode pour écrire vite et comme je retenais facilement les discours, mon travail n'était pas trop pesant.

Vers cette époque, je commençai à me rendre compte que Connor, revenu du service outre-mer atteint d'une maladie mentale, ne retrouverait peut-être jamais la santé et que j'aurais à faire subsister ma famille indéfiniment. Je vivais alors à Ilford, dans l'Essex, avec mes beaux-parents qui ne me ménagèrent jamais leur aide, assurant à Clare et Jane un foyer aimant et stable jusqu'à ce qu'ils prennent leur retraite dans le Suffolk. J'allais avoir besoin non pas d'un travail mais d'une carrière. Je me suis mise à suivre des cours au City of London College de Moorgate pour préparer un diplôme en administration hospitalière sans lequel tout avancement serait impossible. Nous étions un petit groupe à nous y rendre ensemble après le travail, dînant d'une légère collation à la cantine, en général des laitances sur des toasts, avant le début des cours. Le programme couvrait tout ce qui avait trait aux hôpitaux : approvisionnement, construction et organisation, direction du personnel, comptabilité et droit, ce dernier point étant de loin le plus intéressant pour moi. Notre professeur était un juriste vif et rondelet, manifestement excellent, qui s'appelait Schmitov, initialement réfugié j'imagine, et doté d'un penchant pour le mélodrame. Cela signifiait qu'il mimait tous les cas : un trajet en taxi autour de Regent's Park avec des intentions malhonnêtes, viciant ainsi le contrat entre lui et le chauffeur ; ou l'achat d'une belle robe de bal dans une boutique du West End en trompant la vendeuse sur son âge, illustrant ainsi un point de droit intéressant selon lequel la loi ne peut considérer une robe de bal comme une nécessité.

La tenue des livres était le plus difficile pour moi, voire totalement incompréhensible au début. Il me semblait que toutes les transactions étaient inscrites du mauvais côté du grand livre. Les cours étaient donnés par un Irlandais doté d'un accent à couper au couteau qui, m'ayant très vite cataloguée parmi les cas sans espoir, répétait sans cesse : « Faudra apprendre la théorie, les gars », mais la fameuse « théorie » m'échappait toujours. J'ai pourtant réussi l'examen final avec mention, remportant le prix régional. Sans cela, je me demande si j'aurais obtenu ma promotion suivante, qui consistait à remplacer le chef de la commission de section, appelé lui aussi à de plus hautes fonctions. Je commençai désormais à toucher le genre de traitement qui pouvait me permettre de faire vivre ma famille sans l'aide de mes beaux-parents. L'étape suivante fut l'entrée au conseil d'administration du North West Metropolitan Régional Hospital et dans ses bureaux face à la gare de Paddington, où je restai jusqu'en 1968.

A notre époque où l'on se soucie tant des listes d'attente, des traitements prioritaires et du rationnement des ressources limitées, il est aisé d'oublier que toutes les demandes ne pouvaient pas être satisfaites dans ces premières années grisantes du Service. Un des plus graves problèmes auxquels le pays dut faire face après la guerre fut la tuberculose. L'hôpital de Paddington avait des pavillons où l'on soignait les tuberculeux, qui respiraient l'air assez peu salubre de Harrow Road. Il y avait une liste d'attente pour l'admission au sanatorium et une autre pour les jeunes atteints de maladies chroniques comme la sclérose en plaques, que l'on devait trop souvent soigner dans les services gériatriques de longue durée. Ma section s'occupait de la liste d'attente pour ces derniers et je m'intéressais beaucoup à la façon dont les humains diffèrent dans leurs réactions face à une maladie chronique. Il y avait des familles où soit la femme soit le mari devait assumer un fardeau presque intolérable de soins et ne pouvait cependant pas supporter l'idée que son conjoint pût être obligé de quitter le foyer pour être placé dans une institution. Je me rappelle un autre cas où une femme s'était mise à tambouriner aux portes de la direction dès que le diagnostic avait été fait, se plaignant amèrement que son mari, incapable d'aller seul aux toilettes, dût utiliser une bouteille devant ses enfants. Quelle tristesse de se représenter une famille dans laquelle un père handicapé était humilié parce qu'il ne pouvait plus aller seul aux toilettes ! La section que je dirigeais était chargée de tâches très diverses en plus de la liste d'attente des jeunes malades chroniques : compilation des statistiques régionales à partir des indications envoyées par chaque hôpital, service des maladies mentales et des actions en justice à l'encontre du conseil d'administration du Regional Hospital, traité par une firme d'avocats extérieure à l'administration.

A l'époque où j'accédai au conseil d'administration du North West Metropolitan Régional Hospital, mon beau-père avait cessé ses activités de généraliste à Ilford et s'était retiré avec ma belle-mère dans un village non loin de Halesworth dans le Suffolk. La maison que nous partagions à Ilford fut vendue et je dus chercher un autre logis pour nous quatre. Je pensai qu'il serait agréable de vivre à Richmond, mais, ayant pris un jour de congé pour reconnaître les lieux, je fus avertie par tous les agents immobiliers consultés que même une petite maison ou un appartement dans cette plaisante commune ne pourrait se trouver à moins de quatre mille livres. Je pris donc, sur leur avis, un bus pour Kingston-on-Thames où je dénichai une petite maison mitoyenne victorienne, dans Richmond Park Road, pour à peine plus de la moitié de cette somme. Il est presque incroyable aujourd'hui de penser qu'on pouvait acheter une maison si bon marché. Le trajet de Kingston à Londres était long, mais c'était un délice d'être si près du parc.

C'est pendant que nous habitions là que Clare, ma fille aînée, s'est mariée et est partie avec son mari Lyn pour les Etats-Unis où il avait trouvé une situation à Huntsville, en Alabama, dans le cadre du programme spatial. Clare n'a jamais revu son père. Connor est mort à la maison, le 5 août 1964, à l'âge de quarante-quatre ans. De son vivant, changer de travail ne m'avait pas semblé possible. Il sortait périodiquement de l'hôpital en signant une décharge, parfois inopinément, et je ne savais jamais très bien ce que j'allais avoir à affronter quand je rentrais à la maison après le bureau. Le temps n'était pas propice pour chercher à obtenir une promotion ou un autre travail, ce qui aurait créé des tensions supplémentaires. Mais désormais j'éprouvais le besoin très fort d'un changement de direction. Je vis alors dans le *Times*, je crois, une annonce invitant à déposer sa candidature pour le poste d'administratrice dans la fonction publique. Je demandai des renseignements et l'on me répondit que mes titres n'approchaient même pas le niveau demandé. L'année suivante, la même annonce reparut, mais libellée de façon différente. Cette fois, les postulants qui n'avaient pas de diplôme avec mention pouvaient se présenter à un examen écrit suivi d'une série d'entretiens. Je posai de nouveau ma candidature et réussis, me classant troisième de tout le pays sur la liste finale, ce qui n'était d'ailleurs pas aussi brillant qu'il y paraissait. Nombre de questions couvraient le genre de travail que j'avais effectué au Health Service : écrire des rapports, participer à des commissions, répondre à des lettres de doléances. J'ai eu la chance aussi que le test d'intelligence porte sur un enchaînement de formes géométriques, seul genre qui n'ait jamais présenté de difficultés pour moi. Mon rang dans la liste des candidats reçus me donnait sinon le choix des départements du moins la possibilité de dire mon mot sur l'endroit ou j'aimerais être affectée et je demandai soit le ministère de l'Intérieur, soit celui de l'Education. Le 1er mars 1968, j'entrai comme administratrice dans le premier, pour commencer ce qui fut probablement la partie la plus intéressante et la plus heureuse de ma vie professionnelle.

MARDI 4 NOVEMBRE

A Edimbourg par avion, hier après-midi, avec Joanna Mackle, directrice chez Faber, pour une causerie dans l'Assembly Room, suivie d'une séance de signatures. Nous sommes ensuite allées dîner avec mon petit-fils James qui étudie les sciences politiques à l'université, dans son appartement de Henderson Row. Avec sa petite amie, ils ont donné un style très personnel à leur intérieur au moyen de couleurs primaires audacieuses appliquées sur tous les murs avec plus d'enthousiasme que de finesse. Comme son père, c'est un excellent cuisinier et il nous a servi du lapin au curry avec une salade et un gâteau au citron. Sa tante Mona et le mari de celle-ci étaient invités eux aussi et nous avons discuté avec énergie mais sans acrimonie de l'éducation, sujet sur lequel elle sait beaucoup de choses et moi beaucoup moins.

Après la causerie à l'Assembly Room, on m'a posé une question qui revient souvent : est-ce que je prends mes personnages dans la vie réelle ? Je ne suis pas étonnée de sa fréquence. La construction des personnages est au cœur d'un roman et les lecteurs sont toujours curieux de connaître la méthode de l'écrivain pour créer des hommes et des femmes qui vivent aussi intensément dans l'imagination que des personnes réelles. En fait, je crois bien que le processus est aussi mystérieux pour nombre de romanciers qu'il l'est pour leur public. Je réponds en général que je ne les tire pas directement de la vie réelle, après quoi j'explique ce que cela signifie : je ne choisis pas quelqu'un que je connais pour mettre les traits essentiels de cette personne dans un roman, après quelques judicieuses modifications de taille, d'âge ou d'activité. Mais, et je l'admets dans la foulée, affirmer que les personnages ne sont pas tirés de la vie réelle est quelque peu hypocrite. Toute caractérisation vient de la vie, quelle autre origine pourrait-elle avoir ?

Certains écrivains s'inspirent directement des gens qu'ils connaissent et ne s'en excusent pas. On peut mettre un nom sur presque tous les personnages de C.P. Snow, tout comme pour les plus réussis de Nancy Mitford. Mais pour la plupart d'entre nous, ce processus est un peu plus compliqué.

Dickens peignait ses personnages directement d'après nature. Dans une lettre de 1837 à Mr Haines, il lui disait qu'il avait besoin d'un magistrat pour la livraison suivante d'*Oliver Twist*, et qu'après avoir cherché de-ci de-là un « magistrat dont la dureté et l'insolence fourniraient un bon sujet de satire », il était tombé sur Mr Laing de Hatton Garden. Il connaissait parfaitement le caractère de cet homme, mais voulait décrire son apparence personnelle et se demandait donc s'il pouvait être introduit clandestinement quelques instants dans le bureau de Hatton Garden, sous les auspices de Mr Haines. Je pense que dans le monde actuel Dickens serait continuellement exposé à des procès en diffamation. Il répondit d'ailleurs à Leigh Hunt, qui se plaignait de figurer sous les traits de Harold Skimpole dans *la Maison d'Apre-Vent,* en s'excusant de l'avoir peiné, mais il ajoutait aussitôt qu'il s'arrêtait dès qu'il se sentait trop proche de la réalité ; en outre, il ne pensait pas que Leigh Hunt pourrait se reconnaître. Il terminait ainsi : « Sous de semblables déguisements, ma mère et mon père eux-mêmes sont dans mes livres et vous pourriez aussi bien vous retrouver dans Micawber. »

Certains romanciers se sont donné beaucoup de mal pour souligner qu'ils ne peignaient pas directement d'après nature, presque comme s'ils trouvaient l'accusation dégradante. Charlotte Brontë, écrivant à Ellen Nussey en 1849, lui assure qu'aucun des personnages de *Shirley* n'est un portrait exact. « Cela ne serait conforme ni aux règles de l'art, ni à mes propres sentiments d'écrire dans ce style. Nous ne permettons à la réalité que de *suggérer,* jamais de *dicter.* » Il y a là une distinction certes subtile mais que je crois valable. Dix ans plus tard, George Eliot affirme dans une lettre qu'il n'y avait « pas un seul portrait dans *Adam Bede*... Tout le déroulement de l'histoire, les descriptions des paysages et des maisons, les personnages et les dialogues, tout est une combinaison d'éléments venus d'expériences bien distinctes les unes des autres. » Gustave Flaubert écrivait qu'il n'y avait rien de vrai dans *Madame Bovary.* Pour lui, c'est une histoire de pure invention où il n'a rien mis ni de ses sentiments, ni de sa propre vie. Au contraire, l'illusion, s'il y en a, viendrait de l'objectivité même de l'œuvre. Mais il est difficile de croire que Flaubert n'ait pas à un moment quelconque rencontré une Madame Bovary ou quelqu'un qui lui ressemblait beaucoup.

J'ai en tout cas peine à croire qu'un personnage de roman réussi, quel qu'il soit, ait pu être créé sans avoir reçu la première étincelle de vie des charbons brûlants d'une personne vivante. Laquelle peut d'ailleurs parfaitement être l'auteur lui-même et l'est souvent. Nous ne pouvons pas toujours avoir accès aux souffrances, aux joies, aux dégoûts, aux embarras ou aux remords des autres — comment le pourrions-nous ? —, mais nos propres émotions, nos peines et nos joies, nous les avons toujours à notre disposition. Ce sont elles, remémorées, revécues, parfois non sans inconfort, et filtrées par l'imagination, qui deviennent la matière première de la fiction.

Une fois les grandes lignes tracées — principaux traits du personnage, expériences formatrices de l'enfance et vicissitudes de la vie adulte — alors, pour moi, le personnage prend racine dans mon esprit, il peut grandir et se développer, mais il ne prend vraiment vie qu'au moment où je commence à écrire. Alors c'est comme si le personnage et toute son histoire existaient déjà quelque part dans les limbes de mon imagination ; alors ce que je fais, c'est entrer en contact avec une personne vivante et écrire son histoire noir sur blanc, processus qui tient moins de la création que de la révélation. Et pendant que j'écris, le personnage se dévoilera plus clairement, sa personnalité révélera des bizarreries inattendues et il agira parfois d'une façon que je n'avais pas prévue du tout. Dans le genre de roman que j'écris, bien sûr, aucun personnage ne peut échapper complètement à son auteur. Je ne peux pas laisser un assassin décider qu'il préférerait être un suspect innocent. Quand on me demande si mes personnages m'échappent parfois, je dois répondre que leur liberté est nécessairement limitée ; mais parce qu'ils changent et prennent de l'ampleur au fur et à mesure que le manuscrit allonge, je n'aboutis jamais exactement au roman dont j'avais si soigneusement dressé le plan.

Dans la vie, les gens se révèlent et sont révélés par ce qu'ils font, ce qu'ils disent, ce qu'ils pensent et ce que les autres disent et pensent d'eux. Il en va de même pour les personnages de fiction. J'ai été intéressée quand j'ai lu — je ne sais plus où — la réponse d'Evelyn Waugh à un lecteur qui lui faisait remarquer qu'il ne décrivait jamais les pensées de ses personnages : « Je ne sais pas ce qu'ils pensent, je sais seulement ce qu'ils font. » C'est aux antipodes de la révélation d'un personnage par le *stream of consciousness*[1] dont le soliloque de Molly Bloom dans *Ulysse* est un des meilleurs exemples. Le cadre peut aussi révéler une personnalité, tout comme le choix des vêtements, l'aspect extérieur que nous présentons au monde, les objets que nous choisissons pour faire partie de notre environnement. Dans un roman il est possible de décrire une pièce, des livres, des tableaux, des bibelots ou un espace nu, fonctionnel et de donner aussitôt vie à son propriétaire par ce procédé, exemple de l'interdépendance de tous les éléments dans une œuvre de fiction. Il y a toujours deux personnes en nous : le moi essentiel que nous ne connaissons peut-être jamais complètement, et la carapace soigneusement construite qui protège le précédent et devient celle ou celui que nous présentons au monde.

Pour moi, un des éléments de fascination que comporte le roman policier, c'est l'exploration du caractère sous le choc révélateur d'une enquête criminelle. Le meurtre est le crime unique, le seul qui exclut définitivement toute réparation à la victime. Il viole l'intimité aussi bien des vivants que des morts. Il nous force à confronter ce que nous

1. La vie mouvante et insaisissable de la pensée. *(N.d.T.)*

sommes avec ce que nous sommes capables d'être. Rien d'étonnant qu'il ait fasciné écrivains et lecteurs depuis que Caïn a tué Abel.

MERCREDI 5 NOVEMBRE

Déjeuner dans les bureaux de Penguin, à Kensington High Street, où nous avons examiné les projets de promotion pour l'édition pour la grande diffusion d'*Une certaine justice*. Puis, à seize heures trente, Michele Buck et Tim Vaughan, d'Anglia (maintenant United Film and Television Productions), sont venus parler de la version télévisée du livre.

C'est un 5 novembre, mais en 1989, que je suis allée pour la première fois en Tchécoslovaquie pour y passer neuf jours, envoyée par le British Council dont j'ai été membre de 1988 à 1993. C'était ma première incursion au-delà du rideau de fer si l'on excepte une journée à Berlin-Est en 1986, une fois encore envoyée par le British Council. A Prague, l'hôtel était confortable et modernisé, mais le service rébarbatif. J'avais une interprète constamment avec moi et le premier matin je devais rencontrer une journaliste au foyer de l'hôtel. Avant qu'elle arrive, l'interprète a proposé que nous prenions un café au bar et nous nous sommes donc juchées sur deux hauts tabourets où celle qui allait m'interviewer nous a finalement rejointes. Je lui ai offert un café et suggéré que nous emportions nos tasses jusqu'aux fauteuils confortables autour d'une des tables basses, car il n'était guère pratique de poursuivre un entretien perchées en rang devant un bar.

Aussitôt, mon interprète s'interposa : « Ce n'est pas autorisé, dit-elle. Le café n'est consommé qu'au bar. » Je lui dis que j'étais cliente de l'hôtel, que j'avais payé le café et que je ne voyais pas du tout pourquoi nous ne pourrions pas le boire à l'une des tables. J'étais parfaitement prête à rapporter moi-même les tasses au bar ensuite. Donc, nous sommes allées nous asseoir à une table, mais de toute évidence mon interprète était mal à l'aise. Quelques minutes plus tard, elle interrompit sa traduction pour dire : « Vous avez raison, vous êtes cliente de l'hôtel. Pourquoi est-ce que nous ne pourrions pas prendre le café à cette table ? » Je lui répondis qu'elle n'avait qu'à rester à côté de moi comme elle en avait l'intention et qu'à la fin de l'interview elle serait sans aucun doute devenue aussi « tête de lard » qu'une vraie Britannique.

Partout j'ai senti cette préoccupation de ce qui était ou n'était pas permis. Une petite équipe de télévision avec une seule caméra est venue faire un film sur moi, dont une partie tournée devant la cathédrale. Il faisait un froid terrible et je leur ai proposé ensuite de me raccompagner à l'hôtel pour prendre un café ou un verre. Seul le chef parlait anglais et il m'a dit que cela ne serait pas possible. L'hôtel était pour les étrangers riches qui avaient des devises de leur pays. Je les ai pourtant convaincus de venir et je crois qu'ils ont apprécié le café, mais ils n'étaient pas à l'aise.

Partout on sentait que des changements étaient proches. Les routes étaient bordées par les voitures de pacotille des Allemands de l'Est qui avaient franchi la frontière. Les dominos culbutaient et bien que je pusse voir sur tous les murs, en particulier dans les écoles où je prenais la parole, une grande photographie encadrée du président Gustáv Husák, j'avais l'impression de ne pas être la seule à me demander combien de temps encore elle resterait en place.

Ces visites dans les écoles furent décevantes. Les jeunes restaient assis dans un silence attentif et tous, pour autant que je pusse en juger, semblaient intéressés par ce que je leur disais de la technique du roman policier et de ce qui se passait dans la littérature anglaise, mais au moment des questions, mutisme total. Quel contraste avec mon expérience des jeunes auditoires si vivants d'Allemagne, d'Italie, d'Espagne, sans parler des pays anglophones !

Comme j'en demandais la raison, on me dit que les élèves n'étaient pas encouragés à contester ce qui leur était dit et cet échange de questions et réponses était étranger à leur culture.

Je consacrai une soirée à une association d'écrivains officiellement reconnue. Ils me dirent que l'Etat se montrait généreux avec eux, et qu'il y avait une superbe résidence où ils pouvaient séjourner sans payer pendant qu'ils écrivaient leurs livres. Quand je demandai si un Tchèque dont les livres critiquaient le gouvernement pourrait aussi jouir de ce privilège, il y eut un silence et puis l'un des participants me dit que non. Curieuse soirée, l'air lourd de questions qui n'avaient pas été posées et de la certitude que la vie allait changer de fond en comble, peut-être pour prendre des directions que personne ne pouvait prévoir.

Je fus conduite en Slovaquie par un chauffeur du British Council en traversant un décor de forêts de conifères qui me rappelait les romans de John Le Carré et l'une des premières scènes du film produit par la BBC d'après *la Taupe,* où l'agent britannique est trahi et tué. Je m'attendais presque à entendre le crépitement de la mitrailleuse et à voir la silhouette solitaire qui se faufilait entre les arbres.

Nous étant arrêtés en chemin pour prendre une tasse de café, le chauffeur parla du communisme et de la récente reconnaissance des erreurs commises dans le passé en Russie. Je vis qu'il était au bord des larmes. Il s'exclama avec véhémence : « Des milliers de gens ont été tués, des milliers sont sans travail, sans espoir, des milliers sont en prison. Et maintenant, on vient nous dire : "C'était une erreur !" »

Quand j'habitais Cambridge, au début de la guerre, j'avais rencontré un aviateur tchèque et nous allions danser le samedi soir au McGrath Ballroom, au nom bien prétentieux, un des endroits que les équipages dont les appareils étaient basés sur des terrains proches de la ville fréquentaient régulièrement. Il était grand, exceptionnellement beau, mais nos relations, qui n'allèrent pas plus loin qu'une amitié romanesque, étaient compromises du fait que nous ne pouvions communiquer qu'en assez mauvais français. Il m'avait offert une très belle bague avec un camée que j'ai perdue pendant la guerre et que je regrette toujours. Il avait une haine passionnée des Allemands. Quand je lui demandais s'il pilotait un bombardier ou un chasseur il grondait : « *Je suis chasseur* ! », comme un cri de guerre. Cette véhémence contrastait avec les pilotes de chasse anglais que je connaissais. Ils avaient une attitude assez prosaïque vis-à-vis de la tâche à accomplir et manifestaient peu de haine envers l'ennemi avec lequel ils partageaient les mêmes cieux pleins de menaces. Nous devions nous retrouver au bal de janvier 1941, mais mon Tchèque ne vint pas et je ne connaissais aucun autre pilote de son pays qui aurait pu me renseigner.

Pendant que j'étais à Prague, mes éditeurs me dirent que les survivants parmi les Tchèques qui s'étaient battus pour les Alliés avaient ensuite été mis à l'écart. Les soldats de carrière avaient perdu leur situation et la plupart s'étaient vu refuser les droits civiques. Mais selon eux, le climat changeait et la maison avait publié un livre illustré sur ceux qui avaient volé dans l'aviation tchèque libre. Il m'en donna un exemplaire et je reconnus mon pilote. Une croix et une date, janvier 1941, à côté de son nom me confirmèrent ce que je savais déjà.

JEUDI 6 NOVEMBRE

C'est l'époque de l'année où les responsables des rubriques littéraires des principaux journaux téléphonent pour demander quels sont mes livres préférés parmi ceux que j'ai lus pendant l'année. Curieux exercice que de fournir à certains lecteurs la possibilité de donner un coup de pouce à leurs amis, alors que d'autres choisissent des volumes extraordinairement érudits, dont on peut s'étonner qu'ils se soient vraiment délectés.

L'année a été particulièrement bonne pour les biographies que je lis et apprécie maintenant bien plus que les romans. Beaucoup de plaisirs m'attendent encore, mais parmi les ouvrages que j'ai finis, j'ai aimé et cité le *Jane Austen* sensible et élégamment écrit par Claire Tomalin, ainsi que *Hogarth : A Life and a World,* de Jenny Uglow, étude passionnante d'un grand artiste et de son époque. De Iain Pears, *le Cercle de la croix (An Instance of the Fingerpost,* un bien mauvais titre) est *un tour de force** qui combine érudition et mystère dans l'Oxford des années 1660. Mais le roman que j'ai le plus admiré cette année, c'est *Enduring Love* de Ian McEwan. Le si brillant premier chapitre aurait dû suffire à lui assurer une place dans la sélection du Booker. La suite ne tient pas tout à fait ces promesses et ce n'est pas un livre commode, mais il serait intéressant de savoir pourquoi les juges l'ont rejeté.

JEUDI 13 NOVEMBRE

J'écris ces lignes dans ma chambre du Waldorf Astoria, au terme d'une croisière sur le *Queen Elizabeth II,* commencée le vendredi 7 novembre. Ma troisième traversée comme conférencière invitée, et de loin la plus agréable. Le *Queen Elizabeth II* est un bateau qui exige une certaine acclimatation ; au début il ressemble trop à un hôtel flottant pour donner cette impression de contact avec la mer que j'aime tant. Mais maintenant je m'oriente très bien à son bord et je commence à comprendre l'affection qu'éprouvent visiblement les passagers réguliers. Certains ne traversent pas l'Atlantique par un autre moyen, retenant la même cabine, rencontrant les mêmes personnes et parlant en connaisseurs de leurs commandants favoris.

Cette fois, j'ai obtenu de Rosemary qu'elle vienne

avec moi. Parfaite compagne de voyage, invariablement de bonne humeur, appréciant la variété, les défis et la drôlerie des expériences nouvelles, on peut compter sur elle en cas d'urgence. Son poignet cassé est toujours dans le plâtre, et la photographie officielle prise au moment où nous montions à bord l'a immortalisée avec son bras en écharpe et une expression fugitive de dépression accablée, cependant qu'à côté d'elle et deux fois plus grosse j'arbore un sourire hilare. La seule légende appropriée serait : « Meurtrière et sa victime montant à bord ! »

La traversée a été marquée par la tempête qui a commencé le samedi. On nous avait prévenues que le temps allait se gâter et il l'a fait de façon spectaculaire. Rosemary et moi avons alors absorbé nos pilules contre le mal de mer, qui firent leur effet, mais une rangée entière de cabines gardèrent toute la journée sur la porte leur pancarte « Ne pas déranger », et dans le Queen's Grill où nous avions notre table, les places vides étaient plus nombreuses que les passagers. Un des serveurs me dit qu'un de leurs camarades était devenu extrêmement impopulaire pour avoir passé *l'Aventure du Poséidon* en vidéo. Par moments il était difficile de se tenir debout et le commandant fit annoncer par haut-parleur que le pont supérieur était interdit. Avant cette annonce, Rosemary et moi, prêtes à tout pour un souffle d'air marin, avions essayé d'ouvrir de force une porte du pont des embarcations, mais le vent nous avait immédiatement obligées à nous accrocher l'une à l'autre pour ne pas être projetées de l'autre côté du pont.

Mais voir l'Atlantique un jour de tempête valait bien quelques inconvénients. Aussi loin que le regard pouvait porter, l'océan s'était solidifié, montagne de granit soulevée par des mouvements violents et pourtant d'une impressionnante densité. Jusqu'à l'horizon, les grandes crêtes grises se dressaient, les vallées s'élargissaient pour devenir des gouffres, et volcan après volcan s'élevaient avec une majestueuse lenteur pour cracher des explosions non pas de feu mais d'écume. Par le hublot de notre cabine nous voyions l'océan se soulever en courbes brillantes d'un gris tacheté de blanc qui s'écroulaient avec un bruit de canon et giflaient la vitre à coups d'écume. Dans la nuit du samedi, une vague particulièrement énorme a dû secouer le bateau avec un bruit entre le craquement et l'explosion. Nos vêtements furent arrachés des cintres et jetés par terre pendant que bouteilles et verres glissaient, puis se brisaient et que les chaises tournoyaient avant de se précipiter contre les parois. Extraordinaire de penser qu'un bateau de la taille du *Queen Elizabeth II,* pesant soixante-dix mille tonnes, haut de treize étages avec huit cents mètres de promenade sur ses ponts, pouvait être secoué ainsi.

Mais le dimanche soir la tempête s'était calmée et le lundi vers midi un soleil encore capricieux brillait sur un océan bleu-violet, nous permettant de nous installer pour lire sur le pont. Quand le *Queen Elizabeth II* sera définitivement hors service, je me demande combien de traversées régulières de l'océan il y aura encore et combien de passagers pourront faire l'expérience de la tumultueuse puissance de l'océan dans une tempête.

Nous avions constaté qu'il nous faudrait partager notre table, perspective toujours déprimante au début, mais les deux passagers, Donald et Renée Bain, étaient des Américains charmants, divertissants et sociables. Donald, parmi ses autres talents littéraires — il est l'auteur de la série intitulée *Murder, She Wrote* —, rédige des livres pour les célébrités qui veulent être publiées sans avoir la peine d'écrire elles-mêmes. Il s'est montré extrêmement discret au sujet de ses clients, mais je vois bien l'attrait du procédé. Le livre se vend grâce au nom de la célébrité et celui qui l'a écrit empoche cinquante pour cent des droits d'auteur. Mais il peut y avoir quelques inconvénients, en particulier quand la célébrité se passe une main languissante sur le front et se plaint que le stress émotionnel de la création littéraire, sans parler de la promotion, deviennent vraiment insoutenables. Sous la houlette de Don, j'ai joué aux dés au casino, tentant ainsi ma chance à un jeu de hasard pour la première fois de ma vie. Je m'étais limitée à cent dollars et j'en avais cent quatre-vingt-dix-huit en quittant la table. Rosemary, elle, s'est adonnée aux bandits manchots jusqu'à ce que je lui confisque toute sa monnaie.

L'arrivée à New York par l'Hudson a été aussi spectaculaire que jamais. Il faudrait aborder les grandes villes par la mer ou un fleuve. Comme nous nous occupions nous-mêmes de nos bagages, nous avons pu débarquer dans les premières et malgré une pluie diluvienne nous lancer en direction du Waldorf Astoria, puis de là vers le Frick et le Metropolitan Museum. Rosemary aura une journée libre à New York avant de prendre l'avion pour Londres demain pendant que moi je commencerai mon périple canadien.

VENDREDI 21 NOVEMBRE

Il est neuf heures et demie du soir et je suis installée dans le vol 96 d'Air Canada pour Londres-Heathrow après une tournée au Canada très réussie, bien que fatigante.

Arrivée très tard à Toronto le vendredi 14, j'ai été accueillie par Pat Cairns, un des directeurs de la publicité, et emmenée au Four Seasons Hotel. Le lendemain, samedi, mon éditrice canadienne Louise Dennys a donné une réception dans son appartement de Toronto. Louise est une femme remarquable, jolie, intelligente et aimable ; je l'apprécie fort, aussi bien comme éditrice que comme amie. La réception devait durer deux heures, mais elle s'est prolongée bien au-delà et j'ai été présentée à toute allure aux célébrités de Toronto les unes après les autres. J'étais certes confortablement assise pendant tout ce temps, mais le niveau sonore et l'effort de réagir à chaque personnalité nouvelle étaient inévitablement fatigants.

Au cours du dîner qui a suivi, l'une des invitées, avocate éminente, vitupéra avec passion la domination de la profession juridique en Angleterre par les hommes, ainsi que les préjugés, voire l'hostilité témoignés à l'encontre des femmes. Elle cita comme exemple Helena Kennedy et l'injustice dont, selon elle, celle-ci avait été victime. Je fus tentée de lui répondre que cette femme brillante n'avait finalement pas si mal réussi. Je suis toujours irritée par les critiques contre l'Angleterre quand je me trouve à l'étranger et j'essayai de souligner que, désormais, les femmes pratiquaient les professions juridiques en plus grand nombre et que, sans avoir de connaissances personnelles sur le sujet, je pensais que les choses s'amélioraient. Cependant, comme la diatribe se poursuivait, j'en arrivai à dire sèchement que je commençais à me lasser des femmes qui se posaient en victimes.

Il y a si longtemps que je n'appartiens plus au monde du travail que je dois résister à la tentation de prendre à la légère les difficultés que d'autres femmes peuvent rencontrer dans leur vie professionnelle. Pendant ma carrière dans le Health Service et au ministère de l'Intérieur, j'ai certainement travaillé avec quelques hommes qui n'aimaient pas les femmes, ce qui était déjà assez désagréable, et parfois avec certains qui ne m'aimaient pas, moi, ce qui l'était encore plus. Mais une fois en poste, je ne peux pas dire honnêtement que j'aie jamais connu une vraie discrimination. Certes, quand je me présentais devant les commissions *ad hoc* du Health Service pour obtenir de l'avancement, j'acceptais l'idée que je devais être non seulement plus qualifiée que les candidats masculins, mais beaucoup plus qualifiée, ce que l'on peut difficilement considérer comme l'égalité des chances. La raison en était pour partie que l'administration des hôpitaux était considérée essentiellement comme une carrière masculine, ne serait-ce que pour contrebalancer le pouvoir considérable exercé à l'époque par les infirmières en chef dans les services. Au ministère de l'Intérieur, je n'ai pas vu trace de discrimination, mais j'admets, d'après ce que l'on me dit, qu'elle existe dans certaines professions et que le harcèlement sexuel ne peut-être sommairement traité d'obsession nourrie par les féministes extrémistes. Néanmoins, ce qui a été obtenu pour mes semblables pendant ma vie est extraordinaire. Enfant, je ne suis jamais entrée en contact avec une femme exerçant une profession libérale autre qu'infirmière ou enseignante. De toute évidence, il existait des femmes médecins, dentistes ou avocates, mais je n'en ai jamais rencontré.

Les carrières ouvertes aux lycéennes des années 1930 étaient limitées, surtout pour celles d'entre nous qui n'avaient pas la possibilité de pousser jusqu'à l'université. Je me rappelle encore une phrase du prospectus du lycée de Cambridge, qui après avoir indiqué que, au moment du passage en classe de première, les jeunes filles avaient le choix entre préparer une école normale pour enseigner, ou s'orienter vers le secrétariat, ajoutait : « Ainsi, le lycée prépare les élèves soit à une carrière, soit aux occupations ordinaires de la femme. » Ces dernières consistaient à trouver un mari, à porter ses enfants, à tenir la maison et, si elle avait assez d'argent et de loisirs, à pratiquer le bénévolat au service de la collectivité. Aucune des jeunes filles que j'ai connues à l'école n'est allée à l'université, bien qu'un certain nombre soient devenues enseignantes.

Quand je suis entrée au Health Service en 1949, j'étais payée moins qu'un homme au même échelon et faisant le même travail, simplement parce que j'étais une femme. Ensuite, quand, mon beau-père ayant pris sa retraite, je dus trouver un logement pour mon mari, les enfants et moi, je fus avertie qu'aucun emprunt ne serait consenti sans la signature de mon mari. Je finis par faire admettre à la société de prêt que la chose était absolument impossible puisque Connor était incapable de gagner sa vie et passait le plus clair de son temps dans les hôpitaux, mais la lutte fut longue.

Cependant tous les bénéfices et avantages obtenus par les femmes au cours de ma vie ont des inconvénients en contrepartie. Les femmes qui font carrière avec de jeunes enfants travaillent plus dur et sont soumises à des tensions plus grandes aujourd'hui que j'en ai jamais connu. J'ai eu bien sûr la chance de vivre avec mes beaux-parents, aussi, bien que j'aie été obligée de travailler, mes filles étaient assurées de soins journaliers dévoués et sûrs. Les rapports entre les sexes sont plus lourds d'incertitude et d'anxiété qu'au temps où j'étais jeune fille. Les adolescentes ont actuellement des privilèges et des opportunités qui auraient semblé incroyables à une écolière de quatorze ans avant la guerre, mais je ne vois pas que leur vie soit nécessairement plus facile et je ne les envie pas.

Malgré cette discussion au dîner, la journée de samedi a été heureuse. C'est toujours une joie de voir Louise et son mari, Ric Young, qui a plus d'énergie qu'aucun homme de ma connaissance. Impossible de dîner avec lui dans un restaurant sans qu'au moins la moitié du personnel et les trois quarts des autres clients viennent le saluer ainsi que Louise et bavarder avec eux.

Le lundi 17 novembre a marqué le vrai début du circuit, avec un programme continu radio et télévision le matin comme l'après-midi, puis une lecture à Trinity Church suivie par une séance de signatures. Après cela, un ami canadien, Vern Heinrich, est venu me prendre pour m'emmener dîner tranquillement chez sa femme et lui à Toronto. Quelle détente de manger dans le calme et le confort, loin des voix inquisitrices !

Le lendemain matin, vol par Air Canada vers Montréal pour le programme habituel : télévision, radio, point de presse, suivis par un dîner et une causerie avec deux autres écrivains à l'hôtel Ritz Carton. Je me suis couchée de bonne heure afin d'être prête pour le vol de huit heures quarante vers Ottawa, où Louise m'a retrouvée à l'hôtel Château-Laurier. Je ne suis restée dans cette ville que pour une allocution au National Arts Centre, suivie d'une séance de signatures.

Auteur de *Déjà Dead,* Kathy Reichs, qui avait participé à la lecture de Montréal, faisait de nouveau partie de la soirée. Anthropologue médico-légale extrêmement intelligente, vivante et sympathique, elle est présentée comme une nouvelle Patricia Cornwell. La force de son roman réside dans la lumière qu'il projette sur les techniques scientifiques d'une enquête criminelle située dans un contexte authentiquement sinistre, avec une héroïne très contemporaine, le docteur Temperance Brennan, alcoolique repentie, et le cadre intéressant d'un Montréal bilingue ; je prédis que ce sera un best-seller. La soirée avait affiché complet bien avant la date, et la causerie de Kathy Reichs devant un public venu en foule fut aussi fascinante qu'inattendue. Elle avait décidé de parler non pas de son roman mais de son travail, et des images de corps mutilés et décomposés furent projetées sur l'écran ; l'une d'elles, particulièrement atroce pour les âmes sensibles, montrait le cadavre d'un homme aux mains coupées qui semblait tendre ses moignons dans un geste de supplication lamentable. Ce réalisme sembla laisser de marbre l'audience composée en majorité de femmes d'âge moyen, mais les auditeurs d'un concert donné dans une autre partie de l'Arts Centre et qui, profitant d'un entracte très opportun, collèrent leur visage contre la paroi de verre, semblaient émerveillés par l'estomac du public amateur de romans policiers.

En écoutant Kathy Reichs, je réfléchissais à la différence existant entre les livres écrits par des femmes pendant l'Age d'Or et ceux qu'elles écrivent aujourd'hui. Dorothy L. Sayers, Ngaio Marsh, Margery Allingham ont toutes créé des détectives de bon ton, opérant dans le monde des classes moyennes ou supérieures. Lord Peter Wimsey est fils d'un duc, Roderick Alleyn d'un baron et Albert Campion descend d'un lignage non précisé. Cet accent mis sur la naissance n'était pas uniquement affaire de snobisme. Le roman policier étant un genre populaire, les lecteurs des années 1930 préféraient que les héros soient au moins leurs égaux sur le plan social et fassent montre des qualités jugées alors indispensables pour ces personnages d'exception : courage, retenue, intelligence et bonnes manières. On donnait peu d'importance à la vraisemblance, en particulier à la méthode employée pour accomplir le meurtre. Les relations entre police et détective privé omniscient étaient tout à fait surréalistes, les détails concernant la police scientifique en général inexacts ou inexistants. La violence était évitée, parfois même l'effusion de sang, et le méchant invariablement puni sans trop de respect pour les subtilités psychologiques.

Les années 1930 ont été remarquablement indemnes de crimes dans le pays et, bien qu'il y ait eu des quartiers à l'intérieur des villes qui devaient être aussi violents qu'aujourd'hui, les images de la fracture sociale n'étaient pas introduites quotidiennement dans nos salons par la télévision. Il était possible de vivre dans une petite ville ou un village en se sentant à peu près parfaitement en sécurité. Les romans policiers de ces années-là font revivre avec éclat les décennies entre les deux guerres. Ce que nous y trouvons, c'est une société ordonnée où la vertu est jugée normale et le crime aberrant, le criminel attirant d'ailleurs peu la sympathie. Il est admis, bien que rarement exposé en clair, que les assassins une fois condamnés seront pendus. Agatha Christie, reine des fournisseurs de tranquillisants douillets, prend bien soin de ne pas souligner le fait, mais Dorothy L. Sayers, dans *Busman's Honeymoon*, a la témérité de confronter Lord Peter Wimsey à la conclusion logique de ses activités quand il se glisse

Sur les genoux de mon père, à deux ans et demi, avec ma mère et ma sœur Monica.

Babes in the Wood à Ludlow. Mon frère en *babe*, ma sœur et moi en gnomes. Je crois qu'il s'agissait d'une pantomime au bénéfice de l'église de Ludlow.

Avec ma mère, Monica et Edward, à Cambridge, en 1931. Photo sans doute prise pour être envoyée à des parents et amis à Noël. Je ne sais pourquoi mon père n'y figure pas.

Avec ma première née, Clare, en 1942.

Clare et Jane dans le jardin de White Hall, Chigwell Row, Essex, vers 1945.

Publicité pour *Cover Her Face* avec la jaquette de Charles Mozley, en 1962. © Elliott and Fry.

À Berlin avec Ruth Rendell avant la chute du mur.

Prise de parole après la remise des prix littéraires Heywood Hill à Chatsworth, le 19 juin 1998. Le chien du duc a fait montre d'un intérêt des plus flatteurs pendant toute la cérémonie.

Avec mes parrain et marraine, la baronne Blatch et Lord Butterfield, avant de prendre possession de mon siège à la Chambre des Lords, le 19 février 1991. © Universial Pictorial Press.

Photographiée à Blythburgh par Jane Bown. © Jane Bown.

en pleurant dans les bras de sa femme le matin où Frank Crutchley est exécuté. Quand j'ai lu le roman pour la première fois, je n'ai pas pu m'empêcher de trouver Lord Peter hypersensible. Après tout, personne ne l'avait obligé à devenir détective.

Une des critiques adressées aux romans policiers des années 1930, c'est qu'ils flattent le snobisme de la classe moyenne. A coup sûr, je ne peux penser à un seul d'entre eux où un domestique ou un membre des classes laborieuses soit le criminel ou un acteur de premier plan dans l'histoire. C'est comme si la classe laborieuse avait servi à fournir à l'enquêteur des bribes de renseignements précieux, introduire la note comique destinée à détendre et, parfois, être sacrifiée comme victime supplémentaire — mais rarement la principale. Cette acceptation sans discussion de la division des classes se retrouve pratiquement dans tous les romans policiers des années 1930, bien qu'elle soit particulièrement forte peut-être chez Dorothy L. Sayers et Ngaio Marsh. Il faut dire que si le genre était jugé snob d'après les critères actuels, on pouvait en dire autant de toute la littérature populaire, y compris le théâtre commercial, comme je le vois d'après la collection « Pièces de l'année » disposée sur mes rayons de bibliothèque. Là, le nom d'une cuisinière ou d'une femme de chambre dans la liste des personnages est la garantie que l'auteur vise à introduire un peu d'humour maison pour faire lever la pâte.

Dans ses romans, au milieu de tant d'éléments irréalistes ou exagérément romantiques, Dorothy L. Sayers traite de façon très réaliste le problème des femmes superflues à son époque : non seulement les célibataires pathétiques dans leurs pensions et leurs hôtels bon marché, mais des femmes intelligentes, décidées et souvent pourvues d'une bonne instruction à qui la société n'offrait aucun vrai débouché intellectuel. Je ne me rappelle pas un seul roman policier écrit par une femme dans les années 1930 qui mette en scène une femme médecin, avocat, politicienne, ni aucune femme occupant un quelconque poste d'autorité, qu'elle fût politique ou commerciale.

Dans sa biographie de Margery Allingham, Julie Thorogood rapporte que James Laver, historien du costume qui correspondait avec la romancière, qualifie l'époque entre les deux guerres de « fiévreuse, frivole, frustrée, désemparée, frénétique », et Margery Allingham elle-même a dit : « Quoi qu'il arrive, ne continuez pas à dire que les choses allaient bien avant la guerre. Ne vous imaginez jamais que vous ne pouviez pas prévoir l'impasse. » Bien sûr, elles n'allaient pas bien, mais en général le roman policier était destiné à apporter une diversion aux maux de la société, non pas à les souligner et à proposer des solutions. Chez Christie, par exemple, pas d'horreurs réelles, pas de sang ni de chagrins réels ; les meurtres eux-mêmes sont aseptisés. Et nous savons qu'à la fin le cadavre se relèvera, se secouera et que la normalité sera rétablie à Mayhem Parva, le village-curiosité qui, malgré son taux de criminalité supérieur à la moyenne, ne perd jamais vraiment ni sa paix ni son innocence.

Les héros créés par les femmes qui écrivent aujourd'hui ne pourraient pas être plus différents. Les détails des méthodes scientifiques et médicales sont invariablement exacts et les auteurs se servent de leurs expériences personnelles. Patricia Cornwell, dont l'enquêteur, docteur Kay Scarpetta, est membre de la police scientifique, a travaillé elle-même dans ce service, Kathy Reichs est anthropologue médico-légale, tandis que Sarah Dunant avec Hannah Woolf, Sue Grafton avec Kinsey Millhone, Sara Paretsky avec V.I. Warshawski, et Joan Smith avec son érudite Loretta Lawson, ont créé des « privées » coriaces ayant toutes plus de trente ans, professionnelles haut de gamme qui opèrent avec succès dans un monde à prédominance masculine. Aucune de ces femmes imaginaires n'est une mère célibataire qui travaille, ou une femme mariée avec enfants essayant de faire son métier tout en négociant avec une série de demoiselles au pair, déchirée par le remords de devoir abandonner ses enfants. Ce n'est pas le genre de réalisme que souhaitent la plupart des lecteurs de romans policiers. Adam Dalgliesh est tout aussi libre d'entraves. J'ai impitoyablement fait mourir sa femme en couches avant même de commencer mon premier roman. Ni sa poésie ni sa vie professionnelle ne sont gênées par une poussette dans l'entrée. Dans cette mesure, je suppose, nous évoluons encore dans un monde imaginaire, et pour ce dernier c'est seulement la mode qui change.

DÉCEMBRE

LUNDI 1er DÉCEMBRE

A cette date, il y a sept ans, j'ai appris que j'allais recevoir une pairie personnelle. Je me rappelle que le courrier était particulièrement abondant ce matin-là et que j'ai emporté les lettres pour les ouvrir sur la table de la cuisine en prenant mon café. L'épaisse enveloppe blanche venait du 10 Downing Street et je l'ai ouverte sans curiosité particulière. En lisant la première ligne : « J'ai l'intention, à l'occasion de la prochaine liste des distinctions pour la nouvelle année, de proposer votre nom à la Reine », j'ai aussitôt pensé que mon OBE (Order of the British Empire) allait passer à l'échelon supérieur pour devenir CBE (Commander of the British Empire). Mais cette idée eut à peine le temps de s'imposer à mon esprit avant que je lise le reste de la lettre et apprenne que j'allais être recommandée pour être anoblie.

Quand je repense maintenant aux sept années écoulées depuis lors, j'éprouve quelques remords d'avoir si peu participé aux affaires de la Chambre. Certes, je n'étais pas nommée à ce qu'on appelle communément une « pairie active », mais je pensais bien me montrer plus souvent que je ne l'ai fait. Le problème a été ma vie d'écrivain, en particulier les interventions publiques et charitables, ainsi que les tournées à l'étranger organisées des mois à l'avance, alors qu'à la Chambre les affaires se présentent sans prévenir. Autre problème : mon aversion pour une prise de parole sans être devenue plus assidue aux réunions et plus au courant des traditions et procédures de la Chambre. Mais je devrais faire plus et mieux.

J'ai prononcé mon premier discours sur le thème de la littérature et la préservation de la langue anglaise. Presque tous les nouveaux pairs l'avouent : si habitués qu'ils puissent être à parler en public, leur première intervention à la Chambre des lords a été une épreuve. En réalité, il n'y a aucune raison qu'il en soit ainsi, car la tradition veut que le nouvel arrivé soit toujours accueilli courtoisement, et son premier discours, si insuffisant soit-il, reçoit selon l'habitude les compliments et félicitations des orateurs qui le suivent. Ainsi en est-il allé pour moi.

Et maintenant, si l'intention du gouvernement exprimée dans son programme doit être suivie d'effet, la Chambre changera de fond en comble, cessant même tout simplement d'être la Chambre des lords. Certes, rares sont ceux qui voudraient défendre le droit des pairs héréditaires à participer au gouvernement du pays simplement par droit de naissance, mais prétendre réformer la Chambre en commençant par supprimer les pairs héréditaires, sans mettre au point d'abord la constitution et la forme de la seconde Chambre, me semble être une dangereuse folie. La première phase de la réforme serait sûrement d'interdire à tout fils aîné de prendre la place de son père à la mort de celui-ci et d'exclure tous ceux qui n'ont pas assisté régulièrement aux séances. Cela permettrait à la Chambre de poursuivre son travail tout en réfléchissant à l'avenir à long terme. On ne devrait mettre aucune hâte à modifier une institution qui a servi pendant sept siècles.

La bonne méthode est certainement de nommer une commission royale et de lui donner assez de temps pour recueillir les témoignages d'un grand nombre de personnes et d'intérêts. La réforme du Parlement est plus complexe qu'un gouvernement avide de résultats rapides n'est prêt à l'admettre. Celle de la seconde Chambre entraîne la prise en compte des rapports entre les deux assemblées, ainsi qu'entre le Parlement de Westminster et les Corps législatifs de l'Ecosse, du pays de Galles et de l'Irlande du Nord. Il y aurait également lieu de se demander si la seconde Chambre pourrait détenir des pouvoirs en relation avec la législation européenne. La commission royale devrait encore se prononcer sur les points suivants : les lords devraient-ils être nommés ou élus, et dans ce dernier cas de quelle manière, pour quelle durée ? Le système actuel de nomination, s'il est conservé, est-il assez démocratique et transparent ? Est-il souhaitable que les pouvoirs d'une chambre de révision soient accrus ? Si elle est élue, en totalité ou en partie, elle aura évidemment une légitimité démocratique qui lui manque aujourd'hui et pourra exercer de façon beaucoup plus efficace son contrôle sur l'exécutif. A l'heure actuelle, les lords, trop conscients d'être tous là par privilège et non par élection, redoutent d'utiliser le pouvoir qu'ils détiennent déjà. Une Chambre haute plus démocratiquement constituée serait plus puissante et plus gênante pour le gouvernement. Les Communes ont-elles quelque chance de s'en féliciter ?

Je ne suis pas sûre non plus que nous ayons vraiment besoin d'une seconde Chambre composée surtout de politiciens professionnels à plein temps. Le système actuel, qui permet à des hommes et des femmes dotés de connaissances particulières d'apporter leur contribution quand leur spécialité est abordée, n'est pas sans mérites. Le danger aussi avec une Chambre élue, c'est qu'elle perde cette forte indépendance qui a caractérisé non seulement les pairs qui siègent sur les banquettes transversales[1], mais ceux qui ont annoncé leur engagement politique. Et quand les pairs héréditaires seront partis, y aura-t-il un intérêt quelconque à conserver les autres ? L'hermine, le titre, les armoiries, le blason, pour ceux qui décident d'en avoir un, la cérémonie d'installation, tout cela deviendra une mascarade dépourvue de sens si la Chambre devient en fait l'équivalent d'un sénat.

Telle qu'elle est constituée aujourd'hui, la Chambre des lords constitue peut-être une anomalie difficile à justifier au point de vue démocratique, mais elle fonctionne bien et si elle doit être changée, il faut que ce soit pour l'améliorer, non pas pour satisfaire les plus basses impulsions du ressentiment ou de la jalousie de classe. Notre système de gouvernement actuel fait d'une chambre de révision forte une nécessité essentielle pour la cause de la démocratie. En raison d'un mode de scrutin qui a l'avantage de donner des gouvernements forts, presque tous sont élus par une minorité ; il y a toujours plus de gens qui ne voulaient pas du parti au pouvoir qu'il n'y en a qui le voulaient. La seconde Chambre devrait prêter une oreille attentive à leurs doléances, avoir assez de courage et d'indépendance pour donner voix à leurs soucis. Sans aucun doute, la décision finale revient à l'assemblée élue, mais c'est pousser l'hypocrisie trop loin de prétendre qu'elle représente toujours sous tous ses aspects la majorité du peuple.

Quoi qu'il arrive, la Chambre sera beaucoup plus ennuyeuse sans les pairs héréditaires et il faut que j'essaie d'assister plus souvent à ses réunions pendant qu'elle conserve encore quelque chose de la vigueur, de l'indépendance, de l'animation et de l'étendue du savoir qui la caractérisent actuellement. Et puis, est-ce trop d'espérer que les réformes seront faites dans un esprit de dignité, de courtoisie et de générosité ? Les pairs héréditaires ont bien servi le

1. Professant des opinions modérées. *(N.d.T.)*

pays, certains avec distinction. Ils méritent nos remerciements avant de partir. Mais notre époque n'est ni digne, ni courtoise, ni généreuse.

MERCREDI 3 DÉCEMBRE

Arrivée vendredi dernier par avion à Grand Cayman en partant de Gatwick, pour passer une semaine chez Dick et Mary Francis. Le voyage est beaucoup plus facile maintenant qu'il y a des vols directs. Auparavant, j'étais obligée de changer à Miami, ce qui entraînait une perte de temps très déplaisante parce que, l'aéroport n'ayant apparemment pas de local pour les transferts, j'étais obligée de traverser les locaux de l'Immigration, simplement pour passer d'un avion à l'autre. C'est une deuxième visite et, comme la fois précédente, je suis sortie dans l'air tiède et parfumé pour voir Mary et Dick qui m'attendaient sous le berceau de verdure conduisant au bâtiment de l'aéroport.

Notre emploi du temps quotidien est bien au point. L'appartement de mes hôtes se trouve à Seven Mile Beach, à quelques mètres de l'océan tiède et translucide. Le matin, avant le petit déjeuner, Dick et moi marchons sur le sable ferme, éclaboussés par le ressac, parcourant quelque huit cents mètres dans l'une ou l'autre direction. Puis nous revenons pour prendre notre bain matinal avec Mary qui se lève plus tard. Peu après son mariage, elle a eu une grave atteinte de polio qui l'a confinée dans un poumon d'acier et elle a failli mourir. Elle ne peut pas supporter l'hiver anglais, c'est pourquoi elle habite Grand Cayman avec Dick. Après notre bain, je paresse sous les palmiers jusqu'à l'heure du déjeuner. L'après-midi est tout aussi voluptueuse et je ne mets de souliers ni ne quitte short et tee-shirt avant l'heure de sortir pour le dîner. Les restaurants sont variés et bons ; j'aime particulièrement le Wharf Restaurant, où nous sommes assis sous les lampadaires de la jetée dans la tiède obscurité parfumée en attendant le repas des tarpons, qui virevoltent et sautent tandis que le seau déverse un torrent argenté.

Grand Cayman est l'une des rares colonies anglaises encore existantes et les habitants sont visiblement très satisfaits d'un système qui leur apporte sécurité et prospérité. J'ai appris un peu de son histoire. Colomb l'a découverte lors de son quatrième voyage en 1503, apparemment par accident, la tempête l'ayant dépalé alors qu'il allait faire de l'eau en Dominique. Il la baptisa Tortuga pour rappeler les tortues qui la rendaient et la rendent toujours célèbre. Francis Drake arriva en 1586. Parce que l'île n'a pas d'eau, elle semble ne pas avoir eu de population indigène et ses premiers habitants furent des pirates, des bons à rien dont les familles se débarrassaient ainsi, et des esclaves marrons.

C'est une colonie sans impôts et, comme les habitants gardent tout ce qu'ils gagnent, il n'y a pas besoin d'un Etat providence, mais ce système économique ne peut fonctionner que dans une petite communauté autarcique. Elle tire ses ressources d'une taxe sur les importations et sur tous les documents officiels signés sur son territoire ; comme elle est, pour des raisons évidentes, un des centres financiers les plus florissants du monde, ce prélèvement est particulièrement lucratif. J'ai assisté à une réunion de l'Assemblée législative. Il y a une quinzaine de membres élus par les districts et un Conseil exécutif de cinq membres, élus par l'Assemblée, le gouverneur général et le ministre de la Justice siégeant comme membres *ex-officio.* L'Assemblée est constituée sur le modèle des Communes avec un speaker, mais pas de premier ministre. Les débats auxquels j'ai assisté étaient animés, les membres d'origines ethniques variées questionnant le responsable des douanes sur le contrôle du trafic de drogue. Grand Cayman est une plaque tournante commode pour celle qui entre aux Etats-Unis ou en sort. J'ai été amusée de voir que le ministre de la Santé s'appelle Anthony Eden.

Il y a remarquablement peu de crimes à Grand Cayman, ce qui n'est guère surprenant puisque presque tout le monde se connaît et que les seuls moyens pour quitter l'île sont le bateau ou l'avion.

Je suis passée dans nombre d'ambassades britanniques lors de mes voyages à l'étranger et partout les mesures de sécurité étaient très importantes, comprenant souvent des policiers armés. En me promenant le long de la plage avec Dick, j'ai vu que le jardin du gouverneur descendait jusqu'à la plage, sans aucune barrière, avec une simple pancarte sur un poteau planté dans le sable : « Veuillez respecter l'intimité du Gouverneur », ce qui semble résumer l'esprit de l'île.

SAMEDI 6 DÉCEMBRE

Arrivée chez moi au début de l'après-midi. Andy m'attendait à Gatwick et m'a emmenée chez Marks and Spencer sur le chemin du retour pour que je fasse quelques provisions. Polly-Hodge m'a réservé son habituel accueil très froid pour bien montrer qu'elle était mécontente de mon absence, après quoi elle m'a suivie dans la maison tout le reste de la journée. Tout était en ordre. Avec son habituelle efficacité, Joyce avait trié le courrier entre ce qui exigeait qu'on y prête attention, les urgences et les simples demandes de renseignements. Qu'est-ce que je ferais sans elle ?

La semaine prochaine sera exceptionnellement chargée, mais j'y penserai demain.

DIMANCHE 7 DÉCEMBRE

Je me suis éveillée, après une très bonne nuit, fermement décidée à aller à la messe de onze heures.

Je suis partie avec un quart d'heure de battement pour aller jusqu'à Margaret Street, mais ni autobus ni taxi n'était en vue et j'étais farouchement décidée à ne pas prendre le métro. Un 94 a fini par arriver, mais il avançait très lentement et quand il est parvenu à Marble Arch il était évident que j'arriverais à l'office avec vingt minutes de retard au moins. J'ai donc remplacé ce dernier par une visite chez Marks and Spencer où je me suis acheté une jupe. Ce triomphe de Mammon sur Dieu fut aussitôt sanctionné par la perte de mon parapluie, oublié dans l'autobus.

En attendant le 94, je m'étais rappelé, je ne sais trop pourquoi, Billy Brown de Londres, ce petit homme rondelet avec chapeau melon et parapluie bien roulé inventé par quelque Mandelson du ministère de l'Information pour personnifier le citoyen modèle. Billy Brown ne perdait jamais ses tickets de rationnement, ne se déplaçait jamais sans nécessité, et son black-out était toujours impeccable, ne laissant pas filtrer le moindre rai de lumière. L'affiche le représentait debout à un arrêt d'autobus, la main gauche levée en un geste renforcé par la déclaration suivante : « Faites face au conducteur, levez la main. Vous constaterez qu'il comprendra. » En dessous, un plaisantin avait écrit : « Bien sûr qu'il comprendra, pauvre crétin. Mais est-ce qu'il arrêtera son foutu autobus ? »

VENDREDI 12 DÉCEMBRE

Ces quelques derniers jours, tous exceptionnellement chargés, semblent s'être amalgamés pour n'en faire plus qu'un.

Lundi à neuf heures Faber a envoyé Andy pour me conduire à Queen Square où j'ai signé mille exemplaires de mon roman entre neuf heures et demie et midi et quart, exploit qui n'a été possible qu'en organisant une chaîne : quelqu'un pour ouvrir le livre à la page de titre puis le faire glisser devant moi, et une autre personne pour le fermer et l'emballer.

Mardi matin, déjeuner pour le groupe féminin de l'Association conservatrice de Regent's Park et Kensington North à l'hôtel Henry VIII de Paddington, et allocution ensuite. Il était convenu qu'Andy viendrait me prendre à trois heures et quart pour m'emmener directement à Buckingham Palace où il y avait une réunion des donateurs pour le « Projet Science » de la Royal Society. Le duc d'Edimbourg mena les choses bon train à son habitude, après quoi l'assemblée se replia dans une salle donnant sur le hall pour prendre le thé servi dans des tasses étonnamment grandes, accompagné de délicieux sandwiches miniatures.

Puis à la Royal Society pour la réception du président. Malgré mon ignorance en science, j'aime énormément aller à la Royal Society. Surtout pour regarder les documents, livres et tableaux. Et puis il y a toujours des gens intéressants à rencontrer. Mardi, j'ai eu une discussion animée avec un jeune savant sur la foi religieuse. Il m'a dit qu'en tant que catholique il n'avait jamais été troublé par le moindre conflit entre science et religion, qui représentent deux modes de pensée entièrement différents. Je lui ai objecté que certains dogmes parmi les plus ésotériques, comme l'assomption corps et âme de la Vierge Marie, étaient difficiles à accepter. En fait, je ne crois pas qu'il l'acceptait. Selon lui, la religion doit être réduite à l'essentiel et tout le fatras externe laissé de côté, bien que « réduite » ne soit peut-être pas un terme vraiment approprié. « Au fond, me dit-il, c'est réellement très simple. »

Mercredi matin au British Council pour prononcer une courte allocution à l'heure du déjeuner, au bénéfice de son Benevolent Fund. Ils venaient d'organiser un concours de poésie et j'avais été priée de lire la composition gagnante. C'est toujours agréable de retourner au Council, d'y rencontrer de vieux amis et d'apprendre ce qui se passe au département littérature. Une des choses les plus encourageantes dont on m'a parlé récemment, c'est le succès de la demande adressée à la Loterie pour qu'elle coopère avec un éditeur dans l'envoi d'un jeu complet de la collection Everyman non seulement à toutes les écoles secondaires du Royaume-Uni, mais aussi à toutes les bibliothèques du British Council à l'étranger. Nous avons avec l'anglais une langue d'une beauté, d'une souplesse et d'une richesse incomparables, une littérature, poétique en particulier, sans égale et il me paraît extraordinaire que nous comprenions si peu son importance pour la représentation du pays à l'étranger.

Hier, le 11 décembre, j'ai pris la parole avec Roy Hattersley et mon éditeur américain Charles Elliott au déjeuner des Anciens *(The Oldie lunch)* chez Simpsons. Comme d'habitude, beaucoup de gaieté, de foule et un repas excellent, bien qu'assez peu indiqué pour les « *oldies* » qui comptent les calories. Roy Hattersley a parlé avec humour de ce qu'il considère comme une dégradation de la vie depuis l'époque d'Attlee, et Charles a fait une intervention intéressante sur la différence entre le jardinage aux Etats-Unis et en Angleterre — ou dans son cas la région frontalière du pays de Galles. Nous ne devions parler que dix minutes, donc j'avais le cœur assez léger, mais j'avais mal évalué la portée de l'événement. Je ne m'étais pas rendu compte que l'on s'attendait à ce que je parle de mon dernier roman. Au lieu de cela, j'ai essayé d'être drôle sans beaucoup de succès.

Ce matin, Joanna Mackle est venue me chercher à neuf heures et je suis allée chez Faber signer encore sept cent cinquante exemplaires de *Une certaine justice*. Les mille que j'avais signés lundi ont déjà été vendus.

Retour dans l'après-midi pour essayer de déblayer le courrier, et le soir causerie à l'Association des Avocates à St John's Gate, dans Clerkenwell. Elles s'étaient procuré des exemplaires du roman et j'ai signé ceux qui ont été vendus après le repas. Celui-ci était prévu vers sept heures et demie, mais il était près de huit heures dix quand nous nous sommes mis à table et dix heures moins dix avant que je me lève pour prendre la parole, c'est-à-dire beaucoup trop tard pour apprécier quelque sujet que ce soit.

Encore une longue soirée qui me fait sentir un peu plus que le nombre de ces engagements devra être sérieusement réduit en hiver.

SAMEDI 13 DÉCEMBRE

Ce matin à Westminster Abbey pour déposer une couronne au nom de la Johnson Society de Londres. Comme d'habitude, dans la crainte d'être en retard, je suis arrivée trop tôt. Je suis donc allée à pied jusqu'aux Army and Navy Stores, puis revenue, pour occuper le temps. J'avais l'intention de m'asseoir tranquillement dans la chapelle Ste Faith de l'abbaye, mais l'accès en était interdit et il semblait d'ailleurs impossible à qui que ce fût d'aller plus loin que la nef centrale sans passer devant le bureau et payer pour voir les chapelles royales. Il y avait foule et je me suis demandé pendant combien de temps encore cet ancien monument pourrait résister au piétinement et à la presse de tant de millions de visiteurs. Le centre de la nef était isolé par des cordes pour ceux qui souhaitaient s'asseoir tranquillement, mais le bruit de fond ressemblait au grondement sourd de la mer.

Le groupe de la Johnson Society devait se réunir près de la tombe du Soldat inconnu à midi et le sous-doyen annonça alors qu'il y aurait une courte prière pour laquelle il invita l'assistance à se tenir debout immobile, ou à s'asseoir. La plupart des gens restèrent debout, mais d'autres continuèrent leurs déambulations apparemment sans but, tandis qu'une famille avec deux petits garçons effectuait une sortie mi-précipitée, mi-furtive, comme si elle craignait quelque contamination spirituelle.

La courte cérémonie au tombeau de Johnson a été impressionnante et assez émouvante. Nous nous y sommes rendus en procession, bedeau en tête suivi par le sous-doyen, puis moi-même portant la couronne de lauriers et d'œillets blancs, puis les membres de la société. Après une courte allocution du sous-doyen, je déposai la couronne. Priée de dire quelques mots, j'avais choisi ceux-ci :

Je dépose cette couronne au nom de la Johnson Society de Londres pour honorer un grand Anglais et le plus grand homme de lettres de ce pays : Samuel Johnson, moraliste, essayiste, lexicographe, critique, poète de l'écrit et du verbe. Nous l'honorons à la fois comme écrivain et comme homme, nous rappelant sa générosité et son humanité, et le courage avec lequel son grand cœur a enduré pauvreté, frustration, négligence et souffrances personnelles. Avec tous les amoureux de la langue anglaise qu'il a célébrée et glorifiée, nous jouissons de l'héritage littéraire qui est son immortel mémorial. Il est bon qu'il soit inhumé ici, dans ce Londres qu'il aimait et parmi les plus grands de notre pays ; bon aussi que pour l'anniversaire de sa mort je termine ces quelques mots en récitant à sa mémoire la prière qu'il avait composée lui-même et récitait avant de se mettre à écrire : « Dieu tout-puissant, dispensateur de tous les biens, sans ton aide tout labeur est vain et sans ta grâce toute sagesse est folie ; permets, je t'en supplie, que dans cette tâche que j'entreprends ton Saint-Esprit ne me soit pas refusé, mais que je puisse promouvoir ta gloire ainsi que le salut de moi-même et des autres, je t'en supplie, Seigneur, au nom de ton fils Jésus-Christ. Amen. »

Je m'étais demandé s'il était bien exact de qualifier Johnson de plus grand homme de lettres de notre pays, mais pour conclure finalement que oui. Shakespeare est considéré avant tout comme un poète, Dickens comme un romancier, alors que « homme de lettres » fait penser à un polyphoniste de la littérature aussi bien qu'à quelqu'un dont toute la vie a été consacrée à la cause de celle-ci. En déposant la couronne, je songeai à la joie de Connor s'il s'était trouvé parmi nous. Samuel Johnson était son grand héros.

Après la cérémonie, nous sommes allés au Vitello d'Oro près de Church House, pour un déjeuner italien, puis dans une petite salle où j'ai donné ma conférence. La société avait suggéré comme sujet : « La responsabilité morale du romancier », et j'avais trouvé le défi plus difficile à relever qu'avec mon discours habituel sur les techniques du roman policier. Inévitablement, une question domina toutes les autres : si le romancier a une responsabilité morale, quelle est la morale d'où procède cette responsabilité ? La réponse aurait été évidente pour un chrétien fervent comme Samuel Johnson, de même que pour George Eliot, ou l'une quelconque des Brontë, mais nous ne vivons plus dans une société à dominante chrétienne. Ainsi, parler de la responsabilité morale d'un romancier semble sous-entendre l'existence d'un ordre de valeurs immuable généralement accepté de l'univers et de la place que l'homme y occupe, avec un ensemble de règles de conduite éthiques auquel toute personne de bon sens se conforme. Même si c'était vrai — et je ne pense pas qu'on puisse l'affirmer dans notre société de plus en plus sécularisée et fragmentée —, on pourrait se demander si c'est bien l'affaire d'un artiste créateur de l'exprimer ou de le promouvoir. Bien entendu, le docteur Johnson avait des idées sur ce sujet :

> Imiter la nature est tenu avec raison pour la qualité essentielle de l'art, mais il est nécessaire de distinguer en elle les parties qui sont les plus propres à l'imitation ; il faut plus de précautions encore pour représenter la vie si souvent colorée par la passion ou déformée par la méchanceté. Si la description du monde devait être faite sans discrimination aucune, je ne vois pas quelle serait l'utilité de la lire, ni pourquoi on ne pourrait pas sans inconvénient regarder tout de suite l'humanité comme on regarde un miroir montrant tout ce qui se présente sans discrimination.

Nombre des romanciers victoriens, en particulier Anthony Trollope, ont revendiqué un but moral pour le roman et sans doute était-ce prudent. Après tout, un relent sulfureux de molle indolence et de quasi-décadence traîne encore autour de sa lecture. Mais je ne pense pas qu'un romancier contemporain, fût-ce le plus didactique, prétendrait que ses mots doivent réformer les institutions ou les gens, même si nous désirons tous faire dévier les tendances de la société dans une direction plus en accord avec nos propres convictions et préjugés. J'imagine que la plupart des écrivains seraient d'accord avec cet écrivain moins connu du XVIIIe siècle, Richard Cumberland :

> Tout ce que je suis tenu de faire, en tant que raconteur d'histoires, c'est de raconter une histoire. Je ne suis pas tenu de réformer la constitution de mon pays dans la foulée, ni même (grâce au ciel) de la renverser, ce qui serait peut-être plus facile. C'est la nature qui est mon guide, la nature de l'homme, non pas ses droits naturels. La première m'introduit dans le cœur humain par une voie toute droite, la deuxième m'égare dans un labyrinthe de métaphysique.

Pour moi, l'intention de tout romancier doit sûrement être d'emprunter la voie droite qui mène au cœur humain.

Dans ma causerie, j'en suis venue à évoquer la responsabilité du romancier dans les domaines du sujet, du ton et du style. On peut soutenir, je crois, qu'il est absurde de prétendre que la question de la responsabilité morale puisse intervenir dans le choix du sujet, tout simplement parce que l'idée même de choix, de sélection ou de rejet conscient est illusoire. Un romancier écrit ce qu'il ou elle a besoin d'écrire, le besoin subconscient d'exprimer et d'expliquer, sa conception unique de la réalité. Si l'écriture créative est la résolution réussie de conflits internes, l'écrivain cherche à sortir de ses tensions pour donner un sens à son expérience du monde, imposer l'ordre au désordre et construire un schéma contrôlé à partir de son chaos intérieur. Pour appuyer cette théorie selon laquelle le choix du sujet par l'écrivain est plus apparent que réel, nous pouvons constater combien d'écrivains de genre tendent à rester fidèles à leur genre et la facilité avec laquelle nous reconnaissons la topographie intellectuelle de romanciers aussi différents que Thomas Hardy, Graham Greene, Virginia Woolf, Barbara Pym, John Le Carré, Jane Austen, P.G. Wodehouse qui tous créaient un univers distinct et immédiatement identifiable.

L'auteur de romans policiers ne rejette ni la fiction romanesque, ni la science-fiction à la suite d'un choix délibéré. Il ou elle a besoin d'évoquer la peur atavique de la mort, d'exorciser la terreur de la violence, de rétablir au moins en imagination la paix et la tranquillité après l'angoisse déstabilisante du meurtre, et d'affirmer le caractère sacré de la vie humaine et la possibilité de la justice, même s'il ne s'agit que de celle des hommes, toujours faillible. Un auteur de romans d'espionnage aussi distingué que John Le Carré est tout autant fasciné par la trahison personnelle et la félonie que par la bureaucratie internationale sordide de l'espionnage, les dangers et l'excitation de la poursuite. L'espionnage est son univers intérieur aussi bien qu'extérieur.

Même ainsi, il doit y avoir une part de choix dans le sujet comme dans son traitement. Aucun artiste n'est à la merci de son subconscient au point de ne plus avoir aucun contrôle sur son imagination. Certes, le romancier a le devoir de réfléchir aux effets de ce qu'il écrit sur la sensibilité de ses lecteurs, mais on est aussi en droit de se demander si cette sensibilité est raisonnable, ou si critiques et récriminations ne sont pas une subtile tentative de censure. Il est des points de vue à la mode sur le sexe, la race et le politiquement correct dont un auteur aurait tort de ne pas tenir compte s'il souhaite éviter les controverses, et qui exigent un certain courage de la part de leurs opposants.

En ce qui concerne le style, il me semble que la

seule responsabilité morale pour l'écrivain est de faire de son mieux en conscience, avec le talent qui lui est échu, pour éviter le plagiat, l'écriture négligée, ampoulée, le jargon et les platitudes, en tendant toujours vers cette voix personnelle distincte que nous appelons le style.

J'ai terminé par l'analyse de la morale dans la fiction que j'ai choisi d'écrire. On me demande bien en effet de temps à autre s'il est justifiable d'utiliser le crime et parfois un crime atroce pour produire des livres destinés en premier lieu au divertissement et à la détente. En bref, le roman policier ne vulgarise-t-il pas la mort et la souffrance ? Et n'est-il pas vrai qu'il subordonne trop souvent tous les éléments d'un bon roman — vérité psychologique, cadre et ambiance, personnages — aux besoins prédominants de l'intrigue, si bien que l'auteur, menotté par l'obligation de fournir une énigme et entravé par les conventions du genre, ne peut jamais écrire avec une totale honnêteté ou vérité ? Certaines de ces critiques sont aussi perverses et loin du sujet que le reproche fait à Jane Austen de ne pas avoir donné la place qu'elles méritaient aux guerres napoléoniennes ou à la barbarie de la justice criminelle au début du XIXe siècle, ou celui fait à Bertie Wooster de ne pas avoir bien compris les conséquences socio-économiques du capitalisme au siècle suivant.

On me demande parfois aussi si je ne crains pas que mes lecteurs trouvent des idées de meurtre dans mes livres. Ce n'est pas là un risque que je prends au sérieux. Les auteurs de romans policiers ne travaillent pas à promouvoir des crimes réussis que nul ne peut détecter. Mais j'exerce une censure parfois inconsciente sur ce que j'écris. Je ne supporte pas de lire des descriptions de tortures, ni de regarder ce genre de scènes au cinéma ou à la télévision et je ne m'étendrais jamais sur l'explosion d'une bombe de terroristes dans le métro. Non pas parce que ces terroristes ont besoin de mon imagination pour leur fournir des idées criminelles ; mais c'est plutôt la crainte superstitieuse que l'événement se produise réellement et qu'ensuite je ne sois jamais absolument sûre de ne pas avoir contribué à l'horreur.

Je ne fais que très rarement la description de l'acte criminel mais je ne cherche nullement à éviter celle de la victime, réaliste et même haute en couleur. Dans un roman policier, le moment où le corps est découvert est dramatique, chargé d'horreur et il faut que le lecteur éprouve ces deux sensations. Je dépeins toujours la scène vue par les yeux de celui qui découvre le corps et le tableau produit souvent l'effet maximal quand ce personnage est lui-même innocent. Dans *Un certain goût pour la mort,* la scène où les cadavres de l'ancien secrétaire d'Etat et du vagabond sont bizarrement enchaînés l'un à l'autre dans la sacristie d'une église de Paddington crée ce contraste que je trouve si efficace dans le roman policier entre l'horreur et la normalité, le mal et le bien. Le fait que les corps sont découverts par Miss Wharton et Darren ajoute à l'horreur. Dans la description, j'utilise très souvent le mot « sang » parce que c'était ce rouge omniprésent qui imprégnait l'esprit de Miss Wharton comme sa rétine. Dans *Par action et par omission,* cependant, le corps de Hilary Robarts est repéré par Adam Dalgliesh qui se promène le long de la côte à la tombée de la nuit. La description est analytique, froide, et la réaction de Dalgliesh après le premier choc est toujours celle d'un enquêteur professionnel.

Tout cela est assez éloigné du sujet de l'allocution d'aujourd'hui. Je me suis donné amplement matière à réflexion, mais je ne suis pas sûre que l'assistance ait trouvé cela aussi intéressant que moi.

LUNDI 15 DÉCEMBRE

A Westminster pour une réunion de la commission liturgique dans Church House. Je ne crois pas être particulièrement utile dans ce groupe où j'ai été nommée par l'archevêque Robert Runcie peu avant qu'il prenne sa retraite. J'apprécie les réunions auxquelles je peux assister, mais le travail de révision est surtout fait dans de petites unités. J'aime mes collègues qui tolèrent mon ignorance théologique avec une charité très chrétienne. Eux ont pour tâche d'écrire ou de réécrire la liturgie alors que mon souci en tant que vice-présidente de la Prayer Book Society est d'essayer de sauvegarder le trésor que nous possédons.

La commission produit plus de papier que presque toutes celles dont j'ai fait partie. Son secrétaire extrêmement compétent, David Hebblethwaite, résiste vaillamment, mais le tiroir de mon classeur que Joyce a étiqueté « Dieu » contient plus de dossiers qu'il n'y en a sur n'importe quel autre sujet. La bureaucratie de l'Eglise d'Angleterre serait terrifiante si elle était efficace.

Cette Eglise n'a pas témoigné beaucoup d'intérêt ou de respect pour son riche héritage littéraire pendant les dernières décennies et certains prêtres de paroisse, dont beaucoup ne peuvent pas se mesurer par leur prose à Cranmer, font remarquer qu'ils ont d'autres soucis que de préserver ce qu'ils considèrent comme une liturgie archaïque et déphasée. Ce qui m'étonne, c'est le dédain des universitaires à l'égard de la *King James Bible* et du *Book of Common Prayer*, et l'absence de ces livres au programme d'anglais du baccalauréat. Même aux yeux de ceux que la théologie de la réforme élaborée par Cranmer n'intéresse ni ne convainc, son *Prayer Book* est tout de même une des grandes gloires de la littérature anglaise. Difficile aussi de comprendre comment des étudiants peuvent lire Shakespeare ou comprendre le sens de certains des plus grands tableaux dans nos musées sans quelques notions de la version autorisée de la Bible, ou de la traduction de Tyndale sur laquelle elle se fonde. Des amis qui enseignent l'anglais à l'Université me disent qu'ils sont obligés de donner une courte initiation au christianisme de base à ceux de leurs étudiants pour qui certains livres du canon sont incompréhensibles.

Dans sa magistrale biographie de Thomas Cranmer, publiée en 1996, Diarmid MacCulloch a dit que celui-ci faisait partie d'un « petit groupe choisi d'écrivains de l'époque Tudor qui, depuis Tyndale jusqu'à Shakespeare, ont mis l'anglais sur sa voie future » et que « des millions de ceux qui n'ont jamais entendu parler de Cranmer ni de l'héroïsme ambigu de sa mort gardent les échos de ses paroles dans leur esprit ». Je me demande pendant combien de temps encore ces mots et ces cadences garderont leur écho. Il faut que je résiste à la paranoïa, mais il est parfois difficile de ne pas croire qu'il existe des gens qui poursuivent un but plus sinistre que la mise à l'écart de deux des livres les plus formateurs de la nation. Si vous voulez détruire les traditions d'un pays et l'amollir au point de l'adapter à une culture que vous trouvez personnellement plus à votre goût, il n'y a pas de meilleur début que d'attaquer sa langue et sa littérature.

MERCREDI 24 DÉCEMBRE

C'est à cette date, en 1979, que j'ai quitté le ministère de l'Intérieur. La deuxième partie de mon temps de service avait été moins satisfaisante que la première. J'étais passée du département des Enfants, dont les responsabilités étaient alors en cours de transfert, à celui de la Santé et de la Sécurité sociale, puis à celui de la Politique criminelle où je m'occupais des tribunaux pour enfants et de la législation ayant trait aux délinquants mineurs. La principale préoccupation du département était alors la loi de 1969 sur les Enfants et les Jeunes Personnes qui révisait celle concernant les adolescents et fixait entre autres les ordres de placement. Le rôle de la fonction publique est d'aider à mettre en œuvre la politique du gouvernement et non de la critiquer — et sûrement pas au niveau qui était le mien, celui d'administratrice —, mais il me semblait que cette loi, qui ne se fondait à ma connaissance sur aucune recherche *in situ,* faisait fausse route et cela dès le départ. Elle partait de l'idée que toute délinquance, tout comportement criminel chez un enfant ou un jeune, résulte des circonstances et de l'environnement. Portez-y remède et tout ira bien. Ainsi, dans des cas sérieux, le tribunal pour enfants aurait le pouvoir de confier le coupable aux bons soins d'autorités locales, lesquelles lui dispenseraient les directives et la protection aimante et responsable qu'il aurait pu attendre de bons parents ; les enfants risquant sévices et mauvais traitements pourraient être placés de la même façon si les conditions nécessaires étaient remplies.

La tragédie de Maria Colwell qui, placée sous la surveillance des autorités locales, fut assassinée par son beau-père, eut un effet immédiat sur les propositions visant à renforcer les dispositions de la loi de 1959 sur la Protection des enfants. Des ministres clamèrent que pareille chose ne se reproduirait jamais. Bien sûr, elle s'est reproduite et pas qu'une fois. J'éprouve quelque sympathie pour les travailleurs sociaux qui se trouvent confrontés à un dilemme terrible. Ils sont critiqués s'ils laissent un enfant dans sa famille où il est maltraité, voire assassiné par la suite ; ils sont critiqués aussi s'ils se hâtent trop de le placer. Je ne suis pas étonnée qu'ils se trompent si souvent ; ce qui m'étonne, c'est l'optimisme extraordinaire et irrationnel avec lequel Parlement et professionnels ont conclu qu'ils ne se tromperaient pas.

Les années ont montré à quel point cette loi était malencontreuse. Le point de vue officiel, exprimé à l'époque par le département de la Santé et de la Sécurité Sociale et généralement approuvé par les ministres, était que tous les défauts relevés dans son fonctionnement étaient dus au manque de ressources. Bien entendu les ressources n'étaient pas suffisantes, elles ne le sont jamais. Tous les gouvernements légifèrent volontiers sur ce qu'ils considèrent comme des réformes sociales bien avant de débloquer les fonds nécessaires à leur mise en œuvre. Mais le grand problème n'était pas le manque d'argent, c'était le manque de connaissance et d'expérience. Les nouveaux services sociaux des autorités locales avaient été constitués dans le sillage des réorganisations Seebohm et Redcliffe-Maud. Il devait y avoir une seule formation intégrée pour les travailleurs sociaux, censés capables de s'attaquer à n'importe quel aspect de la tâche. Des jeunes gens sans expérience, imbus des dernières théories socio-économiques, se trouvèrent ainsi en face de certains problèmes parmi les plus coriaces de la maltraitance juvénile. Rien d'étonnant, donc, si les ordres de mise sous tutelle et de placement restèrent en grande partie lettre morte. Après quelques années d'expérience, nous voyons maintenant ce que le placement sous la responsabilité des autorités locales a signifié pour des milliers de malheureux jeunes défavorisés.

J'avais décidé que je partirais la veille de Noël, à l'âge de cinquante-neuf ans et six mois. Je ne devais recevoir mon indemnité et commencer à toucher ma retraite que le 3 août, jour anniversaire de mes soixante ans, mais le succès de *la Meurtrière* rendait possible ce départ prématuré. J'avais offert le pot de départ habituel plus tôt dans la semaine et le bureau était très silencieux, presque désert quand je vidai le dernier tiroir, lavai ma tasse à thé, la glissai dans mon sac fourre-tout et fermai la porte pour la dernière fois. Ces douze années avaient été bonnes, j'avais acquis une expérience qui s'était révélée inestimable pour écrire *Mort d'un expert* et *la Meurtrière,* avant de se montrer tout aussi précieuse dans l'avenir. Je partais avec un très grand respect pour ce département si souvent incompris et plus d'une amitié durable. Ma vie de fonctionnaire était terminée. Il était temps d'aller de l'avant.

1998

JANVIER

JEUDI 8 JANVIER

Passé la journée à finir mes bagages pour la tournée américaine qui commence demain, et à me colleter en compagnie de Joyce avec le dossier « En souffrance ». Interview au téléphone avec le *Dayton Daily News*, publicité pour préparer mon arrivée là-bas le 16 janvier. Dayton, une ville de l'Ohio, n'avait été comprise jusqu'à présent dans aucun de mes circuits en Amérique, mais j'y ai ce qui est en fait un fan-club, en grande partie grâce à l'amitié et au vigoureux soutien d'une journaliste locale, Rosamond Young. Elle a convaincu mes éditeurs, Alfred A. Knopf, qu'une visite dans sa ville vaudrait bien le détour et, la connaissant, je ne doute pas que cela se vérifie.

Les plus grands changements dans l'édition depuis ma jeunesse ont sans doute été la mort — parfois dramatique, parfois après une période prolongée de mauvaise santé — des petites maisons individuelles, et la naissance de conglomérats, souvent internationaux et possédant des intérêts variés dont l'édition ne représente qu'une partie. En fait, cette activité court le danger de devenir un monopole international avec de graves conséquences non seulement pour les écrivains mais pour l'avenir de la littérature. Deuxième grand changement, fortement influencé par le premier d'ailleurs : la commercialisation des livres. Avant la guerre, si vous aviez écrit une œuvre de fiction, elle était, en cas d'acceptation, publiée et — si l'auteur était bien connu ou chanceux — critiquée et discrètement poussée par un peu de publicité. Il pouvait y avoir des articles dans les journaux, les revues et, s'il était jugé scandaleux, comme *le Puits de solitude* en son temps, le hourvari qui en résultait maintenait journalistes et lecteurs dans un état de profitable indignation pendant des semaines. Tel un fragile bateau, le nouveau roman était lancé et on le laissait affronter les remous du goût public, les vents de l'approbation ou du dédain de la critique, bref flotter ou sombrer sans grande aide de l'éditeur. Certains d'entre eux semblaient même juger leur nom si prestigieux qu'un écrivain avait bien de la chance d'être publié par leurs soins, et qu'il n'était pas raisonnable de s'attendre à ce que l'auguste maison s'emploie activement à vendre le livre ou s'intéresse exagérément à des considérations commerciales aussi sordides que les chiffres de vente ou la promotion.

Aujourd'hui, un nouveau roman, surtout s'il semble avoir la chance de figurer sur une liste de best-sellers nationale ou internationale, est lancé, emballé et vendu comme un nouveau parfum. Et dans ce processus, on attend de l'auteur qu'il prenne une part active, en particulier en effectuant des tournées. Pour certains c'est un plaisir, pour d'autres un supplice, et d'autres encore refusent absolument d'y participer. Dans quelle mesure cela nuit-il à leurs ventes ? On peut se le demander. Je n'ai jamais vu que la moindre étude sérieuse ait été faite sur la rentabilité des tournées d'auteurs, mais puisque les éditeurs sont toujours disposés à dépenser des milliers de livres sterling pour les organiser, ils doivent considérer que le temps et les efforts consentis en valent la peine.

Parfois ma famille et mes amis me disent avant un grand circuit : « Pourquoi le fais-tu ? Tu n'en as vraiment pas besoin. » Une partie de la réponse se trouve peut-être dans ma faiblesse, mon désir d'obliger, d'autant que j'ai une affection personnelle pour mes éditeurs, aussi bien dans mon pays qu'aux Etats-Unis. Il y a aussi la certitude que je voyagerai dans un confort extrême, que l'on prendra soin de moi d'un bout à l'autre du voyage et que je rencontrerai des amis de mes voyages précédents et ferai sans doute de nouvelles expériences tout aussi agréables. Mais je crois que la principale raison est le plaisir de voir mes lecteurs face à face. Ceux des romans policiers en particulier sont extraordinairement fidèles, avertis et enthousiastes. Avant une séance de signatures, je ne me suis jamais trouvée devant une assistance sans éprouver la sensation d'être entourée d'amis personnels.

J'ai maintenant appris à me modérer, je sais ce qui est possible et ce qui ne l'est pas. Il y a quelques années, j'ai bien précisé que je souhaitais réduire les mondanités au minimum et même que je préférais revenir à mon hôtel en fin de journée, me faire monter mon repas et me détendre. Difficile à comprendre pour les Américains toujours hospitaliers. Ils supportaient mal l'idée que leur auteur passait la soirée toute seule. Mais je ne pouvais vraiment pas faire suivre une journée vouée à la publicité par une réception où les mêmes questions — « Où prenez-vous vos idées ? Quand avez-vous su que vous vouliez être écrivain ? Utilisez-vous le traitement de texte ? » — sont répétées pendant l'apéritif ou à la table du dîner.

J'ai également décidé très tôt que je ne voulais que deux interviews à la suite avec la presse. Il y a une dizaine d'années, à San Francisco, lors de ma tournée aux Etats-Unis, j'avais un de ces rendez-vous de neuf à dix, un autre de dix à onze et le troisième de onze à douze. Chaque journaliste avait apporté un magnétophone, et ce que j'avais enduré, c'était en fait trois heures d'interrogations continues. Jusqu'à cette expérience, j'avais toujours trouvé difficile dans ma naïveté de comprendre pourquoi des suspects interrogés par la police avaient avoué, alors qu'ils étaient innocents. Je sais maintenant à quel point ce processus peut être éprouvant, voire traumatisant, au point de vue psychologique. Mais au moins, si j'avais été soupçonnée par la police, je doute que j'aurais été interrogée pendant trois heures pratiquement sans arrêt. Donc, maintenant les interviews de presse sont alternées avec celles de la télévision ou de la radio. Je trouve ces deux derniers médias bien plus faciles et même agréables. L'autre personne participe activement à la discussion et nous éprouvons le même désir de rendre le programme intéressant pour l'auditeur ou le spectateur et satisfaisant pour nous.

J'ai vu de grandes villes que je n'aurais pas visitées autrement, bénéficié de beaucoup de générosité, de gentillesse, et participé à bien des fous rires. J'imagine que je continuerai ces grandes tournées tant que j'écrirai et que j'en aurai la force, mais cette méthode pour vendre les livres, en faisant la publicité de l'auteur, un peu comme si c'était une star pop, semble curieuse, pour ne pas dire absurde. Je note qu'aujourd'hui un écrivain débutant qui est jeune et physiquement séduisant part avec un avantage initial considérable. Il ou elle fera un malheur dans les campagnes de pub avec son image exploitable et plaisante. Autre phénomène curieux dont *Swan,* un roman écrit dit-on par le mannequin Naomi Campbell, est un exemple. Nous vivons à une époque qui, malgré son apparente sophistication et ses progrès technologiques, est surtout remarquable par sa sottise et sa jobardise. Quel peut être l'intérêt d'un livre prétendument écrit par Naomi Campbell si elle n'en est pas l'auteur ?

Nous en serons bientôt à un stade où un best-seller sera écrit par un ordinateur dans lequel on aura enfourné tous les ingrédients nécessaires — sexe et violence ; l'éditeur trouvera ensuite un jeune homme ou une jeune femme avec un visage à la mode, des mensurations adéquates, une vie sentimentale et sexuelle sensationnelle, dont il fera figurer le nom sur la première page. Je suppose qu'on pourra ensuite vendre le produit sur Internet et provoquer sans aucun doute un événement littéraire.

En attendant, on semble toujours s'intéresser énormément à une grand-mère qui écrit des romans policiers anglais classiques et je m'embarque donc demain pour la grande tournée américaine qui me fera passer dans douze villes en dix-neuf jours.

LUNDI 19 JANVIER

Arrivée hier, venant de Pittsburgh, à Dallas où je passerai deux nuits, puis départ mardi pour Houston. Je suis encore en bonne forme — de corps et d'esprit — après dix jours trépidants. J'avais atterri à Boston le 9 janvier, puis continué sur New York, Washington, Chicago, Dayton et Pittsburgh. De toutes ces villes j'ai vu peu de chose, excepté les studios de télévision ou de radio, les librairies et les salles de conférence. Mais toutes ces expériences ont été réussies jusqu'à présent, avec des auditoires nombreux et enthousiastes allant parfois jusqu'à quatre cents personnes. C'est d'ailleurs moins un hommage rendu à mon pouvoir de séduction ou à ma popularité que l'indication d'une différence culturelle entre nos deux nations. Même si le bruit courait que Graham Greene était sorti de sa tombe, je doute que nous réunirions autant de monde en Angleterre pour écouter un écrivain.

J'ai été très contente que Knopf inclue Dayton dans le programme. Roz Young a plus que rempli ses engagements : ma séance de signatures avec causerie à Books and Company ressemblait plus à un retour au bercail après une longue absence qu'à une première visite et il était intéressant de passer la nuit dans un hôtel qui n'était pas à cinq étoiles, où je pouvais rencontrer un échantillonnage varié d'Américains et déjeuner avec eux.

C'est un truisme de dire que le Texas est grand, mais c'est son immensité, cette sensation d'espace qui s'étend, plat, sans limites, ciel et terre confondus, qui me frappent chaque fois que je voyage dans cet Etat, provoquant d'ailleurs chez moi une légère agoraphobie ; je ressens l'absence d'eau, de mer, de lac ou de rivière comme une gorge sèche. La ligne d'horizon, à Dallas, pourrait être celle de n'importe quelle ville américaine. En partant de l'aéroport, les routes s'incurvent sur leurs hautes échasses de béton ; aux sorties en forme de T, la signalisation indique différentes agglomérations parfois curieusement appelées villes. La plupart semblent avoir grandi ou plutôt être nées spontanément depuis ma dernière visite. D'ailleurs la ville elle-même paraît être la création du génie immobilier, rien n'y est entassé, il y a de l'espace disponible pour tout le monde. Mais comment vivre là sans voiture ? Ne sachant pas conduire, cela ressemblerait trop pour moi à la vie dans une prison ouverte avec des codétenus de mêmes classe, milieu et revenu, tous besoins matériels assurés admirablement et souvent avec beaucoup d'imagination, mais dans une intimité plus confinée qu'une incarcération en cellule.

Dans l'hôtel, une pancarte indiquait qu'il était illégal d'introduire des armes cachées. Cela signifie-t-il que les pistolets chargés et braqués sont admis ? Une interview ce matin avec un journaliste du *Dallas Morning News* a porté, parmi beaucoup de sujets divers, sur une autre, plus ancienne, pour *Vanity Fair,* qui a souvent refait surface pendant ce circuit. Comme tant d'autres, le garçon m'a interrogé sur la princesse Diana. Pourquoi la reine ne s'est-elle pas montrée peinée ? J'ai été tentée de répondre qu'à la place de la reine mon chagrin, bien que sincère, n'aurait pas été excessif. Mais au lieu de cela, je lui ai dit que tout le monde n'exprimait pas son chagrin en accrochant des ours en peluche et des fleurs aux grilles des jardins publics. Après cela, je ne sais pas trop pourquoi nous en sommes venus à parler de Myra Hindley. Etais-je allée la voir en prison ? Non. Pourquoi ? Réponse : étant donné que je n'avais rien d'utile à lui dire et que sans doute il en allait de même pour elle à mon égard, ni rien d'utile non plus à faire pour elle, une visite aurait trop ressemblé à du voyeurisme morbide.

Shampooing et mise en plis dans un salon en face de l'hôtel au milieu d'un grand ensemble de magasins autour d'une cour centrale avec eau et arbres, balcons et sièges disposés pour que les acheteurs puissent se reposer confortablement. J'ai trouvé l'endroit frais et agréable. Dans un salon, un jeune styliste taillait la barbe d'un vieux client, agenouillé devant lui comme un suppliant ; il peignait et coupait les poils argentés de la longue barbe avec une attention concentrée, presque affectueuse. Je n'avais encore jamais vu cela.

MERCREDI 28 JANVIER

J'écris ces lignes dans le vol qui me ramène chez moi au départ de Miami. Le commandant avait promis un voyage relativement calme, mais il était trop optimiste et mon vin a éclaboussé la nappe immaculée dès qu'il a été servi. J'aime le nouveau dessin de la première classe sur British Airways. Je suis assise comme à l'aller dans mon cocon individuel, ma place contre le hublot isolée de la cabine par une cloison incurvée avec à ma gauche un tableau de boutons pour commander les diverses positions du siège. Je trouve cela plus commode que l'ancien système où ils étaient dans l'accoudoir où je ne pouvais jamais les attraper confortablement quand j'avais une ceinture, ni distinguer facilement l'usage de chacun. Le principal avantage du siège redessiné, c'est qu'on peut se coucher à plat et essayer de dormir. Un bouton permet de l'allonger pour en faire un lit, chaque passager étant muni d'un duvet et d'un oreiller. L'un d'eux au moins s'est mis de bonne heure en pyjama et s'est installé pour la nuit sans dîner. Ce matin, la cabine avec les passagers qui pliaient soigneusement leurs duvets ressemblait à une petite école exceptionnellement luxueuse, ou à un dortoir de l'armée. Je n'avais pas faim pour le petit déjeuner, mais de bonne heure le matin le thé est arrivé sur un petit plateau avec une élégante théière et son pot. Les voyages en première classe, à condition de ne pas les payer soi-même, représentent le luxe de la vie dont on peut devenir le plus insidieusement « accro ».

Mon hôtel à Miami, le Biltmore, était le plus grand et le plus impressionnant de tous ceux où j'ai séjourné. Je raffole des hôtels cinq étoiles américains, non pas à cause de leur luxe, mais parce qu'ils sont si merveilleusement efficaces et anonymes. On est une passante parmi d'autres passants. Rien ne reste des précédents visiteurs et je ne laisserai rien derrière moi. Revenir dans la chambre après une absence, c'est tout retrouver immaculé, comme si les mains dispensatrices d'oubli de la femme de chambre avaient lissé et fait disparaître plus que les débris du jour passé. Je crois que je pourrais écrire dans un endroit comme celui-là, mais en tournée on a à peine le temps d'apprécier le confort. Cependant je me rappellerai le petit déjeuner du Biltmore. Je l'ai pris au chaud soleil de la cour, sous les palmiers, à côté de la plus grande piscine d'hôtel des Etats-Unis. Chaque petit déjeuner était préparé séparément dans une cuisine en plein air, l'odeur du bacon dominant celles des fleurs et de l'eau.

Mon dernier jour à Miami a été le seul où j'ai eu un peu de temps libre. Mon accompagnateur m'a emmenée voir Miami Beach. Il pleuvotait et la marée se traînait paresseusement sur le sable désert. La maison de Versace, grilles fermées, avait un air élégant et incongru au milieu des couleurs bonbon fondant des innombrables hôtels. Pour quelqu'un dont l'idéal pour une journée à la mer est une anse isolée et complètement vide, Miami en pleine saison doit être un véritable enfer. De là, la voiture nous emmena aux jardins botaniques. A ce moment-là, le temps s'était amélioré et nous avons pu faire une agréable promenade au calme, sous les arbres et au bord des lacs.

Il restait encore un peu de temps avant le moment de partir pour l'aéroport et ma dernière sortie aux Etats-Unis a été une visite au cinéma pour voir *Titanic,* ce que j'aurais tout aussi bien pu faire de retour chez moi. Trop long, mais les effets spéciaux sont mémorables certainement et lui vaudront un oscar. Je n'ai pas cru aux jeunes amoureux et j'ai été irritée par les habituels préjugés antianglais de Hollywood. Les Anglais étaient tous en tenue de soirée pour bien prouver leur arrogance de classe supérieure, même le dernier soir de la traversée, alors qu'ils ne s'étaient pas changés pour le dîner, tandis que les Irlandais étaient d'heureux innocents qui dansaient leurs gigues dans l'entrepont. Un membre de l'équipage qui avait eu un comportement irréprochable dans la réalité était représenté comme un lâche et un assassin, ce que j'ai trouvé impardonnable. Le jeune héros, Leonardo di Caprio, s'accrochait à l'épave sur laquelle Kate Winslett était élégamment allongée pour prononcer un poignant discours d'adieux avant de s'enfoncer lentement dans les profondeurs. J'ai pensé que l'énergie dépensée pour cet exercice aurait été mieux employée à nager jusqu'à une autre épave du même calibre pour rester à flot. Mais je ne doute pas que le film remportera un immense succès auprès des jouvencelles du monde entier. Bizarre façon de passer ma dernière soirée aux Etats-Unis.

Nous allons bientôt nous préparer à atterrir et le circuit sera terminé. Il a été beaucoup moins fatigant que je ne le craignais, sauf les journées à New York et à Washington. J'ai beaucoup apprécié la compagnie des trois attachées de presse de Knopf qui m'ont accompagnée, Sophie, Jill et Gabriella, toutes enthousiastes, intelligentes et extrêmement capables. Impossible de mieux s'occuper de moi.

JEUDI 29 JANVIER

Joanna, de Faber, a téléphoné hier pour mettre au point la couverture de l'édition d'*Une certaine justice* en poche et nous avons évoqué le nouveau recueil de poèmes de Ted Hughes, *Birthday Letters (Lettres d'anniversaire)*. Elle m'avait promis de m'en envoyer un exemplaire que j'ai reçu ce matin. Impossible de ne pas commencer à les lire immédiatement et tout aussi impossible de s'arrêter après avoir commencé. Inévitablement, la réaction est influencée par la double tragédie — comment pourrait-il en être autrement ? J'ai toujours éprouvé beaucoup de sympathie pour Ted Hughes et un immense respect pour le silence si digne avec lequel il a subi des années de calomnies. Aucune mère de jeunes enfants qui se tue ne peut être dite saine d'esprit et ce degré de souffrance psychique plonge ses racines plus profondément que dans les imperfections d'un mariage. De même, quiconque n'a pas dû vivre avec un partenaire atteint d'une maladie mentale ne peut savoir ce que cela signifie. Les deux êtres sont dans des enfers séparés mais chacun intensifie l'autre. Ceux qui ne connaissent pas par expérience cette contamination de la souffrance devraient se taire.

Mais maintenant Ted Hughes a rompu ses trente-cinq ans de silence. Je n'ai jamais trouvé que c'était un poète facile, mais pourquoi le serait-il ? La poésie est comme la religion : parfois la vision est immédiate, presque effrayante dans son intensité, parfois elle n'est atteinte qu'avec difficulté, ne consentant qu'à des suggestions, et encore confuses aussi bien que partielles. Ici, les vers qui ne sont entravés par aucune image brutale coulent comme un torrent clair et puissant portant le poids de la pitié, de la terreur et du regret. Les poèmes sont trop honnêtes pour que l'on puisse y voir une tentative de justification. Peut-être un exorcisme. A coup sûr un tribut d'amour.

FÉVRIER

MARDI 3 FÉVRIER

J'attendais avec joie cette journée, comme toutes celles où je vais voir une de mes filles ou l'un de mes petits-enfants. Invitée à faire une conférence devant la Cambridge Union sur le thème « La fiction a-t-elle un avenir ? », j'avais combiné de déjeuner avec Beatrice, de voir sa chambre au collège, puis de passer la nuit chez Clare après la conférence.

La journée avait été ensoleillée, mais excessivement froide. Le froid de Cambridge a quelque chose de particulièrement pénétrant et j'ai regretté de ne pas être vêtue plus chaudement. Mais enfin j'ai acheté une deuxième écharpe en allant du centre de la ville à Trinity, et cela m'a aidée. Beatrice m'a emmenée déjeuner dans un restaurant de pâtes, après quoi j'ai vu et admiré sa chambre et je me suis reposée sur son lit pendant qu'elle préparait tranquillement son cours. Quand elle est revenue avec un camarade, ils m'ont accompagnée à l'Union, dont les responsables m'ont emmenée dîner avant la conférence.

Mes deux jeunes compagnons, qui font des études d'histoire, m'ont demandé ce qu'était la vie à Cambridge pendant la guerre et pourquoi, à mon avis, ma génération avait tant tardé à se dresser contre Hitler et l'avait fait comme à regret. Je leur ai expliqué que c'était en grande partie le résultat de la Première Guerre mondiale. Quand mes parents parlaient du passé, ils semblaient toujours s'attarder sur la guerre et l'anéantissement de toute une génération de jeunes hommes. Les gens de mon âge étaient nés sous un linceul de chagrin inexprimé. Un de mes plus anciens souvenirs de Ludlow est celui d'une maison avec la photographie d'un soldat au visage frais, guère plus qu'un enfant, exposée à la fenêtre, entre deux petits Union Jacks. Ce n'était qu'un de ces humbles et poignants reliquaires parmi beaucoup d'autres. Puis plus tard nous avons lu les poètes de la Grande Guerre, Wilfred Owen, Siegfried Sassoon, Isaac Rosenberg, nous avons vu des films, en particulier *A l'ouest rien de nouveau,* et lu des romans de guerre. Nous avons grandi avec la conviction que la guerre dans toute son horreur, sa brutalité et son avilissement était la plus grande calamité possible et devait être évitée à tout prix. Les mots « jamais plus » exprimés ou tacites, étaient toujours présents.

Mon père, qui s'était battu en 14-18, ne pouvait pas croire que l'Europe permettrait à pareille chose de se reproduire, pas même quand, le 3 septembre 1939, la guerre fut déclarée. Et même si nous devions « résister à Hitler » — euphémisme pour entrer en guerre —, quand et comment cela serait-il possible ? Nous avions désarmé. Même si les mères d'Angleterre avaient été heureuses de voir leurs fils massacrés pour défendre la Rhénanie ou la Tchécoslovaquie, nous n'avions ni les hommes ni l'argent. Nous avons fini par nous rendre compte, comme l'Europe, que la confrontation était inévitable. Nous avons commencé à réarmer. Nous sommes entrés dans la guerre sans rien de la ferveur patriotique ni de l'enthousiasme de 1914, mais avec la sombre conviction qu'elle était à la fois inévitable et juste et devrait être menée jusqu'au bout.

Les jeunes gens pensaient qu'il ne fallait pas juger le présent d'après les critères du passé et bien entendu ils avaient raison. Sans aucun doute, dans cent ans, nos descendants s'émerveilleront que nous ayons pu assister sur nos écrans de télévision à la mort par la faim ou les massacres de milliers d'êtres humains sans rien faire pour y mettre bon ordre. Pourtant qu'aurions-nous pu faire pour le Rwanda ? Certes, avec une volonté assez forte, une armée aurait pu être envoyée pour arrêter les tueries. Mais après ? Aurions-nous pu occuper en permanence le pays et le gouverner ? Arrêter les combats est une chose, réconcilier des tribus qui se haïssent depuis des générations est beaucoup moins facile. Je doute que cela puisse jamais être réalisé par une puissance étrangère.

Nous avons parlé de la vie à Cambridge dans les premiers jours de la guerre. Je peux évoquer une série de sons et d'images, le piétinement discipliné de jeunes pieds alors que des compagnies d'aviateurs à l'entraînement parcouraient les rues avec des écussons à leurs calots, la ville bondée de gens inconnus — fonctionnaires évacués, professeurs d'autres universités, réfugiés. Je me rappelle avoir dansé au McGrath Ballroom avec de jeunes aviateurs des bases de chasseurs et de bombardiers d'Est-Anglie, en sachant que mon cavalier d'un samedi ne serait peut-être pas là la semaine suivante. Ses camarades se contenteraient de me dire : « Il n'a pas pu venir » et je ne demanderais pas pourquoi, en partie parce que je le savais, et en partie parce qu'ils n'étaient pas là pour penser à la mort.

Un souvenir particulier : en allant travailler un matin au ministère du Ravitaillement, j'ai trouvé la pelouse de Christ's Collège complètement couverte de soldats endormis, épuisés, le visage hâve et boueux, encore en uniforme. Ils faisaient partie des évacués de Dunkerque. Je ne saurai jamais de quelle façon ils s'étaient trouvés apparemment déversés dans ce relais incongru.

Nos distractions étaient la TSF et les films. Les années de guerre en ont produit quelques-uns qui sont mémorables : *la Chevauchée fantastique, Autant en emporte le vent, le Magicien d'Oz* et *Des souris et des hommes,* tous sortis en 1939. Les queues s'allongeaient devant les salles tandis que nous attendions ce que nous appelions le grand film. La projection était permanente et à mesure que les couples sortaient le portier criait : « Quatre places à un shilling six pence » et la queue avançait. L'industrie cinématographique anglaise s'adapta à la guerre de propagande. Dans leur banalité, certains films que j'ai vus apportaient sans doute plus de réconfort à l'ennemi que d'encouragement pour nous, mais *l'Héroïque parade* et *Heureux Mortels* de Carol Reed ainsi que le *Henry V* de Laurence Olivier restent en mémoire. Je commençai à regarder pour la première fois des films français avec Connor : *les Enfants du paradis, Le jour se lève.* Pendant la guerre, le cinéma était au summum de sa créativité, de son influence et de sa verve comique. Je suis rarement allée voir un film depuis lors avec le même plaisir anticipé.

A Cambridge nous étions relativement en sécurité. Quelques bombes furent lâchées par inadvertance et il y eut des blessés, mais la principale offensive était lancée ailleurs. Je me rappelle avoir escaladé les collines de Gog Magog et vu une lointaine lueur rouge dans le ciel, là où Londres était en train de brûler, je me rappelle aussi avoir entendu, décollant pour leurs raids, les lourds bombardiers qui semblaient se soulever péniblement en grognant. Il me reste un souvenir particulièrement persistant et net. J'avais passé l'après-midi avec une vieille amie de ma mère, pour rendre visite à une de ses parentes qui habitait un village éloigné. Nous revenions à Cambridge par le bus, dans l'obscurité, quand les Allemands attaquèrent les terrains d'aviation de l'Est-Anglie. Nous roulions lentement entre les haies basses et le paysage plat, entendant le fracas des bombes lointaines et entourés par les flammes. Cela me rappelait l'éteule que l'on brûle après la moisson. Le bus, tous feux masqués, ne s'arrêta pas — à quoi bon ? — mais je me rappelle que nous sommes tous restés assis dans un silence absolu. Ce n'était pas la peur, mais plutôt la fatigue du voyage et une acceptation résignée. Ma vieille compagne dormait, écroulée contre moi. Les raids n'étaient pas assez proches pour qu'il y ait un réel danger, mais j'avais l'impression extraordinaire d'une inexorable progression à travers un paysage désert devenu étranger et surréaliste. Les spectacles et les bruits de Cambridge en guerre me reviennent nettement à l'esprit, mais les émotions sont plus insaisissables. Je n'ai pas le souvenir d'avoir eu peur — pas à ce moment-là — ni, je crois, la crainte que la guerre pût être perdue. Je suppose que je me sentais en bonne santé, optimiste, avide de vivre, en d'autres termes, je me sentais jeune.

DIMANCHE 8 FÉVRIER

Journée dorée avec un temps assorti : ensoleillé et même chaud sous un ciel bleu et pur. Jane et Peter sont arrivés peu après dix heures et nous avons jeté un coup d'œil rapide aux journaux avant de nous lancer pour notre promenade. Nous sommes allés à Holland Park puis, après avoir flâné dans les rues les plus agréables au nord de la Kensington Library, nous avons traversé Hyde Park jusqu'à la statue de Watt, symbole de l'énergie. J'avais pris un peu de pain et en revenant nous avons jeté des miettes aux mouettes qui faisaient des piqués et criaient en les attrapant au vol. Certaines des personnes qui se promenaient au soleil devaient bien porter leur poids de malheur, mais l'air semblait chanter de plaisir. Les vieux messieurs faisaient voguer leurs maquettes de bateaux, des enfants poursuivaient les pigeons, d'autres assis au soleil lisaient leurs livres, les amoureux déambulaient la main dans la main.

Nous avons fait le tour du jardin encaissé du palais, désormais dans sa décrépitude hivernale mais rappelant des souvenirs de tulipes et les odeurs du plein été. Peter ne l'avait encore jamais visité. Tout en marchant sur l'herbe, je me prenais encore une fois à souhaiter que le jardin prévu à la mémoire de la princesse Diana ne soit pas dessiné ici. Il y a déjà le jardin encaissé et la grande pelouse est si importante — et pas seulement pour les habitants de Kensington qui y viennent promener leurs chiens. On peut sûrement trouver un emplacement plus indiqué.

Retour ensuite à Holland Park, déjeuner de bonne heure au Belvedere ; un bon repas dans un cadre agréable et en paix avant l'habituelle bousculade du déjeuner dominical. Nous avions l'intention d'aller ensuite à la Tate. Jane commença par refuser parce qu'elle se sentait fatiguée, mais nous l'avons persuadée et elle a convenu que le projet la tentait.

Il y avait beaucoup de monde au musée, comme toujours le dimanche après-midi, mais ce n'était pas trop gênant. Nous sommes allés voir un de mes tableaux favoris, *Pegwell Bay* de William Dyce. J'aime la peinture victorienne, y compris la peinture de genre, et ce tableau m'a toujours plu infiniment, surtout je pense parce que c'est une marine et que j'aime le contraste entre les falaises désolées, sombres, presque sans âge, et les personnages victoriens au premier plan. Mais pour un spectacle si paisible, si innocent, je le trouve toujours inquiétant et il fait naître en moi une douce mélancolie. Le peintre se tient sous les falaises, la tête levée vers la comète à peine visible qui traverse le ciel, mais les femmes s'occupent à ramasser des coquillages presque comme si elles étaient totalement détachées de la beauté qui les entoure, oubliant la merveille du ciel. On sait que les coquillages seront utilisés par la suite pour décorer des boîtes ou des cadres de photographies, une des façons dont les victoriennes de classe moyenne parvenaient à passer leur temps. Le tableau semble parler de la brièveté et de l'insignifiance de la vie humaine, de la courte durée de nos jours comparée à l'immensité de l'espace et du temps, mais je l'aime et je souhaiterais l'avoir sur mes murs.

Jane voulait voir les Bacon, nous sommes donc allés, Peter et moi, voir les Turner. Je sais que Turner est un grand peintre, mais il ne me touche pas comme certains artistes qui le sont moins. Peter et Jane sont rentrés directement chez eux après m'avoir déposée chez moi, dans Holland Park Avenue. Une de ces journées qui resteront dans le souvenir, une encore à préserver soigneusement de la ruine.

JEUDI 12 FÉVRIER

Je suis allée à deux heures à Bush House pour parler au BBC World Service de *Thrones, Dominations,* l'ouvrage de Jill Paton Walsh écrit à partir d'un roman inachevé de Dorothy L. Sayers. Nous étions interrogées par Hariett Gilbert. On m'avait envoyé il y a quelque temps les six chapitres du roman en question et demandé si j'aimerais terminer le livre, mais je ne pensais pas que cela pourrait se faire de façon satisfaisante. Ce fragment, manifestement un premier jet, comptait environ quarante mille mots et l'auteur se souciait bien moins de construire un roman policier que de savoir — ce qui l'occupait déjà dans *Gaudy Night* — comment une femme dotée de cœur et d'intelligence peut concilier le côté sentimental et sexuel de sa nature avec son côté intellectuel.

Elle n'y était certainement pas parvenue elle-même. Il est intéressant de voir comme les femmes peu intelligentes et même stupides gèrent mieux leurs vies sentimentales que leurs sœurs plus intelligentes. Quand Hariett Vane dit dans *Gaudy Night* qu'elle apprécie la vie de l'esprit parce que c'est la seule qu'elle n'ait pas bousillée, elle parle évidemment au nom de son auteur. Cette dernière, rendue profondément malheureuse, voire désespérée par l'échec de son amour pour John Cournos, a trouvé par la suite des satisfactions sexuelles, mais sans engagement émotionnel, dans les bras d'un homme marié qui, jaloux des succès qu'elle remportait, sombra dans un alcoolisme grincheux. Pas étonnant qu'elle se soit méfiée des émotions. Pour Dorothy Sayers, la religion elle-même était affaire d'adhésion intellectuelle au dogme et non pas une réaction émotionnelle à un dieu personnel.

Jill Paton Walsh, qui admire à la fois Sayers et son Lord Peter, est parvenue à restituer le style de celle-ci en restant fidèle au thème proposé et a composé un roman policier tout à fait dans le goût des années 1930. Elle n'a pas incorporé tout le premier état de Sayers, supprimant très judicieusement les passages les plus embarrassants. J'ai facilement découvert l'indice essentiel et l'identité du meurtrier ne faisait pas grand doute pour moi, mais cela aussi rendait le livre très représentatif de son époque. Je doute qu'il ait été possible de faire mieux.

Je suis allée ensuite à la Chambre écouter la deuxième lecture de la loi sur le Crime et la Sanction ainsi que deux discours sur l'abolition du *doli incapax*, les tribunaux entendant être convaincus que les enfants accusés d'actes criminels savent que ces actes sont graves et pas seulement des incartades enfantines. J'ai fait une intervention brève et pas spécialement à propos pour raconter un incident dont j'avais été témoin dans un tribunal pour enfants. Un agréable petit délinquant au visage d'ange polisson, vêtu d'un chandail rayé tricoté à la main, avait été accusé d'avoir tiré avec un pistolet à air comprimé dans un supermarché. Comme on lui demandait s'il savait que c'était mal, il répondit : « Je savais que c'était contre la loi, mais je ne savais pas que c'était mal », posant ainsi un intéressant problème aux juges pour enfants.

SAMEDI 14 FÉVRIER

Hier, dîner au Dorchester avec Rosemary Herbert, une journaliste de Boston rencontrée pour la première fois quand elle m'a interviewée il y a une vingtaine d'années et qui est devenue une manière de spécialiste du roman policier. Elle dirige actuellement la parution d'un recueil des diverses expressions du genre qui va paraître à l'Oxford University Press. Elle voudrait beaucoup que je participe à une anthologie des meilleures nouvelles des cent dernières années qui sortira pour le nouveau millénaire. L'idée serait que j'écrive la préface et les introductions aux textes. Je lui ai dit que je ne voudrais pas être publiée par une autre maison que Faber et ai suggéré qu'elle soumette une proposition écrite que je pourrais examiner et si nécessaire discuter.

Collaborer ne m'est pas naturel et je pense que c'est le cas de nombreux romanciers. Un roman est essentiellement le produit d'une voix individuelle et de la concentration d'un unique esprit. Le théâtre peut s'accommoder de la collaboration et les manuels le font très souvent. Mais je ne peux penser à une seule œuvre d'imagination écrite par plus d'un auteur. Canaletto pouvait demander à un apprenti de peindre deux ou trois centimètres de vagues, mais je ne peux imaginer Dickens, si harcelé fût-il, remettant un plan à un élève et lui demandant de l'aider pour certains des chapitres les plus assommants.

Une voiture est venue me prendre ce matin et m'a conduite à Birmingham pour participer à un jeu de la BBC intitulé *Call my Bluff*. Notre capitaine était Alan Coren et mon équipier l'acteur Michael Maloney. En face, Kate Adie, Sandi Toksvig et Robert Daws. Je me rappelle le jour ou Frank Muir affrontait Patrick Campbell, morts tous deux depuis, hélas ! On m'a dit qu'ils prenaient le jeu redoutablement au sérieux et détestaient perdre, l'un comme l'autre. Heureusement, notre capitaine était moins fanatique, mais j'ai été surprise de voir comme j'étais contente de ne pas m'être rendue ridicule. Le score final pour les deux jeux a été ex aequo : trois points partout.

Le jeu était enregistré dans l'International Convention Centre et j'ai été stupéfaite de voir combien le centre de Birmingham s'est amélioré. Je me rappelle, allant à l'enterrement de mon beau-père il y a une quinzaine d'années, être sortie de la gare pour jeter un coup d'œil à la ville en attendant la correspondance. Le Bull Ring m'avait horrifiée : une monstruosité de béton dans laquelle seuls les automobilistes, les criminels et les psychopathes pouvaient se sentir à l'aise. Il est encore en place, mais je crois que les édiles projettent de le démolir. Au contraire, le quartier qui longe le canal est impressionnant et visiblement dessiné à l'usage d'êtres humains. De vieux bâtiments en brique ont été restaurés et il y a des cafés en plein air ainsi que des promenades le long du canal. Peu à peu, certaines villes réparent les folies des années 1960.

DIMANCHE 22 FÉVRIER

A Southwold avec Lyn et Clare. Hier le temps était couvert avec des averses, mais encore tiède. Clare et moi sommes allées chez la petite antiquaire de High Street pour lui acheter son cadeau d'anniversaire. Elle a choisi un ravissant souvenir victorien de Cambridge. Un petit encrier rond en bois avec un pot en verre et une plaque colorée de King's College Chapel ainsi que deux très lourds encriers en verre taillé. J'ai trouvé un autre pot brun de Doulton pour l'étagère de la cuisine. Dîner de fête ensuite au Swan, puis retour à la maison pour regarder la vidéo de *Une certaine justice.*

Finalement, elle était plus agréable et faisait moins violence à l'histoire que je ne l'avais craint. Mais le fait demeure qu'il est impossible d'adapter de façon satisfaisante pour le petit écran un roman long et complexe en trois épisodes. L'inspecteur Piers Tarrant a été supprimé avec un résultat assez risible : Dalgliesh et Kate Miskin semblent être les seuls officiers de police sur l'affaire ; Clare en a tiré la conclusion que Scotland Yard devait économiser sur le personnel. Cette impression est renforcée par le nombre d'interrogatoires conduits par Dalgliesh non pas dans les locaux administratifs, mais dans n'importe quel endroit commode où il se trouve. Cependant le début est très réussi. C'est une adaptation intelligente et les acteurs sont bons de bout en bout.

J'ai pensé d'abord que l'actrice jouant Octavia, la fille de Venetia, était trop jolie, mais elle donne une impression de vulnérabilité alliée à de l'obstination qui est assez frappante et le jeune homme qui joue le psychopathe — rôle extrêmement difficile — est convaincant. La scène du tribunal est bien faite (ce genre de tableau est en général réussi à la télévision), mais l'actrice qui joue Venetia, à un moment donné, se déplace dans le tribunal pour montrer à quelle distance le témoin se trouve d'un poste de télévision. Or, j'avais appris pendant mes recherches que les avocats ne bougent pas dans le tribunal et demandent à un avoué de le faire à leur place. Tout spécialiste aura relevé l'erreur. Autre anomalie, l'introduction du service funèbre de Venetia. L'intrigue dépend de la rapidité du rythme et dans le livre il n'y a même pas le temps de décrire l'enquête judiciaire, à plus forte raison une crémation et un service funèbre. Mais je vois bien qu'il y a une raison à cette adjonction. Dalgliesh est présent comme tous les avocats suspects et la caméra peut passer d'un visage à l'autre avec la question inexprimée : est-ce celui-là ? La scène n'est pas conforme au livre, mais si j'émets une protestation, je suis sûre que l'on me répétera l'argument habituel : ça fait de la bonne télévision. Enfin, dans l'ensemble, je crois que ce sera une des adaptations les plus réussies.

Eveillée par un beau temps de printemps, j'ai fait le tour des dunes avec Lyn jusqu'à Walberswick et nous avons retrouvé à l'Harbour Inn Clare qui avait pris le sentier par le pâtis. Mais l'auberge n'ouvrait pour le café qu'à midi et nous n'avons pas attendu.

Nous sommes revenus par le sentier étroit qui longe la route et les prairies inondées pour prendre un verre au Lord Nelson. Nous partions au moment où le soir tombait et j'ai passé la nuit avec Lyn et Clare à Cambridge.

LUNDI 23 FÉVRIER

Le Premier Ministre nous a exhortés à montrer un peu plus d'enthousiasme pour le dôme du Millénaire qui, annonce-t-il, fera envie à l'univers entier. J'en doute un peu, mais j'imagine que l'expérience sera une sorte de répétition de ce qui s'est passé pour Diana. Quand il deviendra à la mode de faire son pèlerinage, tout le monde voudra y participer. On ne peut lui permettre d'échouer et si on dépense assez d'argent pour la promotion, elle n'échouera pas. Le pays sera peut-être saisi aussi de la manie des dômes.

Je n'ai absolument rien contre un dôme consacré au plaisir qui procurera une agréable promenade à toute la famille, mais je suis hostile à l'idée que ce sera une grande expérience culturelle. Si je veux me plonger dans l'histoire d'Angleterre, j'ai la National Portrait Gallery ainsi que le Victoria & Albert, le British Museum, et une passion pour les progrès scientifiques peut être assouvie par le National Science Museum. Pour ceux qui recherchent des émotions religieuses, les églises, les cathédrales et tous les autres lieux de culte sont certainement des endroits plus indiqués que l'espace spirituel du dôme.

Ce qui me déplaît le plus, je suppose, c'est l'idée de dépenser sept cent cinquante millions de livres pour un bâtiment sans savoir au départ à quoi il servira. Pour célébrer deux mille ans de temps historique, on aurait sûrement pu ériger quelque chose de plus durable, de préférence un théâtre moderne pour l'opéra et la danse. Les visiteurs pourraient y accéder par la Tamise — un quart du coût du Dôme pourrait subventionner les bateaux fluviaux — et il y aurait des restaurants ainsi que des jardins au bord de l'eau. Alors la Royal Opera House, bien restaurée et modernisée, pourrait servir pour les opéras moins importants. J'avais suggéré cette idée quand j'étais membre de l'Arts Council, mais je ne me rappelle pas qu'elle ait alors soulevé un enthousiasme marqué.

L'outrecuidance m'a soufflé de célébrer le dôme par un poème. Ce seront sans doute les seuls vers insérés dans mon journal et c'est aussi bien !

O Dôme gigantesque, Dôme immense
Construit en dépit du bon sens.
Vaste Dôme, O Dôme sublime,
Mémorial des temps historiques
Comme elle sera justifiée l'outrecuidance
Quand l'univers entier s'inclinera devant toi.
Quand des millions d'humains émerveillés contemple-
[ront
Ce miracle de l'homme moderne.
Car si sa forme ne révèle point de surprise
Impossible de nier que la taille est là.
En Grèce la jalousie de notre Dôme miraculeux
Provoquera pleurs et grincements de dents
Et les foules s'ameuteront au Pérou
Exigeant d'en avoir un aussi.
On gémira du Tchad à Montserrat :
« Comment se fait-il que nous n'y ayons jamais
[pensé ? »
Les Italiens pleureront et jureront :
« Le dôme de Saint-Pierre ne peut rivaliser
Ni aucun des monuments de Rome
Surpasser le Dôme merveilleux de Grande-Bretagne. »
Les Français aigris d'orgueil gaulois
Pourront à peine jeter un regard à l'intérieur,
Les Etats-Unis se morfondront grandement
A l'idée que seuls les Britanniques ont pu le faire
Tandis que des millions se joindront à la queue
Du Togo à Tombouctou.
Et Dieu Lui-même sera muet de stupeur
En voyant comme nous sommes devenus intelligents.

MARS

DIMANCHE 1er MARS

J'ai pris le bus de sept heures trente à Gloucester Green, Oxford, pensant que la M40 serait très chargée et le trajet beaucoup plus long que l'heure habituelle. Mais en fait la route était dégagée et je suis arrivée chez moi dans d'excellentes conditions. J'ai câliné Polly-Hodge, lui ai donné à manger, et puis j'ai pris le bus pour aller à Marble Arch, suis descendue à Park Lane et ai rejoint la Marche pour la défense des campagnes au moment où elle entrait dans Hyde Park. Park Lane était fermé et cela paraissait fort étrange d'y être presque seule. J'ai franchi les barrières pour me joindre aux manifestants et ai été aussitôt interpellée par Margaret Clayton, ma dernière assistante quand je travaillais au ministère de l'Intérieur. Elle a pris sa retraite très tôt et travaille maintenant à mi-temps six jours par semaine, ce dont elle est visiblement très satisfaite. Elle est allée rapidement rejoindre ses amies avant que la manifestation ne se disperse sur la route juste au nord de l'Albert Memorial.

Une grande barrière posée en travers du chemin portait le mot « Terminé ». Petite déception, mais je comprenais bien pourquoi les organisateurs avaient décidé qu'il n'y aurait pas de discours. Les manifestants sont unis dans le soutien des campagnes ainsi que de ceux qui y vivent et y travaillent, mais je doute que les grands propriétaires et les petits fermiers aient beaucoup de points communs, et que tous les manifestants se soucient tant que cela de la chasse au renard. Personnellement, je n'ai aucune attirance pour la chasse : même si j'étais jeune, forte et bonne écuyère, cela ne me semblerait pas être une activité qui mérite que je risque mon cou. Mais je suis sûre que le renard souffre moins des mâchoires des chiens à la fin d'une chasse que d'un coup de fusil et des horreurs du poison ; il semble illogique d'interdire la chasse si on autorise la pêche ou si l'on tolère les conditions dans lesquelles nos œufs sont produits.

C'était un groupe merveilleusement divers : un grand vieillard en complet de velours côtelé qui ressemblait au stéréotype de l'irascible colonel de théâtre avançant, solitaire, à grandes enjambées, des jeunes qui bavardaient et chantaient en marchant, des dames d'âge moyen visiblement soutiens robustes du Women's Institute, et des ouvriers agricoles qui manifestaient avec une sorte de détermination bourrue pour défendre leur gagne-pain. Personne ne jetait de détritus par terre.

Le retour chez moi à pied par Bayswater Road a été rendu intéressant par les tableaux accrochés aux grilles du parc. Etrange mélange. Certaines des aquarelles, en particulier les fleurs, ont une spontanéité séduisante, de la fraîcheur, et j'en ai remarqué trois que j'aurais été raisonnablement heureuse de voir sur mes murs. Mais la plupart sont affreuses, bien que certains exemples d'art non figuratif ne soient pas pires que les échantillons exposés dans des galeries prestigieuses. Je pense que c'est une affaire de goût. J'ai aimé les petites autobiographies, les notes critiques, les coupures de revues épinglées à certains tableaux. Apparemment, ces peintres parviennent à gagner leur vie et je leur souhaite bonne chance. J'aimerais beaucoup mieux acheter l'un de ces tableaux plutôt qu'une reproduction. En fait, j'ai trouvé là il y a quelques années une vue des très agréables falaises de Douvres que j'apprécie beaucoup.

Le St David's Day me rappelle toujours mon premier jour au ministère de l'Intérieur. On m'avait fait faire un petit tour des services pour arriver au bureau personnel du ministre. A l'époque c'était James Callaghan qui était aux commandes et dans l'antichambre les jonquilles s'entassaient, envoyées par ses électeurs. Le bureau bruissait d'activité et il était difficile de concilier cette fièvre contrôlée avec l'odeur entêtante des fleurs de printemps. C'est de cette façon assez insolite que j'ai commencé la dernière étape de ma vie de fonctionnaire.

J'ai appris très vite à maîtriser les questions aux parlementaires, ces petits agacements qui tombent régulièrement sur le bureau sous forme de chemises jaune vif. Je devais fournir des notes informatives sur le député et ses préoccupations, ainsi que sur les raisons possibles pour qu'une question soit posée, apporter une réponse puis rédiger des pages de notes pour les questions orales. C'était la partie la plus difficile de l'exercice. Le but était de s'assurer que le secrétaire d'Etat ou le ministre ne resterait jamais sans réponse toute prête à n'importe quelle question que le député pourrait décider de poser. Outre les services scientifiques et les médecins légistes, j'avais aussi la responsabilité des véhicules de police. Quand j'ai fait remarquer que je ne savais même pas conduire, mon assistante m'a dit que cela me rendait particulièrement apte à cette besogne.

Le hasard fit que ma première question émana d'un député qui voulait connaître les détails de tous les modèles de voitures utilisés par toutes les forces de police en Angleterre et au pays de Galles. Mon brouillon de réponse indiquait que ce renseignement ne pouvait être d'aucune utilité. Mon assistante me fit gentiment remarquer qu'il existait des formules pour répondre aux questions risquant de susciter des recherches telles qu'elles seraient disproportionnées par rapport à l'usage qu'on en ferait.

Je ne bénéficiai d'aucun apprentissage, seulement de quelques conseils hétéroclites dont le plus important était de ne jamais utiliser un stylo à bille vert, cette teinte étant réservée à Sir Philip Allen, le chef du service.

Malgré quelques tensions au début, je me suis bien plu au ministère de l'Intérieur. Les réputations des ministres y sont plus aisément perdues que gagnées. Le département est habitué aux critiques de la presse, qui le juge draconien, étroit d'esprit et dilatoire. Mais j'en suis partie avec beaucoup de respect pour l'intégrité et l'intelligence des hauts fonctionnaires avec qui j'avais travaillé.

C'est pendant que j'étais dans le département de la Police que j'ai écrit mon premier ouvrage de non-fiction, en collaboration avec le secrétaire assistant Tom Critchley. *Les Meurtres de la Tamise* (publié en 1971) traite d'une série de meurtres brutaux et célèbres survenus à Wapping en 1811, et généralement appelés « Ratcliffe Highway Murders ». Les premières victimes en furent Timothy Marr, vingt-quatre ans, drapier sur la Highway, sa femme Celia ainsi que leur petit garçon de trois mois et demi, Timothy, et leur apprenti, James Gowen. C'était le samedi 7 décembre et la boutique était restée ouverte jusqu'à huit heures. Un peu avant minuit, Timothy Marr appela sa servante, Margaret Jewell, lui donna une livre et l'envoya payer le boulanger et acheter quelques huîtres. Elle trouva la boulangerie fermée, alla ailleurs pour essayer de se procurer les huîtres, mais ne réussit pas davantage. En revenant au bout d'une vingtaine de minutes, elle trouva la porte fermée et le magasin dans le noir. Pensant que la famille était allée se coucher, elle tira de nouveau la sonnette qui parut tinter anormalement fort dans la rue silencieuse. En écoutant, elle entendit un bruit qui lui donna l'assurance — réconfortante — que Marr ou sa femme n'allait pas tarder à ouvrir la porte. Il y eut des pas très doux dans l'escalier. Mais personne ne vint. Les pas cessèrent et de nouveau ce fut le silence.

Le tintement de la sonnette et les coups de pieds donnés dans la porte par la jeune fille éveillèrent l'intérêt d'un veilleur de nuit, puis du voisin, John Murray, qui dit au veilleur de continuer à tirer la sonnette pendant que lui passerait dans la cour derrière la maison et verrait s'il pouvait réveiller la famille par ce côté-là. La porte de derrière était ouverte et il se dirigea à l'intérieur avec l'aide d'une chandelle qui brûlait sur le palier du premier étage.

Dans le magasin, il trouva le premier corps, celui de l'apprenti, James Gowen, les os de la face brisés par une pluie de coups. Gémissant, Murray tituba vers la porte et constata que le corps de Mrs Marr lui barrait le chemin, le sang ruisselant encore de sa tête meurtrie. Murray ouvrit la porte de devant et hurla la nouvelle, incohérent : « A l'assassin ! A l'assassin ! » La petite foule grossie par l'arrivée de nouveaux voisins se pressa dans la boutique, l'air résonnait de gémissements et de cris. On trouva le corps de l'enfant encore dans son berceau, un côté de la bouche ouvert par un coup, le côté gauche du visage meurtri et la gorge tranchée, si bien que la tête était presque séparée du tronc. Et derrière le comptoir, allongé face contre terre, le corps de Timothy Marr.

Mais ce n'était pas la fin de l'horreur : douze jours plus tard et dans la paroisse voisine, un irréprochable cabaretier d'âge moyen, Mr Williamson du King's Arms, dans New Gavel Lane, à Shadwell, sa femme et sa servante furent assassinés avec autant de brutalité.

Ces crimes déclenchèrent la panique dans tout le pays. Le gouvernement promit une récompense sans précédent pour l'arrestation des assassins, tandis que la réforme de la police était réclamée avec vigueur et persistance. Le Premier Ministre lui-même évoqua les crimes aux Communes, tandis que Sheridan lançait une attaque spirituelle et tranchante bien dans sa manière contre l'incompétence de l'enquête. De Quincey s'intéressa énormément aux forfaits qui, des années après, lui inspirèrent son essai *De l'assassinat considéré comme un des beaux-arts.*

Tom et moi étions fascinés par le cadre, comme nous l'étions par l'enquête sur le crime. En 1811, le port de Londres était le plus grand du monde. Chaque année, treize mille bateaux venus de toutes les parties du globe y jetaient l'ancre. Grands vaisseaux de la Compagnie des Indes orientales, massifs et redoutables comme des cuirassés, transportant des cargaisons de thé, de mousselines, de calicots, d'épices et d'indigo, charbonniers de Newcastle, baleiniers du Groenland, caboteurs, paquebots, bricks, allèges, péniches, ferries et canots. Les paroissiens de Wapping passaient toute leur vie avec le constant accompagnement des bruits du fleuve. C'était de son trafic que presque tous, riches ou pauvres, tiraient leur subsistance : dockers, marchands de corde et d'agrès, boulangers de marine, marchands d'articles de marine, fabricants d'instruments, constructeurs de navires, lingères qui faisaient la lessive des matelots, charpentiers qui réparaient les bateaux, preneurs de rats et loueurs de maisons bon marché où se logeaient les marins.

Ce qui me fascinait, c'était l'enquête. Extraordinairement maladroite. Les diverses autorités — police fluviale, veilleurs de nuit, magistrats de Shadwell et de Wapping — étaient plus soucieux de préserver leur réputation et leurs fonctions que de coopérer efficacement. La fin de l'affaire fut aussi macabre que le début. Arrêté pour les crimes, un jeune marin, John Williams, fut retrouvé mort en prison, apparemment suicidé. Son corps en décomposition fut promené dans les rues de l'East London, puis enterré à un carrefour, un pieu enfoncé dans le cœur. Ce fut un acte de vengeance publique unique dans l'histoire de la législation criminelle anglaise.

L'attention de Tom Critchley fut attirée par cette affaire pendant qu'il écrivait son histoire de la police en Angleterre et au pays de Galles. Mais quand il m'en parla, je me souvins que j'en avais lu, dans le *Newgate Calendar*, un compte rendu qui ne m'avait pas convaincu du tout de la culpabilité de John Williams. Nous avons donc fait venir autant de documents que nous pouvions et commencé nos recherches pour arriver à une conclusion impossible à prouver aujourd'hui, mais qui semble beaucoup plus vraisemblable que la culpabilité de John Williams. Sa condamnation était certainement commode, et les autorités s'étaient tacitement entendues pour que les crimes de Ratcliffe Highway s'effacent le plus vite possible de la mémoire populaire. Williams était-il complice ? Mourut-il de sa propre main ou tué par ceux qui voulaient assurer leur propre sécurité ? Il semble en tout cas probable que le corps enterré avec ignominie au carrefour du St Georges Turnpike était celui d'une huitième victime.

LUNDI 2 MARS

Le comité d'organisation des prix littéraires Whitbread s'est réuni à Chiswell Street à midi. Pleine de sages résolutions, j'avais l'intention de prendre le métro de Notting Hill Gate jusqu'à la Barbican plutôt que de m'enliser dans la circulation, mais j'ai changé d'avis et pris un taxi. J'en ai été bien contente quand le chauffeur a traversé le parc entre les jonquilles agitées par le vent et de grandes taches de crocus violets. Sur la forteresse du Mall, la vigne vierge, toute feutrée comme un tapis brun touffu, tombait du mur en grandes plaques.

Après le déjeuner de travail, je suis allée de la Barbican à Westminster, où je suis arrivée à la Chambre des lords vers quinze heures trente pour le débat sur le premier état de la loi concernant l'enseignement et l'instruction supérieure. Nous avons remporté une victoire sur l'amendement 50 déposé par Emily

Blatch et qui prévoit de rétablir les bourses, puis de nouveau sur l'amendement supprimant la quatrième année de paiement pour les étudiants anglais dans les universités écossaises. Pour l'heure, seuls les étudiants écossais et les étrangers en sont exemptés. Tessa Blackstone a expliqué que la première année dans les universités écossaises était l'équivalent d'une terminale dans le restant du Royaume-Uni et qu'il est donc raisonnable que les étudiants autres que ceux qui ont fait leurs études en Ecosse entrent en deuxième année et obtiennent leur diplôme en trois ans. Mais il est injuste et d'ailleurs ridicule qu'un étudiant à l'université d'Edimbourg qui habite à Belfast paie quatre mille livres pour son cursus et un autre de Dublin trois mille, cependant qu'un garçon ou une fille de Manchester paiera pour l'année de plus mais qu'un Allemand de Munich l'aura pour rien. Bien entendu, les deux amendements des Lords se perdront à la Chambre basse, mais au moins seront-ils débattus de nouveau.

Nous avons eu moins de chance quand il s'est agi d'amender la clause 18 de la loi destinée à réduire les pouvoirs des universités. Je brûlais de prendre la parole, mais quand j'ai été prête, Tessa Blackstone était déjà debout pour répondre aux arguments présentés pendant le débat. Il faudra que je sois beaucoup plus prompte si je veux avoir une chance de poser une question orale.

MERCREDI 4 MARS

Mise en plis ce matin à neuf heures quinze puis Goldsmith's Hall pour la cérémonie de remise du prix littéraire W.H. Smith qui devait commencer à midi et demi. Il est bien entendu beaucoup moins important que le Whitbread ou le Booker, mais en général je peux être sûre de rencontrer de vieux amis, ce qui est toujours agréable. Le prix a été décerné à Ted Hughes pour sa traduction d'Ovide, qui a d'ailleurs déjà été couronnée trois fois. Empêché d'être là, il avait écrit un petit discours que Joanna Mackle a lu. J'avais à ma gauche l'éditeur John Murray qui s'est révélé très divertissant comme compagnon de table. Nous avons parlé de la poésie de notre jeunesse et récité avec entrain des fragments de nos vieux favoris, nous félicitant d'être allés à l'école avant le politiquement correct.

Les enfants devraient être exposés à une grande variété de vers et incités à apprendre par cœur leurs préférés, et non pas ceux que professeurs et parents jugent appropriés pour eux. Je me rappelle un séminaire sur l'enseignement de l'anglais où l'on m'avait montré une anthologie distribuée aux écoles, car jugée bien adaptée à des adolescents. Elle comprenait *Daffodils (Jonquilles)* de Wordsworth, ce qui n'a rien d'étonnant. Or c'est un poème essentiellement destiné aux adultes. Les enfants ne s'allongent pas souvent sur un divan « d'humeur vagabonde ou pensive », ou, s'ils le font, ils ne pensent guère aux fleurs et sont en général énergiquement tirés de leur molle couche par leurs parents. Une des consolations du grand âge, c'est le plaisir intense que me donne maintenant la nature. Jeune, il semble que j'étais trop occupée à affronter la vie et les expériences pour rester immobile et regarder de tous mes yeux. Je ne doute pas que les enfants devraient être encouragés à pratiquer ces plaisirs, mais je doute qu'ils l'apprennent dans *Daffodils* de Wordsworth.

John Murray m'a dit qu'il avait composé une petite anthologie des poèmes appris par cœur dans sa jeunesse et qu'il m'en enverrait un exemplaire.

MERCREDI 11 MARS

Hier deux jeunes Norvégiennes sont venues m'interviewer pour une revue de leur pays. L'une devait mener l'interview proprement dite et l'autre prendre des photos. Il avait été difficile de les caser et je n'avais pu leur donner qu'une heure, mais inévitablement les photos ont débordé.

Puis, dans l'après-midi, à la Chambre des lords pour continuer l'élaboration de la loi sur l'Education qui a fini sa phase préparatoire. Je suis restée jusqu'à 11 h 15, mais après cela, sachant qu'il me faudrait partir de bonne heure demain, je suis rentrée chez moi persuadée que de toute façon il n'y aurait pas d'autre vote.

Ce matin, j'ai pris un train à la gare de Liverpool Street jusqu'à Colchester où l'on m'attendait pour m'emmener parler à un déjeuner au bénéfice de l'Essex Autistic Society. L'autre orateur était Barbara Erskine, qui écrit des romans gothiques situés dans de vieilles maisons impressionnantes peuplées à l'occasion de fantômes. Elle-même habite semble-t-il l'une d'elles et sa conversation après le repas a surtout porté sur les revenants, y compris celui qui hante sa maison.

Son auditoire a été fort intéressé. Je n'ai vu aucune preuve convaincante de l'existence des fantômes, mais la plupart d'entre nous aimeraient croire qu'un ou deux peuvent parfois faire une apparition. Barbara Erskine était visiblement tout à fait satisfaite de son revenant, à coup sûr bienveillant. Les fantômes n'ont pas de place dans les romans policiers, forme essentiellement rationnelle, mais j'éprouve encore un frisson quand je relis M.R. James, en particulier son *Siffle et je viendrai.* Le genre, si l'on peut employer ce mot, est moins populaire aujourd'hui ; Kingsley Amis a sans doute écrit le meilleur de l'époque avec *l'Homme vert,* mais pour moi le plus terrifiant est *le Tour d'écrou* de Henry James.

Je suis tombée pour la première fois sur cette histoire pendant mon adolescence et je l'ai trouvée plus troublante encore que *Docteur Jekyll et Mr Hyde* ou *le Portrait de Dorian Gray.* Je me souviens que même alors j'essayais de lui appliquer la rationalité du roman policier et j'avais conçu l'idée que c'était les enfants, Miles et Flora, qui étaient les génies du mal.

Je me disais qu'ils avaient peut-être découvert la liaison entre Quint et Miss Jessel, ces subordonnés vulnérables qu'ils faisaient chanter, les obligeant à se plier à tous leurs caprices et finissant par pousser Miss Jessel au suicide. Les fantômes apparaissaient non pas pour enlever les enfants, mais pour prévenir la nouvelle gouvernante. Renoncer à mon interprétation me coûterait, pourtant l'intrigue n'est pas assez solide pour en soutenir le poids et je ne suis pas convaincue non plus que la gouvernante était une névropathe sexuellement refoulée. Si nous admettons que le narrateur est honnête, alors il faut aussi admettre que la gouvernante est saine d'esprit puisqu'il déclare qu'il l'a vue des années après l'événement, qu'elle s'occupait alors de sa sœur et qu'il la considérait comme l'une des femmes les plus agréables qu'il ait connues. Dans cette situation, je pense que nous devons aussi conclure que l'intendante, Mrs Grose, est un témoin fiable, qu'elle n'aimait pas Quint et le jugeait mauvais. Mais les fantômes ont-ils vraiment existé ou sont-ils le fruit de l'imagination surexcitée de la gouvernante ? Je pense qu'ils étaient plus qu'une obsession morbide au sujet de Quint, puisqu'elle le voit sur le toit de la maison avant que Mrs Grose lui apprenne son existence.

Pour moi, ce roman traite de l'ambiguïté de la beauté physique et de sa puissance séductrice pour pervertir le jugement moral. Egalement de la responsabilité ou de son absence. L'oncle est le plus irresponsable, utilisant son autorité et son charme pour se libérer de tout engagement dans la vie de ses petits protégés. La gouvernante, séduite à la fois par son charme et la confiance flatteuse qu'il lui manifeste, accepte une charge qu'elle devait bien savoir trop lourde pour elle et ne lui signale même pas que Miles a été renvoyé de son école. Elle fait passer sa position vis-à-vis de son employeur avant son devoir envers les enfants. Aussi bien la gouvernante que Mrs Grose sont si enchantées par la beauté angélique de Miles et Flora qu'elles ont peine à les croire capables de faire le mal. Henry James a eu raison de faire d'eux de vrais Botticelli, heurtant ainsi nos notions préconçues sur les manifestations du mal. La méchante sorcière est toujours noire et laide.

Et comment les enfants furent-ils corrompus ? Bien entendu, Henry James ne pouvait pas être précis. L'histoire est quelque peu étouffée sous des préoccupations victoriennes telles que la sexualité enfantine, la position équivoque de la gouvernante dans la famille et la société, et la fascination pour le surnaturel. En reprenant cette nouvelle je suis étonnée de la persistance de ses effets : désarroi et gêne. Comparées à elle, les autres histoires de fantômes de James — *Owen Wingrave, Sir Edmund Orme* et *les Amis des amis* — ne sont que des contes pour faire peur aux enfants.

Ma visite en Essex a été très réussie et pour une très bonne cause que j'ai été heureuse d'aider. Je plains du fond du cœur les parents d'enfants autistes. Il est déjà difficile de surmonter les handicaps physiques, mais avoir un enfant mentalement inaccessible, voire violent et incapable de répondre à l'amour, doit être bien difficile à supporter. La journée a été couverte mais la campagne était toujours belle, vue à travers une brume légère, le jaune vif des jonquilles au bord des chemins ressortant sur le vert sourd de l'herbe.

SAMEDI 14 MARS

Je suis allée hier à Stockport pour parler à un dîner organisé par le Patrons' Club of the Altrincham and Sale Counservative Association. J'avais décidé de leur faire économiser de l'argent en voyageant en classe standard, mais j'ai commencé par le regretter quand le wagon s'est rempli et que les sièges les plus proches ont été occupés par quatre jeunes gens portant chacun un pack de quatre canettes de bière. Ils devinrent de plus en plus bruyants à mesure que le voyage se déroulait et que de la bière était rapportée du buffet en quantités de plus en plus importantes. Après cela, au moins trois autres passagers commencèrent à utiliser leur téléphone mobile, si bien que l'espoir d'un moment tranquille pour regarder le paysage (pas particulièrement intéressant, je le reconnais) et réfléchir s'évanouit. Mais ayant entendu des bribes de conversation des jeunes gens avec un voisin, je compris qu'il s'agissait de quatre troupiers qui revenaient d'un tour de service en Irlande du Nord. Immédiatement, le bruit qu'ils faisaient m'a paru excusable et pour une part absolument supportable.

Le voyage de retour, aujourd'hui, bien plus confortable, m'a laissé beaucoup d'énergie pour descendre Kensington High Street et faire des courses. Je suis entrée dans l'église catholique de Kensington Church Street, éprouvant le besoin d'allumer quelques cierges pour des amis malades et aussi de me reposer un moment au calme. On préparait un mariage. Déjà le garçon d'honneur et certains de ses acolytes portant des smokings étaient arrivés ; quelqu'un procédait à des réarrangements floraux de dernière minute et il y avait dans tout cela un air d'activité bien déterminée étonnamment reposant quand on peut rester à l'écart. Pour moi, l'édifice n'a aucune valeur architecturale, mais c'est une halte merveilleuse pour couper le parcours de High Street puisqu'il est toujours ouvert et que l'on peut s'y asseoir dans la solitude sans être dérangé. J'ai besoin de moments de tranquillité absolue dans le silence, et les églises sont les seuls endroits où on peut en trouver.

DIMANCHE 15 MARS

Ce matin, matines à la chapelle royale, St James's Palace, avec Miss Ellen Lowe. Je l'ai rencontrée il y a deux ans chez le coiffeur du quartier, mais depuis je l'ai vue assez souvent parce que nous attendons en général au même arrêt d'autobus le dimanche matin pour aller à l'église. Elle m'avait demandé si je voudrais un jour l'accompagner à la chapelle royale et c'était ce jour-ci.

Nous avons pris un taxi, ce qui nous a fait arriver un peu trop tôt ; nous avons donc marché pendant un quart d'heure dans St James's Park. Je ne me lasse jamais de la vue de Whitehall depuis le pont ; ce matin, il apparaissait au travers d'un envol blanc de mouettes. Une plaque à l'extérieur de la chapelle indique que Charles Ier a communié là pour la dernière fois avant son exécution. En attendant le service, j'ai réfléchi — et, j'espère, prié aussi pour lui — à ce roi tragique qui a payé si cher son obstination et sa folie. Il a maintenant sa fête dans le lectionnaire révisé et cela me semble tout à fait justifié. La chapelle était comble et j'ai apprécié la dignité calme des matines que l'on entend maintenant si rarement. L'antienne *Mon âme, il est un pays* de Parry est l'une de mes favorites. J'avais un grand livre de prières que je pouvais facilement lire de loin et de bons coussins pour m'agenouiller, ce qui était bien commode.

Nous avons déjeuné ensemble chez Il Carretto, un restaurant italien de Notting Hill Gate, et j'ai écouté avec intérêt les expériences vécues par Miss Lowe comme infirmière au Middlesex Hospital. Elle a eu une vie de dévouement tranquille à un métier que visiblement elle aimait avec passion. Normalement les heures étaient déjà longues et souvent les infirmières restaient davantage comme elles le font encore aujourd'hui. « Après tout, dit-elle simplement, si le malade a besoin de vous, vous ne pouvez pas vous en aller comme ça. »

Dîner chez David Hebblethwaite, à Powis Square. L'autre invité de prestige était Sir Derek Pattinson, secrétaire général du synode général de l'Eglise d'Angleterre entre 1972 et 1990. Une bonne soirée, mais que j'ai dû abréger un peu puisqu'il fallait que je sois rentrée à dix heures et demie, mon gendre Peter devant passer la nuit chez moi.

JEUDI 19 MARS

Revenue ce matin de trois journées heureuses bien que très occupées à Cambridge. Lundi matin, j'ai prononcé le discours inaugural de la conférence intitulée « Déterminer le sexe dans la liturgie » à la faculté de théologie de St John Street. Je trouvais le titre un peu bizarre. J'associe l'idée de déterminer le sexe aux poulets. « Le sexe de la liturgie » aurait été plus approprié. Trois jours instructifs et intéressants, mais j'en aurais bénéficié davantage si l'acoustique avait été meilleure dans ce grand hall en forme de tonneau. La sonorisation amplifiait mais déformait aussi, bien que, j'en conviens, mon ouïe ne soit plus bonne. Le niveau sonore semblait élevé, mais l'on n'entendait pas les mots, ce qui rendait la situation d'autant plus difficile que certaines des jeunes théologiennes parlaient très vite, comme si elles lisaient une dissertation ou une thèse dont elles devaient venir à bout dans un temps donné. Les travaux seront imprimés, j'aurai donc l'occasion de les lire et, je l'espère, de m'instruire.

Je suppose que personne n'a été surpris par la position que j'ai prise lors de mon intervention. J'ai passé en revue ce que, selon moi, on attend de la liturgie : elle doit être intelligible, ce qui ne signifie pas nécessairement moderne et dernier cri, être proclamée tout haut dans les églises par le prêtre et l'assistance, refléter la doctrine et enfin, ce qui n'est pas le moins important, être écrite dans une langue facile à mémoriser. Les mots avec leur beauté, leur simplicité, leur pouvoir sacral devraient être capables de pénétrer notre conscience au point que nous n'aurions plus besoin de nous les rappeler, de les chercher ou de nous concentrer sur eux ; nous n'aurions plus qu'à nous reposer en toute confiance sur leur familiarité pour nous amener à cette communion avec Dieu qui est sûrement au cœur de la prière et de l'adoration.

J'en suis venue, peut-être un peu tard, à parler de l'usage du féminin dans l'adoration. J'ai souligné que le christianisme était une religion à la fois historique et patriarcale. C'est un patriarche juif, saint Paul, qui a plus que tout autre étendu l'héritage judéo-chrétien aux non-juifs. Le Christ lui-même nous a enseigné à appeler Dieu « Abba, Père ». Je vois une difficulté, pour moi du moins, à accepter des changements comme « Mère » ou « Sœur ». Au reste, il ne saurait s'agir que de la substitution d'un stéréotype à un autre, puisque Dieu, étant esprit, ne peut être d'aucun sexe. Même jeune enfant, je ne me le suis jamais représenté en Père Noël bienveillant assis en chemise de nuit blanche sur un trône céleste.

Entre les conférences, j'ai regardé certains des livres de théologie en vente dans le hall. La plupart m'ont paru totalement incompréhensibles. Visiblement, ils me dépassaient de cent coudées au point de vue doctrinal et philosophique, mais il me semblait aussi que les phrases elles-mêmes étaient incompréhensibles, chapelets de termes polysyllabiques accrochés les uns aux autres et dont je ne pouvais extraire aucune signification. La théologie, comme les autres professions, a son propre obscurantisme. Le problème, c'est que si elle doit avoir une influence, il faut qu'elle affecte la vie des non-théologiens ordinaires. On peut sûrement l'écrire dans un langage que le laïc intelligent est capable de comprendre.

Une des femmes prêtres que j'ai rencontrées est aumônier d'hôpital. Elle dit que, lors d'une récente visite dans les salles, elle a été accostée par une femme extrêmement en colère qui lui a lancé : « Ne venez pas me parler de l'Eglise d'Angleterre ! Est-ce qu'elle avait besoin de reprendre la princesse Di juste au moment où elle profitait d'un peu de bonheur ? »

Je ne sais pas quelle réponse a faite le prêtre, je n'en ai trouvé aucune qui soit appropriée.

Après le déjeuner à Trinity je me suis promenée dans le jardin des Fellows en parlant avec le professeur de théologie et ce fut le moment le plus heureux de ma visite. Inévitablement, j'ai pensé à George Eliot se promenant parmi les arbres de ce même jardin avec un écrivain de l'époque, F.W.H. Myers, et se prononçant sur les mots : Dieu, Immortalité, Devoir. « Comme le premier est inconcevable, le deuxième incroyable, et pourtant le troisième péremptoire et absolu ! »

J'ai passé la nuit dans la chambre d'hôte de Peterhouse. C'est une pièce bizarre. Elle a été donnée au collège par un ancien membre que je soupçonne d'avoir participé à l'ameublement. L'escalier qui y mène est d'un rouge violacé assez désagréable et violent, avec un immense blason en face de la porte. La chambre elle-même est extrêmement grande, le lit haut et muni d'un baldaquin or surmonté par deux énormes clefs croisées. Le mobilier est couvert de dorures et dans la salle de bains une vaste baignoire est dotée d'un large rebord, comme s'il était destiné aux amis du baigneur pour qu'ils puissent s'asseoir confortablement et bavarder. Quatre litres d'eau en bouteille étaient à ma disposition, ce qui laissait penser que l'invraisemblable décoration pourrait provoquer une soif excessive. Mais la nuit a été bonne.

Le matin, par contraste, j'ai déjeuné dans le petit salon qui fait partie des bâtiments les plus anciens du collège. C'est une pièce ravissante, lambrissée à mi-hauteur et donnant sur les pelouses et les arbres, avec tout à côté, une petite salle où les membres aînés du collège peuvent se détendre et lire. Une de ces pièces qui créent une atmosphère de bonheur tranquille, méditatif, où j'aurais souhaité pouvoir passer la journée à travailler.

Ensuite, deux autre invités, une intervenante à la conférence avec son mari, et moi-même avons été conduits à la bibliothèque Perne et autorisés à examiner quelques-uns des trésors du collège. Parmi eux se trouve un livre imprimé très ancien, visiblement destiné à tromper l'acheteur puisque le nom de l'imprimeur en a été soigneusement effacé. Superbes illustrations, caractères remarquablement nets, un faux, mais tout de même une œuvre d'art. Le jeune aumônier du collège, Graham Ward, m'a emmenée ensuite voir la chapelle. Le vitrail dessiné par Rubens est remarquable. Au-dessous d'un ciel agité, bouillonnement de bleus vifs, les personnages autour des trois croix sont pressés les uns contre les autres, mais pourtant bien individualisés, les deux voleurs tordus par la souffrance, la figure du Christ, passive et lumineuse, au centre. Ce vitrail violent et tourmenté oblige le spectateur à regarder en face la réalité de ce qui se passe.

DIMANCHE 29 MARS

J'écris ces lignes juste avant onze heures du soir après ce qui a été un week-end agréablement profitable. Il a commencé vendredi par un déjeuner dans un pub avec Bud McLintock. Sa société est chargée de la publicité des prix littéraires Whitbread, qui comptent parmi les plus intéressants et les plus appréciés. Elle espère que la BBC fera une émission sur le sujet et nous avons discuté des possibilités. Je ne pense pas que la télévision soit jamais parvenue à rendre compte avec bonheur des prix littéraires. Les spectateurs ne sont sans doute pas intéressés par la vue d'invités en smoking qui mangent et boivent *en masse**, ou par des discours, mais il devrait être possible d'examiner la dernière sélection d'une façon à la fois intéressante et instructive. Je crois que spectateurs et auditeurs aiment particulièrement entendre les auteurs eux-mêmes — comment ils trouvent leurs idées, comment le livre a commencé, quelles sont leurs méthodes pour écrire. Si le Whitbread peut avoir plus de publicité à la télévision, ce sera une excellente chose.

Jane est arrivée au début de la soirée pour passer le week-end. Elle avait besoin de commander quelques stores pour sa maison d'Oxford, nous sommes donc allées d'abord chez John Lewis et ensuite revoir la collection Wallace. Je n'y étais pas allée depuis plus d'un an, mais j'y suis entrée, comme toujours, avec l'impression d'être reçue dans une maison particulière en visiteuse attendue. Il est intéressant de voir comme notre réaction initiale change devant certains tableaux, alors que pour d'autres elle se confirme à chaque visite. Le sauvetage d'Andromède par Titien, que j'ai autrefois trouvé assez beau, me semble maintenant à moitié fini et presque bâclé, alors que je ne peux jamais regarder les Guardi sans plaisir et que j'aime beaucoup les Bonington, huiles et aquarelles. J'ai éprouvé plus de plaisir — et Jane, plus d'amusement — que je n'en attendais des armures, en particulier de celles qui étaient destinées aux tournois. J'essayais de m'imaginer la sensation d'être verrouillé dans cette carapace ornée et astucieusement articulée, destinée si l'on en croit les bizarres casques pointus à terrifier autant qu'à protéger. Je me rends bien compte que, une fois délogé de sa selle, le jouteur gisait impuissant comme un gigantesque scarabée retourné.

Nous avons lu la notice décrivant les agrandissements prévus à la suite des nombreuses inscriptions à la loterie. Il y aura un centre d'études et un café pour les visiteurs sous une verrière dans la cour. Jane et moi avons été d'un avis différent à ce propos. Peut-être à cause de mon âge, je suis toujours contente d'avoir un endroit où je peux m'asseoir et boire un café après la visite d'un musée. Jane n'aime pas l'idée que les musées, et en particulier les galeries, deviennent des lieux où les gens retrouveront des amis, mangeront, boiront et bavarderont. Puriste, elle préfère penser que les visiteurs sont attirés par un unique besoin : regarder les tableaux dans le confort et une relative solitude. Je ne vois pas pourquoi ils ne seraient pas réconfortés ensuite par une bonne tasse de café.

Ce matin nous sommes allées à la messe de onze heures à All Saints, ou peut-être serait-il plus juste de dire que c'était notre intention. Parce que nous n'avions pas écouté la radio ni lu les journaux dans le détail, j'avais complètement oublié d'avancer la pendule d'une heure. Nous sommes arrivées à l'église en avance — d'après ce que nous pensions — et nous nous sommes promenées pour passer le temps, puis présentées à la porte bien fermée à midi moins le quart, croyant qu'il était onze heures moins le quart. En entrant j'ai vu que l'église était bondée et mon premier mouvement a été de m'en aller, mais Jane, plus solide, était résolue à ce que, ayant décidé d'aller à l'église, elle aille à l'église et on nous a conduites à des places dans un bas-côté. Après coup, j'ai été très heureuse que nous soyons entrées, j'ai pu communier, et Jane, qui n'est pas croyante, a beaucoup apprécié comme moi la messe chantée de Byrd.

Ensuite, nous avons marché jusqu'à Regent's Park et finalement nous sommes arrivées au restaurant où nous avons fait un déjeuner léger assises dehors. Le soleil était capricieux mais l'air chaud et humide. Respirer tout simplement, surtout dans cet endroit vert et embaumé de fleurs, était un plaisir sensuel.

Chacun des trois principaux parcs publics de Londres a son ambiance propre. St James's Park est celui que je connais le mieux, peut-être parce que je l'ai souvent traversé quand je travaillais au ministère de l'Intérieur. Etendant sa beauté verte et ses jeux d'eau entre le palais et Whitehall, il a toujours eu pour moi un air de bienséance royale et de haute politique teintée de mystère. Il a vu tourner tant de films d'espionnage dans lesquels des hommes puissants arpentaient majestueusement les bords du lac, melon sur la tête, en échangeant leurs dangereuses confidences ! Les oiseaux eux-mêmes semblent savoir qu'ils sont privilégiés.

La splendeur de Regent's Park est plus formelle, avec ses larges allées qui mènent à la roseraie de la reine Mary ou au zoo ; un parc moins intime et où les passants, soucieux d'aller quelque part, s'arrêtent moins souvent que dans d'autres pour respirer les odeurs, toucher et s'émerveiller.

Hyde Park baigne dans une atmosphère toute victorienne (peut-être à cause de Kensington Palace), peuplé des petits fantômes d'enfants très surveillés faisant voguer leurs bateaux sur l'étang circulaire, pendant que les nurses enrubannées poussent des landaus profonds entre les massifs fleuris des Kensington Gardens. L'agrément particulier de Hyde Park, ce sont ses immenses pelouses. Là, je peux marcher pendant des kilomètres dans une solitude sans entraves, un endroit parfait où construire l'intrigue d'un nouveau roman.

Après notre retour à la maison, Jane est ressortie dans Holland Park, ne voulant pas perdre ce qu'il restait de jour pendant que je lisais les journaux du dimanche. Elle est partie peu avant dix heures pour attraper le bus d'Oxford, si bien que maintenant je suis toute seule, dans cet état de lassitude indolente qui fait que la perspective du sommeil devient plus agréable que l'effort d'aller se coucher.

Je quitte Londres demain par le train de dix heures à King's Cross pour Edimbourg, où je dois faire une conférence à la Société médico-légale écossaise.

AVRIL

MERCREDI 1er AVRIL

C'est aujourd'hui l'anniversaire de mon mari et inévitablement, c'est un jour où les souvenirs prennent le dessus. Ce n'était pas un bon jour pour naître, la date provoquant dans l'enfance d'inévitables plaisanteries et moqueries. Connor aurait eu soixante-dix-huit ans et j'essaie de me le représenter comme moi, la démarche plus raide, son abondante chevelure blonde transformée en crinière grise. Je sais qu'il était heureux de mourir et je ne l'ai jamais pleuré, au sens de souhaiter que cela ne se soit pas produit. Il me manque encore chaque jour, ce qui signifie que pas un jour ne passe sans qu'il fasse irruption dans mon esprit ; un spectacle qu'il aurait aimé, une plaisanterie qu'il aurait goûtée, une chose vue ou lue que j'aurais pu partager avec lui, les habituels potins, les opinions, les préjugés qui font partie d'un mariage. Et puis il y a le succès et la prospérité auxquels il n'a jamais participé et qui auraient fait tant de différence pour son confort. Enfin les petits-enfants qu'il souhaitait ardemment voir et n'a jamais vus.

Pendant une grande partie de ses dernières années, il n'a fait qu'entrer et sortir dans les hôpitaux psychiatriques, surtout Goodmayes dans l'Essex. C'était, et c'est toujours, un de ces édifices victoriens impressionnants et rébarbatifs que dans mon enfance on appelait asiles. Le mot comme sa signification sont beaux, mais il était alors toujours prononcé avec ce mélange de peur et de honte associé au mot « hospice ». Ces importantes institutions pour les soins aux malades mentaux ont bien entendu été remplacées par une prise en charge par la communauté, que l'on pourrait décrire plus exactement comme l'absence de prise en charge d'une société toujours en grande partie irritée ou effrayée par ce genre d'affection. Connor n'a jamais été malheureux à Goodmayes. Mais comme il le disait, des études dans une petite école privée suivies par le service militaire vous préparent à tout et n'importe quoi. Pour lui comme pour tant d'autres, en particulier ceux qui n'auraient pas pu survivre à l'extérieur, c'était vraiment un asile.

A l'époque j'habitais avec ses parents à Ilford, où mon beau-père exerçait encore sa profession de médecin généraliste. Tous les dimanches, je prenais le bus pour Goodmayes Lane et rejoignais la file d'hommes, de femmes et d'enfants qui, l'air accablé, traînaient les pieds pour remonter l'allée menant à l'hôpital. Tout cela ne me rappelait que trop des trajets semblables vers un hôpital semblable faits avec mon père au cours de mon enfance. Tous les visiteurs portaient des paniers et des sacs contenant l'offrande hebdomadaire de nourriture. J'apportais en général des fruits et un gâteau préparé par ma belle-mère, en plus de cigarettes, d'un livre qui à mon avis pouvait lui plaire et de l'argent de poche pour sa semaine. Nous nous retrouvions dans l'un des grands parloirs qui sentaient toujours les corps mal lavés et l'encaustique. S'il faisait beau, nous nous promenions dans le parc. Les salles étaient vastes comme des casernes avec, sur les côtés, de petites cellules capitonnées où il fallait parfois enfermer les malades. Nombre des médicaments modernes n'avaient pas encore été mis au point, et les patients ne voyaient les psychiatres que rarement. Pour beaucoup, ravagés par la schizophrénie, on pouvait bien peu médicalement, mais là, au moins, ils trouvaient un refuge. Parfois les soins étaient peut-être un peu rudes et expéditifs, mais lors de mes fréquentes visites, je n'ai jamais vu de méchanceté mais beaucoup de compassion et de sensibilité.

J'en étais arrivée à reconnaître les autres visiteurs puisque nous venions toutes les semaines. L'une d'elles, très forte, avec un fils bâti comme un joueur de rugby à l'air féroce, lui apportait un repas tout prêt pour chaque jour de la semaine, dans des boîtes en métal. Elle me confia un jour en remontant l'allée avec moi : « George a été reclassé. C'est un patient volontaire maintenant. Mais attention, on ne le lui dit pas ! »

A l'hôpital, excentricités et comportements bizarres étaient tolérés comme ils le sont rarement dans les formules de prises en charge extérieures. Je suis allée une fois avec Connor à un service religieux où l'aumônier ne se montra nullement décontenancé en constatant que le tiers des fidèles avaient pris les gros coussins destinés à s'y agenouiller et les avaient posés sur les bancs, si bien que l'assemblée semblait composée d'une proportion impressionnante de géants.

En entrant là, Connor avait décidé de s'appeler Ted et je m'étais habituée à entendre infirmières et malades lui donner ce nom. Pendant un certain temps, il a travaillé à la bibliothèque et a été aussi capitaine de l'équipe de football. Je ne sais si aucune partie a été jouée jusqu'au bout sur le terrain de l'hôpital, mais certaines avaient leurs bizarreries. Connor n'avait pas été content le jour où le gardien de but commença à entendre des voix et s'immobilisa, les yeux au ciel, pendant que le ballon lui filait sous le nez dans la cage.

Seuls ceux qui ont vécu avec la maladie mentale d'un être cher peuvent comprendre ce que cela entraîne. On souffre avec le patient et pour soi-même. Un autre être humain, autrefois compagnon bien-aimé, peut se changer non seulement en étranger mais parfois en étranger malveillant. Il est facile de comprendre pourquoi ces affections étaient autrefois considérées comme des possessions diaboliques. Mais enfin, je n'ai pas eu à subir la théorie développée ensuite par des psychiatres, selon laquelle ce sont les membres de la famille qui sont malades, le patient étant, lui, sain d'esprit. Les parents en particulier étaient responsables de la maladie. Cette théorie est si cruelle et si perverse — je pèse mes mots — qu'elle ne devrait jamais être avancée tant qu'on n'a pas la preuve de sa véracité et qu'on ignore les moyens d'y remédier. Le fardeau supplémentaire ainsi infligé à des parents essayant déjà de faire face avec peu de soutien à cette charge intolérable était franchement effroyable. Je suppose que tout cela est né du besoin des psychiatres de nouer des liens affectifs avec leurs patients, mais on avait trop souvent l'impression d'une collusion. Non seulement les parents étaient considérés comme la cause de la maladie, mais on leur refusait les informations sur son cours. Je connais un cas où un fils schizophrène s'est noyé : l'hôpital ne savait pas qu'il n'était pas dans sa chambre, car y entrer aurait été une violation de son intimité.

Cette politique du traitement hors de l'hôpital, commencée alors que je travaillais au comité de direction du North West Metropolitan Regional Hospital et mise en œuvre avec enthousiasme, a alourdi de façon incalculable le fardeau pesant sur les familles, dont beaucoup vivent sous un nuage d'anxiété quotidienne qui doit parfois sembler insupportable. Quand apprendrons-nous à ne pas légiférer, ni introduire de prétendues réformes, tant que nous n'aurons pas la volonté et les moyens de les financer ? Certes, les vieux hôpitaux psychiatriques étaient déprimants, mais au moins apportaient-ils un peu de répit à la famille ainsi que des soins, une surveillance et un soutien au malade. S'il doit y avoir un système de prise en charge par la communauté, il faut aussi qu'il y ait de petites structures d'accueil auxquelles les patients puissent retourner dans les moments de crise, ou quand ils ont négligé de prendre leurs médicaments, et où les soignants puissent trouver aide et soutien. Il pourrait être nécessaire de disposer d'ordres de placement obligatoire pour s'assurer que ceux qui ne veulent plus retourner volontairement à l'hôpital puissent y être admis jusqu'à ce qu'ils soient stabilisés. Mais on voudrait espérer que ces petites unités — je déteste le mot, mais « hôpital » ne semble pas vraiment approprié — soient accueillantes et chaleureuses, perçues par les intéressés comme de vrais asiles. Je crains bien qu'il n'y ait des milliers de parents, d'épouses, de maris, d'enfants qui s'occupent de malades mentaux dans des circonstances que personne ne devrait être obligé d'endurer. Il est surprenant qu'on ne les entende pas plus, mais comment critiquer le système quand on n'a rien d'autre et que le contester risquerait de vous priver même de l'aide très inappropriée que vous recevez pour l'heure ?

Je me rappelle avoir regardé à la télévision avec ma plus jeune fille une émission dans laquelle une équipe de psychiatres et de travailleurs sociaux était en séance avec la famille d'un jeune garçon schizophrène pour se livrer à une sorte de thérapie familiale. J'avais été indignée par cette intrusion. Une famille normale, qu'est-ce que c'est au juste ? Il doit y en avoir peu où les relations sont sans tensions, voire sans acrimonie passagère, où jamais on n'éprouve la moindre souffrance. De quel droit ces gens de l'extérieur, ces experts, viennent-ils se mêler de la vie des autres, alors qu'en réalité ils ont si peu à offrir ? Au moins je n'ai jamais eu à endurer ce genre d'intervention. C'est une injustice qui peut me rendre véhémente et ce n'est peut-être pas très étonnant.

JEUDI 2 AVRIL

J'écris dans le train entre Edimbourg et King's Cross, après mon allocution à la Société médico-légale écossaise. La voiture est presque vide et je profite de ce que j'apprécie le plus : un voyage tranquille sans changement. A York, un homme est monté et s'est aussitôt mis à utiliser son téléphone portable. J'ai eu horriblement peur que ce ne soit la fin de ma paix, mais il n'a passé que cette seule communication. On aimerait voir certaines voitures réservées aux personnes qui veulent traiter leurs affaires à très haute voix pendant un voyage, mais j'hésite toujours à ajouter aux interdits. Peut-être vaudrait-il mieux afficher des notices priant de n'utiliser les appareils que dans le couloir ou entre les compartiments. Cela pourrait peut-être leur faire comprendre que cette pratique n'est pas acceptable.

La première partie du trajet est la plus intéressante ; une côte accidentée avant et après Berwick, la mer déchaînée roulant sur des rochers déchiquetés, puis la Tweed passant sous le dernier pont pour se jeter dans la mer à Berwick. Nous traversons maintenant des paysages plus calmes et le temps est passé de couvert à pluvieux, les gouttes se tordant et giclant le long des vitres comme des têtards argentés. Le Nord semble hardiment peint en huiles sombres, le Sud en aquarelle. Mais maintenant, le paysage brouillé ressemble à une peinture pointilliste, les champs encore à peine effleurés par le jaune acide du colza.

Visite agréable. Edimbourg est une ville magnifique, mais les gens du Sud s'y sentiront toujours étrangers, même si — comme en cette occasion — ce sont des étrangers bienvenus. Elle offre le plus grand des plaisirs urbains : l'apparition inattendue, au bout de ruelles étroites ou de passages pavés, d'eaux étincelantes et de lointaines collines.

Mon petit-fils James est venu me chercher au train hier et m'a emmenée vers le sud pour marcher sur une large plage bien ferme et presque déserte avant de me déposer à mon hôtel. C'était le Witchery, blotti sous le château, en fait un restaurant avec deux chambres seulement dont l'une est une suite appelée le « Saint des Saints ». Meublée presque exactement comme elle l'aurait été pour un visiteur victorien et sa femme, elle fait penser à un décor de théâtre qui risque de dominer l'action. On y voit disposé avec art tout le fouillis victorien haute époque, une grosse tête en bronze de la reine dominant plus d'objets qu'on n'en trouverait dans toute une rangée de magasins d'antiquités. Introduit dans une telle pièce, un couple voyageant au XIXe siècle se sentirait aussitôt chez lui. En effet, leurs bagages sont déjà là : valises de cuir, couvertures écossaises, veste rouge d'un officier disposée sur un valet de nuit ; le grand salon a des tapis écossais, les deux pièces sont surchargées de portraits de famille dans des cadres d'argent et de gravures sentimentales ; un album de photographies est ouvert sur une console ; de gros bouquets de fleurs, d'innombrables bibelots encombrent toutes les surfaces planes. La chambre est dominée par un haut lit à quatre colonnes avec un baldaquin écarlate et huit énormes coussins brodés ou en tapisserie. Toute cette reconstitution d'une autre époque, brillamment exécutée, est combinée avec des appareils modernes adroitement dissimulés : télévision, fax, téléphone, encore que les huit robinets différents dans la salle de bain puissent être considérés comme des défis plutôt que comme des commodités. Je pense que j'utiliserai un jour dans un roman cette pièce, ou une autre qui lui ressemblera beaucoup. La description d'une pièce peut en révéler autant sur le personnage que le dialogue ou l'action.

Mon intervention a eu lieu dans la salle de conférence semi-circulaire de l'Ecole de médecine, agréable de proportion avec des sièges étagés et, devant l'orateur, un espace visiblement destiné à être occupé par une table pour les autopsies. Consciente de son absence, je me représentais un examen de ce genre, peut-être celui de l'une des victimes de Burke et Hare[1], entrepris sous les yeux fascinés des passants venus de la rue pour assister à cette démonstration d'expertise scientifique. Après la conférence — qu'il serait peut-être plus juste de nommer causerie —, je suis allée avec un petit groupe faire un excellent dîner au Witchery. J'ai beaucoup apprécié la compagnie — les médecins légistes ne sont jamais ennuyeux — et j'étais assise à côté d'un procureur, ce qui m'a permis de parler avec lui des différences entre les droits écossais et anglais. Proche du *chargé d'instruction** en France, il m'a dit que pendant une enquête, il a la possibilité de demander tous les renseignements qui pourraient être utiles, y compris sur le passé des suspects ou du plaignant. Cela signifie qu'on en sait beaucoup plus qu'en Angleterre sur le fond et sur les détails d'une affaire lorsqu'elle arrive devant le tribunal, d'où probablement un nombre plus élevé de condamnations. Nous avons parlé du verdict « *Not Proven* » (non prouvé) et convenu que Madeleine Smith (vingt et un ans), la fille d'un architecte de Glasgow jugée en 1857 pour le meurtre à l'arsenic de son amant Emile L'Angelier, aurait presque certainement été jugée coupable et pendue si son procès avait eu lieu au sud de la frontière.

Cette conversation m'a rappelé le temps de mes fonctions au ministère de l'Intérieur où, m'occupant de la législation juvénile, j'avais dû venir à Edimbourg pour examiner le système écossais du jury par opposition aux tribunaux pour enfants d'Angleterre et du pays de Galles. Au début, je pensais qu'il y avait bien des avantages à placer les enfants, surtout très jeunes, dans un cadre informel où ils trouvaient devant eux non pas un magistrat spécialisé mais un

1. Surnommés les « résurectionnistes d'Edimbourg », ces deux Ecossais furent exécutés le 28 janvier 1829 pour les nombreux meurtres qu'ils avaient commis dans le but de fournir, contre espèces sonnantes et trébuchantes, des sujets de dissection à un professeur d'anatomie. *(N.d.T.)*

jury d'hommes et de femmes ayant l'habitude de s'occuper d'enfants, et pouvant examiner toutes les circonstances du délit avec les parents et aboutir à une décision sur les mesures à prendre. Mais par la suite, et encore maintenant d'ailleurs, il m'a semblé que cette solution avait ses défauts, et en particulier le risque que le jeune soit privé de la protection de la loi que son frère aîné obtiendrait s'il était traduit devant un tribunal, pour dommage physique grave par exemple. Les jurys à cette époque-là avaient le pouvoir d'ordonner qu'il soit envoyé dans une école spéciale et sans doute l'ont-ils encore. En d'autres termes, un enfant est privé de sa liberté sans la décision d'une cour de justice. Cette dichotomie entre traitement et répression sous l'autorité de la loi me semble être au cœur de la justice pour les jeunes enfants. Dans les tribunaux pour enfants, par exemple, ceux-ci bénéficient de l'aide et des services d'un avocat. C'est fort bien et pourtant un danger existe : que l'enfant apprenne très tôt qu'il est possible de s'en tirer si l'on est représenté par quelqu'un d'assez habile pour faire naître un doute raisonnable. G.K. Chesterton a écrit : « Les enfants, étant honnêtes, aiment la justice ; les adultes, étant naturellement corrompus, préfèrent la clémence. » Ce que les enfants attendent de tout processus légal est simple : si vous avez mal fait vous serez puni, si vous n'êtes pas coupable vous serez relâché. Cela n'est guère compatible avec notre système actuel de justice criminelle.

Pendant le voyage jusqu'à Edimbourg, j'ai lu toute la réaction remarquable et très personnelle de Blake Morrison au meurtre de James Bulger par deux garçonnets de dix ans. Le petit livre, intitulé *As If* (Comme si), est passionné et émouvant, d'autant que la cour n'a pas répondu à la question « Pourquoi ? » parce qu'elle ne le pouvait pas. Elle s'était réunie pour répondre aux deux questions suivantes : « Les jeunes garçons savaient-ils distinguer le bien du mal ? » et « Ont-ils été responsables de l'enlèvement et de la maltraitance de l'enfant jusqu'à ce que mort s'ensuive ? » A cela elle a répondu. Mais nous avons un besoin obstiné de savoir pourquoi, ou au moins d'essayer de comprendre un acte dont l'horreur a ébranlé toutes nos idées sur la nature de l'enfance et de l'innocence, étendant même la définition du mal jusqu'à une dimension nouvelle et terrifiante.

Je me demande dans quelle mesure les très jeunes enfants se font une idée du bien et du mal. Ils savent que certains actes entraîneront une punition, qu'ils sont désapprouvés par les parents et les professeurs ; les plus évolués peuvent savoir qu'ils sont contraires à la loi. Mais dans quelle mesure apprécient-ils la nature du mal ? Je me souviens qu'âgée de huit ans, alors que nous habitions Ludlow, j'étais allée passer des vacances chez une amie, Dora, à Stalybridge, dans le Lancashire. C'était la première fois que je me rendais dans le Nord et je découvrais cette région à une époque de dépression économique. Je me rappelle avoir regardé depuis leur logement social les cheminées d'usine dont aucune ne fumait. Pendant mon séjour, on nous emmena dans un célèbre parc d'attractions qui s'appelait, je crois, Bellevue, où il y avait un feu d'artifice censé faire revivre la prise de la Bastille. Je ne savais pratiquement rien de la Révolution française, mais je me rappelle avoir raconté à ma mère que pendant la représentation, les têtes de personnes réelles avaient été jetées à la foule. Je le croyais à l'époque ; pourtant, une enfant de huit ans intelligente (comme je crois que je l'étais) aurait dû savoir qu'il était mal de couper la tête des gens, fussent-ils morts, pour les jeter à la foule. La conception qu'a un enfant de la réalité est très différente de celle d'un adulte. Peut-être après tout le petit garçon que j'ai vu il y a tant d'années dans un tribunal pour enfants avait-il raison quand il disait : « Je savais que c'était contre la loi, mais je ne savais pas que c'était mal. »

Mais ce que les deux garçons ont fait à James Bulger va au-delà de tout défaut de compréhension, au-delà de toute polissonnerie enfantine, au-delà de tout manque de soins ou d'autorité parentaux. Nous hésitons à employer le mot pervers pour un enfant quel qu'il soit, mais une question reste sans réponse : pourquoi ?

MARDI 14 AVRIL

J'ai passé le long week-end de Pâques à Southwold avec Alixe. Comme j'attendais Elizabeth Jane Howard, Selina Hastings et un petit groupe d'amies de Beccles pour le déjeuner et le thé du dimanche de Pâques, nous avons fait des provisions de viandes froides et de saumon fumé.

Le matin du Vendredi saint, le temps aurait difficilement pu être plus mauvais. Nous avions décidé de nous joindre à une marche des églises réunies qui devait nous mener de l'église St Edmund à South Green où devait avoir lieu un office : mais une fois arrivées à St Edmund, la pluie était devenue torrentielle avant de se changer en neige fondue puis en grésil. Nous avions eu beaucoup de mal à avancer, et assurément, aucune voix n'aurait pu se faire entendre dans cette avalanche de glace et d'eau. La nouvelle desservante, une femme à l'air jovial, est entrée en riant et en secouant sa soutane trempée. Nous avons attendu quelques minutes, mais visiblement rien n'allait se produire et nous sommes donc parties chercher refuge au bar du Swan. Il était trop tôt puisqu'il n'ouvrait qu'à onze heures, mais nous avons rencontré Nettie de Montmorency à la porte et elle nous a invitées dans sa maison sur la falaise. Nous avons bavardé, bu et regardé sa pelouse qui étincelait de grêlons. Au moment où nous sommes reparties, un soleil capricieux qui reparaissait les avait fait fondre et à la fin de l'après-midi, il faisait trop chaud pour rester assises confortablement dans le jardin d'hiver.

J'avais décidé de ne pas écrire grand-chose sur la

politique dans ce qui est essentiellement un compte rendu de mon année personnelle, mais comment ne pas signaler l'accord en Irlande du Nord ? J'ai appris la nouvelle à la radio à sept heures, avec un mélange de soulagement, d'espoir et de scepticisme. Ce n'est peut-être pas la fin de ces meurtres insensés, mais peut-être est-ce le commencement de la fin. Pourtant, le scepticisme persiste. Le Sinn Fein/IRA n'aurait pas signé s'il n'avait pas cru que c'était une étape significative vers une Irlande unie. Les unionistes ne l'auraient pas fait s'ils n'avaient pas été convaincus que l'arrangement renforcerait l'Union. Les deux parties ne peuvent pas avoir raison l'une et l'autre. L'intervention du Premier Ministre à la dernière minute semble avoir été crucial. Si l'accord est approuvé par le peuple irlandais et se traduit effectivement par un règlement équitable et accepté, il aura mérité tous les applaudissements qu'il recueillera sûrement. Mais il n'est pas bien difficile de parvenir à une paix au moins temporaire si l'on est prêt à se concilier les terroristes. Et la libération anticipée de meurtriers dont certains des crimes ont été atroces, même à l'aune de l'assassinat, a quelque chose de répugnant, tout aussi répugnant que de voir des hommes de violence se propulser à coup de bombes jusqu'à une table de conférence. Mais après tout, cela a été l'histoire du XXe siècle et nous avons cessé depuis longtemps de croire que les doux hériteront de la terre.

DIMANCHE 19 AVRIL

Je suis allée très tôt à Oxford par le bus hier matin pour déjeuner avec Jane et Peter, puis me promener avec eux dans Woodstock Park. Un délice. Nous avons marché lentement parce que presque chaque arbre présentait un intérêt particulier dans sa forme ou son feuillage. Les bourgeons d'un frêne éclataient pour libérer leurs fleurs, si particulières qu'on les dirait difformes ; les branches des marronniers étaient chargées de grappes qui ont besoin d'une semaine de soleil encore pour s'épanouir en chandelles blanches. Nous nous sommes arrêtés au pont, avec ses pierres chaudes, pour regarder une mère foulque, nichée au milieu du lac, qui nourrissait ses petits pendant que le mâle nageait autour d'eux, l'air insouciant. Une fois dans la prairie, nous avons franchi une crête et soudain le palais est apparu. C'est ainsi qu'on devrait toujours découvrir une grande maison, même si elle est familière : pierres, briques, parc et ciel en une parfaite harmonie qui frappe chaque fois le regard de nouveau.

Je me suis sentie très triste pour le pauvre John Vanbrugh, arrivant à toute allure avec ses amis pour exhiber sa réussite et arrêté net par une duchesse de Marlborough furieuse. Il semble qu'elle n'ait jamais aimé la maison et aurait préféré quelque chose de plus intime et de plus confortable. Comme je n'ai jamais vu l'intérieur de Blenheim Palace, je ne sais pas si je serais ou non de l'avis de la première duchesse.

Pendant que Peter manœuvrait la voiture pour faire demi-tour sur le sentier qui longe les grilles du parc, je suis restée un moment dans un silence complet rompu par le chant d'un seul oiseau et le murmure de la brise susurrant dans l'herbe au bord du chemin. Ce fut un de ces moments de bonheur et de contemplation qui donnent une réalité à la mort puisque, si longtemps que nous vivions, il n'y a jamais assez de printemps.

MARDI 21 AVRIL

Hier, je suis allée à la British Library pour l'inauguration par Chris Smith des galeries qui seront ouvertes au public aujourd'hui. Le bâtiment de St John Wilson a été sujet à controverse dès le début et le restera certainement, mais le test final sera l'usage qu'en feront ceux qui sont en possession d'une carte de lecteur et le grand public. Il y a certainement un immense enthousiasme pour promouvoir la bibliothèque comme un lieu où tous ceux qui s'intéressent aux livres et à notre héritage peuvent venir voir les trésors nationaux, profiter des installations et visiter les expositions spéciales. Les galeries Pearson et John Ritblat, qui contiennent certaines des merveilles les plus précieuses de la Bibliothèque, sont des exemples de l'utilisation réussie des techniques muséographiques modernes ; les éléments en sont superbement organisés et exposés. La seconde est particulièrement passionnante. On peut y voir des trésors comme la Bible de Lindisfarne et la Magna Carta. La liste des invités pour l'inauguration était longue, mais il n'y a pas eu de bousculades et j'ai pu aller lentement d'une vitrine à une autre dans un silence relatif. Dans la galerie Pearson, le développement de l'écriture était illustré de façon fascinante. J'espère qu'un grand nombre d'écoles londoniennes pourront la visiter. La gare de St Pancras mise à part, ce quartier de Londres est minable et déprimant. La présence de la Bibliothèque contribuera donc à sa réhabilitation.

Un début de journée irritant avec trop d'appels téléphoniques et trop de choses à faire avant qu'une voiture vienne me prendre pour m'emmener à Southampton où je devais conduire une *masterclass* sur le thème « Ecrire un roman » pour Meridian Television. L'émission s'est bien passée. Nous avons été filmés pendant une heure dont on coupera la moitié. J'avais été installée à un bureau très officiel avec les trois participants rangés sur des chaises devant moi. Mais cela m'a paru trop guindé et je suis passée devant le bureau qui m'a servi de siège pendant une grande partie du temps. Aucun des trois n'était vraiment amateur, l'homme gagnait déjà sa vie comme écrivain et les deux filles avaient eu quelques succès. J'avais prévu qu'il s'agirait plus d'une discussion entre nous quatre que d'une séance d'enseignement, et nous sommes parvenus à passer en revue ce que j'ai décrit comme les cinq éléments principaux du roman : l'intrigue, l'histoire ou le récit, les personnages, le cadre, le style de l'écriture et la structure. L'assistance était constituée de groupes d'écriture qui se sont avancés à la fin pour me parler ainsi qu'aux trois autres participants. C'est le genre d'émission artistique qui vaut certes la peine d'être fait, mais auquel il faudrait consacrer plus de temps. Malheureusement, les horaires d'ITV semblent maintenant découpés de façon rigide par heures ou demi-heures, sans cette flexibilité qui peut s'adapter à des discussions sérieuses.

J'ai enseigné l'écriture créative à l'université de Californie, à Irvine ainsi que dans deux des trois centres de la Fondation Arvon, au Royaume-Uni, auxquels le poète lauréat Ted Hughes a été étroitement lié depuis ses débuts. On ne peut pas faire un écrivain de quelqu'un qui n'a absolument aucun talent, c'est évident. Mais il est possible d'apporter une aide technique et, comme il s'agit d'une occupation solitaire, la plupart des gens aiment se réunir avec d'autres aspirants pour partager leurs expériences et s'encourager mutuellement. Les cours Arvon, que je soutiens énergiquement, obtiennent des résultats remarquables à cet égard, et je suis toujours étonnée de voir comment un groupe choisi sur la base du premier arrivé-premier servi se lie aussi efficacement.

Invariablement, quand je fais une causerie après une séance de signatures, il y a au moins un aspirant romancier dans l'assistance pour me demander des conseils. Dans le peu de temps imparti, je ne peux pas dire grand-chose mais il y a quatre principes qui me semblent importants.

Le premier est de lire beaucoup, non pas pour copier le style d'un autre, mais pour apprendre à apprécier et à reconnaître ceux qui sont bons et voir comment les meilleurs ont obtenu leurs résultats. Un style médiocre est malheureusement contagieux et doit être évité.

Pratiquez l'écriture, sous quelque forme que ce soit : l'art s'apprend en le pratiquant, pas en en parlant. Certains trouvent que les cours d'écriture ou les cercles d'écrivains locaux les aident, mais ils ne conviennent pas à tout le monde.

Enrichissez votre vocabulaire : la matière première de l'écrivain, ce sont les mots et plus vous en avez à votre disposition, plus vous pouvez les utiliser avec efficacité et assurance, mieux cela vaut.

Recherchez l'expérience ; cela signifie parcourir la vie tous les sens en alerte, observant, sentant, sympathisant avec les autres. Rien de ce qui arrive à un écrivain ne doit être perdu.

Bien entendu, ce que recherchent les personnes qui viennent me voir, ce ne sont pas ces pieux encouragements mais des conseils sur la manière de se faire éditer. Les peintres amateurs peuvent accrocher leurs efforts sur un mur, un écrivain ne sent jamais qu'il l'est tant qu'il n'a pas vu son œuvre publiée. Assez souvent, je reçois des lettres qui semblent donner à entendre qu'il y a un moyen magique pour arriver au succès ou qu'un éditeur acceptera un manuscrit uniquement sur ma recommandation. Je ne peux que répondre ceci : les éditeurs sont des hommes d'affaires et non des philanthropes, mais ils ont besoin des semences que seuls peuvent fournir de nouveaux talents et à mon avis, un aspirant romancier qui sait raconter une histoire, écrit bien et peut établir avec le lecteur cette heureuse complicité qui est au cœur du roman finira par trouver un éditeur.

MAI

MERCREDI 6 MAI

Les deux premières semaines du mois vont être exceptionnellement chargées, laissant peu de temps pour ce journal ou pour la correspondance générale qui s'accumule.

Vendredi 1er mai, j'ai parlé à la Global Spring Conférence de l'International Women's Forum, au Park Lane Hotel, Piccadilly, à la demande de Katharine Whitehorn. Trois cents femmes étaient là, venues de notre pays, des Etats-Unis, de l'Europe continentale, voire de plus loin, pour débattre du rôle des arts. La session au cours de laquelle j'ai pris la parole était intitulée assez prétentieusement : « Vibration culturelle et cohésion sociale », mais les intervenantes valaient toutes la peine d'être entendues, ce qui n'a rien d'étonnant puisque, parmi elles se trouvaient Janet Suzman, Genista McIntosh, Prue Leith, Rabbi Julia Neuberger et la baronne Symons.

Le lendemain, je suis allée dans le Dorset pour assister au Dorset Arts Festival à l'Old Court House de Dorchester. J'ai prononcé des allocutions dans des lieux extrêmement divers, mais aucun qui soit plus intéressant que celui-là. J'étais assise dans l'énorme fauteuil du juge et l'assistance, répartie dans la salle d'audience, sur les bancs du jury, sur celui des accusés et dans les galeries des spectateurs. Expérience extraordinaire que d'être assise à la place occupée par le magistrat qui avait condamné les martyrs de Tolpuddle. Avant que ma session ne commence, je suis descendue dans les cellules, en dessous du tribunal, puis j'ai retracé les pas des anciens accusés, enfilant les escaliers étroits pour me retrouver dans le box avec la soudaineté d'un diable à ressort. Comme il avait dû être intimidant pour ces hommes de Tolpuddle de passer de l'obscurité claustrophobique à la lumière de la salle d'audience bondée et de voir pour la première fois les yeux du magistrat au même niveau que les leurs ! Sans aucun doute, l'intention était bien que cela le fût.

J'ai passé le samedi et le dimanche avec Rosemary dans son cottage dans les environs de Wareham, puis poussé jusqu'à Winterborne Houghton pour passer deux jours chez Tom et Mary Norman. Je leur avais dit que je souhaitais beaucoup voir des coucous, qu'ils avaient fait partie de mes promenades d'enfance dans le Shropshire et aussi quand j'allais à l'école à bicyclette le long des routes plates des Fens, mais que j'en rencontrais rarement maintenant. Tom nous a amenés dans l'ouest du Dorset ; nous avons marché le long d'une arête rocheuse, traversant deux champs pour nous trouver dans une prairie en pente qui descendait vers une vallée. Le champ était complètement recouvert de coucous, mer frémissante de fleurs jaune vif, avec à peine la place de poser le pied entre les touffes. C'était une journée de printemps légèrement venteuse, il semblait que l'air était délicatement parfumé. J'avais demandé à voir des coucous et j'en voyais en quantité presque incroyable.

Ce matin, Tom et Mary m'ont conduite à Poole pour parler à un déjeuner donné au profit du Dorset Victim Support, et organisé dans la vieille ville. Tout s'est bien passé et je suis en ce moment dans le train pour revenir à Londres. Je ne ferai que poser le pied chez moi avant de repartir vendredi pour Oxford où je participerai à une conférence sur « Le roman et la société » qui se tiendra à Rewley House.

MARDI 12 MAI

Dimanche après-midi, j'ai décollé de Heathrow pour Paris afin d'assurer la promotion de l'édition française d'*Une certaine justice*. Une belle journée pour voler. Le paysage champêtre au-dessous de nous ressemblait, comme toujours, à un ouvrage de broderie avec ses parcelles bien ourlées, le satin argent des rivières, les pièces de toile vertes et jaunes et les bois de laine vert foncé noués serrés, le tout si ingénieusement agencé que je m'attendais presque à ce que l'ensemble soit suspendu devant la toile de fond bleue du ciel.

J'étais attendue à Roissy-Charles-de-Gaulle par Dominique Fusco que je connais depuis que mes livres ont été acceptés par la Librairie Arthème Fayard. Comme d'habitude, ma suite était retenue dans un petit hôtel charmant, le Duc-de-Saint-Simon, où j'ai été accueillie par le même réceptionniste. Fayard avait rempli l'élégant salon de fleurs magnifiques, lis, orchidées et roses.

La France a été le dernier pays européen à publier mes livres, mais Fayard me dit que je suis leur auteur étranger le plus vendu.

Ils avaient espéré que je pourrais rester plus de deux jours, mais ce n'était pas possible. Je n'ai donc rien vu de la ville et tout le temps a été pris par le programme habituel, interviews pour les journaux et radios, qui toutes ont eu lieu à l'hôtel, mais c'était, comme toujours, agréable d'être à Paris.

Hier, le dîner d'adieux a été donné pour moi dans son appartement par Mlle Denise Meunier, Française d'un certain âge, distinguée et érudite qui a traduit presque tous mes romans. Les invités bavardaient à perdre haleine en français, passant à l'anglais quand ils voyaient que je ne suivais pas. J'ai juste pu surnager, mais souhaité, comme toujours quand je suis à Paris, d'être plus à l'aise dans la seule langue étrangère que j'ai le moindre espoir de comprendre. Il semble ridicule que j'aie eu une leçon de français tous les jours de ma scolarité dans le secondaire et ne puisse pas parler avec la moindre assurance. Les enfants aujourd'hui sont mieux formés, mais ils ont la télévision, les vidéos, les voyages à l'étranger et les laboratoires de langues. Cependant, maîtriser une langue étrangère est un talent aussi bien qu'un art. J'ai rencontré au cours de mes voyages des personnes qui peuvent parler couramment une nouvelle langue en quelques mois. Mon grand-père paternel en était, il ne m'a certainement pas légué ce don.

VENDREDI 15 MAI

Trois jours très heureux au Trinity Collège d'Oxford, où j'ai fait mercredi une conférence à la mémoire de Richard Hillary. Comme la plupart des personnes de mon âge, j'ai gardé un souvenir vivace de la première lecture de son autobiographie, *The Last Enemy.* Hillary représente une génération de jeunes étudiants engagés dans les escadrilles universitaires de la RAF qui se battirent au-dessus de la Grande-Bretagne. Abattu, grièvement brûlé et défiguré, il parvint à obtenir de la RAF qu'elle le laisse voler de nouveau. Ce fut son dernier vol. Une tragédie supplémentaire entraînée par cette mort est qu'il emmena avec lui un autre aviateur, marié et père de deux enfants. Je comprends bien qu'il ait eu besoin de faire ses preuves en volant à nouveau, mais la RAF n'aurait pas dû céder à ses instances.

Avant la guerre, Hillary était le type de l'étudiant d'Oxford privilégié, trop beau, égoïste, arrogant et jouisseur. Mais la guerre le changea comme elle a changé, en bien ou en mal, tous ceux qui y ont participé. Je ne suis pas sûre que le poignant chapitre final de son livre soit strictement exact, mais il montre au moins qu'il était devenu un écrivain.

Un des plaisirs de ce mercredi a été de rencontrer l'héroïne du livre, Denise Patterson, aujourd'hui veuve. Fiancée pendant la guerre à un ami de Hillary, Peter Pease, qui fut également tué, c'est elle qui, persévérante dans le courage et courageuse dans le chagrin, a le plus aidé Hillary à surmonter le choc de sa brûlure. Dans son livre il la dit belle, elle l'est encore aujourd'hui.

Hier et aujourd'hui j'ai dirigé des séminaires pour certains étudiants d'anglais. Le directeur a donné un dîner à la Lodge ce soir, la soirée était magnifique et nous avons pu nous promener sur la pelouse, verre en main. J'étais assise à côté de George Carman — garantie d'une conversation fascinante. Pendant que je cherchais de la documentation pour *Une certaine justice* on m'avait conseillé d'aller aux Law Courts quand il interviendrait, pour m'informer sur ce que pouvait être un contre-interrogatoire, ce que je fis. Il était effectivement formidable.

Un plaisir de plus, pendant ces trois jours mémorables, fut la rencontre avec le professeur d'anglais Dinah Birch et une discussion sur le roman victorien avec elle. J'espère beaucoup que nous pourrons nous revoir et parler de nouveau.

SAMEDI 16 MAI

J'ai emmené Nina Bawden et Austen Kark dîner à l'Hôtel Halcyon. Un modeste retour pour la succession de repas merveilleux dont j'ai été comblée dans leur maison de Noel Road. Il faisait assez chaud pour être assis dehors, ce qui fut très plaisant au début, mais un quatuor bruyant à une table voisine ayant rendu la conversation presque impossible, nous avons demandé à être déplacés à l'intérieur. Un excellent dîner et, comme toujours, l'aisance et le confort des anciennes amitiés.

C'est à cette date, il y a huit ans, que j'ai aidé, avec Ruth Rendell, à casser le mur de Berlin. En témoigne, posé sur une étagère dans ma salle de bains, un petit morceau de moellon avec une face lisse et peinte, qui porte une date écrite au stylo bille : 16/5/90. Les couleurs étaient violet criard et rouge quand j'ai détaché le fragment à l'aide d'un des ciseaux qu'un Allemand entreprenant louait à ceux qui voulaient laisser leur petite marque sur l'histoire. Elles ont passé maintenant et la date ne serait plus lisible si je n'avais réencré les chiffres il y a quelques mois. Ruth et moi étions déjà venues précédemment à Berlin donner des conférences pour le British Council et elle tenait beaucoup, ainsi que Don son mari, à voir tomber le mur.

Je me rappelle encore clairement ma précédente visite du 1er au 8 décembre 1986. Je me tenais sur une des hautes plates-formes près du Reichstag. La nuit était très claire et froide, les arbres aux alentours totalement dépouillés. Je regardais au-delà du Mur la zone morte violemment éclairée, imaginant les yeux aux aguets et me demandant si le mur tomberait de mon vivant, ou même du vivant de mes petits-enfants. Mais la ville, alors, était une des plus exaltantes que j'aie jamais visitées. L'air pétillait d'un mélange d'excitation et de tension et personne ne semblait jamais se coucher. Je me souviens d'un jeune écrivain ouest-allemand disant qu'il habitait la ville la plus terrifiante de la terre et qu'il ne pourrait jamais la quitter. Je me rappelle souvent les villes d'après la qualité particulière de leur éclairage. Berlin semblait illuminé par des projecteurs aveuglants. Debout sur Checkpoint Charlie, aussi brillamment éclairé qu'un plateau de cinéma, je voyais en imagination le héros solitaire d'un roman de Graham Greene ou Le Carré, marchant avec une nonchalance très étudiée dans la rue inondée de lumière par les projecteurs vers les silhouettes immobiles qui l'attendaient.

Je me rappelle encore ce que les gens m'ont dit à

Berlin, mais leur nom et leur apparence m'ont échappé. L'un d'eux, un metteur en scène distingué, m'a expliqué pendant le dîner que sa passion pour le cinéma avait commencé quand il habitait, jeune garçon, le secteur occupé par les Britanniques. Sa mère, qui devait travailler et le laisser avec quelqu'un pour le garder, l'emmenait au cinéma dès qu'il ouvrait, avec ce qu'elle pouvait lui trouver comme nourriture, jusqu'à la fin de la dernière séance, moment où il était ramené chez lui.

Autre souvenir. En quittant ma chambre d'hôtel un matin, je vis une jeune femme qui époussetait les boiseries dans le couloir. Quand je lui ai dit « *good morning* », elle m'a répondu avec l'accent du nord de l'Angleterre. Je lui ai alors demandé ce qui l'avait amenée à Berlin et elle m'a dit que c'était une longue histoire — qu'elle n'avait visiblement aucune envie de me raconter. Quand je lui ai demandé si travailler en ville lui plaisait, elle m'a assuré que oui, que c'était beaucoup plus varié, animé et mieux à tous égards que le dernier endroit où elle avait séjourné et qui était terriblement ennuyeux. Elle a ajouté : « Mais vous n'en avez sans doute pas entendu parler, ça s'appelait Berchtesgaden. » Je me suis rendu compte alors pour la première fois que l'emplacement du nid d'aigle de Hitler ne signifiait absolument rien pour toute une génération nouvelle.

J'ai eu le même petit choc quand je me suis rendue pour la première fois au Japon, pour y inaugurer une exposition sur le roman policier à Tokyo. On me dit à l'hôtel qu'un groupe d'étudiants souhaitait beaucoup me rencontrer. Une douzaine se présentèrent, souriants, brandissant de grandes cartes à bords dorés sur lesquelles ils me demandèrent d'écrire un message et de signer. Le message était celui-ci : « De la part de P. D. James à mon fan club de l'université d'Hiroshima ».

En 1986 et 1990, je suis passée de Berlin-Ouest à Berlin-Est. La première fois j'ai dû me soumettre à un long examen renfrogné de la police des frontières.

La deuxième fois, Ruth, Don et moi avons été accueillis avec le sourire et le souhait que nous passerions une agréable journée. Etaient-ce les mêmes gardes ?

DIMANCHE 31 MAI

Le Hay Festival du *Sunday Times* s'est tenu du 22 au 31 mai et j'ai regretté de ne pouvoir y assister ni le vendredi ni le samedi. Pour qui ne conduit pas, Hay n'est pas d'un accès particulièrement facile, mais j'ai pris le train jusqu'à Newport, trajet rapide et facile, après quoi on est venu me prendre avec une des voitures officielles pour aller jusqu'à Hay par la magnifique route sinueuse.

Je suis descendue comme je le fais toujours chez ma vieille amie Joyce Flack à Honey Cottage, dans Bear Street. J'ai été triste de la trouver très fatiguée. Je m'y attendais, sachant que l'état de son cœur pourrait nécessiter la pose d'un stimulateur et que de plus elle n'y voit que d'un œil. Ce dernier inconvénient sera éliminé quand on l'aura opérée de la cataracte, mais l'ophtalmologiste attend une décision au sujet du cœur. La frontière entre pays de Galles et Angleterre passe au milieu de Hay, mais Joyce est en pays de Galles. Elle dit que c'est cocasse d'entendre le chirurgien lui dire : « Il faudra vous envoyer en Angleterre pour ça », alors qu'il suffit de faire quelques pas le long de la route pour y être.

J'ai trouvé Joyce aussi exubérante, résolument gaie et courageuse que jamais, mais l'une des tristesses de la vieillesse, c'est que l'on apprend rarement de bonnes nouvelles de la santé des amis. De temps à autre nous avons parlé de la mort. Elle ne la craint absolument pas et se montre optimiste, sinon convaincue qu'il y aura ensuite une sorte de vie qu'elle attend comme un changement intéressant après Hay-on-Wye. La chère Peggy Causton avec qui j'ai joué deux fois par semaine au Scrabble jusqu'à sa mort ne la craignait pas du tout non plus. Totalement athée, elle disait qu'elle n'avait aucune raison d'avoir peur de la mort puisqu'elle ne serait pas là quand elle surviendrait. Bien sûr, personne d'entre nous n'y sera, mais c'est le fait d'être là avant qui est inquiétant. Et puis serons-nous là avec une intelligence intacte, ou murés dans quelque prison de souffrance, de dégradation et de dépendance ?

Hay est un festival très apprécié des écrivains, comme le prouve la variété éblouissante de romanciers, historiens, poètes et biographes surgie pendant la semaine. J'avais d'abord pensé que le lieu n'était pas particulièrement propice pour un festival littéraire, mis à part la difficulté d'accès. Il n'y a pas de grande salle de concert — pas de grande salle du tout en fait —, pas d'hôtels en nombre suffisant pour accueillir un afflux important de visiteurs, et le succès dépend dans une large mesure du temps puisque toutes les rencontres se passent sous des tentes. Mais le village a une ambiance d'enthousiasme caractéristique et des publics chaleureux, réceptifs, décidés à profiter de tout ce qui est offert. Cet enthousiasme était resté intact il y a quelques années quand la pluie avait martelé sans trêve les toiles de tente, rendant certains orateurs presque inaudibles et obligeant les auditeurs à patauger en bottes de caoutchouc sur des caillebotis à demi noyés pour arriver à leurs sièges. Ce week-end, le temps a été magnifique et les collines boisées étaient des plus vertes et brillantes.

Je suis intervenue deux fois. Une fois dans la discussion avec Jill Paton Walsh qui a achevé le manuscrit abandonné de Dorothy L. Sayers, *Thrones, Dominations,* et une fois pour une causerie sur *Une certaine justice,* comportant une brève lecture. Après la première, Jill et son éditeur m'ont emmenée dîner au plus grand hôtel. La conversation, portant sur les idées plutôt que les personnalités, a été merveilleuse, le menu, décevant.

Dans l'après-midi, je suis allée entendre Gitta Sereny parler avec Anthony Clare de son nouveau livre, *Cries Unheard,* dans lequel elle explore la vie de Mary Bell, l'enfant criminelle. Elle a défendu d'une manière rationnelle et avec conviction sa décision d'écrire le livre, se montrant disposée à répondre aux critiques sans susceptibilité excessive. Elle s'est également montrée moins crédule que je ne le pensais quand il s'est agi de vérifier là où c'était possible l'exactitude du récit fait par Mary Bell de son enfance. Mais je continue à penser que le livre n'aurait pas dû être publié, surtout en raison de l'effet que ses révélations peuvent avoir sur la fille de Mary Bell. Je ne suis pas non plus d'accord avec son hypothèse de base, à savoir que les enfants sont, sinon naturellement bons, du moins naturellement disposés à ne pas être vicieux. Donc, si les choses tournent très mal, si une enfant de dix ans tue volontairement deux petits garçons, c'est que quelque chose a dû survenir dans sa vie pour changer une innocente en tueuse. Ce doit être la faute de quelqu'un mais pas la sienne. Cela me paraît à la fois simpliste et contraire à l'évidence. L'idée que des enfants naissent pervers fait horreur, mais certains naissent avec des penchants plus marqués que d'autres à la cruauté et à la méchanceté. La plupart d'entre nous connaissent des enfants qui semblent être nés naturellement bons car ils sont affectueux, généreux et heureux, mais aussi d'autres qui dès leur plus jeune âge semblent prendre plus de plaisir à torturer les animaux qu'il n'est normal même chez l'enfant le plus destructeur. Je déplore également un livre qui rejette le blâme sur la mère de l'enfant, alors que cette mère est morte et donc incapable de se défendre. Si de mauvais parents peuvent produire des monstres, alors les enfants des West ne peuvent guère avoir d'espoir ; or les renseignements que nous avons semblent indiquer qu'ils ne se tirent pas mal d'affaire. Je n'ai pas soulevé cette objection au moment des questions ; quand ensuite Anthony Clare m'a demandé pourquoi, je lui ai dit qu'à mon avis, les auditeurs avaient assez entendu ma voix.

J'avais préféré écouter, mais j'ai été un peu étonnée que personne n'aborde ce point.

Je ne peux jamais être à Hay-on-Wye l'été sans me rappeler la célèbre affaire Herbert Rowse Armstrong, mais c'était un crime d'hiver. Katharine Armstrong mourut le 22 février 1921. Le 31 décembre de la même année, son mari, le commandant Armstrong fut arrêté dans son bureau alors qu'il triait des papiers. On l'accusa d'abord de tentative de meurtre sur un avocat rival de Hay, Oswald Norman Martin. Pendant qu'il était en détention, le corps de sa femme fut exhumé et examiné par le médecin légiste du ministère de l'Intérieur, Bernard Spilsbury. Elle avait été empoisonnée à l'arsenic.

Dans cette affaire classique, la tentative d'assassinat sur la personne de Martin n'est pas banale. Armstrong l'avait invité à prendre le thé et lui avait tendu un scone pris sur le plat en disant : « Excusez les doigts. » Cette méthode peu orthodoxe pour offrir des pâtisseries à un invité avait dû accroître les soupçons de Martin. Quand, rentré chez lui, il fut pris de vomissements et de diarrhées violents, son docteur envoya un échantillon d'urine à analyser et on y trouva de l'arsenic. Un été très difficile s'ensuivit pour le pauvre Martin. Les enquêtes et procédures de police en vue de l'exhumation du corps de Mrs Armstrong furent longues et pendant tout ce temps, Martin avait reçu l'ordre de se comporter tout à fait naturellement avec son rival, sans jamais l'alerter en quelque circonstance que ce fût. Ce qui devint de plus en plus difficile tandis qu'Armstrong le bombardait d'invitations à prendre le thé dans son bureau, et ce dut être un énorme soulagement pour le pauvre homme quand enfin l'arrestation eut lieu.

Autre incident intéressant : juste avant la détention, les magistrats, peu habitués à délivrer un mandat de dépôt pour meurtre, durent s'adresser à l'accusé dans le box pour lui demander son avis sur la procédure à suivre.

En lisant le compte rendu des audiences, il me

semble clair qu'Armstrong était coupable, mais il est encore des personnes à Hay, et en particulier le propriétaire de sa maison, qui le croient innocent. La plupart des empoisonneurs frappent à distance pour s'épargner l'horreur de voir mourir la victime. Armstrong, lui, se trouvait chez lui quand sa femme a souffert les terribles tourments de l'arsenic. Un homme peut-il être assez férocement endurci pour ne pas révéler sa nature dans ses rapports quotidiens avec les autres ? Apparemment, Armstrong n'en laissa jamais rien voir. Doux, de manières agréables, bon père pour ses trois enfants qui, devenus adultes, le croyaient aussi innocent. L'affaire intrigue toujours, notamment du fait que la ville, surtout en hiver, semble avoir peu changé. La plaque de cuivre portant le nom d'Armstrong est toujours fixée à l'intérieur du bureau qu'il occupait ; le cabinet de Martin est toujours en face et la maison d'Armstrong, de même que la petite prison où il fut incarcéré, sont toujours debout.

Il y a quelques années, alors qu'une compagnie de télévision tournait un film sur le meurtre, Joyce a vu l'acteur qui jouait Armstrong, et qui ressemblait beaucoup aux portraits de celui-ci, parcourir Bear Street dans un complet des années 1920. Elle lui a dit bonjour et il s'est découvert d'un geste large. Elle m'a dit que l'instant était étrange, inquiétant. On peut imaginer ce qu'était cette petite ville à l'époque du crime : claustrophobique, lointaine, tout le monde connaissant les affaires de tout le monde, les mêmes ragots, les mêmes thés, les mêmes parties de tennis chez Armstrong où sa femme lui rappelait impérieusement que c'était le soir de son bain.

Il y a eu une prolifération de festivals locaux — artistiques et littéraires — au cours des dernières années et il semble parfois qu'aucune petite ville n'en soit privée. Chacun a une ambiance particulière, et en tant qu'écrivain, on a tendance à croire que chacun a aussi son public propre, si bien qu'on parle du

« public de Cheltenham », du « public d'Edimbourg » ou du « public de Hay ». C'est peut-être en partie affaire d'imagination et je doute qu'il y ait vraiment des différences essentielles. Mais à Hay les participants semblent particulièrement enthousiastes et engagés, surtout, je crois, parce que le festival est petit et les tentes proches les unes des autres, si bien qu'on a l'impression d'un plaisir partagé. Cette proximité peut être un peu gênante d'ailleurs, quand un écrivain qui lit un passage poignant est interrompu par une explosion d'applaudissements enthousiastes, et même des rafales de rire, venus d'une tente voisine. Mais cet inconvénient est plus que compensé par la commodité d'avoir tous les événements concentrés.

J'ai réfléchi à ce qui fait le succès d'un festival artistique. D'abord, il faut que les organisateurs aient obtenu la collaboration et, idéalement, l'enthousiasme aussi bien des autorités que de la population locale. L'atmosphère n'est jamais accueillante si les résidants ont l'impression que le festival n'est pas pour eux, aussi est-il important d'organiser des activités qu'ils ont des chances de soutenir. Ensuite vient la question de l'accès. Hay n'est pas facile à atteindre, mais des voitures attendent les trains à Birmingham et Newport. Les organisateurs doivent veiller à ce que les auteurs arrivent au festival puis, quand ils y sont, soient confortablement installés. Souvent des dispositions sont prises pour qu'ils soient reçus chez des résidants qui jouent le rôle d'hôte ou d'hôtesse. Pour les extravertis, cela peut être agréable, mais la plupart des écrivains n'aiment pas cela. Une lecture est en fait une représentation en public, à la suite de quoi la plupart d'entre nous ont besoin de se retrouver seuls et non pas confrontés à un dîner où les invités continuent l'interrogatoire que nous avons déjà subi après notre intervention. Si l'endroit est accueillant ou aussi beau que Hay-on-Wye et s'il y a un nombre raisonnable de bons restaurants, c'est un plus, mais cela est beaucoup moins important que la capacité d'attirer les écrivains et les artistes que les gens veulent entendre et voir, ainsi que de créer cette atmosphère d'enthousiasme, d'entrain et de joie partagée qui marque tous les meilleurs festivals d'art et de littérature.

Presque chaque fois, on m'interroge au sujet de mon roman *les Fils de l'homme,* soit pendant le temps réservé aux questions, soit pendant les signatures. Ce roman, qui est totalement différent de tout ce que j'ai écrit, n'a pas commencé par un cadre, mais par une critique lue dans le *Sunday Times*. Le livre analysé traitait de l'extraordinaire baisse de la fertilité qui affecte l'homme occidental, phénomène dramatique et jusqu'à ce jour inexpliqué. Apparemment, les jeunes gens aujourd'hui sont moitié moins fertiles que leurs pères. Le journaliste faisait remarquer que, sur les millions de formes revêtues par la vie sur notre planète, presque toutes ont fini par s'éteindre, ou être détruites, comme celle des dinosaures. Le temps de la présence humaine sur la terre ne représente qu'un clin d'œil.

Je me suis mise à imaginer ce que serait le monde et plus particulièrement l'Angleterre un quart de siècle après une année catastrophique pendant laquelle l'humanité aurait été frappée par une stérilité universelle. Pendant vingt-cinq ans, personne n'aurait entendu un bébé pleurer ou un enfant rire. En elle-même, cette idée n'était pas originale, beaucoup de romans explorent un univers où l'humanité se sait en train de mourir. *Les Fils de l'homme* s'achève, certes, sur une note d'espoir, mais l'écriture en a été éprouvante et j'ai été contente de retourner à l'ambiance moins déprimante du roman policier classique. Je ne l'avais pas prévu comme une fable chrétienne et c'est pourtant en fait ce que j'ai écrit. La technique en est différente aussi, puisque toute l'histoire est vue par les yeux d'un seul personnage, et la structure, linéaire, puisque toute l'action est fortement orientée vers une conclusion dramatique.

C'est le seul de mes romans qui n'a pas regagné son à-valoir, constatation déprimante et un peu humiliante. Mais il a fait naître plus de correspondance et de controverses, en particulier dans les cercles théologiques, que tous les autres.

JUIN

JEUDI 4 JUIN

Entretien extrêmement constructif aujourd'hui avec Michele Buck, responsable des dramatiques à United Film and Television Productions, au sujet d'une irritante complication survenue à propos du tournage d'une troisième série télévisée *Cordelia Gray* par Ecosse Films.

Pour la première fois, j'avais décidé, après consultation avec Carol Heaton et beaucoup de réflexion, qu'Ecosse Films aurait les droits du personnage de telle sorte qu'ils puissent continuer à faire des séries *Cordelia Gray* à la télévision en écrivant des scénarios originaux. J'aurais certains droits de consultation, mais pour l'essentiel, il se produirait la même chose avec *Cordelia* qu'avec *Morse* de Colin Dexter. J'avais pris cette décision en confiance après avoir vu leur *Mrs Brown,* film de qualité, plein de sensibilité. J'aimais les gens d'Ecosse et j'avais l'impression de pouvoir me fier à leur intégrité et à leur bonne foi. D'ailleurs, la première série *Cordelia Gray* avait confirmé ma haute opinion. Le scénario suivait fidèlement le livre, aussi bien dans les faits que dans l'esprit, les acteurs étaient bons, bien dirigés, Helen Baxendale dans le rôle-titre comblait notre attente.

Je fus moins satisfaite de la deuxième série, premier test véritable pour Ecosse puisqu'elle ne se fondait pas sur un de mes livres. Certains acteurs étaient bons mais le rythme me parut incroyablement lent et la tension accumulée n'aboutissait à rien ; Cordelia était devenue inefficace, hésitante et incompétente, acceptant volontiers, semblait-il, que l'affaire soit résolue et le mari de la victime identifié comme meurtrier sans une once de preuves convaincantes. Le travail de la police était totalement invraisemblable, et même parfois risible.

Quand on me montra les grandes lignes de l'intrigue envisagée, je soulignai que dans toute histoire policière, la découverte du corps est un moment crucial, aussi bien visuellement qu'en termes de psychologie et d'intrigue. Je suggérai donc que le plus intéressant serait de le faire découvrir par Cordelia — intéressant au point de vue psychologique aussi bien que visuel, puisqu'elle devrait affronter pour la première fois dans une série télévisée la réalité de son métier. Au lieu de cela, quand le film a été projeté, nous n'avons vu ni le corps ni sa découverte, et Cordelia, interrogée par la police, ne demandait même pas comment la victime était morte. Moi-même je ne le sais toujours pas.

Et maintenant, nouvelle complication. J'en ai eu vent en feuilletant *Hello !* pendant que j'étais assise sous le séchoir chez ma coiffeuse. Un article au dos indiquait qu'Helen Baxendale était enceinte mais continuerait à tenir le rôle de Cordelia et que le scénario « s'accommoderait de la grossesse ». Rentrée chez moi, j'ai appelé Robert Bernstein, qui m'a dit qu'Ecosse ne pouvait pas attendre que la naissance ait eu lieu pour poursuivre le tournage, mais qu'ils avaient trouvé une solution : Cordelia aurait une liaison avec un ancien camarade qui disparaîtrait ensuite aux Etats-Unis, la laissant, petite femme courageuse, se débrouiller seule.

Dans un ultime effort pour essayer de sauver ce que je pouvais, j'ai écrit en avril à Ecosse pour suggérer que Cordelia pourrait aller passer des vacances en Italie, rencontrer un vieil amoureux mourant d'une tumeur au cerveau et, par compassion et en souvenir du passé, elle aurait une brève liaison avec lui. Elle aurait pu penser paradoxalement que sa profession d'enquêtrice l'éloignait trop de la vie réelle, de la volonté de prendre des risques, et que pour une fois, elle agissait avec une générosité un peu folle. L'idée de sa grossesse me déplaisait toujours beaucoup mais au moins cette histoire la rendrait-elle plus vraisemblable. Je signalais qu'aujourd'hui, une jeune femme moderne, intelligente et responsable ne prive pas son enfant d'un père à moins qu'il ne soit vicieux ou vraiment impossible, auquel cas Cordelia ne l'aurait probablement pas aimé. Je fournissais même dans ma note du 7 avril une proposition de dialogue. Au bout d'un mois, je reçus une réponse disant qu'ils s'en tenaient à l'idée primitive.

Je fis alors comprendre nettement par mon agent que je souhaitais me dissocier de la série, en particulier faire supprimer le titre d'ensemble *An Unsuitable Job for a Woman*[1]. C'est ainsi qu'Ecosse dut aller trouver United Film and Television Productions, qui avait commandité la série, et que l'affaire a été portée pour la première fois à l'attention de Michele. Elle partage tout à fait ma préoccupation et fera ce qu'elle pourra pour redresser la situation, au moins en ce qui concerne le scénario. Robert Bernstein a suggéré une rencontre, mais à quoi bon ? Ecosse a fait entendre assez clairement qu'ils n'apprécient ni ne désirent aucune participation de ma part et je pense que je dois maintenant consacrer mes efforts à me dissocier de la série.

La déception provoquée par la qualité de cette deuxième série est moins importante que la façon dont Ecosse m'a délibérément caché la grossesse d'Helen. Je comprends parfaitement qu'elle ne souhaite pas annoncer la nouvelle publiquement avant les douze premières semaines, mais Ecosse, tout en

1. Titre d'un ouvrage de P.D. James traduit en français par *la Proie pour l'ombre. (N.d.T.)*

acceptant de garder son secret, aurait dû lui indiquer clairement que le contrat leur faisait obligation de me prévenir en tant qu'auteur, en dehors même de la courtoisie due entre personnes se faisant confiance.

Je me sens plus rassérénée maintenant que Michele a pris l'affaire en main, mais quel que soit le scénario adopté, le dommage ne peut pas être réparé en ce qui me concerne, puisque Cordelia avec un enfant illégitime n'est plus mon personnage. Pendant mon voyage de janvier aux Etats-Unis, des lecteurs m'ont constamment incitée à écrire une autre histoire autour de Cordelia Gray et avant cet ennui, j'avais au moins le choix. Je ne suis pas du tout convaincue que nous arriverons à persuader Ecosse de laisser tomber le titre d'ensemble *An Unsuitable Job for a Woman*. Après tout, il n'y a pas de copyright pour les titres et j'imagine que, légalement, nous ne pouvons pas les empêcher de continuer à l'utiliser.

La morale est qu'il ne faut jamais abandonner les droits sur un personnage, mais en réalité on le fait toujours à la télévision. Il est extraordinaire de constater la puissance des sociétés de télévision, ainsi que la perte de contrôle des auteurs sur leur œuvre. Mais la plupart d'entre nous sont trop heureux que leurs livres soient télévisés. Le média est si puissant et si efficace qu'il amène inévitablement des lecteurs par milliers, au moins pour les éditions de poche. Et puis dans l'ensemble j'ai eu de la chance, d'abord avec Anglia Films et maintenant United Film and Television Productions. Le film d'Anglia *Death of an Expert Witness (Mort d'un expert),* tourné en 1983, se divisait, si mes souvenirs sont exacts, en sept épisodes d'une heure. Aujourd'hui, nous sommes bien heureux d'en obtenir trois, ce qui est d'ailleurs dû plus à des restrictions budgétaires qu'aux nouvelles méthodes de tournage, bien que celles-ci jouent un rôle. Développer à loisir l'intrigue et la psychologie des protagonistes est rarement possible maintenant.

En parlant télévision avec ceux de mes amis qui

ont aussi eu leurs œuvres adaptées pour le petit écran, j'ai constaté que nous étions d'accord sur un certain nombre de desiderata qu'il serait utile, mais hélas ! impossible d'inclure dans les contrats. Au cas, fort peu probable, où quelque producteur ou réalisateur serait intéressé, en voici les principaux points :

1. N'essayez pas de porter à la télévision un roman à moins qu'il ne vous ait réellement intéressé. Trop souvent, il semble que vous ne vous souciez que d'acquérir le titre et le nom de l'auteur, après quoi vous poursuivez allégrement la confection d'une œuvre qui a très peu de ressemblance avec l'original.

2. Les romanciers acceptent l'idée que la télévision est un média visuel et qu'il peut être nécessaire de montrer des choses au lieu de les décrire, mais, avant de montrer des images, assurez-vous d'abord que les acteurs ne pourraient pas communiquer avec des mots.

3. Ne modifiez pas fondamentalement le personnage principal. Avec Dalgliesh, le premier réalisateur avait décidé, selon ses termes, de lui rabattre le caquet. Or j'en avais fait le fils d'un pasteur du Norfolk, c'était mon choix, et je ne vois pas du tout pourquoi la télévision décréterait que c'était trop bourgeois pour ses objectifs.

4. Quand l'original comporte un dialogue, pourquoi ne pas l'utiliser dans la mesure du possible ? J'ai eu beaucoup de chance avec la façon dont Anglia a traité *Un certain goût pour la mort,* un des meilleurs films de la série Dalgliesh. Dame Wendy Hiller emportait le roman sur le plateau et remarquait souvent : « Dans le livre, je dis ça. Pourquoi est-ce que je ne pourrais pas le dire à l'écran ? » Il est intéressant de noter que les adaptateurs qui sont bons, et ceux qui ont du succès, comme John Mortimer, changent rarement les dialogues : *Retour à Brideshead* était presque entièrement du Waugh. Je soupçonne que ceux qui ont moins de succès ne peuvent

résister à la tentation d'entendre leurs propres mots à l'écran.

5. Comme il pourra être nécessaire de supprimer certains épisodes ou certains personnages, à quoi bon en ajouter ?

6. Est-ce qu'il faut inévitablement qu'il y ait une poursuite en auto ? Les hommes les aiment peut-être (je ne vois vraiment pas pourquoi d'ailleurs) ; la plupart des femmes les trouvent assommantes à l'extrême. Et s'il vous faut absolument une course-poursuite, pourquoi la faire durer si longtemps ? Le temps d'aller se préparer une tasse de thé devrait suffire.

LUNDI 8 JUIN

Prévoyant d'aller à Southwold avec Alixe pour le week-end, j'ai téléphoné pleine d'assurance à une amie qui vient nourrir Polly-Hodge quand je suis absente et a ma clef. Mais j'ai été très dépitée d'apprendre qu'elle était en vacances à Gibraltar. Que faire de Polly-Hodge ? J'ai décidé de l'emmener. Elle protesta un peu quand je l'introduisis dans le grand panier d'osier, mais redevint silencieuse dès que la voiture démarra. Nous avions placé le panier sur le siège arrière face à nous, pour qu'elle puisse nous voir et nous entendre. Elle resta là immobile, les pattes repliées en dedans, les yeux fixés droit devant elle, résistant à la tentation de dormir au cas où l'immense créature ronronnante qui nous véhiculait échapperait à tout contrôle.

Pas de protestations pendant le trajet jusqu'à l'arrêt à un Little Chef sur l'A12 pour prendre un café. Dès que nous l'avons emportée à l'intérieur du café, le doux miaulement plaintif commença et la serveuse, qui n'avait pas l'air très à l'aise non plus, nous expliqua en s'excusant que les animaux n'étaient pas admis. Nous aurions dû le savoir, bien entendu. Nous avons donc emporté deux tasses de plastique dans la voiture. Alixe avait décidé lors de notre dernière expédition au-delà de l'East End qu'elle prendrait la M40, puis la M25 — itinéraire plus long mais, elle l'espérait, plus rapide. Ce qui se confirma à l'aller comme au retour et nous permit d'arriver à Southwold très à l'heure pour le déjeuner.

Il y eut une brume de mer pendant toute la journée du samedi, l'air doux et chaud nous caressait la peau. A Blythburgh, en regardant l'estuaire, impossible de voir si la marée montait ou descendait, car l'eau et le ciel étaient unis dans une même blancheur irisée. Nous sommes allées à Snape le long de la route côtière entre les hauts talus éclaboussés de coquelicots rouges, nous arrêtant à Leiston voir le musée qu'Alixe ne connaissait pas. Il est bien organisé, avec un personnel bénévole et tout le charme ainsi que l'intérêt des musées locaux bien entretenus. Il met en scène l'histoire de la société Garrett, qui, au sommet de sa réussite, fabriquait des machines à vapeur pour le marché intérieur et extérieur, ainsi que du matériel agricole, employant jusqu'à sept cents ouvriers du pays. J'ai particulièrement aimé les machines agricoles et les grandes caravanes de bois dans lesquelles les ouvriers mangeaient et dormaient pendant qu'ils travaillaient dans les champs. Alixe a surtout été émue par des souvenirs de la dernière guerre : un Union Jack déchiré qui avait été étendu sur l'autel d'une chapelle rudimentaire dans un camp de prisonniers japonais, placé sur les cercueils des nombreux morts et enfin hissé à la libération du camp. Une légère mélancolie flotte toujours sur ces petits musées. Tant de vies vécues et perdues, un mode d'existence disparu à jamais, chaque photographie granuleuse — un petit *memento mori*.

Après le musée, nous sommes allées au Trading Post où j'ai acheté une cruche victorienne et une gravure de la même époque dans son cadre d'origine. Parmi ces gravures, certaines, bien que trop sentimentales, sont magnifiquement dessinées, délicatement teintées et semblent avoir un charme atemporel. Nous l'avons chargée dans le coffre de la voiture, puis nous sommes allées à Snape pour déjeuner au pub. Il faisait assez chaud pour manger dehors confortablement et nous avons dégusté de l'agneau rôti, des légumes parfaitement cuits et, tout juste sorti du four, le meilleur pudding au caramel que j'aie jamais goûté. J'avais cru que celui d'Ivy ne pouvait pas être surpassé mais celui-là le valait. Manger un repas froid au grand air est toujours agréable, mais s'il est chaud et bien préparé, c'est un délice tout particulier et plus rare.

Après le repas, nous sommes allées à Aldeburgh, puis nous avons garé la voiture et marché le long de la plage en revenant à Southwold par la route côtière. Nettie de Montmorency est venue à six heures boire du vin rouge et nous mettre au courant des nouvelles locales. Nous avons ensuite passé une soirée paresseuse à regarder une vidéo de *Chambre avec vue*.

Le dimanche, communion à l'église paroissiale de St Edmund à huit heures. Je m'étais attendue à ce que l'office ait lieu dans la chapelle de la Vierge avec l'habituel petit groupe de fidèles, mais au lieu de cela, il y avait une assemblée importante dans la nef. La plupart des assistants, je le reconnais, étaient âgés. Comme moi, je suppose, des gens qui ont une préférence pour la liturgie de 1662, une certaine aversion pour les sermons et aiment bien aller à l'office tôt dans la journée. Ce qui manque, bien sûr, c'est la musique. Nous avons passé le reste de la journée à jardiner et ce avec de bons résultats, Alixe étant particulièrement habile pour fixer les clématites enchevêtrées et le chèvrefeuille sous les fenêtres de la cuisine, tandis que, plus prosaïque, je m'attaquais aux mauvaises herbes dans les crevasses de la pierre d'York. Il y en avait une, vert vif, qui s'était propagée en nappe sur une grande partie du mur, mais grâce aux pluies récentes elle était très facile à manier. J'ai pu glisser la truelle sous le bord et puis la rouler comme un tapis, procédé extrêmement satisfaisant qui allait faire apparaître pour la première fois le dessin soigneusement tracé des pierres.

Plus tard, nous avons parcouru la promenade qui mène à Walberswick, avant de revenir le long de la grève sous le ciel qui passait rapidement du bleu au noir d'encre. Mais la pluie n'est pas tombée, ce qui nous a permis de nous allonger sur les galets, car nous étions lasses. Ils sont étonnamment confortables, à condition de choisir le bon endroit, là où ils sont petits et peuvent être utilisés à la façon d'un sacco s'adaptant aux os saillants et aux courbes du corps. Quelle paix extraordinaire, allongées là, les yeux fixés sur les nuages qui couraient et, sans cesse présent, le sifflement du flux et du reflux ! Je voudrais bien pouvoir organiser ma vie de façon que cela se reproduise plus souvent.

Polly-Hodge s'est remarquablement bien adaptée à la nouvelle maison. Clare avait emmené son chat à Southwold et laissé un petit plateau avec un paquet de litière dans le placard sous l'escalier. J'ai mis le plateau pour Polly-Hodge dans la serre avec une soucoupe d'eau. Elle a bu et s'est immédiatement accroupie sur le plateau, ce qui m'a semblé remarquable si l'on pense que je l'ai depuis dix ans au moins et qu'elle n'a jamais eu à en utiliser un. Après cela, elle a exploré toutes les pièces de la maison, reniflant et délimitant visiblement son territoire. Elle a fini par disparaître totalement. Nous savions qu'elle était en haut, mais les recherches les plus minutieuses n'ont rien donné. Nous étions même allées jusqu'à ouvrir les portes des placards et les tiroirs, expédient ridicule puisqu'elle n'avait pu s'y introduire. Clare téléphona et me rappela que Charlie s'était comporté exactement de la même façon. « Elle est dans la salle de bain, me dit-elle, tu la trouveras probablement entre les deux lavabos. » Je lui objectai qu'il n'y avait pas de place, mais elle m'assura que si. Je m'allongeai par terre pour regarder dans le creux entre les cuvettes, puis plongeai la main dedans et trouvai une fente très étroite entre la paroi du fond et le mur. C'est là que Charlie s'était glissé. Je m'entourai le bras d'une serviette de toilette puis l'avançai doucement, aussitôt accueillie par un crachement et l'apparition d'une tête blanche poilue. Ainsi le secret de Polly-Hodge était découvert, mais elle avait prouvé qu'elle possédait une telle dose d'ingéniosité, pour ne pas dire de malice, qu'elle a été ensuite confinée dans le salon, la cuisine et la serre.

Aujourd'hui, lundi, déjeuner de bonne heure et départ à midi et demi. Le retour a pris trois heures, ce qui n'est pas excessif si l'on considère la distance. Joyce était là pour nous accueillir. Polly-Hodge est montée dans la chambre de derrière en haut de la maison, qu'elle fréquente rarement, et s'est endormie aussitôt.

MERCREDI 10 JUIN

Ce soir, causerie avec Ruth Rendell sur « L'art d'écrire des romans policiers » à la Royal Geographical Society, au bénéfice du Notting Hill Housing Trust Limegrove Appeal. Cette soirée littéraire faisait partie d'une série destinée à récolter de l'argent pour construire un nouveau centre destiné aux sans-logis de Londres centre et ouest. Il contiendra quarante chambres individuelles au lieu des dortoirs habituels, un cabinet médical, une cantine subventionnée, des conseils pour trouver du travail et des possibilités de formation, y compris sur ordinateur, une pièce tranquille pour étudier, des douches et une laverie — tout en somme pour permettre à des jeunes sans logis de reconstruire leur vie. Les installations seront accessibles la journée aux clochards londoniens, dont deux mille environ, me dit-on, couchent dehors toutes les nuits. Ruth, qui est l'une des marraines de l'appel, a dit quelques mots sur les buts que l'on espérait atteindre avant que nous commencions à parler.

Nous avons pris part ensemble à nombre d'interventions de ce genre, toujours pour des causes charitables. Chacune suit le même scénario : nous sommes assises toutes les deux, sans président, sur l'estrade pour parler de notre métier, prenant l'initiative de relancer le dialogue chacune à notre tour. Nous abordons généralement les mêmes sujets — comment nous sommes devenues écrivains, pourquoi nous écrivons des romans policiers, les problèmes techniques, nos différences et nos ressemblances —, mais aucun échange ne suit exactement le même schéma et le succès dépend autant de la réaction du public que de nous. Aujourd'hui, la soirée a été bonne, avec la possibilité de rencontrer un certain nombre d'amis à la réception avant de commencer. Nous avons répondu à des questions après la causerie, puis signé des livres.

Plusieurs personnes, pour certaines probablement des revendeurs, sont venues avec d'anciennes éditions à faire signer. Il est déprimant de voir combien d'entre elles sont maintenant à peine lisibles avec des dos qui se décollent et, pis, du papier qui brunit. On nous rappelle perpétuellement l'importance de la lecture et du document écrit, pourtant les éditeurs semblent avoir abandonné la production de livres qui dureront plus de quelques années. J'accepte bien l'idée qu'une grande partie des romans policiers est éphémère, mais faut-il qu'elle le soit à ce point ? Avant cette lamentable détérioration de la qualité, les lecteurs pouvaient acheter un exemplaire relié d'un écrivain favori en sachant que ce serait une acquisition durable pour leur bibliothèque personnelle, qu'ils pourraient lire, relire et manier avec plaisir puis transmettre à la génération suivante. Si rien n'est fait pour rétablir les critères de qualité, nous n'aurons plus de bibliothèques à l'avenir, ni nationales, ni personnelles. La raison de cette actuelle production de pacotille est bien sûr d'ordre économique, mais j'aurais pensé que les éditeurs trouveraient leur compte à publier ne serait-ce qu'un nombre limité des écrivains les plus importants du XXe siècle sous une forme durable.

J'ai appris par la suite que la soirée avait rapporté seize mille livres, assez pour construire trois chambres. Résultat remarquable pour une soirée littéraire.

VENDREDI 12 JUIN

Ce soir je suis lasse, revenant d'une séance de « Any Question » à Devizes. Tandis que j'allais en train de Paddington à Chippenham où, on devait me prendre, je me demandais bien pourquoi j'avais accepté d'y participer pour la première fois. C'est un exemple, je suppose, de ma tendance souvent imprudente et parfois désastreuse à dire oui alors que je ne suis pas sûre du tout de pouvoir venir à bout de ce qu'on me demande. Les autres invités — si c'est le terme exact — étaient Paul Foot, David Puttnam et Bernard Ingham, rencontrés pour la première fois dans un hôtel de l'endroit pour un dîner-buffet et un verre avant d'aller au Corn Exchange. Paul Foot et Sir Bernard sont des habitués du jeu, le premier assure même qu'il y participe depuis plus de trente ans. Mais il y a toujours une légère appréhension avant un passage en public quel qu'il soit et j'aurais préféré le repas après plutôt qu'avant l'événement.

Pendant le souper, Paul Foot et moi avons parlé de l'affaire Hanratty et du livre qu'il a publié il y a quelques années pour essayer de convaincre le lecteur qu'Hanratty est innocent. J'ai dit qu'après l'avoir lu, je croyais toujours que le verdict était le bon, et Paul déclara que dans ce cas je n'avais pas pu le lire, mais David Puttnam s'interposa pour affirmer que si je l'avais dit je l'avais fait. Je me rappelle que le raisonnement était très habile et soulevait certainement des questions qui demeurent encore sans réponses. L'affaire est souvent citée comme l'illustration des différences ainsi que des mérites et démérites respectifs de notre propre système accusatoire comparé à celui de la France, par exemple, dit inquisitoire, qui repose sur l'investigation. Dans le cadre de ce dernier, la question posée aurait été : pourquoi un petit malfrat londonien qui n'avait jamais été vu manipulant des armes à feu se serait-il trouvé dans un champ à Slough, tenant en joue les amants Michael Gregsten et Valerie Storie et pourquoi s'était-il retrouvé si loin des lieux qu'il fréquentait habituellement ? Bien entendu, l'accusation ne posa pas cette question et la défense ne le fit pas non plus, puisqu'elle soutenait qu'il ne s'y était pas trouvé. L'explication que j'ai entendue par la suite était qu'on avait loué ses services pour effrayer les amants, mais ce qui ne devait être qu'une simple intimidation avait tourné affreusement mal et même abouti au meurtre. Il y avait aussi le rôle ambigu joué par Peter Louis Alphon et le fait que le jury resta neuf heures et demie en délibération avant de revenir avec le verdict « coupable ». Pour certains esprits, une discussion qui dure aussi longtemps prouve sûrement qu'il doit y avoir un doute raisonnable. Je ne peux m'empêcher de me demander, au cas où Hanratty aurait été brillamment défendu, si le doute raisonnable n'aurait pas pu être établi. Mais rien de tout cela n'influence mon propre avis sur sa culpabilité. Comme l'affaire continue à susciter des controverses, il me semblerait tout indiqué d'exhumer le corps et d'établir la vérité une fois pour toutes au moyen de l'ADN. Je trouve étrange que cela n'ait pas été fait.

Il y avait, comme on s'y attendait, de nombreux spectateurs qui s'étaient échauffés avant que nous entrions à la queue leu leu sur le plateau. Les questions étaient prévisibles : l'affaire récente d'un prisonnier libéré au bout de vingt-trois ans pour un meurtre que non seulement il n'avait pas commis mais qui était désormais considéré comme n'ayant pas été commis ; comment traiter le problème des Balkans ; ferions-nous appel au chancelier de l'Echiquier pour nous conseiller sur nos finances personnelles ? Je ne me suis pas déshonorée mais je n'ai pas eu non plus à la fin de l'émission l'impression d'avoir dit quoi que ce soit d'original ou d'utile.

Paul Foot m'a racompagnée chez moi en voiture. Pendant l'émission, il a vigoureusement et fort longuement défendu ses propres préoccupations, ressemblant à un militant de gauche à jamais figé dans les années 1960. Mais j'ai constaté, comme cela arrive souvent, que mieux je le comprenais, plus je l'appréciais et nous avons passé le trajet jusqu'à Londres dans une ambiance sinon consensuelle, du moins amicale.

DIMANCHE 14 JUIN

J'ai eu la chance à la Chambre des lords d'obtenir des billets pour assister hier au Trooping the Colour[1] et j'en ai été particulièrement contente, parce que j'avais bien espéré inviter Miss Lowe à voir la parade avec moi. Les prévisions de la météo étaient déprimantes et la pluie tombait à seaux quand nous avons rejoint la queue pour franchir la barrière de sécurité avant de prendre nos places. D'abord dirigées vers la mauvaise tribune, il nous fallut changer ensuite, mais nous n'aurions pu être mieux placées, au premier rang de la tribune cinq. J'avais prévenu mon invitée de s'habiller chaudement, ce qui s'est avéré bien judicieux, car si la pluie avait cessé, la journée était exceptionnellement froide. La parade se déroula sous un ciel gris et menaçant mais sans pluie. Les gardes défilèrent sous de courtes pèlerines grises et il y eut un instant de théâtre pur quand, un ordre ayant été aboyé, ils les rejetèrent d'un seul mouvement pour dévoiler leurs uniformes écarlates. La précision du défilé ne manque jamais de remonter le moral et cela, il me semble, même chez ceux

1. Salut au drapeau, le jour de l'anniversaire de la reine. *(N.d.T.)*

qui n'ont aucune sympathie pour les spectacles militaires. Mais Trooping the Colour a perdu une partie de sa magie quand la reine a remplacé le cheval qu'elle montait en amazone par une automobile pour passer ses gardes en revue. La vue de cette petite silhouette en chapeau d'été promenée lentement comme une mascotte le long des rangs impeccables, dans ce qui est je crois une torpédo, avait un air incongru et même un peu ridicule.

Déjeuner ensuite au restaurant de l'aile Sainsbury de la National Gallery, ce qui me semblait être une bonne idée parce que cela donnait le temps à la foule de se disperser, après quoi nous avons pu trouver un taxi sans trop de difficulté. Je suis rentrée chez moi bien à temps pour prendre mon sac de nuit et aller à Liverpool Street où j'ai pris le train de cinq heures pour Colchester.

Grey Gowrie m'avait écrit il y a quelques mois pour me demander si j'accepterais d'animer un déjeuner littéraire au Clare Arts Festival. Après m'être assurée qu'il voulait bien parler de Clare dans le Suffolk et non pas de Clare en République d'Irlande, j'avais accepté, essentiellement, bien entendu, parce que c'était lui qui m'en priait. Mais la décision s'est révélée heureuse et j'ai passé d'excellents moments. Invitée pour la nuit chez la comtesse Benckendorff, je m'y suis aussitôt sentie à l'aise. Après avoir pris un verre à Cavendish House, nous sommes allées à un petit dîner intime, puis nous sommes couchées de bonne heure. Le temps a continué à être très incertain mais j'ai été contente de voir Cavendish, village remarquablement beau, et Clare.

Avant le déjeuner, j'ai visité l'église de Clare, typique des belles églises d'Est-Anglie aux proportions admirables, claire et aérée, verrières et colonnes serrées les unes contre les autres, avec un lutrin du XVIe siècle particulièrement intéressant. Nous sommes montées jusqu'à un banc à galerie que j'avais pris d'abord pour une invention victorienne destinée à assurer confort et intimité au seigneur du lieu, mais qui est en fait beaucoup plus ancien. Le desservant de la paroisse nous a dit que l'église cherchait quel serait le meilleur usage à faire de la galerie et de l'espace au-dessous — peut-être un oratoire pour la prière personnelle où les gens pourraient s'asseoir au calme sans être observés.

Le déjeuner a eu lieu dans la vieille salle d'école. Au menu figurait du saumon dans une très bonne sauce, suivi par des fraises à la crème et une tarte au citron. Le service, assuré par des bénévoles en majorité jeunes, était si lent que je me suis retrouvée avec mon souci londonien de l'horaire. Le café n'ayant toujours pas fait son apparition à trois heures moins le quart, j'ai murmuré que l'après-midi des invités se serait écoulé quand j'aurais fini de parler, mais on m'a assuré qu'ils s'y attendaient et que le seul souci était que je ne rentre pas trop tard à Londres. Il était bien quatre heures et demie à la fin des questions et elles auraient pu se poursuivre beaucoup plus longtemps. Un des visiteurs qui rentrait à Londres en voiture m'a offert de me ramener et je lui en ai été particulièrement reconnaissante, parce que j'avais oublié que la grève du métro était commencée et que je me serais trouvée coincée à Liverpool Street.

J'avais été ennuyée de laisser Polly-Hodge et m'attendais à la retrouver affamée et de mauvaise humeur. Heureusement, bien que contente d'être nourrie, elle semblait assez satisfaite. Je lui avais laissé de quoi tenir jusqu'à cet après-midi, mais j'étais rentrée plus tard que prévu. Je pense bien que, comme la plupart des membres de sa race retorse, elle a une source cachée de nourriture pour les urgences de ce genre.

MARDI 16 JUIN

Je suis allée ce soir à la réception et la remise des prix de la Société des auteurs, organisée cette année au Roof Gardens, Kensington High Street, que je ne connaissais pas encore. Le choix était heureux car, la pluie ayant cessé, nous avons pu sortir à l'air, évitant ainsi la foule et le bruit habituels lors de ces réunions. Les jardins m'ont étonnée. Peu de fleurs mais beaucoup de verdure, et il semblait stupéfiant que le bâtiment pût supporter un tel poids d'arbres, de terre et d'eau. Les deux flamants avaient l'air un peu déprimés, comme s'ils étaient conscients de ne pas être à leur place. Michael Palin a remis les prix et fait un petit discours aussi approprié que drôle. Ensuite, j'ai été invitée par Mark Le Fanu à un petit dîner avec Maggie Drabble, Michael Holroyd, Diana Shine, qui va quitter la société sous peu, hélas ! et Michael Palin en compagnie de sa femme.

La cérémonie de remise des prix est toujours très gaie à la Société des auteurs, surtout parce qu'elle donne l'occasion aux écrivains de se rencontrer. Les prix, mis à part le prix Betty Trask, ne sont pas importants, il n'y a pas d'éliminatoires, ni de dîner officiel où les éventuels lauréats doivent subir l'œil inquisiteur des caméras. Cependant, le Betty Trask a toujours été très discuté. Il est décerné pour un roman romantique ou traditionnel, écrit par un auteur de moins de trente ans, et l'on sait parfaitement ce que Betty Trask elle-même, de l'école romantique, espérait réaliser. Mais au cours des années, les juges ont eu tendance à privilégier la ligne classique et parfois je soupçonne que Betty Trask serait étonnée, et même un peu fâchée, par le choix du livre.

MERCREDI 17 JUIN

Macmillan, qui projette de rééditer deux ouvrages de Nicholas Blake, *The Beast Must Die* et *A Tangled Web,* m'a demandé d'écrire une introduction qui puisse convenir aux deux. Les rééditions feront partie de la collection « Classic Crime », destinée à remettre en circulation ces classiques du genre qui étaient épuisés. J'ai envoyé mon texte cet après-midi.

Nicholas Blake (pseudonyme du poète Cecil Day-Lewis) est l'un des écrivains que j'ai le plus aimés pendant mon adolescence. Mais, comme Dorothy L. Sayers, il a innové en matière de style plutôt que de forme. La plupart de ses romans respectent les conventions acceptées : récit excitant, énigme vraisemblable et provocante, détective amateur alliant créativité et force de raisonnement. Il avait pris pour modèle de son fin limier Nigel Strangeways son ami le poète W.H. Auden, grand amateur lui-même de littérature policière et auteur d'un des essais fondamentaux sur le genre, *The Guilty Vicarage* (La cure coupable), publié en 1948. Il y examine l'attrait persistant du roman policier classique à la lumière de la théologie chrétienne.

Dans *The Beast Must Die* (La bête doit mourir), Nigel Strangeways a épousé en secondes noces Georgia, exploratrice de renommée mondiale qui apporte ses intuitions et ses théories extrêmement personnelles. Il est intéressant de remarquer que les écrivains qui, dans les années 1930, ont créé des enquêteurs très typés, les ont mariés à des femmes poursuivant leur carrière avec grand succès. Lord Peter Wimsey obtient finalement la main d'un auteur de romans policiers très populaire, Harriet Vane, bien que les opinions divergent sur l'opportunité de cette satisfaction que l'écrivain s'est accordée ; certains lecteurs trouvent Harriet irritante, bien qu'elle devienne plus humaine après son mariage. Albert Campion épouse Lady Amanda Fitton censée être ingénieur aéronautique bien que nous n'entendions jamais parler d'elle avec ne fût-ce qu'une clef à molette en main, tandis que le Roderick Alleyn, de Ngaio Marsh, est le mari d'un peintre célèbre, Troy. Deux des écrivains au moins, Dorothy L. Sayers et Ngaio Marsh, ont pu faire usage de leur propre expérience professionnelle. Harriet est tout à fait vraisemblable en auteur de romans policiers et Troy en artiste peintre. Je crois que cette tendance des auteurs féminins à adjoindre à leurs enquêteurs une épouse distinguée et connue est typiquement anglaise. Georges Simenon se contente de laisser Mme Maigret s'affairer, tout heureuse, dans sa cuisine. C'est une difficulté que j'ai évitée en ne remariant pas Adam Dalgliesh.

SAMEDI 20 JUIN

Hier à Chatsworth pour remettre le prix littéraire Heywood Hill par un temps parfait, à la grande satisfaction des organisateurs et des invités, puisque la réunion avait lieu dans le jardin. Andy est venu me chercher à neuf heures et demie pour m'emmener dans le Derbyshire, car je craignais que la journée de grève du personnel d'entretien dans les chemins de fer n'entraîne des retards sur les trains. C'est d'ailleurs ce qui s'est produit et le groupe venu par ce moyen de locomotion est effectivement arrivé en retard, mais pas assez pour perturber vraiment le déroulement de la journée. Je n'avais jamais vu Chatsworth. Essentiellement, je pense, parce que je ne conduis pas et que nombre de ces grandes demeures ne sont commodément accessibles qu'en voiture. Les superlatifs deviennent plats devant tant de beauté, tant de trésors d'art et d'architecture, tant de perfections naturelles heureusement disciplinées.

La remise du prix en elle-même a été très divertissante. Il y avait une tente avec des tables installées aussi bien à l'intérieur que sur la pelouse, et un orchestre en veste rouge jouait la musique allègre que l'on entendait, enfant, au bout des jetées, ce qui ajoutait beaucoup à l'air de frivolité. Il ne s'agissait pas d'un quatuor à cordes. Le dégagement était prévu pour coïncider avec la réception annuelle en l'honneur des maires, si bien que ma première impression fut que les autorités locales étaient étonnamment éprises de littérature. Et puis il y avait les intellectuels de Londres, les habitués de Heywood Hill et d'autres, sans doute là à cause de leur amitié avec le duc et la duchesse ou John Saumarez Smith, en charge de la librairie. C'était donc une assemblée bizarrement assortie, mais qui s'accordait très bien, même si les chaînes édilitaires cliquetaient doucement, très proches les unes des autres, sans qu'il y eût beaucoup de mélanges. J'admirais la confiance qui osait réunir deux groupes aussi discordants avec la certitude joyeuse que tout le monde passerait un bon moment, ce qui fut d'ailleurs le cas.

Personne, y compris moi, n'a parlé trop longtemps, ce qui est toujours un avantage. Les deux lauréats étaient le biographe Richard Ollard, dont j'avais relu la vie de Pepys avant de venir, et un écrivain que je ne connaissais pas, Norman Lewis, voyageur, diariste et romancier. Il a presque quatre-vingt-dix ans et, dans son discours après la remise du prix, il a décrit comment, enfant, il avait été fasciné par l'écrit. On l'envoyait passer de longues vacances chez trois tantes célibataires dont l'une était épileptique et sujette à des crises presque continuelles, l'autre passait la journée à pleurer et la troisième était dérangée. Elles ne voulaient pas le laisser sortir de la maison. Il regardait par les fenêtres les autres enfants qui jouaient. Mais elles avaient une bibliothèque et il pouvait charmer les heures solitaires de son emprisonnement en lisant. D'où un amour durable des livres et sa propre carrière d'écrivain. Parmi toutes les raisons données par des écrivains pour leur première étincelle de créativité, être enfermé par des tantes folles est la plus piquante.

Après le déjeuner, les invités ont pu visiter la maison — en particulier la bibliothèque où des livres avaient été spécialement sortis — ou se promener dans le parc. Puis, une fois le car parti pour la gare, je me suis reposée dans le salon jusqu'à l'heure du thé. J'avais été aimablement invitée à passer la nuit et la chambre que j'occupais s'appelait « La Vue ». Le nom était bien choisi, car la vue était magnifique. Par l'immense fenêtre à vingt-quatre carreaux, je découvrais le jardin et à l'horizon, les prairies, les collines, les bois et le ciel d'été. Il y avait assez de livres dans la pièce — soigneusement choisis afin de convenir à tous les goûts possibles — pour fournir de la lecture pendant un mois.

Montée me reposer avant le dîner, j'ai pris, un peu au hasard, l'autobiographie d'Enid Bagnold. Quelle femme compliquée, pas totalement sympathique elle a dû être ! Un passage : « Qui veut devenir écrivain et pourquoi ? Parce que c'est la réponse à tout, à la raison pour laquelle je suis ici, à l'inutilité. C'est la raison inépuisable de vivre, de noter, d'épingler, de construire, de créer et de ne s'étonner de rien, de chérir les bizarreries, de ne rien laisser perdre, de faire quelque chose, de faire une grande fleur de la vie, même si c'est un cactus. »

Qui veut devenir auteur de romans policiers et pourquoi ? Pour imposer l'ordre à un terrifiant chaos ? Pour donner l'illusion que nous vivons dans un monde moral et compréhensible ? Pour gagner de l'argent ? Pour fournir une structure à l'intérieur de laquelle auteur et lecteurs peuvent en toute sécurité s'affronter à la terreur, la violence, la mort ? Montrer que certaines choses au moins ont une réponse ? Pour éloigner la peur atavique de la cruauté et de la mort ? Pour analyser hommes et femmes sous le choc d'une enquête de police sur le crime ultime ? Pour créer une moralité dramatique moderne là où la vérité est au moins établie, même si elle ne triomphe pas ? Pour célébrer la justice ? Pour prendre le dessus sur nos ennemis ? Pour obtenir un pouvoir au second degré ? Pour conseiller et divertir, consoler et ravir ? Parce que c'est ce que l'on fait le mieux ?

Bagnold cite une phrase de Gibbon qui a attiré mon attention : « Dans la vacance silencieuse qui précède notre naissance ». Notre amour pour l'architecture, l'art et la beauté, qui nous relie au passé, fait-il partie du besoin de savoir d'où nous venons et, en touchant, voyant, aimant des objets inanimés, de nous donner l'illusion que nous avons été ici-bas plus longtemps que notre brève existence ? Cela ne peut fonctionner qu'à sens unique, d'où peut-être une partie de notre terreur de la mort. Quand cet ultime couvercle sera finalement vissé sur nous, il n'y aura plus de vie d'emprunt, mais maintenant nous projetons notre esprit, voire nos mains, dans le passé, gagnant ainsi une fausse immortalité. La vacance silencieuse prend vie.

Tom Stoppard était parmi les invités et j'ai trouvé dans ma chambre l'édition Faber brochée de ses pièces radiodiffusées. Les premières remontent à 1966 et je ne peux pas comprendre pourquoi la BBC ne nous les fait pas entendre de nouveau. La Corporation doit posséder une extraordinaire richesse d'archives. Pourquoi la néglige-t-elle à ce point ? Pourquoi ne voyons-nous plus sur nos écrans une seule pièce d'un auteur distingué ?

Avant que je commence à m'habiller pour le dîner, le téléphone sonna et le majordome me dit que le duc se demandait si je n'aimerais pas prendre un verre de champagne. Certes oui, et il en apporta un personnellement à tous ses invités. Je me disais que l'on se sentait étonnamment à l'aise dans ces appartements privés. Mais qu'il est étrange de vivre dans une maison où chaque mètre parcouru révèle un objet beau, intéressant ou historique ; où l'on voit en levant les yeux un Vélasquez, un Rubens, un Lawrence, un Frans Hals, un Van Dyck. Certains des achats d'art moderne du duc reposaient contre le mur, attendant visiblement leur bonne place. Il était intéressant de voir que les propriétaires de grandes demeures doivent faire face aux mêmes problèmes que nous autres simples mortels, ne sachant que faire de leurs récentes acquisitions. Je ne pourrais jamais m'habituer à vivre dans une maison qui a cent soixante-quinze pièces, trois cent cinquante-neuf portes, près de huit mille vitres à nettoyer, cinquante-six toilettes et mille cent quarante-deux mètres de corridors. Ce doit parfois sembler une responsabilité beaucoup plus qu'un plaisir.

Après le dîner, assise sur la terrasse en compagnie des autres invités de la maison, alors que l'obscurité tombait sur la campagne, la maison illuminée et dorée derrière nous, j'aurais voulu me trouver sur une colline éloignée pour la regarder d'en haut.

Ce matin, de la fenêtre de ma chambre, en regardant les jardins bien dessinés qui descendaient jusqu'à la rivière, je voyais des tentes colorées et un grand auvent dressés pour ce qui va manifestement être une sorte d'exposition florale, et dans la prairie voisine une fête d'enfants avec un manège. De petites silhouettes allaient et venaient avec cet air affairé sans précipitation qui est toujours agréable à voir. J'aurais pu être Glencora, duchesse d'Omnium, surveillant les préparatifs de sa grande fête d'été. Je m'attendais presque à voir dresser des cibles de tir à l'arc pour que les dames en rubans et crinolines fassent montre de leur adresse, non sans autoriser les gentlemen à les aider discrètement à tendre leur arme. Mais au lieu de cela, je vis la fête éclore avec le matin, tandis que buissons et petits arbres apparaissaient presque par magie, comme dans un film en accéléré. Un de ces moments où une scène colorée jaillie de l'imagination devient réalité.

Après le petit déjeuner, je suis allée au magasin qui est dans l'orangerie et qui, contrairement à certains de ses semblables, vend des objets que l'on a plaisir à acheter. Andy est reparu avec la voiture à neuf heures et demie, mais nous ne sommes partis que près d'une heure plus tard. Après un arrêt au magasin de la ferme, nous sommes rentrés tranquillement à la maison.

Je suis allée chez John Lewis avec quelques gravures de Baxter que je voulais faire réencadrer et pour regarder des échantillons de papier dans l'espoir que les réparations de la maison commenceront le mois prochain ou à peu près. Ensuite, soirée tranquille chez moi à rédiger les notes griffonnées pour ce journal, puis coucher de bonne heure.

MARDI 30 JUIN

Rentrée ce soir de Stockton où j'ai été faite aujourd'hui docteur ès lettres *honoris causa* de l'université de Durham ; c'est mon sixième doctorat *honoris causa.*

J'étais partie de Londres pour Darlington hier après-midi et avais été accueillie à la gare, puis conduite à mon hôtel à temps pour me changer avant le dîner. Il avait lieu dans la salle du conseil avec le chancelier Sir Peter Ustinov et les principaux dignitaires de l'université. Ce soir-là, les autres docteurs *honoris causa* étaient la romancière Pat Barker et l'acteur Richard Griffiths. Je ne les avais encore rencontrés ni l'un ni l'autre, mais j'admire leur travail et j'ai beaucoup apprécié leur compagnie. On a beaucoup ri au dîner, ce qui n'a rien de surprenant quand Peter Ustinov et Richard Griffiths sont là. J'ai même cru déceler une certaine rivalité dans les traits d'esprit et une lueur professionnelle discrète dans les yeux tandis qu'ils se mesuraient d'un côté à l'autre de la table.

Ce matin, nous nous sommes réunis à l'hôtel de ville pour aller en cortège jusqu'à l'église paroissiale où la cérémonie devait avoir lieu. La procession était longue et haute en couleur. Les Anglais n'aiment pas tellement défiler, sauf quand ils sont dans l'armée, et même un cortège officiel a l'air d'une flânerie entre gens de bonne compagnie qui s'intéressent peu aux réactions des spectateurs, si bizarre que soit leur costume. Il semble que l'année dernière, un des habitants du pays, ayant demandé à son compagnon : « Qu'est-ce que c'est que toute cette histoire ? », reçut cette réponse, « Je crois que c'est un mariage de romanichels. » C'était la première fois que je venais à Stockton (mais pas dans le Nord-Est) et j'ai été impressionnée par tout ce qui a été fait dans une des régions les plus pauvres du Royaume-Uni en termes de privation et de chômage.

Partie intégrante de l'université de Durham, le

campus de Stockton a été créé en 1992 dans des installations spécialement construites sur les bords de la Tees. Dès le début, il a cherché à attirer des étudiants de la région, en particulier des adultes et ceux dont les familles n'avaient aucune tradition en matière d'instruction supérieure. Et c'est ce qu'il fait avec un remarquable succès puisque soixante pour cent des inscrits viennent des environs, plus de cinquante pour cent sont des étudiants adultes passés par d'autres filières que le *A level* traditionnel et le pourcentage de réussite est le même que celui de Durham. Ma courte visite de deux jours a suffi pour que je me sente accueillie dans une communauté vivante de gens enthousiastes, tout dévoués à leur conception de ce que le Nord-Est mérite et de ce qu'il peut réaliser. Pour moi, deux jours riches en enseignements comme en plaisir.

JUILLET

DIMANCHE 12 JUILLET

Chez ma petite-fille Eleanor et son compagnon Scott pour prendre le thé et voir leur appartement de Hampstead. Petit mais charmant et inondé de lumière avec de grandes fenêtres, une verrière et un balcon transformé maintenant en un petit jardin. Il donne sur la voie ferrée mais le bruit des trains qui passent ne me gêne jamais. Quand, enfant, j'habitais Woodlands, près de Ludlow, je les entendais une fois au lit et c'était pour moi un son à la fois réconfortant, excitant et la promesse de voyages imaginaires. Pendant nos promenades du dimanche, nous courions à travers champs au premier grondement d'un train qui approchait, puis, grimpés sur une barrière, nous faisions des signes au conducteur et au mécanicien qui invariablement nous répondaient. Si nous avions de la chance, ce dernier était occupé à alimenter la chaudière et nous apercevions le cœur flamboyant du monstre.

C'est le 12 juillet qu'en 1988, Douglas Hurd m'a envoyé une lettre du ministère de l'Intérieur pour me demander si j'accepterais que mon nom soit proposé pour le poste d'administrateur de la BBC. Ce n'était pas tout à fait inattendu puisque Duke Hussey, président du conseil d'administration, m'avait téléphoné quelques jours plus tôt pour connaître ma réaction.

Appel totalement inattendu, celui-là, mais fort bienvenu.

Mes cinq années comme administrateur, malgré les tensions occasionnelles et la conscience tenace que j'étais à la fois moins utile et moins efficace que je ne l'aurais souhaité, ont été parmi les plus agréables de ma carrière dans le service public.

Depuis sa création, la BBC a un conseil de douze administrateurs et dans l'ensemble, le système a bien fonctionné. Les administrateurs sont nommés par la reine sur recommandation du Premier Ministre et, comme si souvent dans la vie publique britannique, le processus de la sélection demeure mystérieux. Au cours des dernières années cependant, une formule s'est imposée. Un administrateur représente l'Ecosse, un autre le pays de Galles et un autre l'Irlande du Nord. En outre, il y a généralement un spécialiste des finances, un syndicaliste, un représentant des arts et un ancien ambassadeur, sans doute pour veiller spécialement aux intérêts du World Service. Les autres sont en général éminents dans leur domaine. Il a toujours été considéré comme un honneur de servir comme administrateur à la BBC et c'est sans aucun doute ainsi que je l'ai pris.

Pendant les cinq années de mon mandat, la BBC s'est surtout occupée du renouvellement de sa charte. C'était là un effort collectif mobilisant l'enthousiasme et l'engagement des administrateurs, du directeur général, Michael Checkland et de son successeur John Birt, du conseil de gestion et du personnel. On ne pouvait certes pas tenir le succès pour acquis. La BBC avait des amis puissants et le soutien du public, mais aussi des ennemis puissants et bien informés qui accusaient la Corporation de gaspillage, de mauvaise gestion et de partialité politique. Il était admis qu'il devrait y avoir des changements dont certains seraient douloureux.

La réunion la plus heurtée et sans doute la plus controversée des administrateurs eut lieu à un dîner privé où il fut décidé, pas unanimement au début, de nommer John Birt pour succéder à Michael Checkland comme directeur général. Aussi bien le président que le vice-président étaient profondément convaincus que c'était la bonne décision. John Birt avait servi comme directeur adjoint pendant cinq ans. Il était le candidat idéal, ayant à la fois le dévouement et la force nécessaires pour aider les administrateurs à opérer les réformes indispensables si la charte devait être renouvelée, et en divulguant le nom du successeur de Michael Checkland bien avant que celui-ci se retire, on éviterait des mois de manœuvres et d'hypothèses qui ne pourraient que faire du tort à la BBC. Il semblait également inepte de suivre toute la procédure habituelle et d'annoncer la vacance du poste simplement pour donner une impression de transparence.

La nomination du prochain directeur général sera sans doute décidée de façon moins controversée, ce qui ne veut pas dire que le choix final ne donnera pas lieu à des controverses. Mais il ou elle n'en sera pas moins le candidat jugé acceptable par le président. C'est inévitable. Les rapports entre le président et le directeur général sont vitaux pour la BBC. Ils doivent être conscients de leurs responsabilités respectives comme des limites qui les définissent. Il faut qu'il y ait sympathie et respect mutuel entre eux, ainsi qu'une idée bien nette chez l'un comme chez l'autre de ce que signifie la radiotélédiffusion publique, une idée bien nette aussi du fait que leurs rôles sont complémentaires et non pas opposés.

Une question, qui n'a d'ailleurs pas été soulevée avec grande insistance pendant mon mandat, est celle de savoir si les administrateurs ne devraient pas être choisis de façon plus ouverte, plus responsable, voire élus. Je ne vois pas comment une élection pourrait fonctionner de façon satisfaisante, mais il ne devrait pas être difficile de rendre le processus de la sélection plus transparent qu'il ne l'est actuellement.

Il y a un dilemme au cœur de la BBC et je ne crois pas qu'il ait été résolu. La Corporation devrait représenter l'excellence en matière de diffusion, l'étalon auquel toutes les autres chaînes sont heureuses d'être mesurées. Or cette excellence est parfois difficile à concilier avec des indices d'écoute élevés et la BBC a toujours été presque pathologiquement soucieuse de sa part de marché. La crainte, dans une large mesure inexprimée, a toujours été que si cette part tombait au-dessous d'un chiffre critique (celui de trente pour cent est souvent cité) la redevance serait compromise, parce que les téléspectateurs et les auditeurs soutiendraient qu'il est injuste de les obliger à payer un service qu'ils utilisent rarement. Cela conduit évidemment à se concentrer sur les chiffres de l'audience et à la tentation insidieuse de baisser la qualité qui pourrait être fatale pour l'avenir de la Corporation. Si la BBC ne propose pas quelque chose de différent et de nettement meilleur que les autres, elle risque fort de se retrouver engagée dans la bataille de l'audience, comme tout un chacun, et payée par ceux qui la veulent.

Il me semble qu'au cours de ces deux dernières années la BBC s'est plus souciée des parts de marché que de la qualité. En particulier, l'affirmation si souvent répétée que les chaînes devaient plaire aux jeunes est un euphémisme qui signifie baisser le niveau, ce qui est au reste peu flatteur pour lesdits jeunes. J'ai parfois l'impression que si je masquais le nom de la chaîne dans les programmes des journaux, j'aurais du mal à discerner quels sont ceux de la BBC. Elle court déjà le danger de ne devenir qu'un organisme de diffusion de plus. Nous aboutirons peut-être à cette situation curieuse : voir arriver sur la scène un nouvel organisme de diffusion, consacré à la grande qualité, qui usurpera les sommets autrefois occupés par la BBC.

Qu'elle soit financée par une redevance ou par l'impôt général, la BBC a besoin d'un apport régulier si elle doit persister. Mon opinion personnelle est que le public paiera si elle garantit la qualité, même s'il regarde ou écoute relativement peu ses émissions. Je ne partage pas l'enthousiasme de ma fille aînée pour cette forme d'art, mais je suis heureuse de pouvoir contribuer par mes impôts à l'entretien d'un grand opéra ; le fait que je n'aie plus ni enfants ni petits-enfants à l'école ne signifie pas que je contribue de mauvaise grâce au fonctionnement de l'éducation nationale.

Lors de mon arrivée à la BBC, j'étais une spectatrice et une auditrice très assidue, mais aussi très sensible à la subtile malhonnêteté de beaucoup d'émissions télévisées. Il me semble important de ne jamais perdre de vue que chacune des images apparaissant à l'écran a été choisie par la caméra pour être filmée et par le metteur en scène ou le producteur pour être montrée. J'ai appris une leçon salutaire lors de mon passage au Health Service. La région manquait de lits pour les jeunes malades chroniques qui devaient parfois être soignés avec des vieillards en hospitalisation de longue durée, ce qui ne convenait guère. La BBC se mit en devoir d'enregistrer une émission sur le sujet et montra une très jeune et très jolie patiente atteinte de sclérose en plaques et, en filmant le service où elle était soignée, se concentra sur les plus séniles, déprimantes et repoussantes des vieilles personnes. On ne disait rien du fait qu'on avait proposé plus d'une fois une place à la jeune fille dans un centre pour les jeunes malades chroniques, mais qu'elle préférait rester où elle était parce qu'elle aimait bien être gâtée par certaines de ces vieilles personnes, appréciait les excellentes ressources des services de physio et ergothérapie ; en outre, une des infirmières l'emmenait chez elle pendant les week-ends pour la changer de cadre. Point n'était besoin de cette émission pour renforcer mes soupçons ; les producteurs de documentaires décident trop souvent d'abord de la démonstration qu'ils veulent faire et cherchent ensuite les preuves pour l'étayer.

Je n'aime pas non plus les émissions télévisées qui mélangent faits et fiction, mais en général avec l'intention de laisser croire au spectateur qu'il a vu la vérité. *The Monocled Mutineer* et *Tumbledown,* tous deux extrêmement bien dirigés et joués, sont des exemples de ce procédé peu honnête. Trop souvent on répond aux protestations par : « Mais cela fait de la bonne télévision ! » Nous devrions nous demander plus souvent : « Etait-ce honnête ? Etait-ce impartial ? Etait-ce vrai ? » Mais il me semble que le plus gros problème pour les administrateurs, c'est que le domaine où ils ont le moins de pouvoir est aussi celui qui a le plus d'importance : l'élaboration des émissions. Le rôle de la BBC est d'en présenter qui soient de la plus haute qualité possible, aussi bien à la télévision qu'à la radio. Tout ce qu'elle fait devrait être subordonné à cela. Or, dans ce domaine, les administrateurs ont quelque influence, mais pas de pouvoir réel. Par tradition, ils ne les voient pas avant les autres ; la seule fois où cela a été fait, pour *Real Lives,* alors que Stuart Young était président, il en est résulté un intense ressentiment et d'amères controverses. Toute avant-première, donc tout jugement préalable, est considérée comme une atteinte à la liberté artistique des producteurs et des réalisateurs — suggestion qui a toujours été honnie par la BBC. Il faut laisser l'élaboration des émissions aux experts, qui doivent avoir le droit d'échouer comme la satisfaction de réussir. Mais tout cela signifie que les administrateurs sont pratiquement incapables d'intervenir directement pour favoriser l'excellence artistique, tâche qu'ils ont précisément la responsabilité d'assumer.

La BBC aujourd'hui n'est pas une organisation heureuse. Des systèmes de gestion efficaces (à condition qu'ils ne substituent pas une lourde bureaucratie à une autre) sont importants, mais moins que l'acceptation sans équivoque des valeurs et de la responsabilité du service public que représente un système de diffusion publique, ainsi qu'un climat où créativité et excellence artistique puissent s'épanouir.

Pour une organisation dépendant des fonds

publics et qui proclame souvent son ouverture, la BBC est extraordinairement secrète. Les coûts de la gestion centrale sont élevés par rapport à ceux qui sont consacrés aux émissions et il est difficile de justifier les millions dépensés pour des conseils en gestion extérieurs, surtout à la lumière des salaires à coup sûr adéquats désormais versés aux membres du conseil de gestion. La radio continue à jouer les seconds rôles par rapport à la télévision et semble parfois manifester un désir presque désespéré de changement, comme si le changement par lui-même était synonyme de progrès et d'amélioration. Les coûts élevés des investissements pour permettre à la BBC d'être compétitive sur le marché international du numérique ont lourdement ponctionné les ressources destinées à l'élaboration des émissions. La BBC en produit encore de magnifiques, mais ce ne sont trop souvent que des sommets d'excellence dans un déprimant bas-fond de populisme.

Beaucoup dépendra des talents, de l'énergie et de l'ampleur de vues du nouveau directeur général. Notre époque est obsédée par les systèmes et les techniques de gestion. Or, ce dont la BBC a besoin maintenant, c'est quelqu'un qui puisse inspirer et enthousiasmer des êtres humains, et particulèrement les créateurs hommes et femmes dont dépend l'avenir. Comme il paraît peu probable que le public soit maintenant disposé à payer une redevance plus élevée, la BBC devrait peut-être s'appliquer à en faire moins et à le faire mieux.

Avant d'achever mes cinq ans de mandat au poste d'administrateur, j'ai été priée de dire quelques mots après le dîner à mes collègues et aux membres du conseil de gestion, lors d'une de nos conférences annuelles. En relisant ce texte, que j'ajoute en annexe avec quelques coupures minimes, il me semble moralisateur et même naïf. Mais ce qui me frappe le plus, c'est à quel point il est démodé. On pourrait penser que je parle d'une autre époque, d'une autre BBC, idée que je trouve déprimante. Mais cette allocution reflète toujours mon opinion sur le but et l'éthique de la radiotélédiffusion publique et en particulier d'un service qui se qualifie de British Broadcasting Corporation.

LUNDI 13 JUILLET

Je viens juste de finir *The Trial* (Le procès) de Charlotte M. Yonge, qui m'a été aimablement envoyé par Dinah Birch de Trinity College, à Oxford, à la suite de notre discussion sur le roman victorien. Pour moi, l'intérêt de cette histoire quelque peu ampoulée, c'est l'éclairage qu'elle projette sur la vie familiale et professionnelle des classes moyennes à l'époque, en particulier le rôle subalterne et restreint des femmes. Si l'auteur avait l'intention d'écrire au moins partiellement ce que Trollope définit dans son autobiographie comme le roman des sensations, par opposition au roman du réalisme, elle n'a pas réussi. Le meurtre vient trop tard et le récit n'a pas assez d'énergie pour faire naître tension et surexcitation.

En même temps, j'ai relu *The Duke's Children*, incitée par l'excellente préface de Dinah pour l'édition Penguin. Je suis de son avis à propos de Frank Tregear, jeune homme admirable sans aucun doute, mais arriviste forcené dont la tête commande toujours au cœur. Pour lui, nous n'éprouvons rien de la sympathie que nous inspire le pauvre Burgo Fitzgerald. Je raffole de la saga Barchester et ce sont des livres que j'emporte invariablement dans les longs voyages, mais pour moi *The Duke's Children* est le moins réussi. Parmi les jeunes gens, seule Lady Mabel Grex suscite ma sympathie. Lady Mary Palliser est obstinée et sans charme, Lord Silverbridge et son frère ne sont que d'aimables nullités. J'ai trouvé la joliesse impertinente de l'héritière américaine trop populaire et trop belle, Isabel Boncassen, plus irritante qu'attachante. Il est évident que l'auteur était amoureux de sa création. Si Lord Silverbridge avait eu le moindre bon sens, il aurait épousé Mabel Grex, mais chez Trollope les hommes, rarement dignes des femmes qui les aiment, ne peuvent être heureux qu'avec des épouses qui sont comblées de les traiter en roi et maître et de les considérer comme de jeunes dieux. Même le duc, un des personnages les plus réussis et les plus remarquables de l'auteur, perd toute ma sympathie quand il traite Mrs Finn avec une dureté et une injustice indignes d'un gentleman.

J'avais prévu d'aller aujourd'hui à Hatfield pour déjeuner avec Clare et voir le jardin de Lady Salisbury qui n'est ouvert que le lundi. Mais j'ai eu un coup de fil de Kay Harper à Swavesey pour me dire que Doris était mourante et souhaitait me voir. J'ai pris à King's Cross le train de dix heures quinze qui aurait dû arriver à destination en cinquante minutes ou à peine plus, mais il a été retardé et détourné en raison d'un rail défectueux. Doris était à moitié inconsciente, mais elle m'a reconnue et, quand je me suis penchée pour l'embrasser et lui dire « Dieu te bénisse ! », elle a pu me chuchoter « Et toi aussi ». Elle avait ces miséricordieuses injections de morphine branchées dans une veine et ne souffrait pas, bien que le râle continuel dans sa gorge ait été pénible à entendre. Mais elle a eu la chance d'être soignée jusqu'à la fin chez elle avec tout le dévouement affectueux de Kay, d'infirmières et d'autres personnes qu'elle connaissait, au lieu des changements continuels de personnel que tant de malades hospitalisés doivent subir. Malgré le développement des services qui ont montré la voie dans l'accompagnement aux mourants, beaucoup endurent encore des souffrances inutiles à la fin de leur vie, ou meurent au milieu d'étrangers. Doris meurt au milieu de ceux qui l'aiment, sans souffrance et, je crois, sans peur. Beaucoup d'entre nous ne peuvent espérer davantage.

MARDI 14 JUILLET

Je suis allée à la garden-party royale en arrivant par la grille de Hyde Park Corner. Cela signifie que j'ai évité les files d'attente et fait une agréable promenade dans les jardins. La pelouse semblait plus encombrée que jamais cette année et, comme je ne me souciais pas de rejoindre la foule, je n'ai pas vu un seul membre de la famille royale du début à la fin. La garden-party est merveilleuse pour observer les gens, ce qui est d'ailleurs son principal attrait. Je suis tout de même arrivée à me procurer du café glacé et des sandwiches avant de m'éclipser de bonne heure. Je sais que le protocole interdit de partir avant la famille royale dans les occasions où elle est représentée, mais je pense que cela ne peut guère s'appliquer aux garden-parties annuelles.

Ensuite à la réunion de la circonscription du parti conservateur tenue dans l'école Cardinal Vaughan en raison du temps incertain, et là j'ai découvert que j'étais inscrite comme invitée d'honneur censée faire un petit discours. Je me suis exécutée avant de rentrer à temps pour voir la première partie de *Une certaine justice* à la télévision. L'adaptation est adroite et la plupart des acteurs admirables, en particulier Penny Downie qui joue Venetia Aldridge. Il était possible non seulement d'entendre ce qu'ils disaient, mais de savoir qui étaient les personnages. Certes, en tant qu'auteur du livre je partais avec une longueur d'avance, mais je suis de plus en plus lassée de ces téléfilms où il faut attendre vingt minutes pour démêler les personnages et leurs rapports les uns avec les autres. Si le niveau de ce soir est maintenu, ce sera une adaptation réussie.

Aujourd'hui, c'est l'anniversaire de Jane. Nous ne célébrons pas les anniversaires avec beaucoup d'enthousiasme dans la famille, sauf ceux qui marquent des rites de passage. Mais je suppose qu'elle aura comme d'habitude un dîner agréable et tranquille avec les siens. Je lui donnerai son cadeau la prochaine fois que j'irai à Oxford.

Inévitablement un anniversaire ramène ses souvenirs. Avant la naissance de Jane, j'habitais avec Clare à White Hall, à Chigwell Row (Essex). En juin, la date prévue se rapprochant, mes beaux-parents vinrent prendre Clare pour l'emmener à Barry (Galles du Sud), où mon beau-père était installé et moi j'allai chez le docteur Lindsey Batten et sa famille à Hampstead, dans Lyndhurst Road. Richard Batten avait été le condisciple de Connor à Cambridge et à l'école de médecine. J'avais retenu une chambre au Queen Charlotte's Hospital, Goldhawk Road, décision qui me paraît aujourd'hui des plus discutables si l'on considère la longueur du trajet depuis l'Essex.

Pendant que j'étais à Lyndhurst Road, le bombardement des V1 a commencé. Je me revois en train de regarder avec incrédulité la première bombe volante, qui ressemblait plus à une aberration aéronautique qu'à une arme de guerre. En forme de poisson dodu avec des ailes tronquées comme des nageoires, elle avait à la queue une structure qui crachait de grandes langues de feu. Elle volait bas et le bruit était incroyablement fort, quelque chose entre la crécelle et le bourdon. Le V2, premier engin automatique de terreur lancé sur la Grande-Bretagne, était très redouté, en partie parce qu'une sorte de malfaisance impersonnelle était attachée à ces fusées sans pilote, mais surtout parce qu'elles étaient totalement aveugles. Le pire moment était celui où le moteur se coupait. Le silence semblait alors absolu, on eût dit que tout Londres retenait son souffle. Et puis au bout de quelques secondes l'explosion. Je l'accueillais toujours avec un mélange de soulagement et de honte, de soulagement parce qu'elle n'était pas tombée sur moi et de honte parce qu'en un certain sens j'avais bénéficié de la tragédie d'un autre.

Puis le travail commença et, tandis que je me rendais à l'hôpital, le bombardement était devenu presque continu. En y repensant, le moral de la salle à huit lits était remarquablement élevé. Les fenêtres étaient toujours grandes ouvertes pour éviter les éclats de verre, nous avions nos bébés dans des berceaux à côté des lits, et quand le bombardement commençait nous devions mettre un oreiller au-dessus du berceau. Je me rappelle qu'on manquait de linge, ce qui semblait préoccuper la responsable de la salle autant que le bruit continu des bombes et la cacophonie au-dessus de nos têtes. Elle opérait des descentes dans les placards à linge, puis cachait les draps et les taies d'oreiller propres dans nos lits. De temps à autre l'infirmière d'une salle voisine fondait sur nous, retournait les traversins, fouillait sous les couvertures et emportait triomphalement ses trophées.

La nuit était le moment le plus difficile à supporter avec sérénité. Tous les bébés étaient descendus au sous-sol, nos lits roulés dans un corridor et placés contre les murs. On pensait que cela nous donnerait une meilleure chance de survie si l'hôpital recevait un coup direct. Je me rappelle être restée là, allongée, pleurant en silence avec cette détresse vague qui suit parfois l'accouchement, rendue pire encore par l'impression que l'on aurait dû être remplie de joie et de fierté maternelle, sûrement pas de cette tristesse débilitante et incontrôlable. Ma grande crainte était que le bâtiment reçoive effectivement un coup direct et que dans la confusion et le carnage je ne puisse pas retrouver mon bébé. Où les avait-on mis exactement ? Et si les escaliers menant au sous-sol étaient bloqués ? Comment dans l'obscurité et la poussière asphyxiante retrouverais-je le berceau ? Et si j'étais blessée et incapable de parvenir au sous-sol ? Je priais : « O Seigneur, si Tu permets que je sorte d'ici vivante avec mon bébé, je ne me plaindrai plus jamais. » C'est une invocation qui est revenue me hanter au long des années avec une insistance gênante.

En quittant l'hôpital, je suis allée avec Jane retrouver mes beaux-parents à Barry. Je me rappelle avec quelle joyeuse exultation j'ai revu la mer, pour la première fois depuis des années. Je suis restée assez longtemps pour retrouver mes forces, puis suis repartie pour White Hall. Malheureusement, cela a coïncidé avec les bombardements des V2, que j'ai d'ailleurs trouvés beaucoup moins effrayants que les V1, en partie parce qu'il n'y avait pas d'avertissement. La puissante explosion était beaucoup plus forte, de même que le bruit de la déflagration. Mais le fait que je l'entendais signifiait que j'avais survécu. Il existait bien un système au moyen duquel la sirène annonçait un danger imminent, mais ce qui était efficace avec les V1 était inopérant avec les V2. Tenter de prendre des mesures préventives semblaient bien inutile et nous sommes tous restés dans nos lits jusqu'à la nuit où une fusée est tombée à la lisière de la forêt de Hainault. A ce moment-là, nous étions si habitués au bruit des explosions que nous avons ouvert un œil, puis nous sommes retournés avant de nous rendormir. Au lever, j'ai senti une fraîcheur inaccoutumée dans la pièce et découvert que les fenêtres avaient été soufflées et que dans son berceau Jane était entourée de débris de verre dont n'importe lequel aurait pu la tuer. Je l'ai prise dans mes bras et, passant dans la salle de bains j'ai découvert le ciel par le plafond qui n'existait plus. Les réparations furent effectuées avec une rapidité remarquable malgré les raids aériens, mais après cette nuit-là nous sommes tous descendus dans la cave.

Les doctrines autoritaires et pour une grande part erronées du docteur Truby King sur la façon d'élever les bébés étaient encore en vogue, ainsi que ses avertissements les plus inquiétants, lancés à propos des effets désastreux auxquels s'attendre si ces derniers n'étaient pas nourris toutes les quatre heures très précisément. Mais je ne pouvais guère laisser crier Jane la nuit alors que la cave était occupée par les corps entassés de trois médecins éreintés, de la vieille cuisinière, de la bonne célibataire avec sa petite fille et de Clare. Jane n'avait donc qu'à geindre pour être aussitôt mise à un sein pas particulièrement généreux, qui lui apportait au moins du réconfort sinon beaucoup de nourriture. La porte était laissée entrouverte pour l'élégante chatte de race de Mrs Price-Watt qui, affublée d'un nom imprononçable, était appelée Poo-Poo. Elle chassait la nuit et apportait sa proie pour la manger sur nos matelas, si bien que les périodes d'insomnie coïncidaient avec les craquements d'os apparemment innombrables et les plaintives protestations de Mrs Price-Watt.

Puis vint le matin où celle-ci fit irruption dans la partie de la maison que j'occupais pour m'annoncer avec un mélange de surexcitation et de crainte que l'invasion de l'Europe avait commencé. Son fils aîné était mobilisé dans les services de santé de l'aviation, si bien que c'était pour elle un temps d'anxiété aussi bien que de soulagement énorme et d'attente. Ensuite, comme les armées alliées avançaient, les sites de lancement des V1 et V2 étaient dévastés et peu à peu les bombardements les plus désagréables cessèrent. Les enfants m'ont demandé pourquoi je n'avais pas quitté l'Essex et parfois je me le demande moi-même. Certes, cela n'aurait pas été commode, dans les régions à l'abri les logements étaient difficiles à trouver, mais je crois que la principale raison en était plutôt qu'après quatre ans de guerre, ceux d'entre nous qui habitaient à Londres ou dans ses environs avaient pris l'habitude d'y rester.

Plus de vingt ans après, alors que Clare et son mari étaient à Huntsville, dans l'Alabama, j'ai rencontré de jeunes Allemands qui avaient envoyé des V2 avant d'avoir été recrutés par les Américains à la fin de la guerre. Ironie plus lourde encore de voir un V2 exposé au musée local avec cette indication : « Première fusée intercontinentale du monde libre ». Des visiteurs britanniques sont au moins parvenus à la faire modifier.

SAMEDI 18 JUILLET

Aujourd'hui, j'ai prononcé l'allocution à la réunion générale annuelle de la société Jane Austen, tenue comme d'habitude dans les jardins de Chawton House. J'ai été prise à la gare d'Alton par Louise Ross et son mari Charles qui ont eu la gentillesse de me conduire au lieu du rendez-vous. J'avais précédemment rencontré Louise lors de ma causerie à Dartington et c'est elle qui m'a trouvé cette première édition d'*Emma* à laquelle je tiens tant.

La société Jane Austen, fondée en 1940 par Dorothy Darnell avec pour objectif premier de préserver Chawton Cottage, est l'une des sociétés littéraires les plus vivantes. Les terrains qui entourent Chawton House conviennent très bien pour sa réunion annuelle, puisque la maison était la propriété d'Edward Austen, qui avait été adopté par de riches parents, les Knight, et l'avait héritée d'eux avec d'autres propriétés en 1812. Restée dans la famille jusqu'à une date récente, elle avait été laissée à l'abandon et les passionnés de l'écrivain s'inquiétaient beaucoup de son avenir. On avait pensé à un moment donné transformer les terrains en parcours de golf. Mais la maison a maintenant été achetée par une riche Américaine qui la restaure et se propose de l'utiliser pour abriter les romans féminins d'avant Austen dont elle a toute une bibliothèque. Elle deviendra en outre un centre d'études et de conférences et s'ouvrira occasionnellement aussi, j'espère, au grand public.

Accompagnée par l'architecte qui travaille à la restauration, j'ai pu visiter la maison avant de prononcer mon allocution. Comme la plupart des manoirs élisabéthains, elle semble très sombre avec des plafonds bas, des fenêtres à résilles de plomb et des murs lambrissés. La date de 1588, inscrite sur l'une des immenses cheminées, donne l'âge du bâtiment primitif. Le travail de restauration est passionnant, car les boiseries remontent à des dates différentes, et certaines des plus récentes, une fois enlevées, révèlent des papiers du XVIe siècle. Même une fois remise en état la maison sera sombre, et il est difficile d'imaginer les couloirs tortueux résonnant du rire des nombreux neveux et nièces de Jane Austen, y compris les enfants d'Edward Knight dont l'épouse Mary était morte dans leur propriété principale, Godmersham, après avoir donné le jour à leur onzième enfant. Je me demande si la romancière, apprenant la nouvelle, s'était rappelé une phrase acide qu'elle avait écrite dans une lettre à sa nièce Fanny après avoir appris qu'une voisine venait de donner naissance à son huitième enfant : « Je lui recommande ainsi qu'à Mr Dee le simple régime des chambres séparées. »

Mary ne fut pas la seule des belles-sœurs de Jane Austen à mourir en couches et je ne doute pas que ce fut sa crainte — voire sa répulsion — à l'idée de grossesses annuelles avec le risque d'une mort prématurée qui joua un rôle dans sa réponse négative à la demande en mariage de Harris Bigg-Wither, qu'elle avait acceptée un jour pour la rejeter le lendemain. Je ne crois pas qu'elle ait été découragée par le fait qu'il ne s'agissait pas d'un amour romantique. Si le mariage avait été raisonnable et avantageux, si elle avait éprouvé une amitié et un respect sincères, cela aurait sans doute suffi. Mais peut-être ses sentiments n'étaient-ils pas assez forts ou plus probablement savait-elle que le mariage serait fatal à son art. Elle écrivait ou parlait rarement des femmes enceintes sans une note de compassion, et parfois même de dégoût. Ses livres étaient ses enfants et ils lui suffisaient.

Nous avons eu de la chance pour le temps. Une très grande tente avait été montée pour abriter quelque sept cents personnes dont certaines de la société nord-américaine. On m'a dit que la Société bénéficiait toujours d'un jour d'été ensoleillé pour sa réunion annuelle, mais cette année les gros nuages sombres et menaçants semblaient faire croire que cette tradition serait interrompue et il y eut bien en effet une courte averse au début de ma causerie, mais ce ne fut qu'un léger inconvénient. Le texte — en annexe — a été bien reçu, essentiellement je crois parce que le public pouvait saisir toutes les allusions et certainement ajouter lui-même au nombre d'indices que j'avais découverts.

Après la causerie, j'ai eu une séance de signatures très chargée, puis suis allée avec Louise rejoindre les fidèles pour les vêpres à St Nicholas, Chawton. La foule était telle que nous sommes restées debout. L'office, composé surtout à partir du *Prayer Book*, incluait un extrait d'une prière composée par Jane Austen et l'hymne *O marcher plus près de toi, mon Dieu* par son poète favori, Cowper. Ensuite nous sommes allées voir les deux tombes restaurées de la mère de Jane Austen et de sa sœur Cassandra. Je crois que nous devons être reconnaissants envers Cassandra, qui a beaucoup fait pendant qu'elles vivaient avec leur mère à Chawton Cottage pour protéger l'intimité de sa sœur, la décharger de certaines tâches ménagères et lui laisser le temps d'écrire ; mais il est difficile de sympathiser avec quelqu'un qui s'était visiblement installé de bonne heure dans un célibat quelque peu rébarbatif et a détruit tant de lettres de sa sœur. Elle objecterait, je suppose, que les yeux de la postérité n'avaient pas le droit de les voir, mais c'est tout de même regrettable. Il est possible que certaines aient traité des finances familiales, presque toujours sujet de discussions à l'égard duquel une famille comme celle des Austen souhaitait tout particulièrement se montrer réticente. Il est heureux pour Jane Austen que son frère Edward ait été adopté et soit devenu riche par la suite, puisque cela lui a permis d'assurer un toit à ses sœurs et à sa mère avec Chawton Cottage, mais je soupçonne qu'il aurait pu le faire plus tôt et plus généreusement.

J'ai lu Jane Austen pour la première fois à l'âge de huit ou neuf ans, lorsque je fréquentais l'école du dimanche attachée à l'église de Ludford. Il y avait un petit placard dans l'entrée avec un certain nombre de livres que les enfants pouvaient emprunter, comme *The Wide, Wide World, A Peep behind the Scenes,* et *Jessica's First Prayer,* qui étaient d'une déprimante piété, mais j'y découvris aussi *les Quatre Filles du docteur March* et *Orgueil et Préjugé.* Il me semble curieux aujourd'hui que ces derniers aient plu à une enfant si jeune, mais j'étais affamée de livres et ceux-là je pouvais à la fois les lire et jusqu'à un certain point les comprendre, bien que leur ironie dût m'échapper. Jane Austen est toujours restée mon auteur favori.

Il semble extraordinaire, si c'est bien vrai, qu'elle ait été vue autrefois comme une pure jeune fille de bonne famille, une fille dévouée, une sœur complaisante et une tante affectueuse. Nous n'avons pas besoin des lettres pour nous révéler une personnalité bien différente. Il y a de la passion dans ses romans, même si elle est trop subtile pour être décelée par Charlotte Brontë. Et il y avait de la passion aussi dans sa vie, ne serait-ce que celle décrite par le critique D.W. Harding comme de la « haine maîtrisée ». Pour moi c'est bien plutôt du « ressentiment contrôlé ». Nous devons résister à la tentation de l'affubler d'une sensibilité du XXe siècle. Elle ne devait pas ressentir la privation d'une formation universitaire ou d'une profession, mais elle devait savoir que, si brillants et si heureux en affaires que fussent ses frères, c'était elle qui avait du génie. Pourtant, jusqu'à ce qu'elle gagne de l'argent avec ses romans, elle était totalement incapable d'exercer le moindre contrôle sur sa propre vie. Si son père décidait d'aller s'installer à Bath, elle suivait sans être consultée ni considérée. Chaque penny qu'elle devait dépenser venait de son père ou d'un frère. Cassandra elle-même avait les mille livres de revenus que lui avait laissées son fiancé. Jane n'avait rien. Pas étonnant, comme elle l'a dit, que le jour où l'argent a commencé à arriver, c'étaient les espèces sonnantes et trébuchantes, et non pas seulement la célébrité, qu'elle avait appréciées.

Nous sommes passés devant le cottage en allant à la gare d'Alton. Il avait l'air pimpant, presque comme s'il venait d'être rejointoyé, et le petit village était plein de voitures. Quand j'ai visité Chawton pour la première fois, il y régnait un grand calme et on pouvait croire que l'endroit ressemblait encore à ce qu'il avait été au temps de Jane Austen. Certes, grâce à la déviation, la route est tranquille et les changements sont apparemment minimes, mais je pense que la série télévisée a provoqué une augmentation considérable du nombre des visiteurs (près de cinquante mille l'année dernière), si bien que le cottage va commencer à prendre cet air soigneusement conservé de tous les monuments.

LUNDI 20 JUILLET

Aujourd'hui à Cambridge pour la crémation de Doris. Arrivée beaucoup trop tôt comme d'habitude, je me suis assise tranquillement dans le jardin ; entre les massifs de rosiers bien ordonnés et les pelouses soignées il y avait des friches rouges de coquelicots et au-delà je voyais des femmes travailler dans un champ, courbées entre des rangées de plantes non identifiées. Je me demandai combien elles étaient payées pour un travail aussi éreintant et qui en tirait le plus gros profit, le producteur ou le supermarché.

J'étais arrivée de la gare en taxi et en s'arrêtant au crématorium le chauffeur m'avait dit : « Je crois en Dieu, mais tout le reste c'est de la gnognote. Si Dieu avait envoyé Son fils sur terre, à supposer qu'Il ait un fils, je ne vois pas pourquoi nous pensons qu'Il est venu sans forme humaine. C'est notre vanité tout simplement, ça nous donne trop d'importance de croire que Dieu prendrait la peine de faire Son fils pareil à nous. Il y aurait eu beaucoup plus de chances qu'Il le fasse ressembler à un aigle. » J'ai été incapable de réfuter cet intéressant argument théologique.

Comme Doris n'était pas croyante, le service — si c'est le mot qui convient — était humaniste. Il était dirigé avec autorité et sensibilité par une femme qui avait visiblement pris beaucoup de peine pour l'adapter à la vie et aux intérêts de Doris, allant jusqu'à se rendre auprès d'elle pour discuter de ce qu'elle aimerait. Tous ses amis ont participé par une lecture ou des souvenirs personnels. Je suis allée à d'autres obsèques non religieuses qui étaient moins réussies. Toutes les cérémonies, même les plus simples, ont besoin de préparation. Nous pouvons croire que nous entrons dans les ténèbres comme des animaux, mais nous avons tout de même un besoin humain de célébrer avec amour et dignité cet ultime rite de passage.

Les cendres de ma mère ont été enterrées quelque part dans le jardin de ce crématorium, bien que « cendres » m'ait toujours semblé être un mot ridiculement anodin pour ce qui est essentiellement le résidu d'os broyés. Elle est morte à l'hôpital de Chesterton après une vieillesse rendue malheureuse par la maladie de Parkinson et une angoisse irrémédiable. Ces ultimes souffrances m'ont laissée perplexe : pourquoi ceux qui ont mené des vies droites en s'appuyant sur le soutien et le réconfort de leur foi religieuse se voient-ils à la fin refuser ses consolations ? Mon père, qui habitait alors un petit appartement humide près de Poole Harbour, est arrivé à la crémation habillé comme pour le bateau, non par manque de respect, mais parce qu'il ne lui était pas venu à l'esprit, je pense, qu'il serait indiqué de se changer. Après le service — bien que le mot ait trop de dignité pour la froide impersonnalité de ces préliminaires à une élimination hygiénique — il a fait le tour du terrain en examinant les arbustes avec un œil de jardinier avant de dire finalement : « Celui-ci à l'air sain » et de décider que les cendres seraient éparpillées en dessous. Je n'ai aucun espoir de l'identifier maintenant.

Sa propre mort a été plus miséricordieuse. Il avait été admis dans une résidence dominant Oulton Broad où il s'était très heureusement acclimaté et aurait pu profiter de dix ou vingt ans tranquilles s'il n'avait pas décidé de faucher la pelouse. On l'a trouvé mort au milieu des hautes herbes et des fleurs sauvages par un chaud après-midi de juin. Le médecin a dit qu'il avait eu une crise cardiaque massive entraînant presque certainement une mort instantanée et sans souffrance. Peut-être serai-je aussi favorisée, moi qui lui ressemble de tant de façons.

DIMANCHE 26 JUILLET

J'ai lu dans le *Times* des extraits émouvants mais d'une pénible franchise d'un livre écrit par John Bayley sur la vie avec son épouse, Iris Murdoch, atteinte de la maladie d'Alzheimer. Je n'avais jamais pensé que rien de rassurant ou d'optimiste pût être dit sur cette terrible affection que redoutent presque toutes les vieilles personnes, mais John écrit que, loin de diminuer son mariage, elle les a encore rapprochés, sa femme et lui. Personnellement il me semblerait que cette proximité ait été payée beaucoup trop cher. Bien sûr les mariages des autres sont toujours mystérieux ; et peut-être le sont-ils pour les partenaires eux-mêmes. J'ai été surprise de lire que ce qui avait attiré John vers sa femme à l'origine, c'est l'idée (fausse) qu'elle manquait de sex-appeal pour les autres hommes. Comment cela aurait-il été possible ? Je l'ai toujours trouvée très jolie. Je ne la connais pas bien et lors de nos rares rencontres, je me suis sentie quelque peu paralysée par la conscience de son intelligence infiniment supérieure à la mienne.

Je me rappelle un été où elle et son mari m'avaient emmenée en voiture d'Oxford à la garden-party de

Penelope et Jack Lively à Great Rollright. Tout le long du chemin elle m'avait questionné sur mes enfants et petits-enfants, comme si une famille était un phénomène qu'elle ne connaissait pas et sur lequel, en tant que romancière, elle voulait se documenter. J'ai eu l'impression qu'elle s'intéressait sincèrement à moi et aux miens, mais je crois que cela faisait partie de son charme particulier. Autre occasion dont j'ai gardé un vif souvenir : nous étions toutes les deux invitées à la Grande Nuit du Middle Temple. Avant la procession jusqu'au grand hall nous étions dans le vestiaire des dames. L'occasion exigeait une tenue soignée et j'avais fait de mon mieux. J'ai vu qu'Iris s'examinait dans la glace, mais sans intérêt apparent pour son image. Elle portait des souliers qui ressemblaient étonnamment à des pantoufles, une jupe ample en coton à fleurs comme on en aurait porté à la plage, une chemise rayée appartenant de toute évidence à son mari, une veste de velours noir et un magnifique collier d'ambre. Elle était absolument merveilleuse. Je ne sais pas si elle s'intéressait beaucoup à l'habillement, mais son goût, bien qu'imprévisible, donnait des résultats éminemment personnels.

Un jour de Noël nous avons été invitées toutes les deux à lire une leçon à un office de chants et de lectures à St Martin-in-the-Fields au profit d'une œuvre de l'édition. Je me suis trouvée assise à côté d'elle au premier rang, toute prête à monter dans la haute chaire quand le moment serait venu. Iris m'a demandé : « Etes-vous chrétienne ? » Je commençais mon habituelle réponse fort confuse à cette question, disant que je me considérais comme telle et membre de l'Eglise d'Angleterre bien que certaines doctrines théologiques fassent problème pour moi et que je ne puisse guère prétendre être une bonne chrétienne. Elle me dit simplement : « Oh, je suis chrétienne. Je ne pense pas que je croie en Dieu et je ne pense pas que Jésus-Christ était de nature divine, mais je suis chrétienne. J'ai failli devenir bouddhiste mais je me suis dit : Ne sois pas stupide, Iris, tu es membre de l'Eglise d'Angleterre. » Ai-je pu vraiment me rappeler bien exactement cette conversation ?

Maintenant elle vit dans un monde à elle, partiellement accessible semble-t-il à son mari, mais où personne d'autre ne peut pénétrer. On se demande si c'est un monde qui connaît un certain contentement — on ne peut sûrement pas utiliser le mot bonheur. J'espère qu'elle ne sait pas ce qui lui est arrivé. Il me semble, dans ma naïveté spirituelle, que ces maladies qui détruisent la personnalité soulèvent toujours des questions gênantes sur la nature de l'âme.

Et puis, John Bayley aurait-il dû écrire ce livre ? Avant qu'il ne soit publié, on ne pouvait en être sûr. Mais à en juger d'après les extraits dans le *Times* je crois qu'il a eu tort. Cette biographie est un testament d'amour et l'écrire l'a peut-être aidé à supporter un fardeau quotidien presque intolérable. Mais l'Iris Murdoch des romans et de la philosophie aurait-elle souhaité voir rendre publics des détails intimes et parfois humiliants ? Je ne crois pas. La grande tragédie de la maladie d'Alzheimer et la raison qui fait que nous la redoutons, c'est qu'elle nous laisse sans défense, même contre ceux qui nous aiment.

JEUDI 30 JUILLET

Ce soir, j'ai été l'invitée de Sir Brian Shaw, président des Autorités portuaires de Londres, et de sa femme à un dîner à bord du *Royal Nore,* la vedette de celles-ci. Brian et Pennie sont venus me chercher au moment précis où il tombait une averse qui nous a trempés, lui et moi, bien que sous un parapluie, et pénétra même dans la voiture quand la porte fut ouverte. Il y avait cinq ans que j'avais été reçue pour la dernière fois à bord du *Royal Nore* et ce jour-là nous étions descendus vers le sud pour franchir Tower Bridge. Malheureusement, le pont était embouteillé quand nous sommes arrivés et nous avons dû être récupérés par la vedette plus en amont, à Westminster Pier.

Je semble porter malheur en ces occasions, car ce soir nous avons été retenus pendant quinze minutes sur l'Embankment à cause d'un accident. La police a fini par détourner la circulation sur l'autre côté de la route en une file unique et autoriser les voitures du côté gauche à franchir le barrage pour dépasser la scène de l'accident. L'ambulance était partie et tout ce que nous avons vu, c'étaient des débris de motocyclette éparpillés sur la voie. Je suppose que peu d'entre nous passent à côté de la scène d'un accident sérieux sans avoir à peu près la même pensée : des doigts de squelette se tendent un instant pour accrocher nos vêtements et nous sommes confrontés à notre propre mortalité ou pis, à celle des êtres que nous aimons. Nous pensons aussi à cette épouse ou à cette mère inconnues qui ignorent encore que la police va surgir sur leur seuil et changer leur vie à jamais. J'ai dit une prière silencieuse pour ceux qui étaient concernés et la voiture a poursuivi son chemin. Je savais que ces secondes de sympathie pour la victime inconnue n'assombriraient pas une soirée heureuse.

Une des tristesses du grand âge, c'est que peu d'expériences atteignent la jubilation, la surexcitation de la jeunesse, mais être sur la Tamise, surtout la nuit, peut encore faire naître chez moi ce mélange de crainte religieuse, d'émerveillement et de ravissement que j'éprouvais enfant quand je voyais le fleuve. La vedette a reçu le nom du bateau-phare, *Nore*, qui marquait la limite des Autorités Portuaires de Londres, rebaptisé *Royal Nore* après que la reine l'eut emprunté pour parcourir la Tamise au moment de son jubilé d'argent. En fait, la vedette est utilisée par la reine quand elle circule sur le fleuve. Les trajets doivent être plus rapides et plus confortables qu'au temps où Henry VIII était transporté à la rame dans sa splendide barge royale de Westminster à Chelsea pour rendre visite à son chancelier, Thomas More.

Nous avons remonté à contre-courant jusqu'à Chelsea puis viré de bord et redescendu jusqu'à la Barrière de la Tamise. Le temps était variable, de brusques et violentes rafales martelaient le toit de la cabine et un ciel turbulent s'éclairait entre les couches de gris foncé et de bleu pâle teinté par le rouge du soleil couchant. Il faisait sombre quand la Barrière a été atteinte, et pour moi un des plus beaux spectacles de la soirée fut quand la vedette a viré de bord et que nous avons vu, à travers les gigantesques hottes en forme de coquilles de la Barrière, le crayon étincelant de Canary Wharf.

Pendant le dîner, le commandant Peter Steen nous a dit quelques mots sur la Barrière et m'a aimablement donné ensuite une brochure sur sa construction et son fonctionnement. La technique du barrage destiné à arrêter les inondations est simple. Une série de portes pivotantes est placée en travers du fleuve, chacune soutenue par des montants de béton qui logent la machinerie et les instruments de contrôle. En cas de nécessité, les murs de la Barrière peuvent être scellés et quand elles ne sont pas utilisées, les portes reposent hors de vue dans des fosses en béton dans le lit du fleuve. Si un flot de marée dangereusement haut menace, alors les portes se redressent de quatre-vingt-dix degrés par rapport au lit du fleuve pour former un mur d'acier continu face à l'aval.

C'est là une des plus remarquables constructions de notre époque. Sur chaque pile, des hottes d'acier inoxydable étincelantes dissimulent la machinerie. Elles sont doublées de bois et le commandant Steen disait que, pour lui, l'intérieur était presque aussi beau que l'extérieur. Pour moi, la beauté ne réside pas seulement dans la puissance et la taille, mais dans cette union parfaite de la fonction et de la forme. Rares sont assurément les grandes sculptures modernes qui peuvent se comparer à la Barrière et pourtant, nous honorons nos artistes et nos architectes alors que peu d'entre nous, voire personne, connaissent le nom des ingénieurs qui ont construit cet ouvrage d'art. Avant son achèvement, le risque de graves inondations était très réel à Londres. Dans son journal, Pepys écrivait le 7 décembre 1663 : « Il y a eu hier soir la plus grande marée survenue dans cette rivière de mémoire d'Anglais, tout Whitehall ayant été noyé. » En 1236 aussi, la rivière déborda « et dans le grand palais de Westminster des hommes ont ramé dans des bachots au milieu du Hall ». Au cours de ma vie, la dernière inondation dans le centre de Londres a eu lieu en 1928, causant la mort de quatorze personnes. Mais je me rappelle avec une extrême netteté le désastre de 1953 sur la côte est et dans l'estuaire de la Tamise, où trois cents personnes avaient perdu la vie.

De la Barrière, nous avons vu le Royal Naval College de Greenwich illuminé. Un autre invité, l'amiral Sir John Brigstocke, m'a raconté que la Trinity School of Music allait occuper la moitié des bâtiments. Le Painted Hall sera conservé par le musée de la Marine et une autre partie des locaux ira à l'université de Greenwich. Je suppose que rien ne pouvait justifier le maintien du Royal Naval College pour la marine, mais j'ai ressenti de la tristesse devant tant d'histoire et de tradition qui allaient être perdues.

En approchant la merveille inondée de lumière de Tower Bridge, le pilote m'a demandé si je voulais prendre le gouvernail, ajoutant qu'il fonctionnait en fait comme le volant d'une voiture. Je lui ai fait remarquer que précisément je ne conduisais pas, mais il sembla prêt à prendre le risque tout en se tenant visiblement très près de mon épaule. Il n'y avait pas d'autres embarcations sur l'eau et nous sommes passés avec la plus grande facilité avant que je laisse le gouvernail à des mains plus expertes, alors que la vedette s'amarrait à l'appontement de Tower Bridge.

J'ai fait la connaissance de Sir Brian Shaw quand

je réunissais des documents pour mon roman *Péché originel.* Nous étions tous deux invités à la Grande Nuit de Gray's Inn dont il est membre et j'étais assise à côté de lui au dîner. Il m'a demandé ce que j'écrivais et je lui ai expliqué que je faisais des recherches pour un nouveau roman qui se déroulerait dans le monde de l'édition, mais sur la Tamise. Je voulais que le fleuve coule comme un flot sombre, un peu sinistre, portant son poids d'histoire et reliant personnages, décors et incidents dans le livre. Il m'a très aimablement offert de m'aider en m'autorisant à explorer la Tamise à bord d'une des vedettes des Autorités portuaires, ce que j'ai pu faire et ses officiers m'ont appris une foule de choses sur l'histoire de ce fleuve.

Pendant cette documentation, il est survenu une de ces coïncidences extraordinaires qui semblent accompagner chacun de mes livres. J'ai visité le centre de la police fluviale à Wapping, le plus ancien poste de police du Royaume-Uni, qui possède son musée, petit mais intéressant. J'ai pu lire des comptes rendus dans la presse du plus grand désastre survenu sur la Tamise quand, en 1878, le vapeur à aubes *Princess Alice,* revenant chargé d'une excursion à Sheerness, fut éperonné par un charbonnier : six cent quarante personnes furent noyées. Les passagers étaient surtout de pauvres Londoniens profitant avec leur famille d'un petit voyage peu coûteux au bord de la mer. Cette noyade en masse dans l'obscurité a dû être horrible. J'ai utilisé cet incident dans mon livre quand un des personnages, Frances Peverell, profondément malheureuse dans sa vie privée et préoccupée par l'avenir de l'entreprise familiale, se tient à sa fenêtre qui donne sur le fleuve et croit entendre, dominant les cris des mouettes, les hurlements de ces victoriens en train de se noyer ; regardant l'eau sombre éclaboussée de lumière, elle croit voir les visages pâles des enfants arrachés des bras de leur mère qui flottent comme de frêles pétales sur les flots.

J'ai écrit ce passage en revenant de Wapping, comme je le fais souvent quand images et ambiances sont encore toutes fraîches dans mon esprit. J'étais ensuite allée passer la soirée avec une vieille amie, Peggy Causton, dans son appartement de Kensington High Street. Handicapée par une arthrite sévère, elle ne pouvait pas sortir ; ainsi chaque semaine passions-nous une soirée au moins, parfois deux, à jouer au Scrabble. Peggy était l'une des rares personnes vraiment bonnes que je connaissais et elle me manque. Ce soir-là, elle m'avait donné un petit livre relié de cuir en assez mauvais état portant le titre *Memorandum Book,* me disant qu'elle l'avait trouvé dans les affaires de sa sœur, mais qu'il n'avait rien à voir avec sa famille. Comme il datait de cette époque victorienne qui m'intéresse tant, elle pensait que je l'apprécierais et, de fait, je l'ai toujours. C'est en réalité le carnet de notes d'un sergent victorien de l'infanterie de marine. Il devait s'appeler Westell, si l'on en juge par le nombre d'entrées pour la famille de ce nom, et son initiale était W. C'est un curieux document où l'achat d'un mouchoir en soie noire pour cinq shillings et six pence tient autant de place que l'annonce de son mariage et de la naissance de ses enfants. Il était visiblement très intéressé par les remèdes de bonne femme ; l'un d'eux, pour les maux de ventre, était sans doute efficace et serait encore utile aujourd'hui si l'on pouvait se procurer le laudanum : « Rhubarbe — un penny ; magnésie — un penny ; essence de menthe poivrée — un penny ; laudanum — un penny ». Il y a des notes sur les mouvements de navires, le nombre des morts à la bataille de l'Alma, et des bizarreries qui avaient retenu son attention, comme l'entrée du 3 août 1842 indiquant que les enfants de moins de huit ans ne seraient pas admis au British Museum. Mais quand j'ai eu le calepin pour la première fois entre les mains, il s'est ouvert sur l'entrée suivante : « Mercredi 3 septembre 78. Mon fils James a coulé avec le *Princess Alice.* Le pauvre garçon a été retrouvé dans la soirée du 7 septembre 78 et enterré à St Thomas Church dans la soirée du 9 septembre 78. »

VENDREDI 31 JUILLET

Ce soir à une réception donnée au Ritz par George Carman, conseiller de la reine. Je ne connaissais que quatre personnes environ dans cette assemblée d'avocats et de juges importants, pimentée par des visages bien connus de la télévision et des médias. Robin Day était là, tapageur et raisonneur comme à son habitude. Nous nous sommes lancés tous les deux dans une conversation avec Lord Alexander au sujet de la récente décision prise par la cour d'appel : la condamnation de Derek Bentley. Bob l'approuvait, Robin défendait énergiquement le juge Goddard.

Je ne suis pas sûre qu'il soit bien opportun de rejuger quasiment des affaires si longtemps après l'événement et de plaquer des critères de justice, de moralité et de compassion contemporains sur ceux qui étaient en vigueur quelque quarante-sept ans auparavant. J'ai l'impression — inconfortable — que si j'avais été membre du jury, j'aurais moi aussi conclu que Bentley était coupable. Il était certainement associé à Craig dans une entreprise criminelle commune. Le coup-de-poing américain dont il était armé constituait, comme Lord Goddard l'avait fait remarquer avec grande satisfaction en le pointant vers les jurés, une arme redoutable, et j'ai du mal à croire qu'il ne savait pas son complice armé. Mais j'aurais certainement recommandé l'indulgence avec beaucoup d'insistance, comme je le crois le jury a dû faire. L'injustice essentielle de l'affaire réside dans le fait que Bentley a été pendu, alors que Craig qui avait tiré le coup de feu n'a pas été condamné à la peine suprême en raison de son âge. Si Bentley avait lui aussi été envoyé en prison pour être libéré par la suite et mener, comme Craig, une vie sans histoire, nous n'aurions très probablement jamais entendu parler de cette affaire. C'est l'exécution de la sentence qui a été abominable et non le verdict ; or, de cela, c'est le ministre de l'Intérieur, David Maxwell-Fyfe, et non pas le juge de première instance, qui est responsable. Lord Goddard et les jurés comptaient que Bentley sauverait sa tête, mais si l'on critique Lord Goddard, que dire des trois juges qui ont eu connaissance de l'appel interjeté par Bentley ? Si c'est le verdict et non la sentence qui constitue l'injustice essentielle, ils portent certainement une grande part de responsabilité.

Mais cela ne peut pas être le seul cas où le résumé de l'affaire fait par le juge a été considéré comme préjudiciable à l'accusé. Bien plus choquant à mon avis est celui d'Edith Thompson, portée presque inconsciente à l'échafaud en 1923 et pendue pour sa participation supposée au meurtre de son mari. Edith Thompson était une fabulatrice, prototype presque parfait de cette dangereuse espèce. Epouse d'un respectable mari très ennuyeux, Percy Thompson, elle menait une existence tout aussi respectable et ennuyeuse dans la banlieue est d'Ilford. Elle prit comme amant un steward de la ligne P & 0, Frederick Bywaters, de huit ans son cadet et, dans une tentative manifestement quasi désespérée pour le garder, lui écrivait des lettres passionnées, décrivant ses efforts pour tuer son mari en broyant des ampoules électriques et en mettant les morceaux de verre dans ses aliments. Rien, absolument rien, n'indiquait que cela se fût jamais produit, comme le médecin légiste Bernard Spilsbury vint l'attester devant la cour. Le meurtre eut lieu le 3 octobre 1922, alors que les Thompson rentraient chez eux à pied après une soirée au théâtre à Londres. Bywaters surgit et poignarda Thompson, tandis qu'Edith ne cessait de crier : « Non, non, pas ça ! »

Bywaters avait gardé les lettres de sa maîtresse. Or, si elles avaient été détruites, ou refusées comme pièces à conviction, il est probable qu'Edith Thompson aurait pu vivre jusqu'à un âge avancé. Mais versées au dossier, elles étaient fatales et le juge en tira un maximum. Edith Thompson fut pendue, en fait, pour adultère et non pour meurtre. Mais bien que l'affaire ait toujours laissé une tache déplaisante sur la justice britannique, aucun parent n'a jamais fait campagne pour une grâce.

Et que dire de Ruth Ellis, dernière femme pendue en Angleterre ? Exécutée le 13 juillet 1955 pour avoir abattu son amant peu après qu'elle avait fait une fausse couche. Un verdict d'homicide sans préméditation aurait certainement été plus juste. Si nous devons rejuger le passé, comment choisir les affaires ? D'après l'apparente injustice de la première sentence, la pression de la famille ou celle de l'opinion ? Et à quelle année nous arrêtons-nous ?

Dans l'affaire du commandant Armstrong de Hay-on-Wye, le juge était aussi dans une certaine mesure hostile au prisonnier. Au moment où celui-ci quittait le box après avoir été interrogé contradictoirement, le juge Darling intervint et se mit à le presser de questions sur la façon dont l'arsenic trouvé en sa possession avait été divisé en vingt petits paquets. Armstrong prétendait que le produit était destiné à éliminer les pissenlits dans la pelouse. Pourquoi dans ce cas ne s'était-il pas contenté de saupoudrer l'herbicide directement autour de chaque racine ? Armstrong ne put donner aucune explication convaincante, répondant faiblement qu'à l'époque cela lui avait semblé être la façon de procéder la plus commode. Il est possible, mais non pas probable, que sans cette intervention Armstrong aurait pu repartir libre.

Par ailleurs, il y a des juges qui, tout en étant favorables à l'accusé, n'influencent pas le jury dans le sens d'un acquittement. William Herbert Wallace, condamné à mort le 25 avril 1931 pour avoir tué sa femme, en est un exemple. Cette fois-là, le juge Wright résuma les débats d'une manière favorable à Wallace, faisant ressortir ce qu'il appela les « tours et détours » des preuves qui étaient uniquement indirectes. Mais au bout d'une heure le jury revint avec un verdict : « Coupable ». Par la suite la cour d'appel cassa le jugement au motif qu'il ne reposait pas sur des preuves assez solides. L'affaire reste une des plus passionnantes, dans l'histoire du droit anglais et garde son mystère. Mon opinion personnelle est que Wallace était innocent.

Le Premier Ministre et Cherie Blair étaient à la réception et m'ont dit combien ils appréciaient mes livres, ce qui est toujours désarmant pour un auteur. Il avait l'air beaucoup plus jeune qu'à la télévision et modestement vulnérable — impression qui doit certainement être fausse à cinquante pour cent. Dans le groupe qui l'entourait, il y avait une Américaine professeur de droit qui profita de l'occasion pour le harceler à propos des défauts de la règle « Pas de gain pas de paiement » dans des affaires qui auraient auparavant valu l'assistance judiciaire. Elle a dit qu'elle allait lui soumettre un article et il a promis de le lire. On m'a dit que le grand chancelier était attendu mais n'était pas venu ; il aurait fait une cible plus appropriée pour les arguments de la dame.

Je continue à trouver Tony Blair déroutant. Le problème, c'est que je n'ai toujours aucune idée de ce qui le fait agir, lui et son gouvernement. Quels sont les principes — s'il y en a — qu'il suit ? Quels sont ses buts, mis à part sa ferme intention de remporter les prochaines élections ? Derrière le charme, la convivialité, l'apparente vulnérabilité et l'humour, qu'y a-t-il comme force, comme intelligence, comme conviction ? Je crois qu'il a une conscience et de la sensibilité, qualités qui, chez un homme politique, ne sont pas toujours des atouts en cas de crise. J'en suis restée à me demander s'il avait le ressort émotionnel et physique suffisant pour affronter le désastre s'il survient. Mais son côté sympathique sera certainement un très grand atout et pas seulement en Grande-Bretagne. C'est une qualité assez rare chez un homme politique. Certes, elle n'a pas aidé John Major mais enfin, il faut admettre qu'on ne gouverne pas avec une majorité d'une seule voix.

AOÛT

DIMANCHE 2 AOÛT

Demain j'aurai soixante-dix-huit ans et, quand ce fragment autobiographique aura été publié, je serai à quelques mois de mon quatre-vingtième anniversaire. Si soixante-dix-sept ans est l'âge d'être sérieux, quatre-vingts est celui de reconnaître la vieillesse, d'accepter avec toute la force d'âme dont on peut disposer ses inévitables peines, inconvénients et humiliations, de se réjouir de ses quelques compensations.

Regarder ce que j'ai écrit au cours des douze derniers mois renforce ma conviction que je n'aurais jamais pu soutenir l'effort quotidien de tenir un journal. Celui que j'ai écrit est incomplet, car j'ai omis plus que je n'ai consigné. Je trouve encore des bribes de textes visiblement griffonnées à la fin d'une journée et destinées à ce journal. Ces notes sur des livres lus, des gens rencontrés, des réunions de famille, des causeries et des conférences prononcées sont maintenant indéchiffrables et je ne peux prétendre que cela ait grande importance. Mais j'ai au moins là un instantané imparfait d'une année et de la vie dont elle a fait partie.

La jeunesse est le temps des certitudes. Parvenus à la vieillesse, nous nous rendons compte qu'il y a bien peu de choses dont nous soyons sûrs, bien peu de choses que nous ayons apprises ; nous nous rendons compte peut-être que nous avons bien peu changé. Mais si je revois ma vie, je sais que j'ai reçu de grandes bénédictions. J'ai rencontré peu de méchanceté, mais beaucoup d'encouragements et de bonté. Je suis soutenue par la magnifique irrationalité de la foi. J'ai deux filles qui ont été une joie pour moi depuis le jour de leur naissance, deux gendres que je respecte et aime profondément, cinq petits-enfants dont les faits et gestes sont une source d'intérêt et d'étonnement incessants. J'entre dans la vieillesse accompagnée de vieux amis, même si nous savons tous que nous ne pouvons compter parcourir tout le chemin ensemble. Et puis j'ai mon travail. Je continuerai à écrire des romans policiers tant que je pourrai, tant que je pourrai écrire bien, et j'espère que je saurai reconnaître le moment où il sera temps de m'arrêter. Ils me donnent du plaisir, à moi et à des milliers de lecteurs. Aucune autre justification n'est nécessaire.

Les cellules de mon corps ont dû se renouveler d'innombrables fois depuis que cette petite fille de onze ans faisait le tour du château de Ludlow en emportant si soigneusement la lettre qui allait mettre à sa portée les délices et les chances d'une instruction supérieure. J'habite un corps différent, mais je peux remonter presque soixante-dix ans en arrière et la reconnaître : c'est moi. Alors, j'avançais dans l'espérance — et je continue.

ANNEXE N° 1

Aux membres du Conseil d'administration
et du Conseil de gestion
de la BBC, jeudi 17 juin 1993

Quand il m'a été suggéré qu'à l'occasion de ma retraite en tant que membre du conseil d'administration je devrais prononcer un discours après le souper de ce soir et que j'ai été assez sotte pour laisser Michael me convaincre, ma première idée a été de parler de ces cinq années, de ce qu'elles ont représenté pour moi, personnellement, de ce qu'elles m'ont appris, et peut-être de ce que je dirais à un membre du conseil d'administration récemment nommé, si il ou elle me demandait mon avis. Mais nous les connaissons tous, ces cinq années. La plupart d'entre vous les ont vécues avec moi. Nous savons tous quels ont été les succès, les échecs, les triomphes, et parfois les désastres, ce qui a été tenté et ce qui a été réussi. Nous avons maintenant notre document *Elargir le choix* et notre réponse au livret vert[1]. Nous sommes bien placés pour livrer la bataille du renouvellement de la charte. Jamais peut-être depuis sa fondation, la BBC n'a su aussi bien où elle devait aller et comment elle se proposait d'y parvenir. J'ai donc pensé que j'envisagerais la Corporation dans une perspective un peu plus large, celle de quelqu'un pour qui la BBC a représenté une partie essentielle de sa vie depuis plus de soixante-dix ans, dans la paix et dans la guerre. Malgré un développe-

1. Document préparatoire à l'avant-projet de loi.

ment considérable et de nombreux changements, est-elle toujours la même, dans son essence ? Est-ce que je reconnais dans la BBC d'aujourd'hui celle de mon enfance, de ma jeunesse et de mon âge adulte ?

Il est facile pour certains d'entre nous, les plus âgés en particulier, de se complaire dans un regret nostalgique du passé et de faire fréquemment allusion aux valeurs dites reithiennes, sans tenir compte des changements sociaux et politiques de grande envergure qui se sont produits depuis la dernière guerre. Nous devons beaucoup à notre père fondateur, certes, mais je doute qu'il aurait fait un bon directeur général aujourd'hui. L'ampleur de sa charge équivalait approximativement à celle du contrôleur de Radio Four. Il était à la tête d'un monopole sans concurrence et aux revenus assurés. La BBC desservait un Royaume-Uni largement cohésif, qui, malgré de très grandes inégalités de richesses et de chances, possédait un héritage commun, celui de la tradition judéo-chrétienne de l'Europe occidentale, et des allégeances communes : une nation qui était patriote, monarchique, plus soumise qu'aujourd'hui à l'autorité aussi bien spirituelle que temporelle, et affirmant des principes moraux qui, sans être toujours observés, n'étaient que rarement mis en question ouvertement. C'est dans ce monde très différent que John Reith s'est employé à donner aux gens ce qu'il pensait être bon pour eux, qu'ils le veuillent ou non (et la plupart le voulaient), et il l'a fait avec une autorité incontestée. Comme celle de tant de croisés ferraillant pour la morale, sa vie privée ne supportait pas toujours d'être regardée de trop près, mais à cette époque-là, il ne risquait guère de se retrouver cloué au pilori par la presse à sensation. Du haut de cette noble éminence, je me demande bien ce qu'il dirait s'il était avec nous ce soir.

Il serait sûrement heureux que la BBC soit reconnue comme le meilleur service de radiodiffusion du monde et toujours considérée dans ce pays, voire dans tous les pays où elle est reçue, avec confiance, affection et respect. Il verrait un World Service en plein développement, ayant acquis la confiance comme aucun autre diffuseur international, immense atout pour la réputation de la Grande-Bretagne et projetant sa lumière dans quelques recoins très sombres de notre monde turbulent.

S'il lisait notre document *Elargir le choix* et notre réponse au projet de loi, il serait stupéfait et, j'espère impressionné à la fois, par l'énorme expansion de la BBC comme service d'audiovisuel public et par le soin et la réflexion qui ont été apportés à ces textes. Mais il pourrait dire aussi : « Oui, vous allez élargir les choix de façon à offrir un service complet à vos auditeurs et spectateurs, définir et séparer les fonctions des conseils d'administration et de gestion, réduire les coûts. Mais où est la grande déclaration des principes moraux que vous représentez ? Vous voyez-vous toujours comme une force consacrée au bien des individus et de la nation, qui se targue d'incarner certaines valeurs fondamentales, dont certaines, je suis heureux de le voir, sont encore gravées sur le mur de ce bâtiment ? » Je me demande, si ce mur était nu et si nous étions chargés aujourd'hui de choisir une inscription, quels mots nous oserions y graver. Elargir le choix ? Pas seulement cela, c'est sûr.

Des tentatives ont été faites de temps à autre pour définir les valeurs de la BBC. En 1965, Hugh Carleton Greene a dit que si d'une façon générale la BBC était impartiale, il était certains sujets sur lesquels elle ne prétendait pas l'être. Et il a cité le racisme, ainsi que ce qu'il a appelé des formes extrêmes de conviction politique. Le racisme est bien entendu le péché contre l'Esprit-Saint, mais il aurait pu aussi bien parler de la cruauté et de l'intolérance dont le racisme est une manifestation particulièrement répugnante. En 1987, Dick Marriott, directeur adjoint de la Radio, a essayé de définir ces « formes extrêmes de conviction politique » en disant que la BBC ne serait pas une tribune de l'antisémitisme ou du fascisme. En 1968, dans sa brochure *l'Audiovisuel et l'humeur du public,* la BBC est allée plus loin en affirmant solennellement qu'elle ne pouvait être neutre quand il s'agissait de valeurs morales, en conséquence de quoi nous déclarions que la haine, l'intolérance et la cruauté étaient mauvaises, alors que l'amour, la bonté et la sincérité étaient bonnes. Aucun d'entre nous, je pense, ne le contredirait. Comme l'évêque, nous sommes tous contre le péché. Mais cela signifie-t-il que la BBC ait la responsabilité de s'employer activement à promouvoir la bonté, la sincérité et l'amour ? Et si elle a effectivement ce devoir moral, de quelle autorité le tient-elle ? Quelles sont ses limites ? Existe-t-il un code de moralité statutaire et où se situe-t-il dans l'organisation ? Ou alors la BBC a-t-elle le droit de dire : « Notre métier est de faire les meilleurs programmes pour la plus large audience possible et de les faire honnêtement, économiquement et équitablement. C'est une dimension morale suffisante pour n'importe quelle organisation. Notre éthique est clairement exposée dans nos *Guides du producteur* : nous n'avons nulle obligation de promouvoir la démocratie, ni de rendre les gens meilleurs citoyens, cela revient aux parents, aux écoles, aux chefs religieux et au gouvernement s'il en a la volonté et la capacité. » Et si nous acceptons cependant que certaines valeurs éthiques généralement reconnues soient soutenues, comment doit-on le faire ? Par une forme de censure interne ? Par la promulgation consciencieuse de lignes directrices et leur révision périodique ? Par l'influence ? l'exemple ? En dernière analyse cependant, toutes les valeurs morales sont personnelles et dépendent non pas des directives de la Corporation mais de chaque personnalité de l'audiovisuel en particulier, et elles ne peuvent être inculquées que par les parents, les écoles, les églises, les synagogues et les mosquées, les philosophes moraux et les grands humanistes. Or toutes ces influences sont moins fortes aujourd'hui qu'autrefois et nombre de jeunes grandissent sans en rencontrer aucune. Pas une grande institution qui ne subisse quelque effet des valeurs de la communauté qu'elle sert. Notre responsabilité première est-elle d'améliorer la société, ou simplement de la refléter ? Courons-nous, la nation comme la BBC, le risque de vivre sur notre capital moral ?

A l'heure actuelle, nous ne vivons pas dans un monde doux, prévenant ou policé. Certains secteurs de notre presse en particulier sont de plus en plus malveillants, maussades, irascibles et cruels. Courons-nous le danger d'être contaminés par cet esprit fielleux et destructeur ? Comme l'a dit le président à sa conférence Goodman, la BBC peut sûrement hériter d'un monde moins dur. Dans les interviews politiques en particulier, les journalistes devraient éviter cette arrogance qui se trahit par de mauvaises manières et de l'impolitesse. Les ministres de la Couronne devraient être respectés pour les fonctions qu'ils occupent, quel que soit leur parti politique, même si leur personne ne saurait toujours commander le respect. Brian

Walden et Sir Robin Day ont montré qu'il est possible d'interroger des hommes politiques de premier plan avec persistance, précision et rigueur pour aboutir à un effet dévastateur tout en restant courtois. L'impolitesse et l'arrogance vont invariablement à l'encontre du but recherché et sont antiprofessionnelles : elles indisposent le public et transfèrent la sympathie à la victime. Des hommes politiques importants devraient se présenter aux interviews avec quelque appréhension, sachant qu'aucun raisonnement spécieux, aucune dérobade, aucune tentative pour dominer et contrôler la discussion ne passera sans être relevée, mais convaincus aussi qu'ils seront traités avec respect et courtoisie parce que c'est la BBC.

Cela me conduit bien sûr à la responsabilité morale de la Corporation envers les institutions de l'Etat. Certains diront que nous n'en avons pas, le travail des journalistes étant de critiquer et de questionner sans cesse. C'est seulement ainsi que la démocratie pourra fleurir à une époque où les journaux sont aux mains de propriétaires de moins en moins nombreux et où les députés soumis à la discipline des chefs de file sont de moins en moins efficaces quand il s'agit de critiquer les actions du parti au pouvoir. La BBC, parce qu'elle est la British Broadcasting Corporation, vivant des fonds publics, a-t-elle une responsabilité envers l'Etat et qu'entendons-nous précisément par ce terme ? Pour Lord Annan, la réponse est simple. A ses yeux, l'Etat est très différent du gouvernement, différent aussi de ce que nous appelons l'Establishment, et la BBC a effectivement une responsabilité vis-à-vis de lui, comme nous tous. Parlant à un séminaire de la BBC sur l'impartialité en novembre 1988, il disait :

> L'Etat est l'expression légale de la nation, dépositaire de la souveraineté, unique source de cohésion légale, source de l'autorité des forces armées, agent de la loi, ce qui exige notre loyauté parce qu'il définit et soutient nos droits au moyen des lois du pays et que lui seul peut nous défendre contre l'invasion ou l'anarchie.

Notre réponse à cette affirmation si pleine d'assurance serait bien sûr que l'Etat, puissance rendue manifeste par les institutions de la monarchie, du Parlement, de la loi et des forces armées, peut aussi bien être tyrannique, oppressif et vexatoire que bénéfique, le rôle de la BBC étant précisément de défier sans cesse ses puissantes entremises. Il y a là un dilemme philosophique et éthique très réel qui repose à la fois sur les valeurs du service public de l'audiovisuel et sur l'indépendance de la BBC. Aujourd'hui les piliers de l'Etat, qui dans mon enfance semblaient si forts, si imperméables à l'érosion du temps et aux changements de climat, si résistants à la tyrannie comme aux ouragans de l'agitation sociale et internationale, se lézardent dangereusement : monarchie, Eglise, démocratie parlementaire, City. Notre attitude à l'égard des syndicats s'est modifiée. Dans mon enfance, ils semblaient être moins des organisations vouées aux négociations avec les employeurs que des croisés de la morale en lutte pour une société plus équitable et différente. Mais si les grands piliers de l'Etat se fissurent, est-ce à la BBC de les consolider et si oui au nom de quelle autorité ? Le rapport Annan de 1977 sur l'avenir de l'audiovisuel avait-il raison quand il affirmait :

> Les déclarations qui discréditent non seulement le politicien, mais tout le concept de gouvernement, sans lequel une société ne peut exister, détruisent la confiance publique dans la nation d'une façon particulièrement pernicieuse.

Peut-être y a-t-il là un avertissement dont nous devrions tous tenir compte, dans l'audiovisuel comme dans la presse, avant que le poison ne s'infiltre dans le sang du pays.

Il nous faut rester constamment conscients de la différence entre la critique — équitable, juste et d'ailleurs nécessaire dans une démocratie vigoureuse — et cette pulsion iconoclaste poussant à tout casser, tout démolir et dont les adeptes les plus acharnés sont souvent les plus incapables de construire et de créer. Cela s'applique aussi à la BBC. Si, par la folie, la malveillance de ses ennemis ou le manque de soutien public, on la laisse s'atrophier, elle ne sera plus jamais ni forte ni indispensable. Une fois détruite, elle ne pourra jamais être recréée. Toutes les grandes institutions qui ont évolué lentement et patiemment, en s'adaptant aux changements des besoins et des temps, incarnent la sagesse et l'expérience des décennies, parfois des siècles, et il ne faudrait pas rejeter avec désinvolture cette sagesse et cette expérience. La plupart d'entre nous, quels que soient nos griefs, savent que nous sommes exceptionnellement privilégiés d'être citoyens de ce

Royaume-Uni. Le patriotisme est une vertu impopulaire et démodée, mais il y a beaucoup de choses qui doivent susciter notre reconnaissance et nos louanges dans notre vie nationale, notre liberté, nos lois, notre langue et notre culture, la beauté et la diversité de notre pays, et il est assurément juste que la BBC soit aussi disposée à célébrer et à soutenir ce qui est bon qu'à critiquer et à démolir ce qui est mauvais.

La BBC doit être courageuse. Au fil des décennies elle a démontré qu'elle pouvait résister sans peur aux gouvernements successifs. Son indépendance à leur égard est vitale. Si nous la perdons, nous pouvons aussi bien fermer boutique et mieux vaudrait alors pour le pays que nous le fassions. Mais la plupart du temps je ne crois pas qu'il faille un si grand courage pour tenir tête à un gouvernement, en particulier s'il est discrédité ou faible. Dans une démocratie, il y en a assez qui sont tout prêts à le faire. Il faut un peu plus de courage pour résister à un Robert Maxwell, et cela aussi nous l'avons fait. Et davantage encore pour se détacher de certaines doctrines arbitraires à la mode, fortement soutenues par des intérêts puissants et éloquents, qu'ils soient de gauche ou de droite, permissifs ou répressifs. J'espère, par exemple, que ce pernicieux fascisme linguistique, le langage politiquement correct, ne s'imposera pas dans ce pays comme dans les universités aux Etats-Unis, mais s'il le fait, la BBC devra s'y opposer. Il nous faut continuer à promouvoir vigoureusement une plus grande participation des femmes et des minorités ethniques, mais résister à la discrimination indéniable que souhaiteraient certaines autorités puissantes et sans fixer de quotas, qui sont condescendants et offensants aussi bien pour les femmes que pour les minorités en question. Nous devons reconnaître courageusement que certaines choses ont dévié et les remettre dans le droit chemin.

Dans son rapport de 1960, la commission Pilkington a déclaré que l'une des fonctions du conseil d'administration était de veiller à ce que l'exécutif ne cède pas aux pressions, au détriment des finalités de l'audiovisuel, simplement parce qu'elles peuvent se faire sentir. Elles le font d'ailleurs de plus en plus. Il suffit d'assister à l'une de nos réunions publiques pour constater combien les auditeurs sont là non pas en leur nom propre, mais en tant que représentants d'un intérêt particulier. Pourtant, ce serait dommage si, dans notre désir de servir les minorités, nous considérions le public comme un rassemblement de groupes divers qui s'excluent souvent mutuellement, moins comme des êtres humains que comme des catégories : femmes, homosexuels, Noirs, handicapés. Nous autres aînés devrions peut-être intervenir. Pour commencer, *The Last of the Summer Wine, Waiting for God* et *One Foot in the Grave* seraient en péril. Bien sûr il nous faut tenir compte de ces intérêts et être sensibles aux besoins des minorités, en particulier à la façon dont elles sont présentées sur nos écrans. Mais nous participons après tout d'une commune humanité, d'une commune citoyenneté et ce qui nous unit est beaucoup plus fort que ce qui nous divise. Il y a un groupe de pression pour lequel je trouve que nous avons parfois trop d'égards : la classe moyenne instruite, essentiellement londonienne, libérale et permissive, les classes dites bavardes dont les valeurs ont dominé une si grande part de la vie britannique.

Bien que leurs certificats de libéralisme soient irréprochables, ils ne sont pas nécessairement typiques du reste de l'Angleterre et moins encore du Royaume-Uni. Il y a non seulement de la vie, mais de la vie intellectuelle énergique au nord de Watford et nous avons la responsabilité de la montrer dans toute sa richesse et sa variété.

La bataille pour une présentation équitable, exacte et bien équilibrée des nouvelles a été gagnée. Mais nous devons rester vigilants pour ne pas brouiller la ligne entre rapporter et commenter les nouvelles et pour garder toujours le souci d'éclairer et d'expliquer aussi bien que de rapporter. Dans les documentaires, l'équilibre est plus difficile à atteindre. Il y a toujours pour les producteurs la tentation de décider d'abord ce qu'ils veulent montrer et d'aller en filmer ensuite les preuves. Au théâtre, l'équilibre est plus souvent critiqué et plus difficile à réaliser. Il nous faut respecter l'intégrité de l'imagination créatrice, encourager les expériences et les innovations, assurer aux auteurs dramatiques la liberté d'échouer parfois sans laquelle le théâtre serait timide, sans imagination et platement conformiste. Certains de nos meilleurs dramaturges sont très engagés politiquement, ce qui se reflète inévitablement dans leur œuvre. Mais des pièces applaudies comme courageuses ou subversives ne sont en fait ni l'une ni l'autre. Il est comparativement facile d'écrire une pièce percutante sur les horreurs de la guerre, des tas d'auteurs peuvent le faire, mais il est moins facile d'étudier comment, sans guerre, mettre en scène un Hitler, un Galtieri, un Saddam Hussein. Il est facile de faire des émissions critiquant la police et la justice (les occasions ne manquent pas, d'ailleurs), plus difficile d'analyser comment, en démocratie, nous pouvons maintenir cet équilibre précaire mais fondamental entre la liberté individuelle et le bon ordre public. Aisé de présenter les forces de sécurité en Irlande du Nord sous un jour défavorable. Les cinéastes n'ont pas à affronter le dilemme qui consiste à agir dans les limites de la loi quand votre ennemi, armé, agit hors d'elles.

Je ne m'étendrai pas sur ces amis familiers : violence gratuite, scènes de sexe explicites, grossièreté de langage. Nous avons les *Guides du producteur* qui sont d'admirables déclarations de principes, bien que plus faciles à promulguer qu'à faire appliquer. Au reste, avons-nous toujours la volonté de les imposer ? Durant ces cinq dernières années, nous avons passé pas mal de temps en séminaires pour discuter de ces problèmes, qui ne sont pas aussi nettement définis ou simples qu'ils semblent l'être pour Mrs Whitehouse ou les tenants d'un plus grand laxisme. Je me bornerai à dire qu'ailleurs les critères, en particulier dans la presse à sensation et chez certains de nos concurrents audiovisuels, tombent et risquent fort de tomber encore plus bas dans la mêlée pour attirer lecteurs et spectateurs. La BBC doit être particulièrement vigilante dans ce climat de dégénérescence, pour s'assurer que nos propres valeurs ne commencent pas à glisser sur la même pente, presque imperceptiblement au début.

Les rapports entre la BBC et le public qu'elle sert dans ce pays comme à l'étranger sont fondés sur la confiance, une confiance qui s'est construite au fil des décennies, mais pourrait être détruite en quelques mois. Les principes, plus souvent sous-entendus que formulés publiquement, que la BBC représente depuis soixante-dix ans et qui servent d'assise à cette confiance, ne sont pas menacés que par les pressions et la concurrence, les critères décadents du goût et de la décence ou le relativisme moral à la mode. Personnellement — et certains d'entre vous seront peut-être de mon avis —, je pense que les négociations actuelles déboucheront probablement sur un renouvellement de la charte, mais aussi sur le gel ou peut-être la diminution de la redevance. Dans ce cas, nous devrons chercher de nouvelles sources de revenus si nous voulons maintenir nos services actuels et garder le moindre espoir de tenir les promesses implicitement contenues dans *Etendre le choix.* Cette commercialisation accrue aura ses dangers. Nous devrons être très prudents et sélectifs envers les organisations et les produits avec lesquels nous nous associerons si nous ne voulons pas mettre en péril l'indépendance et l'intégrité de la BBC.

Honnêteté, bonté, courtoisie, humilité, justice et loyauté, refus d'exploiter la vulnérabilité ou de trahir la confiance, courage, nous savons ce que nous entendons par ces mots. Ils transcendent les différences de religion et ne dépendent d'aucune foi. Tout au long des siècles, ils ont gouverné la vie d'êtres humains bons et civilisés. Ils sont aussi nécessaires à la BBC que le sont bons programmes, efficacité, économie, communication. Selon moi, c'est parce que la BBC symbolise des valeurs qui transcendent les systèmes, l'efficacité comptable et organisationnelle — extrêmement importantes — que des hommes et des femmes aussi talentueux que zélés — certains des plus talentueux sont dans cette salle ce soir — travaillent pour elle avec tant de dévouement et souvent au prix de pertes financières. Il est bien possible que ceux qui serviront la BBC pendant les dix années à venir comme administrateurs, gestionnaires, contrôleurs de chaînes ou concepteurs de programmes déterminent l'avenir de l'audiovisuel public. C'est une lourde responsabilité et je suis convaincue qu'elle est également d'ordre moral. Nous ne devrions pas avoir peur de ce mot, ni des valeurs qu'il incarne.

Pendant toute cette causerie, j'ai fait usage du mot « nous », mais à la fin du mois prochain je redeviendrai ce que j'ai été pendant soixante-dix ans, une de vos téléspectatrices. Je suis infiniment reconnaissante du privilège que j'ai eu de pouvoir servir la BBC en tant que membre du conseil d'administration, bien que trop consciente du fait que j'aurais pu, et dû, faire davantage. Je suis reconnaissante à vous tous, membres du conseil d'administration et du conseil de gestion, de tout ce que vous m'avez appris, de tout ce que vous m'avez donné avec tant de générosité : encouragements, soutien, camaraderie, amitié. Vous me manquerez beaucoup. Merci de m'avoir écoutée avec tant de patience. Bonne chance à vous tous pour la tâche essentielle qui vous attend !

ANNEXE N° 2

Emma *considéré comme un roman policier*

Réunion générale annuelle de la société Jane Austen
Chawton, samedi 18 juillet 1998

C'est à la fois un privilège et un plaisir que de prononcer cette allocution à la réunion générale annuelle de la société Jane Austen, bien que j'aie accepté l'invitation avec quelque inquiétude. En effet, il n'y a rien que je puisse dire sur Jane Austen qui soit, je pense, nouveau pour cette assistance de passionnés. Je solliciterai donc votre indulgence avant de commencer. C'est aussi un plaisir tout particulier de parler ici, à Chawton, puisque c'est à Chawton Cottage que Jane Austen a passé les huit dernières années de sa vie tragiquement courte. Les cinq qui ont précédé son installation ici ont été perturbées par de continuels changements de résidence et improductives au point de vue artistique puisqu'elle avait pratiquement cessé d'écrire. On pourrait donc soutenir que, sans cet ultime refuge sans prétention où elle a trouvé ce mélange de paix champêtre, de routine domestique bien ordonnée et de douce stimulation qui convenaient le mieux à sa personnalité et à son art, nous n'aurions peut-être jamais eu le plus grand de ses romans.

Mon sujet cet après-midi est « *Emma* considéré comme un roman policier ». Il peut sembler présomptueux et un peu excentrique d'envisager l'un des plus grands romans de langue anglaise à l'aune des conventions de ce genre de fiction populaire. En outre, le roman policier traite généralement de meurtre et il n'y a point de crime dans *Emma,* excepté l'histoire des dindons de Mrs Weston ; peu de productions orthodoxes du genre sont aussi agrestes, aussi paisibles, aussi éloignées en esprit du crime et de la violence propres au temps de Jane Austen ou au nôtre. Mais les romans policiers ne sont pas forcément des histoires de meurtre : *Gaudy Night,* de Dorothy L. Sayers, en est un exemple. Ce qu'ils exigent, c'est un mystère, des faits cachés au lecteur, encore que celui-ci doive être en mesure de les découvrir par déduction logique des indices glissés dans le récit avec force ruses mais de manière fondamentalement honnête. Il s'agit d'évaluer des preuves, qu'elles concernent les événements ou les personnages. Il s'agit de faire surgir l'ordre du désordre, de restaurer la paix et la tranquillité dans un monde provisoirement bouleversé par l'intrusion d'influences étrangères.

Emma, dont la construction est la plus impeccable parmi tous les romans de Jane Austen, est une histoire où paix et réconciliation naissent de la discorde, où les mystères sont élucidés et les faits antérieurement mal interprétés enfin vus sous leur vrai jour. Mais il existe d'autres similitudes intéressantes avec le roman policier traditionnel. Le genre agit souvent avec sa plus grande efficacité quand le cadre est restreint et les protagonistes contraints à une proximité qu'ils ne souhaitent pas toujours. Dans *Emma,* nous avons Highbury, petite communauté rurale dans, ou à côté de laquelle, vivent pratiquement tous les personnages du livre ou alors, comme Frank Churchill, y ont des attaches. Seule Mrs Elton arrive là en étrangère quand elle épouse le pasteur. Nous les connaissons tous à fond en ce sens que nous pouvons imaginer ce qu'ils diraient et comment ils se comporteraient lorsque nous ne sommes pas là. Nous connaissons intimement la vie de Highbury : l'auberge de la Couronne où les messieurs se réunissent pour diriger leurs affaires ou jouer au whist et où le bal a lieu ; la boutique de Mrs Ford et ce qu'elle y vend ; le presbytère et le chemin qui y mène ; l'appartement des Bates ; l'école de Mrs Goddard ; les bosquets de Hartfield et les fraiseraies de Donwell Abbey. Le décor est planté.

C'est sur cette toile de fond que se joue le drame d'Emma, jolie, intelligente et riche, dont l'énergie et les richesses intellectuelles sont si peu employées qu'elle s'en sert malheureusement pour intervenir de manière désastreuse dans la vie des autres. Son zèle pour manipuler et contrôler est si grand qu'elle interprète de travers faits, émotions, situations, rapports et on peut bien penser que le lecteur du XIXe siècle, tout comme le lecteur moderne, abordant le roman pour la première fois, ait été séduit par l'habileté avec laquelle Jane Austen nous fait partager les idées fausses et les méprises d'Emma. A la fin du livre, bien sûr, assagie et repentante, elle reconnaît non seulement les vérités des autres mais la sienne propre, et épouse l'homme qui l'aimait depuis l'enfance et la comprenait, le seul à même de la faire passer d'une imagination débordante à une réalité heureuse.

Quels sont donc les mystères dans *Emma ?* Tous tournent autour d'une relation humaine. Il y a les fiançailles secrètes de Frank Churchill avec Jane Fairfax. Il y a l'amour caché de Mr Knightley pour Emma et celui d'Emma qui grandit pour lui. Il y a l'erreur de celle-ci au sujet des projets matrimoniaux de Mr Elton. Il y a le mystère moindre, et qu'il vaudrait peut-être mieux qualifier de malentendu, qui a pour centre les tentatives indiscrètes et malencontreuses d'Emma pour trouver un mari à sa protégée, Harriet, qui culminent quand, horrifiée, elle croit que Mr Knightley est amoureux de Harriet et veut l'épouser.

Mais la vérité essentielle astucieusement dissimulée au cœur du roman est bien entendu la promesse qui lie Frank Churchill à Jane Fairfax. Nous partageons le vif intérêt de Highbury en voyant le fils si longtemps attendu de Mr Weston et peut-être conviendrons-nous avec Mr Knightley que le jeune homme aurait dû venir plus tôt présenter ses hommages à la nouvelle épouse de son père, la pauvre Miss Taylor, comme dirait Mr Woodhouse. Mais c'est seulement quand Jane Fairfax vient séjourner à Highbury chez sa grand-mère et sa tante, les Bates, que Frank Churchill parvient à se libérer de son exigeante belle-mère et vient voir son père. Nous aurions dû relever cet indice. Mr Weston l'emmène tout de suite rendre visite à Emma, mais au bout d'un court moment, ils se séparent ; Mr Weston doit aller à la Couronne au sujet de son foin, et il a beaucoup de courses à faire pour Mrs Weston. Au lieu de l'accompagner, Frank se rend chez les Bates. Peut-être aurait-il été plus naturel qu'il reste avec son père ou rentre directement chez sa belle-mère. Mais chez les Bates, il trouvera Jane Fairfax, la principale raison de sa venue à Highbury. Son prétexte pour cette visite, c'est qu'ils se sont rencontrés à Weymouth. Mais ne peut-on s'étonner qu'il les mette, elle et sa famille, en si bonne place sur sa liste de personnes à voir ? Et quand il y est, il reste beaucoup plus longtemps qu'une visite de courtoisie matinale ne l'exigerait normalement en ces temps plus formalistes. Le lendemain, il dit à Emma :

Dix minutes auraient été bien suffisantes, peut-être aurait-ce été dans les convenances et j'avais dit à mon père que je serais certainement à la maison avant lui — mais impossible de m'en aller, pas le temps de reprendre souffle et à mon grand étonnement, je me suis aperçu... que j'étais resté avec elles près de trois quarts d'heure.

Emma demande quelle mine avait Miss Fairfax et non sans une espiègle adresse, Frank prétend ne pas admirer son teint.

Miss Fairfax est naturellement si pâle qu'elle donne presque l'impression d'être en mauvaise santé — un manque de teint des plus déplorables.

Dès le début nous sommes conduits à penser que Frank Churchill n'admire pas la beauté de Miss Fairfax. C'est quand il se promène avec Mrs Weston et Emma dans Highbury que cette dernière lui pose la question qu'il savait inévitable mais qu'il redoutait néanmoins terriblement : « L'avez-vous vue souvent à Weymouth ? Fréquentiez-vous souvent la même société ? » Comme il n'avait jamais vu Miss Fairfax qu'en présence de sa grand-mère ou de sa tante, ils n'avaient pas eu l'occasion de mettre au point entre eux ce qu'ils allaient raconter. C'est une situation périlleuse pour Frank, et voici comment Jane Austen la traite :

A cet instant ils approchaient de chez Ford et il s'exclama précipitamment : « Ha ! Ce doit être le magasin où, d'après ce que me dit mon père, tout le monde va tous les jours de la vie... Si cela ne vous dérange pas, entrons donc que je me prouve à moi-même que j'appartiens à l'endroit, que je suis un vrai citoyen de Highbury. Il faut que j'achète quelque chose chez Ford. »

Cette diversion lui donne le temps de réfléchir, mais il sait qu'il faudra répondre à la question. Un peu plus tard il y revient volontairement et suggère intelligemment qu'Emma devrait la poser à Miss Fairfax, en disant :

> C'est toujours à la dame que revient le droit de décider du degré d'intimité. Miss Fairfax a déjà dû donner sa version des faits. Je ne me compromettrai pas en revendiquant plus qu'elle ne souhaiterait peut-être accorder.

Miss Fairfax n'a *pas* donné son point de vue et, réticente autant que secrète, ne le donnera pas.

C'est pendant cette promenade que Frank demande à Emma son opinion sur Jane Fairfax comme musicienne et le lendemain, nous avons l'un des indices les plus forts, peut-être le plus probant de tous, concernant les véritables rapports entre Jane et Frank. Celui-ci va à Londres pour se faire couper les cheveux. Bien entendu, le prétexte ne tient pas debout et il ne se donne guère la peine de le rendre crédible. Il ne serait pas venu faire la connaissance de sa nouvelle belle-mère avec des cheveux hirsutes. Mais en fait, il va à Londres pour acheter le piano et prendre toutes les dispositions pour le faire livrer chez Mrs Bates. Ce n'est pas un piano à queue mais un petit modèle robuste, convenant bien à l'exiguïté du salon qu'il a maintenant vu par lui-même. Nous apprenons sa livraison quand Frank Churchill et Emma, avec le reste de ses amis de Highbury, sont réunis pour un dîner chez les Coles. Là, Frank approuve chaudement la suggestion d'Emma qui pense que le piano vient non pas du colonel Campbell, ce que tout le monde croit, mais de Mr Dixon, qui a épousé Miss Campbell mais est amoureux de Jane. Finalement, Frank, faisant semblant d'être convaincu, admet : « Je ne peux le voir autrement que comme une offrande d'amour. » Ce qui est effectivement le cas. L'allusion ne pourrait être plus directe. C'est à ce même dîner qu'Emma surprend Frank à regarder fixement sa bien-aimée de l'autre côté de la pièce, le lui fait remarquer, sur quoi il se ressaisit et prétend ne pouvoir quitter des yeux la coiffure outrancière de Jane. Que Jane sache très bien qui a envoyé le piano nous semble évident en raison de son embarras quand on en parle, embarras qu'Emma attribue à l'amour coupable de Jane pour le mari de son amie.

Mrs Weston, musicienne au grand cœur, était particulièrement intéressée par cette circonstance. Emma ne pouvait s'empêcher d'être amusée par son insistance à revenir sur le sujet et le nombre de choses qu'elle avait à demander et à dire sur la tonalité, le toucher et la pédale, sans se rendre compte le moins du monde du désir d'en parler le moins possible qu'elle [Emma] discernait si nettement dans l'attitude de la belle héroïne.

Le lendemain, Emma et Harriet se rendent à Highbury acheter des rubans chez Ford quand, jetant un coup d'œil vers la route de Randalls, elles voient Mrs Weston et son beau-fils. Frank, bien entendu, va de nouveau voir Jane Fairfax. Mrs Weston leur dit :

Mon compagnon m'assure que j'ai absolument promis à Miss Bates hier soir que je viendrais la voir ce matin. Je ne m'en rappelais même pas. Je ne savais pas que j'avais fixé un jour, mais enfin, j'y vais maintenant.

Bien évidemment, Mrs Weston n'avait pas fixé de jour, mais Frank ne peut pas attendre davantage pour revoir sa bien-aimée et sans aucun doute le piano. Il fait bien quelques petites objections mais est visiblement tout à fait décidé à accompagner Mrs Weston chez les Bates et à ne pas se laisser détourner vers Randalls.

L'un des indices les plus révélateurs des fiançailles secrètes, c'est le temps que Frank Churchill passe avec les Bates. En plus du fait que c'est presque la première maison où il se rend, il arrive à trouver des prétextes pour être avec Jane à la moindre occasion. Quand on suggère de donner le bal à la Couronne et que les Weston examinent avec Emma le volume de la salle, c'est lui qui suggère que Miss Bates soit invitée à se joindre à eux. Mrs Weston n'est pas très convaincue, ce qui est compréhensible, que Miss Bates, volubile et trop obligeante, pourra être d'un secours quelconque ; mais on l'envoie chercher et elle arrive avec Jane, comme Frank s'y attendait.

Puis vient le moment, désagréable pour Emma mais cataclysmique pour Jane, où Frank est rappelé à Enscombe. Il va voir les Bates *avant* de venir prendre congé d'Emma. D'ailleurs, il lui révèle presque son secret, pensant qu'avec son esprit si vif elle l'a probablement déjà deviné. Emma lui dit :

« Pas cinq minutes à consacrer même à vos amies Miss Fairfax et Miss Bates ? Quel dommage ! La force de raisonnement de Miss Bates aurait pu renforcer la vôtre.

— Si... je *m'y suis* déjà arrêtée en passant devant la porte, j'ai pensé que c'était mieux. C'était ce qu'il fallait faire. Je suis entré pour trois minutes et puis j'ai été retenu, parce que Miss Bates était absente. Elle était sortie et j'ai jugé impossible de ne pas attendre son retour... Mieux valait faire ma visite à ce moment-là. » Il hésita, se leva, alla à la fenêtre. « En bref, dit-il, peut-être, Miss Woodhouse — je pense que vous pouvez difficilement n'avoir aucun soupçon. »

Il la regarda comme s'il voulait lire ses pensées. Elle ne savait trop quoi dire. Tout cela semblait présager quelque chose d'absolument sérieux qu'elle ne voulait pas entendre. Se forçant à parler dans l'espoir d'éviter la révélation, elle dit, calmement :

« Vous avez eu raison, c'était tout à fait naturel de faire votre visite à ce moment-là. »

Elle l'entendit soupirer. C'était bien naturel pour lui de penser qu'il avait des *raisons* de soupirer. Il ne pouvait croire qu'elle l'encourageait.

Emma, se méprenant comme d'habitude, s'attend presque à une demande en mariage, ou au moins à une déclaration d'amour. En réalité Frank, la soupçonnant d'avoir deviné son secret, a été tout près de lui dire qu'il est fiancé à Jane Fairfax. Une lecture attentive du passage montre assez que ce qu'il est sur le point de confier se rapporte non à Hartfield mais à sa visite aux Bates.

Donc Frank Churchill quitte, à son grand désespoir, Highbury, mais sans aucun doute à la satisfaction de Mr Knightley et nous en arrivons à l'indice de Jane Fairfax et des lettres. Nous n'avons jamais entendu dire qu'elle allait chercher son courrier à la poste jusqu'au départ de Frank. Mais nous apprenons, au dîner donné par Emma en l'honneur de Mr Elton et de sa jeune femme, qu'elle reçoit des missives qu'elle préfère retirer elle-même, quand Mr John Knightley, assis à côté d'elle, exprime l'espoir qu'elle ne s'est pas aventurée trop loin le matin avec ce temps pluvieux. Il dit :

« La poste a beaucoup de charme à une certaine période de notre vie. Quand vous serez arrivée à mon âge, vous commencerez à penser que les lettres ne valent jamais la peine qu'on aille les chercher sous la pluie. »

Aussitôt la gentille Mrs Weston se déclare inquiète que Miss Fairfax soit sortie malgré le mauvais temps et la trop zélée Mrs Elton n'a de cesse de lui proposer d'envoyer ses domestiques chercher le courrier. Jane bien entendu reste sereinement inébranlable. Au début du XIXe siècle, jeunes hommes et jeunes filles ne correspondaient pas à moins d'être fiancés, et si l'on apprenait que Frank Churchill écrit à Jane Fairfax, c'en serait fini de leur secret.

Et c'est naturellement une de ces lettres qui les met de nouveau en danger. Cela se passe une fois Frank revenu. Dans le chapitre cinq du troisième volume, Emma, Harriet et Mr Knightley, faisant une promenade le soir, rencontrent Mr et Mrs Weston, Frank Churchill, Miss Bates et Jane Fairfax. Emma les invite tous à retourner à Hartfield et ils entrent dans le parc au moment où Mr Perry passe à cheval ; les messieurs parlent de l'animal et s'engage alors la conversation suivante :

« A propos, demanda Frank Churchill à Mrs Weston au bout d'un certain temps, qu'est devenu le projet qu'avait Mr Perry de s'acheter une voiture ? »

Mrs Weston parut surprise et répondit : « Je ne savais pas qu'il avait un tel projet.

— Mais si, je le tiens de vous. Vous m'en avez écrit un mot, il y a trois mois.

— Moi ? Impossible. »

Frank, visiblement embarrassé, prétend qu'il a dû rêver et tente de changer de sujet en suggérant que Miss Smith marche comme si elle était fatiguée. Mais il ne peut passer si facilement à un autre sujet, Miss Bates confirmant qu'il y a eu en effet une idée de ce genre, parce que Mrs Perry elle-même en a parlé à Mrs Bates. Elle dit :

« Jane, tu ne te rappelles pas que grand-maman nous en a parlé quand nous sommes rentrées à la maison ? Je ne sais plus où j'étais allée, très probablement à Randalls, oui, je crois que c'était à Randalls... Je n'en avais touché mot à âme qui vive... un rêve extraordinaire, vraiment ! »

C'est à ce moment, alors qu'ils entraient dans le vestibule, que Mr Knightley jette un coup d'œil à Jane. Il voit la confusion réprimée ou dissipée par le rire sur le visage de Frank Churchill, qui semble décidé à attirer l'attention de Jane, mais celle-ci passe entre eux deux dans le vestibule sans les regarder. Les John Knightley sont à Hartfield avec leurs enfants à ce moment-là et un peu plus tard toute cette compagnie se retrouve assise autour d'une table ronde pour jouer avec les alphabets des petits. Il s'agit de former des mots les uns pour des autres. Frank Churchill en place un devant Miss Fairfax qui le découvre et le repousse avec un léger sourire pour que les lettres en soient aussitôt mélangées aux autres. Mais Harriet les reprend et, avec l'aide de Mr Knightley, les réarrange pour former le mot « bévue ». Elle l'annonce triomphalement et Jane rougit. C'est en effet une bévue. Qui d'autre qu'elle aurait pu annoncer à Frank que Mr Perry se proposait d'acheter une voiture ?

Et puis bien sûr, il y a encore d'autres indices. Si nous nous demandons pourquoi Frank Churchill s'est soudain rappelé ses obligations envers son père et l'épouse de celui-ci, nous pouvons aussi nous demander pourquoi Jane Fairfax reste si longtemps à Highbury alors qu'elle a une invitation permanente du colonel et de Mrs Campbell à les rejoindre en Irlande avec les Dixon. Frank essaie évidemment d'expliquer cela, au moins à Emma, par leur commune conviction que Jane ne peut séjourner avec les Dixon puisqu'elle a détourné l'affection de Mr. Dixon à son profit. Mais cela n'empêche pas Emma de trouver étrange ce désir de rester à Highbury, et elle s'en explique ainsi à Frank :

> Je suis sûre qu'elle a une raison particulière pour préférer venir à Highbury plutôt que d'aller avec les Campbell en Irlande. Ici elle doit mener une vie de privation et de pénitence, alors que là-bas ce ne serait qu'agréments. Quant au prétexte de venir respirer son air natal, je le considère comme une simple excuse... Qu'est-ce que l'air natal peut faire pour vous pendant les mois de janvier, février et mars ?

Mais Jane, bien entendu, ne saurait supporter l'idée de quitter Highbury. Frank ne pourrait pas aller la voir ni à Londres ni en Irlande, alors qu'il a toutes les raisons possibles de venir régulièrement à Highbury chaque fois qu'il peut obtenir l'autorisation de Mrs Churchill.

Et puis il y a l'incident très révélateur survenu à Donwell Abbey pendant la cueillette des fraises. Monopolisée par Mrs Elton, Jane est vivement pressée de prendre la très avantageuse situation de gouvernante que la dame lui a obtenue. Frank Churchill, qui a promis de venir à cheval depuis Richmond, est impatiemment attendu, mais n'est pas encore arrivé. Et puis Jane, visiblement en peine, dit à Emma qu'il faut qu'elle rentre chez elle, refuse la voiture de Hartfield et part toute seule. Un quart d'heure plus tard, Frank Churchill arrive et pour la première fois nous le voyons, ainsi qu'Emma, sérieusement de mauvaise humeur, se plaignant de la chaleur, souhaitant presque n'être pas venu, déclarant qu'il a trop chaud pour manger, qu'il en a assez de l'Angleterre et il se propose de partir pour l'étranger dès que sa tante sera suffisamment rétablie. Mais arrivé un quart d'heure après le départ de Jane Fairfax, il l'a sûrement rencontrée sur la route. Il l'admet d'ailleurs, sans faire la moindre mention de son nom, disant :

« Vous allez tous partir bientôt, je suppose, tout le groupe va se disperser. J'ai rencontré *quelqu'un* en venant. Quelle folie par un temps pareil ! Une vraie folie ! »

Emma n'a pas l'idée — ni moi non plus quand j'ai lu le roman pour la première fois — que cette mauvaise humeur est le résultat de la rencontre sur la route avec Jane, bouleversée et pleine de reproches.

Jane ne peut en supporter davantage, rompt les fiançailles et tombe malade. Emma est sincèrement compatissante, mais ses efforts pour aider, et même son arrow-root, sont rejetés. Jane est ravagée par la jalousie et la douleur. Mais tout se termine bien. Mrs Churchill, que personne n'avait jamais crue sérieusement malade, justifie son hypocondrie en mourant. Frank n'a pas de difficultés à obtenir le consentement à son mariage d'un Mr Churchill accommodant et revient triomphalement à Highbury réclamer sa promise.

La nouvelle des fiançailles est d'abord accueillie avec beaucoup de peine par les Weston, qui avaient été complètement trompés par les attentions de Frank pour Emma. Mais quand ils se rendent compte que le cœur de celle-ci est parfaitement indemne, ils acceptent la situation de bon gré, comme tout Highbury. Il est étonnant que les fiançailles suscitent une surprise aussi générale. Les indices qui menaient à la solution étaient là, à leur disposition pour qu'ils la découvrent, tout comme nous. Seul le perspicace Mr Knightley avait soupçonné la vérité.

Le lecteur a peu d'excuses pour mal interpréter les aspirations matrimoniales de Mr Elton, mais là, Emma se montre particulièrement obtuse. Les visites de Mr Elton à Hartfield sont destinées à se faire bien voir d'elle et non à y retrouver Harriet. Ses tendres soupirs en contemplant le portrait de cette dernière et le soin qu'il prend pour porter le précieux objet chez l'encadreur à Londres sont dus au fait qu'il convoite le peintre et non le modèle. La devinette qu'il compose et envoie anonymement est visiblement destinée à Emma et même elle est frappée par l'incongruité d'attribuer des yeux brillants et un esprit vif à son amie. Mr Elton n'a aucune intention de manquer le dîner chez Mrs Weston simplement parce que Harriet Smith est malade. Il y a aussi les preuves apportées par la psychologie, aussi importantes dans un roman policier bien écrit qu'elles le sont dans *Emma,* et toujours les plus éloquentes. Mr Elton est bien le dernier à courtiser une fille naturelle sans le sou, comme Mr Knightley le dit à Emma :

> « Elton est un très brave homme et un pasteur très respectable pour Highbury, mais nullement enclin à faire un mariage imprudent. Il connaît tout aussi bien qu'un autre l'importance d'un bon revenu. Elton peut parler avec sentiment, il agira avec bon sens. »

La méprise finale d'Emma, quand elle croit que Mr Knightley envisage sérieusement d'épouser Harriet, a peut-être été profitable. C'est seulement quand elle s'est trouvée devant cette épouvantable possibilité qu'elle a fini par accepter la vérité : Mr Knightley ne doit épouser personne d'autre qu'elle. Quand nous en venons à examiner Mr Knightley et son amour pour Emma — il lui avoue à la fin du livre qu'il l'aime depuis qu'elle a treize ans —, l'indice le plus révélateur est sans aucun doute le temps qu'il passe à Hartfield. En effet, il va voir Emma et son père tous les jours, passant des soirées avec eux, et cela ne peut guère être pour jouir de la compagnie pétulante de Mr Woodhouse.

Et il s'intéresse toujours sincèrement à tous les aspects du bien-être d'Emma, même à ses lectures et son écriture.

Il prend la peine de la corriger quand il pense qu'elle a tort et de la louer quand elle fait bien, mais toujours comme un égal, non comme un supérieur condescendant ou avec un mépris avunculaire. Il respecte son intelligence autant qu'il admire sa beauté, à laquelle il n'est certainement pas insensible, comme il le dit à Mrs Weston : « J'adore la regarder », et nous pouvons nous le représenter assis, soir après soir, dans le salon de Hartfield, supportant l'ennui de la conversation de Mr Woodhouse et le feu que la délicatesse du maître de maison exige presque tous les soirs de l'année, posant ses yeux sur le joli visage d'Emma avant de repartir à pied vers le froid et la solitude de Donwell Abbey.

Le second indice, et peut-être le plus fort, est bien entendu sa jalousie déraisonnable à l'égard de Frank Churchill. L'annonce que ce dernier va enfin venir voir son père et sa nouvelle belle-mère provoque la curiosité générale de Highbury, curiosité qu'Emma partage. Mr Knightley, qui doit savoir que les Weston espèrent voir Emma et Frank tomber amoureux, manifeste son hostilité jalouse envers le jeune homme avant même qu'il arrive. Quand la première visite de Frank Churchill est repoussée à cause des pressions d'Enscombe, personne n'est plus sévère que lui.

> « Il y a une chose, Emma, qu'un homme peut toujours faire s'il l'a décidé, c'est son devoir ; non pas par des manœuvres et des finesses, mais par la vigueur et la résolution. »

Emma soutient énergiquement que sans connaître Enscombe et les dispositions de Mrs Churchill, ils ne devraient pas juger Frank trop durement, et accuse Mr Knightley d'être déterminé à avoir mauvaise opinion du jeune homme.

> « Moi ! Pas du tout ! répliqua Mr Knightley, assez mécontent. Je ne veux pas avoir mauvaise opinion de lui. Je serais tout aussi disposé que quiconque à reconnaître ses mérites, mais je n'entends parler d'aucun, sauf ceux qui ne touchent que sa personne, qu'il a une belle taille, une belle allure et de bonnes manières. »

Leur discussion se poursuit, et quand Emma lui fait remarquer que son affection pour Mr et Mrs Weston lui inspire un penchant marqué pour Frank Churchill,

Mr Knightley lui dit avec aigreur : « Voilà une personne à laquelle je ne pense jamais, d'un bout du mois à l'autre. » Assertion assez étonnante, puisqu'il a manifestement accordé beaucoup d'attention aux défauts de caractère et de comportement de Mr Churchill et vient de passer la dernière demi-heure à le critiquer vigoureusement.

Et quand Frank Churchill arrive enfin, un jour plus tôt que prévu — ce qui est un peu désinvolte compte tenu du désir de Mrs Weston que tout soit parfait à Randalls pour le recevoir —, Mr Knightley est le seul à ne pas se joindre au concert de louanges qui retentit dans les paroisses de Donwell et Highbury. Apprenant son voyage à Londres pour se faire couper les cheveux, il commente : « Hum ! Exactement le garçon sot et superficiel que je pensais. » Il critique même son écriture : « Je ne l'admire pas, elle manque de force. C'est comme une écriture de femme. » Et il est le seul à désapprouver le projet de bal à la Couronne où Miss Woodhouse et Frank Churchill brilleront certainement. Normalement équitable et plein de bon sens, il ne peut pas dire un mot en faveur de Frank Churchill, jusqu'à ce que, à la fin du roman, quand « Emma est à lui par la main et la parole », nous lisions :

> S'il avait pu penser à Frank Churchill alors, il aurait peut-être trouvé que c'était un très brave garçon.

Et si Mr Knightley est constamment avec Emma, continuellement préoccupé de son bonheur et de sa conduite, il est à coup sûr rarement absent des pensées de la demoiselle. Tous les personnages masculins lui sont comparés. Bien qu'elle apprécie fort les manières ouvertes de Mr Weston et ses dispositions amicales avec tout le monde,

> elle se disait qu'être la favorite et l'intime d'un homme ayant tant d'intimes et de confidentes n'était pas la première des distinctions sur l'échelle de la vanité... C'était une bienveillance universelle, mais pas une amitié universelle, qui faisait d'un homme ce qu'il devait être. Elle pourrait se sentir attirée par un tel homme.

C'est évidemment la description exacte de Mr Knightley. Et quand, accompagnée de Harriet, elle va rendre visite aux Elton, mariés depuis peu, un autre indice est fourni avec beaucoup de subtilité. Mrs Elton dit :

« Mon ami Knightley » a été si souvent mentionné que j'étais vraiment impatiente de le voir et je dois rendre justice à mon *caro sposo,* il n'a pas à rougir de son ami. Knightley est tout à fait un gentleman. Je l'aime beaucoup. Indiscutablement, je pense, un homme très distingué.

Emma peut à peine contenir son indignation jusqu'à ce qu'elles soient sorties de la maison.

Quelle femme insupportable ! s'exclama-t-elle aussitôt. Pire que ce que j'attendais. Absolument insupportable. Knightley ! Je n'aurais jamais pu le croire. Knightley ! Elle ne l'a jamais vu de sa vie et elle l'appelle Knightley ! Et découvre que c'est un gentleman ! Une petite parvenue vulgaire avec son Mr E et son *caro sposo,* ses biens, ses airs de péronnelle prétentieuse et son élégance au rabais. Elle découvre que Mr Knightley est un gentleman ! Je doute qu'il lui retourne le compliment et découvre qu'elle est une dame.

Sur ce, elle se demande ce que Frank Churchill en penserait s'il était là, puis ajoute :

Toujours la première personne qui me vient à l'esprit ! Ah, je m'y prends ! Frank Churchill est toujours régulièrement celui à qui je pense.

Mais bien sûr elle ne pensait pas à Frank Churchill. C'est Mr Knightley qui le premier lui est venu à l'esprit, c'est à lui qu'elle pense constamment.

Alors que je parlais de cette causerie avec ma fille Jane, elle m'a rappelé un autre exemple du souci constant d'Emma pour Mr Knightley, ce qu'elle a baptisé : « l'indice de la bière de spruce ». Harriet est en train de démontrer qu'elle est totalement guérie de sa toquade pour Mr Elton en détruisant devant Emma ses « trésors les plus précieux », le taffetas gommé porté par le pasteur sur son doigt blessé et un vieux bout de crayon dont il s'est servi pour noter dans son calepin la recette de la bière de spruce de Mr Knightley.

Je m'en souviens, s'écria Emma. Je m'en souviens parfaitement. Nous parlions de la bière de spruce. Oh ! oui. Mr Knightley et moi disant tous les deux que nous l'aimions et Mr Elton apparemment bien décidé à apprendre à l'aimer aussi. Je m'en souviens parfaitement. Mr Knightley se tenait exactement ici, n'est-ce pas ? J'ai idée qu'il se tenait exactement ici.

Et puis il y a cette discussion passionnée avec Mrs Weston, quand son ancienne gouvernante suggère après le bal que Mr Knightley souhaite peut-être épouser Jane Fairfax. Emma, bien sûr, est persuadée que si elle rejette l'idée du mariage de Mr Knightley avec qui que ce soit, c'est qu'elle veut voir son neveu Henry hériter un jour de la propriété de Donwell.

Mr Knightley et Jane Fairfax ! s'exclama-t-elle, chère Mrs Weston, comment pouvez-vous avoir une idée pareille ? Mr Knightley ! Mr Knightley ne doit pas se marier ! Vous ne voudriez pas que le petit Henry soit privé de Donwell ?

Puis un peu plus tard :

Je suis sûre qu'il n'y pense pas une seconde. Ne lui mettez pas cette idée dans la tête. Pourquoi se marierait-il ? Il est aussi heureux que possible avec sa ferme et ses moutons et sa bibliothèque et toute la paroisse à diriger... il n'a aucune raison de se marier, que ce soit pour occuper son temps ou son cœur.

Et la discussion continue, la virulence d'Emma augmentant toujours contre l'idée. Si bien que Mrs Weston finit par dire :

« Si Mr Knightley désirait vraiment se marier, vous ne voudriez pas qu'il y renonce à cause d'Henry, un petit garçon de six ans qui ne connaît pas le premier mot de l'affaire ? »

Nous pouvons bien penser en effet que la véhémence d'Emma n'a que peu de rapport avec le petit Henry et son héritage. Par la suite, elle ne peut s'empêcher de lancer une délicate allusion à Mr Knightley au sujet de son admiration pour Jane Fairfax, et s'entend répondre :

« Cela ne sera jamais... Miss Fairfax, j'imagine, ne voudrait pas de moi-même si je le lui demandais et je suis très certain de jamais le lui demander. »

Emma le félicite de son manque de vanité et Jane Austen ajoute :

Il parut à peine l'entendre ; il était pensif et d'une façon qui montrait qu'il était assez mécontent, il dit peu après : « Ainsi vous aviez décidé que je devrais épouser Jane Fairfax ?

— Non, certes pas. Vous m'avez trop souvent grondée pour avoir joué les marieuses, je ne me permettrais pas de prendre une telle liberté avec vous. Ce que je viens de dire ne signifie rien... Oh non, vraiment je ne souhaite pas le moins du monde que vous épousiez ni Jane Fairfax ni qui que ce soit d'autre. Vous ne viendriez pas passer un moment avec nous aussi aisément que si vous étiez marié. »

Ici encore un indice subtil. Pourquoi Mr Knightley est-il si mécontent quand on suggère qu'il pourrait s'intéresser à Jane Fairfax, belle, accomplie et élégante ? Ce ne sont certainement pas les commérages qui lui ont déplu. Highbury en vit. Non, c'est l'idée qu'Emma puisse envisager la perspective de le voir marier à une autre avec autant de sérénité apparente.

Et puis a lieu le bal longtemps différé à la Couronne, l'un des chapitres les plus brillants du livre, où se trouvent toutes les clés des relations entre les personnages, et au cours duquel se produit l'incident qui provoque un nouveau malentendu quand Mr Knightley danse avec Harriet, tout de suite persuadée qu'il l'aime. La soirée regorge de petits incidents intéressants. Il y a le moment où Mrs Elton dit à son mari :

Oh, vous nous avez enfin découvertes, n'est-ce pas, dans notre retraite ! Je disais à l'instant à Jane que vous deviez attendre de nos nouvelles avec impatience.

— Jane, répéta Frank Churchill, l'air étonné et mécontent. C'est facile — mais Miss Fairfax ne le désapprouve pas, je pense.

Emma demande tout bas :

« Aimez-vous Mrs Elton ?

— Pas du tout.

— Vous êtes ingrat.

— Ingrat ? Que voulez-vous dire ? » Puis, passant de la moue au sourire : « Non, ne me le dites pas. Je ne veux pas savoir ce que vous voulez dire. Où est mon père ? Quand allons-nous commencer à danser ? »

Emma ne le comprenait pas très bien, il semblait être d'une humeur étrange.

Emma fait allusion aux récents éloges que Mrs Elton a fait de Frank au père de celui-ci. « Un très beau jeune homme, vraiment, Mr Weston. Très élégant, et ses manières sont précisément comme je les aime. » Frank croit évidemment qu'Emma fait allusion à la condescendance bienveillante de la dame pour ses amours secrètes.

En sa qualité de jeune mariée, Mrs Elton ouvre le bal avec Mr Weston, suivie par Emma et Frank. Mais même quand elle danse avec Mr Churchill, les yeux et les pensées d'Emma sont toujours occupés par Mr Knightley. Jane Austen écrit :

Peut-être n'aurait-il pu paraître plus à son avantage que là où il était placé. Sa haute silhouette, ferme et droite au milieu des corps massifs et des épaules voûtées des hommes d'âge mûr, était de celles qui, d'après Emma, auraient dû attirer tous les regards et, son propre partenaire mis à part, pas un dans la rangée de jeunes hommes ne pouvait lui être comparé. Il fit quelques pas en avant et ces quelques pas suffirent pour montrer la distinction, la grâce naturelle avec lesquelles il aurait sûrement dansé s'il en avait pris la peine.

Cette peine, il la prend un peu plus tard quand il conduit Harriet jusqu'au quadrille après qu'elle a été scandaleusement snobée par Mr Elton. Mais à la fin du chapitre, il danse avec Emma.

« Avec qui allez-vous danser ? » demanda Mr Knightley.
Elle hésita un instant, puis répondit : « Avec vous, si vous m'invitez.
— Voulez-vous ? dit-il en offrant sa main.
— Certes. Vous avez montré que vous savez danser et comme vous le savez, nos rapports ne sont pas assez fraternels pour rendre la chose inconvenante.
— Fraternels ! Non, sûrement pas ! »

Ces quelques mots nous disent assurément tout ce que nous avons besoin de savoir sur les sentiments de Mr Knightley pour Emma.

Il y a entre ces deux personnages un moment d'intimité physique qui, dans sa délicatesse et, pour moi, sa charge érotique, devrait nous faire comprendre qu'ils s'aiment. Mr Knightley, visiblement convaincu qu'Emma et Frank vont bientôt se fiancer, décide tout à fait à l'improviste d'aller faire un séjour chez son frère et la sœur d'Emma ;

il vient donc à Hartfield pour prendre congé. Il ne peut supporter d'être à Highbury quand les fiançailles seront annoncées. Emma revient tout juste de chez Miss Bates où elle a essayé de faire amende honorable pour sa lamentable méchanceté lors du pique-nique à Box Hill. Apprenant par Mr Woodhouse où Emma est allée, Mr Knightley la regarde, « tout rayonnant d'admiration... comme s'il avait lu la vérité dans les yeux d'Emma, et toute la bonté dont s'étaient imprégnés ses sentiments fut aussitôt perçue et honorée ». Jane Austen écrit :

> Elle se sentit toute pénétrée de reconnaissance — et plus encore un instant après à cause d'un petit geste qui dépassait la simple amitié chez lui. Il lui prit la main ; n'avait-elle pas fait le premier mouvement elle-même ? Elle ne pouvait le dire, peut-être l'avait-elle offerte. Mais il lui prit la main, la pressa et il était certainement sur le point de la porter à ses lèvres quand, par quelque caprice, il la laissa aller soudain... Mais l'intention était indubitable... rien ne lui seyait mieux. Avec lui, c'était si simple, et pourtant si digne.

C'est l'un des moments les plus touchants du livre.

Tous les romans policiers ont un ou plusieurs chapitres ultimes dans lesquels les indices sont expliqués, les malentendus éclaircis, les erreurs corrigées et la vérité enfin révélée. Jane Austen s'y prend de trois façons. Mrs Weston va voir sa future belle-fille, puis passe par Hartfield pour expliquer à Emma toute l'histoire des amours mal commencées mais désormais prospères de Jane Fairfax, et ce du point de vue de Jane. Nous avons les songeries d'Emma quand elle se rappelle avec remords ses humiliantes erreurs de jugement et ses offenses au bon goût. Enfin, nous avons la longue lettre explicative et justificative de Frank Churchill à sa belle-mère, que celle-ci communique bien entendu à Emma. Le procédé qui consiste à dévoiler les mystères en recourant aux lettres n'est pas rare dans les romans policiers. Celle de Frank explique clairement la signification de tous les coups dans ce jeu de l'amour et du malentendu. La tristesse grandissante de Jane Farifax à mesure qu'elle pratiquait la duperie, ses propres espoirs, à lui, que tout s'arrangerait d'une façon ou d'une autre, sa cour délibérée à Emma pour détourner l'attention tout en étant convaincu qu'il lui était indifférent et même qu'elle partageait son secret, la querelle avec Jane

Fairfax après la cueillette des fraises et la lettre qu'elle lui a écrite pour rompre les fiançailles. Quand, enfant, j'ai lu *Emma* pour la première fois, je suppose que je me suis demandé pourquoi je n'avais pas vu tout ça moi-même.

Et vécurent-ils heureux et eurent-ils beaucoup d'enfants ? Mr Woodhouse est si affligé par les fiançailles de sa fille que seule la proposition du déménagement de Mr Knightley à Hartfield peut lui faire accepter l'idée du mariage. Comme le dit Mr Elton, « plutôt lui que moi ». Dans un livre intitulé *More Talk of Jane Austen,* publié en 1950, G.B. Stern se transporte sept ans plus tard et suggère qu'effectivement le mariage a été soumis à rude épreuve, Mr Knightley devant subir continuellement la compagnie de son beau-père, tandis que les enfants du ménage étaient à Donwell Abbey. G.B. Stern surmonte la difficulté en supprimant Mr John Knightley, ce qui permet à Isabella de revenir chez son père, cependant qu'Emma prend la place qui lui revient à Donwell Abbey.

Mais enfin, tout cela n'est que conjecture et, comme le dit Frank Churchill, « parfois on conjecture juste et parfois on conjecture faux ». Je crois que je choisirai de croire l'auteur quand elle nous dit sans détours en guise de conclusion :

> Aux souhaits, aux espoirs, à la confiance, aux édictions du petit groupe de véritables amis qui avaient assisté à la cérémonie répondit pleinement le bonheur parfait de leur union.

Du même auteur :

La Proie pour l'ombre (An Unsuitable job for a Woman), Mazarine, 1984, Fayard, 1989.
La Meurtrière (Innocent Blood), Mazarine, 1984, Fayard, 1991.
L'Île des mort (The Skull Beneath the Skin), Mazarine, 1985, Fayard, 1989.
Sans les mains (Unnatural Causes), Mazarine, 1987, Fayard, 1989.
Meurtre dans un fauteuil (The Black Tower), Mazarine, 1987, Fayard, 1990.
Un certain goût pour la mort (A Taste for Death), Mazarine, 1987, Fayard, 1990.
Une folie meurtrière (A Mind to Murder), Fayard, 1988.
Meurtres en blouse blanche (Shroud for a Nightingale), Fayard, 1988.
A visage couvert (Cover Her Face), Fayard, 1989.
Mort d'un expert (Death of an Expert Witness), Fayard, 1989.
Par action et par omission (Devices and Desires), Fayard, 1990.
Les Fils de l'homme (The Children of Men), Fayard, 1993.
Les Meurtres de la Tamise (The Maul and the Pear Tree), Fayard, 1994.
Péché originel (Original Sin), Fayard, 1995.
Une certaine justice (A Certain Justice), Fayard, 1998.

Composition réalisée par JOUVE

IMPRIMÉ EN ALLEMAGNE PAR ELSNERDRUCK
Dépôt légal Editeur : 22941-06/2002
LIBRAIRIE GÉNÉRALE FRANÇAISE - 43, quai de Grenelle - 75015 Paris.

ISBN : 2 - 253 - 15317 - 6 31/5317/8